O nariz do morto

Antonio Carlos Villaça

O nariz do morto

CIVILIZAÇÃO BRASILEIRA

Rio de Janeiro
2006

COPYRIGHT © Antonio Carlos Villaça, 1970
COPYRIGHT © Editora Record, 2006

CAPA
Evelyn Grumach

PROJETO GRÁFICO
Evelyn Grumach e João de Souza Leite

CIP-BRASIL. CATALOGAÇÃO-NA-FONTE
SINDICATO NACIONAL DOS EDITORES DE LIVROS, RJ.

Villaça, Antonio Carlos, 1928-2005
V765n   O nariz do morto / Antonio Carlos Villaça. – Rio de Janeiro:
Civilização Brasileira, 2006.

ISBN 85-200-0723-6

1. Villaça, Antonio Carlos, 1928-2005. 2. Escritores brasileiros –
Século XX – Biografia. I. Título.

	CDD – 928.699
06-1526	CDU – 929:821.134.3(81)

Direitos desta tradução adquiridos pela
EDITORA CIVILIZAÇÃO BRASILEIRA
Um selo da
EDITORA RECORD LTDA.
Rua Argentina 171 – 20921-380 – Rio de Janeiro, RJ – Tel.: 2585-2000

PEDIDOS PELO REEMBOLSO POSTAL
Caixa Postal 23.052 – Rio de Janeiro, RJ – 20922-970

Impresso no Brasil
2006

"Toi qui sur le néant en sais plus que les morts"

MALLARMÉ

Sumário

Apresentação *7*

Lelento *19*

    ANTES DO MOSTEIRO *21*
    O MOSTEIRO *137*
    DEPOIS DO MOSTEIRO *187*

Sigismundo *335*

Apresentação

Abro este livro de Antonio Carlos Villaça e revejo, no terno cinza, sempre de gravata, o rapazola gordo, de 17 anos, a ler, entre sério e irônico, páginas de um diário a seu amigo mais moço. O menino ouvia, quase assombrado, a recomposição minuciosa dos dias do outro, dias que eram feitos apenas de leituras, com algum escasso diálogo, um neutro passeio, a evocação eventual de uma ausência. Havia música na voz do mais velho, e ao mais jovem jamais escapou a magia de um estilo que era só dele, Villaça, e que está aqui, em *O nariz do morto*, como se a meditação e o sofrimento só o fizessem mais intenso e claro.

Naquela época Villaça já escrevia como quem respira, como um gordo que caminha, sem ocultar o ofego, as batidas mais apressadas do coração. Apenas, com o tempo, somou sofrimento e indignada ternura à maneira quase distante com que outrora nos via e se via. A inocência é a mesma. O mesmo dilacerado desejo de dizer sua verdade, de falar aos homens, de *explicar-se*. Sua prosa dourou-se de angústia e, se permaneceu fiel a certos tons machadianos, aproxima-se agora, pela intensidade e aflito desabafo, das melhores páginas de Raul Brandão. Como o autor de *Húmus*, Villaça encharca-se no sonho, para não ouvir "sempre o mesmo ruído da morte que devagar rói e persiste".

Somos dois meninotes a conversar sobre nossa paixão: as palavras e as cousas que podemos fazer com elas. O mais velho, grande e balofo, com a seriedade só abalada pelos dentes para fora, num constante sorrir. Vamos, com afoito entusiasmo, a conversar sobre livros, a erguer cada qual sua tradição literária própria, a cotejar experiências de estilos, formas e valores. Ficamos amigos desde então, há quase vinte e cinco anos — amizade construída em vários meses de convívio diário e em longas ausências, cortadas apenas por um ou outro encontro, conversas de telefone, algumas cartas, um batizado.

No entanto, poucas pessoas estiveram constantemente perto do meu pensamento como esse amigo da adolescência, e quem sempre admirei a vocação da vertigem (ou da santidade, o que, nos termos em que parece colocá-la Villaça, é a mesma cousa). Tenho, por isso, de fazer um esforço para que estas palavras sobre seu primeiro livro de memórias não sejam também simples memórias, mas o reconhecimento das qualidades de uma prosa rara, de uma obra que, sendo das mais importantes de minha geração, é das poucas autobiografias em que as indagações comovidas sobre o homem e o seu destino rasgam cada momento do relato de uma vida.

Poderia escrever uma glosa sobre cada página de *O nariz do morto*. Poderia elaborar, à Akutagawa, um novo livro sobre "Lelento a coçar o próprio umbigo", sobre essa espécie contraditória de estilista sociável que foi Villaça, e talvez ainda seja.

Estou a ver a sua mesa de trabalho, na Tijuca ou na chácara de Jacarepaguá, sempre com um livro aberto, um cartão a marcar a suspensão da leitura. Em Villaça, o exercício da vida se fazia pelos livros. Os livros o ensinavam a ver, a ouvir, a conviver, a alegrar-se e a torturar-se. Entre uma linha e outra da quase incessante leitura, vinham os apelos de fora, de um homem amigo do mundo, que se furtava ao mundo, e que buscou no mosteiro, no convento, no seminário, a continuidade do cárcere em que desde menino se tinha.

Acompanhei, com uma espécie de sufocação na garganta, o caminho que Villaça se impunha. Irritei-o muito, ao contrapor sua vocação de homem para o mundo, seu dever de escritor, às solicitações da santidade, do deserto e do desterro. Impacientavam-me as suas tardes no Centro Dom Vital, aquelas conferências fastidiosas e medíocres a que ele me levou duas ou três vezes e das quais emergia ainda mais náufrago. Lembra-me a tarde em que fui ao mosteiro, pela única vez, entregar-lhe um livro. Ele, magro, outra pessoa, de voz baixa, fez-me ver o edifício. De repente, no meio de um corredor, disse-me, e não me passará jamais a impressão de tristeza que nele havia: — Aqui não tenho livros.

O Villaça, cuja vida era inseparável da palavra escrita, não tinha livros, não tinha posses. E ninguém foi tão feito para a posse quanto ele, que sempre precisou ter, como forma de participação no mundo. Ali estava ele, como desmaiado dentro de si, sem aquela amplidão que lhe dá força, que o faz afirmar-se na angústia ou na alegria. É uma amplidão que não repele o sentimento de carência; antes o acentua, como não poderia deixar de suceder numa vida que é, com todas as frustrações e desencontros, uma seqüência de gritos. Nela não há tons neutros; mesmo o cinza que recobre a caça de Segismundo — o denso episódio que encerra o livro — está cheio de riscos negros e brancos, duros e vivos.

Nada em meu amigo — e este livro o prova — foi jamais mediocridade, tom medido, conversa banal. A busca do drogado, a sensação do faminto dominou os seus dias. Dá-se a uma leitura ou a uma palestra como quem sai em busca da baleia branca. Não teme abismos, nem se educa para eles. Antes de despedir-se do racionalismo — foi racionalista demais, amou às escâncaras e exageradamente a inteligência — já era violento, na aparente pachorra do gordo, já era indignado, já se sabia capaz do uivo e do fogo.

Encontro em *O nariz do morto* caridade e rancor. Um rancor flaubertiano, insinuado em alguns dos melhores retratos dos homens com quem conviveu e debateu Villaça. E sobretudo na principal personagem de um livro povoado por numerosas e grandes presenças dramáticas, o próprio Villaça, vestido de Lelento e depois de Segismundo, lanhado de perguntas e perplexidades, por quem é pequena a compaixão do autor.

Nós o acompanhamos, no livro, desde o nascimento, "o menino roxo, nu, sobre a mesa de mármore", até a fuga de Segismundo, novamente "menino, cansado talvez". Seguimos uma experiência de sofrimento e sonho, nas páginas admiráveis em que se retratam a infância, o mosteiro, a busca, o desencontro e a crise. Defrontamos com uma vida abundante, em seu vazio aparente, com outra "frágil elegia", como diz Villaça, a repetir Amiel, com uma dessas biografias singulares, em que a história de um homem se faz nossa. É um livro ímpar, na tradição literária brasileira, onde há excelentes relatos da infância, mas são pouquíssimas as memórias da adolescência e da madureza que revelem algo acima do chão. Essas autobiografias são quase sempre narrativas em que se refletem vidas medíocres em suas ações sem ressonância, como se os autores fossem ocos de angústia, afeição, felicidade ou sofrimento. O livro de Villaça, não. Põe-nos num alto nível de interrogação sobre a essência da vida. Propõe-nos uma aventura que interessa a todos nós, que buscamos sentido e rumo nas cousas.

Há, nesta obra, uma ou outra passagem em que a anedota ou o comentário de planície predominam, numa homenagem ao efêmero, natural no Villaça, que andou tanto tempo à procura do absoluto. Ele sempre amou o fugaz, a novidade; deu-se sempre com alegria e atenção à leitura dos jornais; recebeu sempre as notícias da vida pela palavra escrita. Ninguém estranhará, por isso, que explique sua existência com lembranças de leituras — as citações que se acumulam em algumas partes do livro e se entrelaçam e somam, para expressar uma realidade nova — e que com ela descreva as decepções de uma geração à qual não se pediu nada, exceto pequenas tarefas sem importância, e que se havia preparado para dar muito. Disse Antônio Cândido que o principal problema de sua geração, a que antecedeu a nossa, fora o medo. Nós somamos o medo à desintegração da esperança. Ficamos com fome.

Villaça prometeu-nos a história de "uma vida que podia ter sido e não foi". Anunciou o retrato de um morto. Dá-nos esta sensação de esfaimado desejo de ser e fazer, que é de todos nós. E, ao mesmo tempo, a riqueza de uma vida que se sabe, no entanto, "uma breve dança sobre o abismo, um estreitamento, uma asfixia lenta, um acuar às vezes ameno, às vezes cruel, um encurralamento, uma brutalidade, mais ou menos disfarçada, um jogo, um brinquedo sem sentido, uma gratuidade".

Apertado contra a parede, mas com um enorme gosto pelo jogo que considera inútil e feroz, Villaça só escreveu este livro sobre o morto que se imagina, porque está vivo, reintegrado no que "é fundamental em seu ser", a condição de escritor. O livro inteiro, em sua inquieta, profunda e ardente grandeza, é o seu próprio capítulo final: o reencontro de Lelento, Segismundo e Villaça com um invencível destino, em que se aliam a vida e a palavra.

Alberto Costa e Silva
Brasília, 1970

Lelento coça o umbigo
Eu coço meu umbigo
Umbigo

O menino roxo, nu sobre a mesa de mármore. Um cadáver. A avó contempla o menino roxo. O menino está nu e morto. A vida não quis pousar no menino. Súbito, a avó vê um tremor nos lábios do menino. A avó grita, grita por ele. E então se empenham em que o menino roxo viva. O menino — estimulado — vive, revive. E grita, com sua própria voz. A sala da casa de saúde ilumina-se, na velha manhã de agosto, com os gritos de um menino que nasceu quase morto. Os ferros. A extração. O sofrimento.

E, depois, a experiência da fome. Seio sem leite. Frustração e fome. O menino suga. Fome.

Lelento. Quando, afinal, começarás? *Une intelligence critique associée à la vertu de poésie...* Nunca ter tido vinte anos. Não existir. Não ter existido. Eu não existo. Desde que me olhei no espelho com o terno cinza-escuro, aos 16 anos, percebi que não existiria nunca. Buscava no espelho a vida — e não vi a vida, mas subvida. A vida no espelho. Vida, subvida. Em vão busquei a vida.

Você não pode mover o próprio corpo. Você precisa tomar hormônios. O desormonizado. O desarmonizado. Lelento. Você não pode mover seu corpo. *You can't move your body.* Ou foi — *You don't move your body* — que ele me disse, o alemão (velhote) do ginásio ginástico de Nova Iorque. E eu fui entrando — sem corpo — mosteiro adentro.

"Tu n'es rien d'autre que ta vie": Sartre.

Eu me pretendo escritor, inteiramente. Apenas.

Ó dias, ó noites, ó vermes, que perfurais em nós a essência nossa. Que essência? Que vermes? Ó países em nós soterrados, ó escombros, ó múmias, ó gigantes mutilados, terras absurdas e quietas, colinas, mausoléus, incógnitas, e nós, bichos da terra, pitorescos, à procura.

Não procureis servidões. Nem ruídos. Os batuques silenciam. Variável, a vida vacila. O que fica somos nós...

"J'ai changé souvent pour rester moi-même": de novo, Sartre. Nunca saberemos direito se é meia-noite ou meio-dia. Sempre é meia-noite e meio-dia... Milagre? Miragem? Estátua? Ou lata de lixo? *Assim é, se lhe parece.*

Procurei minha própria identidade. Vivi entre a consciência e a vertigem. Sobraram uns versos, de Carlos e Manuel, mais nada: "Guardei-me para a epopéia que jamais escreverei." "A vida inteira que podia ter sido e que não foi"...

A vida é numerosa. E então os sinos súbito anunciam em nós a morte, que virá. A morte vem. Cada dia, a morte vem.

E as máscaras falaram, surdamente.

Disseram o pranto.

O preito.

A pífia palavra,

sem sonoridade.

Uma palavra muda, lacustre,

no entanto, bela.

Disseram.

Anoitecia.

Os homens caminhavam, rugosos, pelas suas estradas.

Eram frágeis — insistentes na pequena solidão.

Tudo é, apenas, prosseguir. A palavra de Goethe ressoa em meu coração: "Pode-se perder tudo, desde que se continue a ser o que se é."

> *"What thou lovest well remains,*
> *the rest is dross.*
> *What thou lov'st well shall not be reft from thee,*
> *What thou lov'st well is thy true heritage."*

(Pound)

O que amas de verdade, permanece. O resto é escória. O que amas de verdade não te será arrancado. O que amas de verdade é tua verdadeira herança.

Forças obscuras, imanências, segredos da humana viagem, vida, e então? Fragilmente, caminhamos. E então? E então? Realidades noturnas, veredas, sinuosos caminhos, difíceis manhãs, auroras lívidas, *"L'homme est à inventer chaque jour"* (Sartre). Lelento. Quando serás? *"J'ai la passion de comprendre les hommes"*: ainda Jean-Paul Sartre. Maior do que a minha fome de compreensão, maior ou igual?, é minha ânsia de viver. Porque você não viveu, eis sua verdade mais íntima e realmente dolorosa.

Lelento

Antes do mosteiro

I

"Ils ont oublié leur propre enfance."

SARTRE

Convoco minha infância e ela não me atende. Não vejo nada. Só a névoa. Um fato ou outro. Uma ligeireza. Contudo, a presença da infância é poderosa dentro de mim. Mas não da minha infância. Foi uma infância solitária, a minha. Não me esbaldei em brinquedos, não tive companheiros inesquecíveis. Infância de filho único — estreitinha.

Eu fazia gestos nervosos, batia as mãos freneticamente. Como se quisesse romper as paredes do corredor apertado em que me descobri. Minha infância foi isto: corredor. Eu falava sozinho. Eu queria horizontes, variedade. Não me lembro sequer do gato amarelo, não gato, mas brinquedo, que minha avó me deu e sei por meus pais, por mim, não sei. O gato não existe em mim. O que existe é pouquíssimo. O garoto que bate as mãos como um epilético, na solidão mais enfadonha, e se diverte falando sozinho.

Que é que eu me dizia? Não consigo saber. Mas me lembro do impacto, da repercussão estranha, que houve dentro de mim, a 27 de novembro de 35: a Revolução Comunista. Eu tinha sete anos feitos. Aquilo mexeu comigo e me pus a brincar de chofer de táxi e conduzia a burguesada em fuga... Passei horas sentado — nessa irrealidade. A libertação pela palavra.

Fui uma criança mais ou menos infeliz. Que palavras eram as minhas quando me refugiava no irreal, não sei; mas sei que o sentimento da minha infância é o da solidão. Era eu uma criança tagarela, sociável extremamente. Minha comunicatividade impressionava. Mas eu vivia muito só.

Pequeno-burguês, habitante de casa de vila (Rua Silva Ramos, Engenho Velho), pai empregado de escritório, mãe afetivíssima, de letras primárias, uma empregada só. Telefone. Rádio. Velocípede. Os garotos da vila, meninos e meninas: nenhum ficou. Visitas, uma raridade. Poucas saídas. Íamos, por exemplo, à casa de tia Helena, em Botafogo, velhíssima de cinqüenta anos, quadris enormes, peito mirrado, sedentária, beata maliciosa, brejeira, negocista, adoentada, e me vejo à sua mesa, à direita dela, mesa comprida, de solteirona que abrigava os sobrinhos, e revejo o ar antigo, imperial, a carne assada, o feijão gorduroso, a salada de alface. Eu gostava daquilo. A velha me dava importância. Como aquilo era importante, a casa de tia Helena. A sala da frente me agradava, uma espécie de museu: coisas da casa do pai dela, no Cosme Velho, não me lembro direito, jarrões, prataria, bustos, vitrinas, cadeiras monumentais, tapetes, cortinas pesadas, cristais, louça fina, almofadas e até um oratório, quase capela.

Meu pai saía de manhã cedo e voltava de noite. Trabalhava duro, trabalhava até sábado e domingo (meio-dia). Eu tinha um pouco de medo dele. Severo, nervoso, um tirano sentimentalão. Bondade muita, mas escondida debaixo de máscara espessa. Tímido como quê, inseguro, pudico, puritano, mas com uma aparente segurança de chefe, que sobretudo intimidava. Papai era intimidante. Nunca tive intimidades com ele, na infância. Nem era ele de ter intimidades com ninguém. Mamãe respeitava-o. Eu... convivia com ele à distância. Às vezes, almoçava em casa; chegava muito afobado, muito seco, e saía logo, com cara de quem está pensando noutra coisa. Meu pai vivia para o trabalho, queria enriquecer, construir a própria independência. Ser empregado humilhava-o. Sonhava restaurar a casa rica do avô dele, ou mesmo do pai, que decaíra. E em tal sonho, em tal necessidade, se embalava, sofria, dava tudo, obstinação e inteligência.

Vivia pouco para a família. Não que fosse boêmio, farrista, mulherengo, ou egoísta simplesmente. Não era. Era homem do trabalho. Vivia para o trabalho — com exclusividade. A casa era o lugar em que se refazia, para continuar, para chegar aonde desejava chegar. Inteligente, uma inteligência prática, mas pobre de malícia, e inflexível. Faltou-lhe sempre flexibilidade. Mais de uma vez a obstinação prejudicou-o, em curvas dramáticas do seu destino. Em casa, papai falava pouco, mantinha-se reservado, cauteloso, distante. Ele era um triste. Afetava alegria quando havia gente de fora ou visitávamos alguém, mas era simples defesa, um mecanismo de ocasião. Era triste. Fechado. Gostava de mim e de minha mãe sem barulho. A mim ensinou a ler as horas (para isso, fez, com a costumeira habilidade manual, um relógio grande), a andar de bicicleta (um pouco mais tarde, aos dez anos), a andar a cavalo (bons pangarés do interior, mas isso aos quinze anos).

Tentou ensinar-me a nadar, quando eu estava com onze, mas sem êxito. Eu tinha medo e complicava tudo.

A ambição competitiva tornou-o conciso e autoritário ao extremo. Parece-me que isso me afastou dele mais do que desejaríamos. Eu não tive nunca a inteligência comercial do meu pai, o seu faro para a vida prática. Eu nasci teórico, ele nasceu prático. Eu nasci contemplativo, ele nasceu ativo. Eu nasci sob o signo da palavra, ele nasceu para ser engenheiro, construir, comandar, fazer e agir numa síntese vital curiosíssima — de líder e artesão.

Minha mãe era toda mansidão, meiguice, docilidade, doçura, silêncio. Serviu, a vida inteira, mas sem ruído, com um senso perfeito das circunstâncias, discreta, delicada. Ela gosta de implicar comigo dizendo que não passa de uma empregada doméstica... É isso e é muito mais, pela malícia sutil, pelo tato, a compreensão, o perdão, o ânimo. Mulher feminina, maternalíssima, amorosa, espírito puramente paroquial, vocação de enfermeira, esperta no convívio, embora ingênua tantas vezes por falta de experiência mais ampla, gostando de ver namorados e apertar criança, pura instintividade, umas leituras de Delly, uns sermões para filha de Maria... Minha mãe é alegre. Meu pai a conteve, porém ela não se tornou triste, nem infeliz. Gosta da vida, alegra-se com as realidades mais cotidianas e simples. E trabalha como sempre trabalhou, das sete às sete, com o pequeno intervalo da sua sesta.

O instinto materno é tudo nela. Sua grande frustração foi ter apenas um filho — e um filho que não lhe deu netos. Órfã de pai e mãe e, agora, no fim, órfã de netos — vazia, afetivamente, ela, que é tão rica de afetividade. A orfandade marcou-a, humilhou-a. Ainda hoje, no limiar dos setenta, se considera uma orfãzinha... Terá papai satisfeito a sede de afetividade da minha mãe? Não me parece. Afetivamente disponível, carente, ela se derrama à procura de correspondência e com que delicada facilidade se entrega ao menor sinal, ao mais mínimo aceno, ao carinho mais leve ou mais discreto. Ela tem sede de amor. Onde estão os netos, para que o seu carinho desagüe à vontade?

De minha avó — quando escrevo minha avó, é minha avó paterna, Antônia, a única que eu conheci — posso contar algumas histórias. Era uma forte mulher, autoritária, algo masculina, é bem verdade que eu tinha sete anos quando ela morreu, aos cinqüenta e seis. Não tenho um retrato completo dela, feito por mim, mas retalhados de observações, reminiscências e matéria ouvida. Vejo-a, em mim, como um promontório da minha geografia sentimental. Minha avó falava como quem costuma ser ouvido, obedecido. Era uma presença, alta, muito gorda, inteligente, vivaz, culta (no sentido de saber francês, inglês, Goffiné, um bocado de pintura, desenho, música, notícias várias). Foi infeliz no amor. Agora, que estou escrevendo sobre ela, que a desejo reviver, recriar, olho para a pequena arara que ela pintou há tantos anos (não sei quantos) e está diante de mim, na parede, imobilizada em quadro. Era bastante autodidata em pintura, mas há leveza e graça na arara. Como há melancolia, crepuscularidade, sombra difusa, na marinha que ela também pintou e conservamos em nossa sala. Vovó era melancólica. O marido separou-se dela quando era uma jovem senhora de trinta e poucos anos. Foi um deus-nos-acuda. Este fato velho (de 1914) — o pai que abandona a própria família — me parece o acontecimento básico de nossa história familial, digamos, no século XX. Um divisor-de-águas. Tudo o mais, nos últimos cinqüenta anos, prende-se (de um modo ou de outro) a esse fato mais ou menos irrelevante, de simples economia doméstica. A família ficou pobre, mudou de vida. Meu pai ficou sem pai, conheceu o mistério da rejeição. O complexo da rejeição o acompanharia, a vida inteira. Nunca ele perdoou ao pai o abandono. Falavam-se, mas perdão tenho certeza que não havia. Falavam-se muito secamente. Meu pai, quase hostil, embora filial, decente, tomando a bênção, tirando o chapéu. Meu avô Ganimedes, meio encabulado, meio sem-vergonha, com jeito de moleque apanhado em flagrante. Era um bom sujeito, displicente, bonachão, egoísta como ele só, desses homens que logo se vão servindo à mesa, antes dos outros, e tiram os melhores pedaços... Evidentemente, ele não estava à altura de minha avó. O casamento foi, para ele, menino simples, uma forma de ascensão social, um meio de subir na vida, um expediente razoável, um bom negócio. Meu avô tinha tudo para agradar minha avó: era dançarino, acessível, aberto, acolhedor, boa prosa, flexível, inferior a ela. Sobretudo, inferior. E inferior sem muito orgulho, antes com algum caradurismo, inferior como convinha à moçoila, que era do Cosme Velho, menina rica, mimada, escravos, palacete, família Ramalho Ortigão. Meu avô casou com tudo isso. Casou com a família Ramalho Ortigão, um olho na menina, outro no cobre, que se lhe devia afigurar imenso. Menino pobre, de instrução singela, a querer abrir caminho na sociedade restrita e fechada do fim de século. A menina era de casa apalacetada, mas um pouquinho decadente. O pai dela morrera em 1889, vítima da Abolição, e sem ver a república que viria em novembro (ele morreu em abril) como a vingança da aristocracia rural prejudicada. Casa sem chefe, meio ao deus-dará, os filhos soltos, tudo ao abandono, minha bisavó incapaz de controlar aquela *troupe* geniosíssima, amalucada, voluntariosa, ciosíssima de armas, brasões, títulos, importâncias. Tio Salvador faz o Pompom e o Rafael — aos dezoito anos — na ex-escrava, lá embaixo no porão. Tio Dico briga com a mãe, tranca-se com ela misteriosamente para discutir negócios, chicote em punho, dizem que rouba, trapaceia (ele dizia que ajudava, salvava, protegia os alheios bens...), vai à Europa. Tio Salvador vai à Alemanha, joga dinheiro fora como príncipe. As meninas casam mal, com gente que não estava à altura. Uma com um desocupado, Viana, que viveria à custa da mulher. Outra, com um Ramalho Ortigão Sampaio, mas guarda-livros, modestinho. Estes dois — primos — brigaram a vida toda. Minha avó casou com um Villaça, gente do interior, proprietários modestos, sem nenhuma expressão social, sem brilho de espécie alguma; imagino o horror de minha jovem avó quando viu, na casa do sogro, escarradeira, panelas na mesa e outras finuras. Dos três casamentos — das irmãs, foi o melhor, e o que acabou mais depressa. À menina de dezoito, dezenove anos, sem pai, rica, mas de uma riqueza em decadência, assustada com a perspectiva de sobrar, de ficar para tia, irrealizada, frustradona, sem conhecer o amor, sem provar o capitoso vinho, o rapaz — que trabalhava em comércio de café e era esperto — deve ter parecido uma salvação. Casaram. Machado de Assis — seu Machado, vizinho que compusera pecinhas e quadrinhas para as meninas recitarem, a Chiquinha, a Antônia, a Cotinha, a Juju (que levou dele um puxão de orelha pela incapacidade de dar ênfase a certa palavra...), Chiquinha ficou solteirona, como Helena, a caçula — seu Machado lá estava, na Matriz da Glória. Escrevia o *Dom Casmurro*. Quem seria Capitu?...

Minha avó era autoritária. Meu avô era bonachão, mas não infinitamente. Era o tipo do sujeito que não gosta de se incomodar, e a minha avó o incomodava com obrigações sociais, conveniências sociais, tudo *comme il faut*, muito digno, muito católico. O rapaz acabou casando. A síntese, ele a formularia com perfeita concisão: o dinheiro era meu e ela mandava... Não era tanto dele, o dinheiro. Levou minha avó cinqüenta contos de dote, isto em 1899 era dinheiro, dava para viver regaladamente durante cinqüenta meses ou quatro anos. Cinqüenta milhões de hoje. Com esse dinheirinho, meu avô comprou a própria independência econômica: estabeleceu-se. Não era outro o objetivo do rapaz. Como não casou com a filha do patrão, satisfez-se com a de um patrão, e defunto. Podia dispensar a mulher. Não foi uma dispensa imediata e escandalosa. Foi gradativa. Lá seguiu ele para São Paulo e aos poucos se afastou da família, cuja atmosfera espiritual não se parecia com a dele — homem simplório. Meu avô enriqueceu, montando nos cinqüenta contos. E provavelmente nas relações ramalhais. Fizeram, pois, um jogo tranqüilo e ingênuo: meu avô ficava o máximo de tempo em São Paulo e mandava para minha avó o máximo de dinheiro. Meu avô em São Paulo, minha avó no Rio. Ela dava-lhe o tempo, a liberdade; ele dava-lhe o dinheiro. Em São Paulo vivia ele com mulher de modestíssima condição. Que significaria o sexo para minha avó e meu avô? Eram gente, não ponho em dúvida, mas que pensariam eles do sexo, do próprio sexo? Que sentido teria minha avó-fêmea para meu avô-macho? Não creio que ele tenha tido paixão por minha avó-mulher. Quinze anos de casados e uma distância tal, um tal afastamento, aquele gosto de ficar em São Paulo, de ir espaçando as vindas ao Rio, de ir desatracando, desatracando... Minha avó tinha trinta e poucos anos, era uma jovem. A mulher de São Paulo teve pouca importância em tudo isso, era pouco mais que uma criada, ou talvez nem tanto. O que teve importância foi a degringolada financeira de meu avô. Arruinado, deixou de sustentar a casa do Rio. Devo dizer que ele não abandonou propriamente a família, por causa do puro amor de outra mulher. Não foi. Ele desligou-se porque não havia dinheiro para manter a ligação. A propósito de sexo, minha avó contava a sua decepção, na noite do casamento. Foi ela para o banheiro, toda preocupada e atenta, e nada de Ganimedes vir buscá-la. Esperou tanto que resolveu abrir a porta e voltar para o quarto: o noivo mudara de roupa e dormia e roncava... Nesse episódio íntimo, intimíssimo, está o desequilíbrio psicológico-social entre eles: a moça romântica à espera do noivo no banheiro, rapaz desajeitado que deita para esperar a noiva e pega no sono... Esperariam um pelo outro até à morte.

Leio as cartas que se trocaram na crise de 1914. Cartas patéticas de minha avó, orgulho ferido, revolta, apelos ao bom senso, ao dever, à honra, advertências, repreensões, pitos. Ela sofreu, não por causa do amor, mas por causa do dinheiro que lhe permitia manter um alto padrão. Foi isto que a fez sofrer e escrever cartas pungentes. A queda, a descida, o aspecto social, mulher abandonada e sem dinheiro para o luxo ou a ostentação. Não há uma palavra de amor, nessa correspondência. Não há amor ferido, amor pisado, amor magoado, amor choroso, lamuriento, não há amor de espécie nenhuma. Há dinheiro, preocupação imediata com dinheiro, com nível social. Há orgulho, nas cartas de minha avó. "Você não me encontrou na rua, mas no palacete de meus pais; foi de lá que você me tirou, Ganimedes"... Devolva os cinqüenta contos, devolva, devolva. E ele, encabulado, finório: devolvo, Antônia, mas assim, de repente, agora, nesta situação, me dê tempo, devolvo, mas me dê tempo, mais tarde, tenha paciência, aperte, aperte, despeça as empregadas, não esbanje, Antônia... E punha a culpa nos padres. Antônia era beata, os padres exploravam a pobre vaidade da moça, como depois explorariam a da velha. Ela defende os padres, "esses coitados", e há uma ponta de superioridade, um tom de protetora, de madrinha, de pagadora exigente na alusão aos padres, que ela freqüentava, os da Glória, naturalmente. Nas cartas dele, há um tom mais humilde, menos metropolitano, mais província, mais pequena cidade, uma aparência de conciliação, um bom-mocismo, um pouco de tolerância ou transigência afetada, um interesse fingido pela sorte dos seus. Ela é franca e cortante. Ele é matreiro e cínico.

Separaram-se. Nunca mais se viram. Meu pai foi trabalhar, tinha dezesseis anos, inexperiência completa, despreparo. A família desceu de nível, deixou de andar de carro, abandonou as exibições fáceis, os amigos recolheram-se com prudência. A vida transformou-se. Uma porção de coisas que meu pai não entendia direito. A falta do pai. A interrupção dos estudos, ginásio em meio, carência de roupa, de verba. Tudo por água abaixo. Sonhara meu pai ser engenheiro. Não foi. Construiria no entanto, construiria (sem ser engenheiro) vinte e duas casas. Foi ser auxiliar de escritório, o mínimo, num banco. Era, apenas, um garoto. E assim aprendeu a vida, desde o começo, desde baixo, desde o rés-do-chão, sem fortuna, sem apoio, sem instrução teórica, sem pai por trás. Sofreu.

Não estava, porém, concluído o diálogo de meus avós. Ainda se falariam, a distância, é verdade, mas se falariam, e com que veemência. Os papéis como que se inverteram. Ele passou a pedinte. Ela, morta a rival ou semi-rival (se tanto), se pôs a cortejá-lo, a desejar-lhe a volta, como se fosse namorada. Queria ela exibi-lo em Friburgo, onde vivia, mostrá-lo, usá-lo ainda em termos sociais. O velho precisava de dinheiro e lho pedia, sobretudo depois da venda de uma casa dela, na Rua de Santana — coisa de uns quarenta contos de 1935. E, quando o diálogo estava neste pé, minha avó morreu. Bateu-se o velho para o Rio, a missa de sétimo dia, olho no inventário, na casa da Rua da Assembléia. Meu pai — inventariante — não lhe deu nada.

Acrescento, aqui, a bem da limpa verdade, que meu pai praticamente sustentava meu avô havia alguns anos. O velhote estava literalmente na miséria. Fora tudo, após a queda: dono de casa de pensão (familiar), meio agiota... Tivera atritos com a segunda mulher e o filho de lá. Viu-se forçado a abandonar a casa de pensão pobrezinha e ir refugiar-se, acuado, maltratado, vencido, sem dinheiro para cigarros, na casa meio suburbana de um amigo sem recursos, talvez o último amigo, talvez o último ser que ainda se honrava com a sua amizade, a sua ruína. Foi então que escreveu para o filho, se lembrou do Quinquim.

Pediu um dinheiro emprestado: "Você me poderia emprestar todos os meses uns cem mil réis?" Meu pai foi fiel ao pai na hora da desgraça. Deu-lhe mais do que o velho pediu.

Já estou ficando cansado com esta lengalenga sem pé nem cabeça, e acho que é hora de já dar por findo o eixo Rio-São Paulo, ou o duelo dos namorados. Mas sinto que há outros aspectos da longa história, há pormenores, há paisagens. Ó meus deuses, chamo-vos, nesta doce tarde, convoco o poder vosso, vinde conduzir o escriba canhestro e preguiçoso pelos meandros, as ladeiras, os poços a perquirir. Histórias, vinde. Habitai-me. Possuí-me, fazei de mim vossa morada. Tarde bonita lá fora e eu às voltas com os meus fantasmas, as figurinhas da família, a genealogia do meu peito. Minha avó chegou a fazer enxoval, lá no retiro dela de Friburgo, para a segunda (malograda) lua-de-mel, extemporânea. Ficou animadíssima com a história, queria uma segunda oportunidade, uma segunda inferioridade dele, sem nenhum dinheiro, sem mais nada: ela seria rainha, plenamente. Ela salvaria a alma dele. Consultou os padres jesuítas do Chateau: aprovaram. Embandeirou-se o coração da qüinquagenária, mas à toa. O velho — finório — não caiu e comentou com ironia suma: se quando o dinheiro era meu, ela mandava, imagine agora...

Vi meu avô duas ou três vezes, digo, em duas ou três breves temporadas. Vindo ele ao Rio, antes de desistir de rearrumar a vida, por completa falta de horizontes, passou alguns poucos dias em nossa casinha de Silva Ramos. Nessas duas ou três vezes, conheci meu avô. Era gordo, alto, parecido com minha avó — parecia irmão da minha avó. Alegre para a situação. Comunicativo. Gostava de contar casos, falar de gentes e fatos, ensaiar as suas anedotas. Homem de clube. Ou de porta de farmácia. Fumava muito e fazia os próprios cigarrinhos, como eu depois só veria a Augusto Meyer, gaúchão. Era mal-educado, propriamente; porco. Sujava a casa com os tais cigarrinhos. E cuspia. A mim naturalmente me parecia velhíssimo. Vestido de cinzento, calçava sapatos de tênis, e baste-me acrescentar que viajou para o Rio com passe grátis fornecido pelo governo: estava na miséria. Mas, ruína humana, ainda tinha saúde, trocava pernas, tratava de seus assuntos, ia e vinha, interessava-se pela vida, sondava o ambiente, conferia possibilidades, dava palpites, circulava com ânimo — e gostava da vida. Sim, gostava de carnaval. Lembro-me do carnaval que ele passou entre nós, não encolhido, nem recolhido, mas festeiro, alegrinho, metido a moço, vendo a festa com olhos gulosos. O dançarino de outros tempos, o menino festeiro que viera conquistar o Rio, conversar as mocinhas ingênuas das famílias ricas, nele renascia. Eu vi. Voltamos nós para casa e ele ficou na cidade, intacto, íntegro, perfeito, curioso, à espera talvez — quem sabe? — de uma última oportunidade, uma derradeira aventura, um encontro, um olhar... O velho avô vibrava com o carnaval carioca.

Dele gostei mesmo no dia em que saímos juntos de manhã, eu do alto dos meus seis anos, e vovô me deu melancia. Era toda uma história: minha mãe, muito limpa, muito arrumadinha, muito cuidadosa comigo, minha saúde, meus intestinos etc., não tolerava que eu comesse na rua, que eu desse bola a gulodices de esquina. Meu avô era bem da rua, logo cismou de comer umas fatias de melancia geladinha e perguntou ao neto se queria. Eu, desafiando minha mãe, quis a melancia.

Essa melancia me une a meu avô. Essa melancia perdida no tempo me torna simpática — e minha — a figura cansada, amarrotada, amassada, gasta pelos anos, de meu vago avô paulista, avô de São Paulo, tão longe de mim. Nunca fui ao túmulo de meu avô. Sei que ele está enterrado em São Paulo, no jazigo da outra mulher. Desde 1941, meu avô repousa lá, das suas ambições malogradas e das suas brincadeiras. Parece que ele amou as mulheres, e isso é bom no homem. A melancia me une a meu velho avô. Quando penso nele, sinto gosto de melancia. E quando vejo as rubras fatias expostas às moscas, penso na pessoa de meu vovô Ganimedes, amante da vida, infeliz mas alegre, e era assim mesmo que ele assinava os cartões e os poucos livrinhos, que me mandou de São Paulo: o vovô Ganimedes...

Uma das lembranças mais velhas da minha vida prende-se a meu avô. Fomos esperá-lo na Central, da primeira vez que veio ao Rio. E levei um susto dos diabos. Meu pai, brincalhonamente na intenção e seriamente no tom, me disse — levando-me pela mão — que íamos passar debaixo do trem. Bem entendido — pela passagem subterrânea, que havia na antiga Central. Mas eu não entendi e me afligi verdadeiramente Nunca me esqueci dessa aflição momentânea e funda.

Não tenho notícia nenhuma desse meu tio, filho de meu avô, nascido em 1920 em Guará. Vive? Não vive? Ignoro. Sei apenas que nasceu e justamente quando meu pai chegou a São Paulo, aos vinte anos, para trabalhar por lá algum tempo. Estranha coincidência. Sei, ainda, que em 1940, com vinte anos, de novo o destino dele se encontrou com o de meu pai. Vovô doente, meu pai foi a São Paulo e lá cruzou com o rapaz, que parecia infeliz e recebeu com hostil reserva o irmão distante, com medo por certo de uma intervenção excessiva na vida dele.

Minha avó era imensa de gorda. Pesadona. Desequilibrada das glândulas. Era agradabilíssima ao meu paladar, porque me dava importância. Gostava ela de exibir-me, sair comigo à rua em Friburgo, mostrar-me a uns e outros. E eu apreciava tal ocupação inocente. "Meu neto. Meu neto", ela enchia a boca e me enchia de contentamento, de vida. Friburgo. Que magia tem para mim esta palavra Friburgo, estrangeira palavra, tão nacional para mim, tão da minha geografia íntima, tão de dentro, do fundo, das raízes, da infância remota, das primeiras imagens, do primeiro contato do ser com a vida. Em Friburgo, passei temporadas em casa de minha avó. Em Friburgo, adoeci seriamente em 1931. É desse tempo, dessa doença, dessa primeira estada em Friburgo, a minha mais antiga lembrança. Se recuo no tempo, se penetro em mim mesmo à procura das minhas origens, das raízes do meu ser-no-mundo-para-a-morte, se desço no abismo que sou e quase ignoro, se me apalpo na minha profundidade, encontro Friburgo, meu ser infantil em Friburgo, na serra, na casa da minha avó. Friburgo é meu limite. O extremo de meu túnel. A ponta da minha raiz, do meu novelo, do meu mundo consciente. Minha consciência começa na cama de doente, no quarto de Friburgo, casa de minha avó solitária, eu com três anos. Daí para trás, não me lembro. Recordo-me do médico — o Dr. Galdino do Vale, o mesmo que atendeu o Padre Leonel Franca, na sua primeira crise cardíaca, em 1908, médico e político estadual — debruçado sobre a caminha, e eu, jururu, encolhido, assustado, expectante. Vejo tudo penumbroso, lusco-fusco de aquário, de estufa, nós quase peixes ou moluscos, aquosos, vagos, a lenta viscosidade das coisas *in fieri*, a vida em formação, a vaga matéria, a pastosidade, o cinzento entre o nada e o ser. Parece um velho filme em preto e branco. Mas eu percebo que me movia, que o movimento pousava em mim. Eu era. Dessa temporada dos três anos, só me lembro disso, não por informação, estou certo, mas por experiência pura, pessoal.

Tenho mais noção íntima da temporada seguinte, dos sete anos incompletos. Foi a fase gostosa de brincar de ser padre. Vovó me queria padre, me sonhava padre. E fez uma batininha para mim. E batia palmas, e ficava jubilosíssima com as brincadeiras eclesiais do neto. Eu era vivinho, precoce, falante, dado, perguntador. Pegava tudo no ar, com facilidade. Punha-me eu, pois, no altar do quarto de minha avó, um amplo oratório de verdade, e brincava de dizer missa, convocava o pessoal de casa, a criadagem, pois minha avó vivia com largueza, chegou a ter naquele tempo a bela renda de dois contos e quinhentos por mês. Penso que não havia maior seriedade ou psicológica importância naquilo tudo, era brincadeira mais ou menos oportunista, suscitada pela beatice da velha, doida por igreja. Seria ela religiosa? Igreja, para ela, era importância. Ser muito religioso era algo certo, correto, digno, conveniente no sentido mais alto, mais puro. Ela era extremamente religiosa nesse sentido exterior, social, institucional. Sê-lo-ia no outro? Seria ela religiosa no mais profundo sentido, na região mais densa do ser, no mais espesso dela mesma? Parece-me que, no fim, ela caminhava para essa religiosidade total, ou mística, feita de exigentíssimo despojamento. Mas até que ponto nessa renúncia não se insinua a mesma e simples motivação da primeira fase, extrovertida e festeira?

Minha avó era extrovertida. Gostava de movimento. Por isso mesmo, eu gostava dela. Copiou para mim o catecismo com sua letra estranhamente regular, em personalidade tão irregular. Queria que eu fosse padre. Promoveu até a minha primeira comunhão em Friburgo, quando eu tinha seis anos. Mas meu pai, assustado com tais intervenções ou incursões em sua área, vetou o projeto, acariciadinho longamente. E, súbito, minha avó morreu, a grande avó de Friburgo, e eu não senti nada, absolutamente nada. Eu próprio estranhei, me apalpei. Nada. Tudo quieto em mim. A velha tombou, fulminada pelo derrame matinal, e eu, com sete anos, apenas pensei no relógio de ouro, que fora do pai dela e seria meu, por sua determinação. Foi minha única herança até hoje. Passei o dia todo pensando no relógio, afagando o imaginário relógio do bisavô, que não cheguei a usar e foi vendido um dia por mim pela bagatela de dois contos e cem.

Ainda uma vez, me lembro da casa de minha avó em Friburgo: casa ampla, com porão (mas não habitado), varandinha, quartos bons, duas salas, corredor longo, a cozinha mais baixa do que o resto da casa, os gansos no quintal do lado direito, o das janelas dos quartos, o jardim do lado esquerdo, o da entrada, o cachorro Tareco, que morreu e foi enterrado por minha avó no jardim, o oratório, o busto de São Tarcísio, minha avó saindo de automóvel de praça, minha avó dando ordens, minha avó distribuindo tamancos aos pobres, minha avó ensinando catecismo às crianças. Era uma personalidade viva, inquieta: mudou de casa mais de vinte vezes em vinte anos. Arranjava sempre um motivo decente para precipitar a mudança: a casa vai cair, por exemplo. E lá ia ela, feliz, na boléia do caminhão, comandante-chefe, maestrina, abadessa em sala de capítulo... O comando era o seu forte. Amava a direção do que quer que fosse. E amava novidades. E a mesa farta: galinha, porco, doces, pudim, manjar, bolo de milho, em qualquer dia da semana. Visitas para almoçar e jantar. Explorações incríveis: era o preço da notoriedade. Nunca mais entrei na casa de minha avó. Fui muitas vezes a Friburgo, nesses trinta anos depois que ela morreu. Fui, nos mais diferentes estados d'alma, ao seu modesto sepulcro, no alto da colina-cemitério, atrás da estação ferroviária. Mas nunca mais entrei na casa da Rua Ernesto Basílio. Quando leio o poema de Manuel que fala da eternidade da casa de seu avô, é na de minha avó em Friburgo que meu coração pensa...

Friburgo, Friburgo. O trem apitando, a sineta do trem tocando, ao atravessar a cidadezinha, a praça com eucaliptos, e um menino ali na janela a espiar o trem.

Fui uma criança de vida fechada. Não viajei. Não vi mundo. Não vi gente. Reclusão relativa. A grande e única viagem foi esta a Nova Friburgo, cinco horas de trem, mamãe e eu. Se a chegada de meu avô se liga em mim a um susto, a uma aflição — passar debaixo do trem, a ida para a casa de minha avó prende-se na minha dialética afetiva a outro susto, um dos dois maiores de toda a minha infância. Foi assim: ia eu, muito contente, pendurado à janela, do lado direito, a devorar paisagem, curiosinho, degustando, o coração leve, descuido completo, como se o mundo inteiro fosse mesa de doces, em fim de tarde, quando um safanão me jogou no assento, que ocupava. Foi um susto especial. Primeiro encontro com o mundo das violências imprevisíveis e das ciladas brutais que o destino capricha em construir, tecer, entretecer, desenhar sutilmente em nossas vidas. Caí no meu lugar, caí em mim. Era um senhor que simplesmente me acabava de salvar a vida: aproximava-se a ponte sobre o rio Macacu, em Cachoeiras, e ele, vendo-me à janela, distraído, leve, inocentíssimo, só teve o recurso da rapidez sem explicação prévia, para que a minha cabeça não fosse atingida pelo madeirame que precede a parte férrea da ponte imensa. O desconhecido salvou-me a vida.

Não passei debaixo do trem. A ponte não passou por sobre minha cabeça.

E havia os pobres, os pedintes, estrada afora. Porto das Caixas, Cachoeiras, Visconde de Itaboraí, Magé... Pobres a que eu pingava uns níqueis, pobres que eu aflitamente sondava com estes olhos contemplativos, longos, comunicantes que são os meus.

Que espécie de criança eu era? Que espécie de vida era a minha? Uma criança alegre, afetiva e falante, mas a vida era tristonha, de hábitos medíocres. Insípida. Vivi uma infância fechada, presa. Meus pais não me soltavam. A nítida impressão, que guardo, é a de prisioneiro. Na casa pequena, quente, três seres passavam o dia: minha mãe, a jovem empregada e eu, menino. Que experiências teve o animal que eu era, nesse quadro imensamente restrito? Que me deixavam fazer, ou que podia fazer? Andava pela casa, bisbilhotava o interior, olhava pela janela (havia duas) se batiam à porta, ou se algum ruído exterior nos solicitara a atenção, tomava café, almoçava, lanchava, jantava, distraía-me comigo. Minha mãe era solícita. Mas tinha a casa toda para cuidar. A empregada brincava um pouquinho comigo, mas tinha a função de cozinhar, de arrumar. Eu ficava sozinho — entregue muito à minha solidão. Casa estreita: duas salinhas, dois quartos, um quintal pouco mais do que área. Na frente, a vila, o amplo corredor entre as casas, onde à tarde minha mãe me soltava um bocado. E tal era minha insegurança que, já com seis anos, reclamava se minha mãe não se punha à janela, acompanhando-me com seus olhos. Eu ia brincar com os outros, sim, porém sob o olhar da mamãe, preso à mãe. Fui uma criança excessivamente presa à mãe. E dominada pela severidade do pai. No quintalzinho, andava de velocípede, eu e minha solidão. Mamãe não era de rádio. Nem muita música, nem muita notícia. Vivíamos bastante isolados do mundo. Às vezes, íamos até a praça e eu passeava minha curiosidade — naturalmente, a praça, que é grande, me parecia enorme, um parque. Foi o parque da minha primeira infância, praça de bairro, tão tranqüila, tão serena, tão limpinha, tão fora da vida.

Eu não era feliz. De raro em raro, o muro se abria, a missa aos domingos com mamãe (nem sempre eu ia), jantar em Botafogo com tia Helena, visita de vovó, dentista na cidade.

Gostava de ir à cidade. Íamos de bonde, a vida era sossegada. Sei que prestava extraordinária atenção às coisas, ao Pão de Açúcar, que ainda hoje me agrada, me prende, quando o ônibus passa no Flamengo, as pessoas, os pequenos incidentes, o muro do Palácio do Catete. Tudo eu fixava. "Aqui mora o Getúlio", deve ter sido em 33. "E onde é que mora o Jeca?" — era a influência das caricaturas da revista *Careta*, que papai comprava regularmente. "Olha o discurso do Senhor Antônio Carlos", gritou o molecote na janela do ônibus cinzento a caminho de Botafogo, uma tarde de domingo, 1933-34. "Eu não fiz discurso nenhum", disse alto o garoto, entre surpreso, indignado e assustado. Assim a vida corria, numa pequena cidade marítima de um milhão de habitantes, numa pequena casa de vila, onde um menino esperto e tagarela ia cumprindo os seus ritos. Era pontual na privada: "parecia um relógio". Tomava banho de sol com uma toalha felpuda amarrada na cintura. Era no quintalzinho, sentava num banco e esperava que a mãe dissesse da porta que era hora de voltar para dentro. A mais antiga lembrança sexual da minha vida é desses banhos de sol no pátio (como preso): um dia, tirei a toalha e me olhei nu, atentamente, longamente, fixamente. Foi só isso. Mas constituiu uma experiência semi-erótica. E ela ficou em mim — como iniciação remota e tênue. Teria o quê? Cinco anos... Mamãe me dava banho todos os dias na — para mim — grande banheira. Eu gostava de água? Nem gostava, nem desgostava. Mar não existiu para mim, na infância. Menino de cidade praieira, pouquíssimas vezes fomos à praia para banho de mar. Lembro-me de uns na Urca, perto do cassino. Eu gostava. Teria medo? Não mais do que o mínimo normal em criança pequena sem hábito de praia. Sempre gostei muito de andar de automóvel, isso desde menino.

Mas também de andar de bonde — no canto de dentro. Menininho, gostava de rua, assim fiquei a vida toda. A rua faz-me bem, quanto mais gente mais gosto, quanto maior a confusão mais me alegro eu no meu silêncio de tímido.

Papai falava pouco ao jantar. Sempre irritado, preocupado. Fumava, repreendia, desconversava. Foi sempre meu pai um ótimo desconversador. Não ama o jogo franco da conversa, nem a exibição dos sentimentos. Recatado, reservadíssimo quanto ao próprio pensamento, não se dá, não se entrega ao interlocutor. Comunicar-se, é quase impossível para ele, natureza fechada. Nossos jantares eram sisudos, como papai.

Aos cinco anos, levei o maior susto da minha infância. Estava na calçada da Travessa Santo Afonso, onde moravam meus tios Acilino e Aldina, e veio um homem tonto. Quis o menino, assustado, entrar novamente no jardim, mas a prima fechou-lhe o portão. Agarrou-se o menino ao portão e, sacudindo-o, gritou, investiu contra o destino que o traía repentinamente, chorou, teve a sua primeira crise violenta, absoluta, íntima, total, hecatombe radicalíssima. Socorreram-no de dentro, mas era tarde: estava gago. Gago fiquei alguns meses, traumatizado pelo encontro com o bêbado na ruazinha tranqüila da Tijuca. As palavras se atropelavam, atropelavam-se as sílabas, e eu, expressivo, não me conseguia exprimir. Sofri. De repente, fiquei bom.

Tinha medo de mascarado. Medo mesmo. Entrava em pânico... O carnaval era um suplício por causa das máscaras. Não sei por que me repugnavam. Só muito mais tarde, na curva dos doze anos, perdi esse pavor inexplicado. O outro medo da minha vida — de ratos —, conservei-o. Nem com o tempo consegui perder essa ojeriza. Vejo rato, sobressalto-me. Mesmo que o rato seja pequeno e esteja longe.

Gostava de carnaval. Ainda gosto. Este ano, preparei-me para o carnaval relendo no sábado o longo poema de Mário de Andrade, "Carnaval carioca", já quarentão. Mas as máscaras me apavoravam. Não podia prestar atenção direito naquilo tudo, entregar-me sem reservas ao ritmo profundo. Entre mim e o carnaval, as máscaras, mais precisamente, os mascarados, os seres mascarados se interpunham como uma proibição, um motivo de sofrimento, angústia. Meus pais sabiam de tudo e brincavam comigo, ou procuravam suavizar o meu horror. Mil expedientes usávamos para que eu visse a festa sem padecer muito, sem que minha sensibilidade aguda se exacerbasse.

Procuro penetrar, hoje, nesse medo. Não sei de nada. Ainda aos dez anos, o encontro em mim, crispado, violento, eu em crise íntima por causa dos mascarados. Só podia ser minha insegurança, desafiada mais duramente pelas máscaras. Eu, normalmente inseguro, frágil diante do mundo, não tolerava aquele acréscimo de aspereza, dificuldade, enigma, um não-sei-quê de inferior em nós, seres não-mascarados. Ficávamos à mercê dos mascarados, sujeitos a suas brincadeirinhas, seus excessos joviais ou meramente chatos. Minha seriedade sentia-se atingida. Fui uma criança muito séria.

Não brinquei, propriamente, em carnaval nenhum. Vi, apenas. Vi os outros brincarem. Viagens de ônibus, de bonde. Contemplação distante e cerimoniosa. Fantasiei-me entre os dois e os oito anos — cigano, florista, holandês, marinheiro... Tudo muito singelo, inocente e diurno. Não fui a bailes infantis. Não entrei na folia.

Meu pai era todo silêncio e regulamento. Um código de calça, paletó. Não sabia dançar. Não tinha a espontaneidade necessária, a plasticidade, a maleabilidade. Granítico, homogêneo, incapaz de qualquer coreografia mais ousada. Pareceu-me sempre de pedra. Há, nele, com os anos, um processo de mineralização ou mumificação, que está na linha de seu modo de ser mais ordinário, mais comum.

Mamãe gostava de dançar. Sacrificou a dança. Como sacrificou muitas outras coisas. Os dois, no fundo, nunca se entenderam. Viviam bem, muito bem relativamente, mas o governo geral nas mãos dele, que pensava por ela, queria por ela, decidia por ela. Mamãe, dócil, calma, aceitou sempre esse cômodo e baço papel de caudatária, sem muita voz em capítulo. O equilíbrio assim se mantinha.

Infância pobre, vazia. Nenhum acontecimento. Não vi defuntos. Não vi nada demais. Tudo igual. Tudo parado. Não houve mortes, nem nascimentos. Apenas algumas brigas de papai com mamãe. Localizo a do batizado de Gildinha, minha prima. Eu devia ter seis anos. Mamãe queria ir: era o batizado da primeira sobrinha-neta. Papai não queria. Houve briga mais longa. Lá estava, de visita rotineira, nosso primo Carlinhos, rapaz de trinta anos, surdo-mudo. Eu, na sala, entretinha, engabelava o Carlinhos, já desconfiadíssimo. Eles, no quarto, discutiam. Vamos, não vamos. Sofri muito com o aspecto deprimente da cena. Guardei a mais completa dignidade exterior, mas por dentro me desmoronei um bocado, me gastei, me ralei, me senti frágil diante do destino.

E houve a história do pente. Não posso ver pente sujo que não reviva, no mais fundo de mim, o acontecimento do pente em Silva Ramos. Minha mãe era limpíssima. Meu pai dizia que ela tinha mania de limpeza... Pois, não obstante, teve, um tempo, o ponto fraco de esquecer o pente sujo. Meu pai ia pentear o cabelo e deparava o pente sujo. Reclamou, irritado. Que ela depois de usar o pente o limpasse. Insistiu. Em vão. Pente sujo. Papai limpava o pente. E ralhava. Eu me incomodei com aquilo. Não era possível. Resolvi limpar o pente... Batia meu pai as suas pancadinhas à porta — pan, pan, pan — e eu ia correndo, antes que a porta da rua se abrisse, limpar o pente, evitar briga. Pente, que simbolismo...

Ainda hoje, as águas correm dentro de mim, quando me lembro disso. Ó pancadas na porta, ó pente sujo, ó aflição de um menino de cinco, seis anos. Águas da infância represadas em nós, águas silenciosas, quietas, águas feitas de pranto, de sono, de susto, de medo. Águas do amor e do ódio. Águas de nosso rio invisível, que rolam, que rolam... Para onde?

Eu era muito afetivo, muito ligado a mamãe. Maricas? Não era. Tinha personalidade demais para ser maricas. Mas de fato era muito agarrado a minha mãe. Dependente dela em excesso. Mimado por ela. Abafado pela sua ternura. *Enfant gaté* eu fui embora a severidade do meu pai contrabalançasse o ambiente. Mamãe ensinou-me a rezar com todo o carinho dela. "São Francisco de Assis, acalmai meu geninho." "São Guido, fazei-me um bom menino"... Canonizávamos a Guy de Fontgalland, menino parisiense, contemporâneo do meu posterior amigo Dom Basílio. Guido não é santo, mas minha avó, muito de igreja e novidades, empurrava o negócio da beatificação desejada e nos impelia para o círculo dos fãs do piedoso menino francês. Todas as noites minha mãe rezava comigo, junto a minha cama, antes de eu adormecer. Genioso tenho sido desde que me entendo. Desconfio que é tarde para mudar. Invocávamos a Francisco, ao medieval Francisco, que ele serenasse o *mare* dos meus humores, pusesse ordem, paciência, doçura no menino impulsivo. Mamãe ensinou-me rudimentos de religião católica, a súmula do catecismo elementar. Nunca fui especulativo. Minha inteligência mistura-se à minha sensibilidade. Tudo em mim se reduz a sensações e sentimentos. Não sou um filósofo. Minhas indagações eram concretas, práticas no sentido mais amplo. A consciência mística despertaria em mim bem mais tarde.

Às vezes, de noite, sete e meia, oito horas, eu atravessava a rua, com qualquer pessoa, Stênio, por exemplo, filho de criação da minha avó, meninote de dezoito anos, que vinha com ela de Friburgo como secretário, e ia até a capela do Gaffrée-Guinle, o vasto hospital que dava fundos para nossa rua. As freiras estavam rezando seu ofício, devia ser o ofício breve de N. Senhora. Eu não me interessava pela coisa em si. Queria era ser visto pelas freiras, aparecer, chamar a atenção. Dava umas voltas pela capela, chegava junto à grade, espiava. Mas o sentimento da minha importância não me abandonava nunca. Eu me julgava importante. Nada me podia alegrar tanto como importância.

José — sobrinho da nossa empregada Laurinda — apareceu lá em casa. Era um pretinho vivo. Viu-me brincando no quintal e comentou: "tão riquinho e tão maluquinho"... É que eu estava falando comigo mesmo. Laurinda, que me contou esse comentário, foi nossa empregada por dezesseis anos seguidos. Entrou para o serviço da casa quando eu tinha cinco anos. Saiu depois que eu parti para o mosteiro. Laurinda. Era uma anã, ou quase anã, preta, firme, enérgica, desconfiada, analfabeta. Não tinha noção de coisa alguma, além do horizonte mínimo das casas em que viveu. A roça, para lá de Friburgo. A casa da madrinha, em Friburgo, donde fugiu. A casinha do irmão, pai do José, o Manuel, preto muito bronco, que conheci aqui no Rio e morreu de uma úlcera estomacal. A cozinha do asilo de velhos, fundado por minha avó em Friburgo, onde as duas se conheceram e combinaram a ida da "negrinha", como a minha avó lhe chamava, para o serviço da nora. Antes de ir para nossa casa, Laurinda esteve uns anos em Bonsucesso, numa casa de família, a que não ficou presa por nenhum laço maior. Quando foi para nossa modesta casinha de vila, alugada e velha, porão, camundongos, teto de madeira, tábuas longas no assoalho, ela só tinha o irmão Manuel, a cunhada Dorica (inteligente e sapequinha) e o José. Eu me dava com a minha anã. Brincávamos. Um dia, pus *flit* no ouvido dela. Juntos, matávamos porcos imaginários. Ela me contava historietas da roça fluminense de sua infância, eu ouvia sem embevecimento especial.

Nenhuma delas sobreviveu em mim. O que vejo é o casacão verde e felpudo da Laurinda. O que ouço dentro de mim é a sua vozinha nasalada e áspera, mas palavra propriamente não restou nenhuma. Laurinda parecia uma pequena macaca, vestida de gente. Tinha um andar esforçado, de gringo em ritmo de negócios, as pernas curtas não davam quase cobertura à necessidade vital de caminhar. Ela caminhava como se nadasse. Às vezes, cantava — como se fosse menina. Sua psicologia era de uma criança. Que saberia do amor? Por esse tempo, levei as alianças em dois casamentos na família. Um, em S. Francisco Xavier. Outro, em Sagrado Coração (Benjamin Constant). Sabemos que Proust levou as alianças no casamento de Bergson. Não sei se posso chamar ao *petit* Marcel meu colega por esse fugidio exercício comum de uma função... *À la recherche du temps perdu, le temps retrouvé*. Não ficou cena alguma em minha memória. Ou antes ficaram duas subcenas, que agora emergem, prestimosas. Eu, caminhando um pouco rápido à entrada da igreja em Benjamin Constant e Heleninha, minha prima, contendo-me discretamente, para que esperasse a noiva, também Helena (a noiva ficaria viúva meia dúzia de anos depois). Do outro, não me lembro da igreja, mas da mesa de salgadinhos, exatamente da mesa de salgadinhos na copa. Fartei-me! Sempre fui guloso. A noiva também está viúva.

II

"No meio do caminho tinha uma pedra."

CARLOS DRUMMOND DE ANDRADE

Gostaria de chamar a isto aqui — *Lelento se masturba*. Mas ainda é cedo para quebrar a cabeça com títulos. Vamos ao menino. Em 1935, meu pai construiu a casinha da Muda. E em janeiro de 36 nos mudamos. Foi a maior alegria de minha vida até então. A casa da Tijuquinha!... Assim nós lhe chamávamos na intimidade nossa trinitária. Mudamos para uma rua de terra, deserta, na periferia da cidade, literalmente num dos extremos da cidade. Perto, ficava uma pedreira inexplorada. Fiz meus oito anos nessa casa.

O encontro com a vida se vai tornando mais íntimo. A vida se dilata. Em Silva Ramos, eu já aprendera a ler, escrever e contar, meio brincando, sem dificuldade, mamãe como professora-companheira. Depois, como santo de casa não faz milagre e minha mãe se preocupava com meu destino, meu futuro, arranjaram uma professora enjoadérrima, que me parecia velhota, uma senhora indicada pela nossa prima Chica, creio que tinha sido professora do meu primo Bubi. Não gostei muito dela. Um dia, minha avó, de passagem em nossa casa, ouvindo uma das aulas, fez restrições ao estilo pedagógico e à cultura da mulherzinha. Foi o bastante para que mamãe a despedisse. Marina, minha prima normalista e namoradeira, vivíssima, alegre, ruidosa, bonitona, substituiu a velha. Aprendi o essencial das noções elementares, em aritmética e linguagem. Aos oito anos, lia regularmente, mas ainda era muito ignorante.

Em 37, fui para o colégio. Esta ida para o colégio — externo — foi natural, tranqüila. Mamãe se preocupou, eu não. Lá fui, bem satisfeito, pensando não sei em quê, certamente nada, nunca pensei, nessas horas de expectativa, nessas curvas, mas deixo que a vida entre em mim, as sensações cheguem, a realidade nova se inaugure em mim. Lelento coça o umbigo.

A primeira experiência ou o primeiro contato no colégio foi de tipo a me pacificar completamente; o diretor, vermelhão, gordão, mandou-me copiar numa sala, junto à diretoria, a lista dos objetos necessários; ora, eu escrevia muito devagar; apareceu, então, um rapazinho, bem mais velho, Olavo, e percebendo — por espontânea bisbilhotice — que a tarefa me saía em ritmo ridículo, tomou a si cumpri-la. Mamãe recomendou ao diretor, capitão reformado, que eu não corresse, porque usava óculos, podia cair, quebrar os óculos e ficar cego para toda a vida... Desde os sete anos, por miopia (miópia, como queria Ramiz Galvão, erudito chato), usava óculos permanentemente, talvez com uma pontinha de orgulho — óculos dão importância. O diretor acalmou minha mãe e me introduziu na sala de aula. Sempre me adaptei muito bem, no primeiro momento. Minhas crises, quando surgem, surgem mais tarde. Capacidade de adaptação não me faltou. Gostei muito daquilo, pus-me a estudar com relativo desembaraço e prazer, dava piparotes nos alçapões. Não vou descrever, em estilo de relatório ou crônica de convento, a minha trajetoriazinha escolar, desde o segundo ano primário, em que comecei, até o segundo ano jurídico, em que parei. Doze anos de estudos regulares, sem crises, sem grandes problemas, a família por trás, o sustento garantido. Lelento coçava o umbigo.

Meus cadernos do período março-junho de 37 eram horrorosos. Dava conta do recado, mas escrevia com muita força, calcava demais, os cadernos ficavam muito sujos. A diretora me advertiu com severidade afetuosa e escreveu num deles (não o vejo, há muitos anos, muitos): 8 de junho de 1937, a fixar um ponto de partida. Foi com efeito um ponto de partida: minha letra ficou ótima, meus cadernos se tornaram limpos, decentes. Por muito tempo, a diretora se gabou de sua façanha e a recordava comigo, amistosamente. Dos meninos e meninas meus companheiros de sala ou de colégio — muitos, naturalmente — o que mais me causou espécie e se fixou na minha memória foi Gilberto, menino muito bem-educado, de uma sensibilidade extraordinária. Perdeu-se ou se extraviou por completo, nos caminhos da vida. Ainda o encontro de vez em vez, é-me penoso ao extremo conversar com ele, semi-instruído, funcionário medíocre, sem ideais de tipo algum, entediado, nervosinho, vazio. Não era um menino vazio. Muito ao contrário, parecia-me cheio de poesia, uma estranha, diferente personalidade — um artista. Seu drama veio a ser exatamente este, do artista que não se encontra, não se limita, não se define, não se realiza. Desenhava como quem respira, à vontade. Sabia tudo na ponta da língua, era inteligentíssimo. Mais tarde, tentou o desenho, a pintura, não se encontrou em nada. Gilberto parecia adivinhar a vida. Depois, tornou-se amargo, duro, céptico. Banal. A adolescência o desfigurou. Gilberto esvaziou-se de si mesmo.

Com a morte de minha avó, mudou-se para nossa casa da Tijuca um homenzinho curioso, o Ernesto, que era copeiro dela. Continuou copeiro lá em casa. Ernesto parecia frágil, muito magro, ossos de fora, pardo, um cavanhaque reles, cabelo grisalho (tinha a idade da minha avó), baixo, calado, respeitador. Era semi-analfabeto, mas convencido. Tinha a educação razoável e, por vezes, requintada, adquirida no convívio longo e íntimo com pessoas finas. Era filho de escrava do meu bisavô, brincara com minha avó. Vivera sempre entre os nossos como uma sombra inofensiva, uma reminiscência que ninguém ousa afastar, objeto de estimação que pode quebrar, mas não jogamos fora, imagem do passado, tanto mais respeitável quanto mais o represente. Em nossa casa da Tijuca, viveu tranqüilamente doze anos, fumando os seus cigarrinhos, indo levar-me e buscar-me, passeando comigo pelas redondezas, fazendo compras, servindo a mesa, limpando os talheres com irritante paciência, sempre igual a si mesmo e fiel, pontual e teimoso. Foi minha babá de fim de infância. Contou-me casos do passado, reconstituiu para mim, honestamente, os hábitos de outrora. E sofreu silenciosamente e morreu — dois meses depois de saber que eu iria para o mosteiro. Ernesto saía comigo para incríveis caminhadas, íamos a pé até a Rua Afonso Pena, até a Usina, explorávamos com exasperante disposição aquelas ruas sossegadas e, enquanto íamos e vínhamos, no silêncio bom das manhãs de sol, pelo bairro quieto, trocávamos impressões, palpites, discutíamos, opúnhamos os nossos tempos respectivos: o passado, o futuro... Ele era um bom sujeito. Comia devagarinho. Fazia uns bolos com a comida, e cochilava com uma facilidade de velho. Nunca vi ninguém limpar gaiola de passarinho com solenidade minuciosa como a dele.

Com a morte de vovó, nossa vida ganhou impulso, nós saímos um pouco da modéstia em que vivêramos até então. Papai herdara dela cento e vinte contos, naquela época se vivia com dois e quinhentos por mês folgadamente — era isso que papai ganhava. Até àquele tempo, nosso nível fora realmente modesto, mas fora bom: carne todos os dias, leite, manteiga, doce com freqüência, queijo de vez em quando, frutas comuns, galinha, ou peixe, para festejar as datas íntimas, homenagear vovó ou qualquer visita mais cerimoniosa. Festinha nos aniversários, presentes. Não nos faltava nada, embora a luta de papai no trabalho fosse árdua. Depois da morte de vovó, folgamos. Meu pai aplicou o dinheiro na construção de cinco casas e comprou enorme terreno, que dava para construir mais quatorze. As casas rendiam um conto e quinhentos por mês. Estávamos quase ricos, para o nosso padrão classe média. Papai comprou automóvel, lembro-me da noite em que chegou com o carro, em dezembro de 36. Fomos passear nessa noite na Lagoa Rodrigo de Freitas... A nossa vida se abria. Quatro contos líquidos por mês davam para muito. E papai ainda recebia sessenta contos por ano de gratificação, isto é, mais cinco praticamente por mês. Nossa vida se ampliou, se desmediocrizou bastante. Copeiro. Móveis novos. Tapetes. Piano. Todos os sintomas da prosperidade. Vida folgada quanto a gulodices, teatros, passeios de automóvel pelos recantos do Rio. Mamãe sempre econômica, papai sempre cauteloso em matéria de dinheiro, digamos logo — meio sovina, mas era inevitável que tudo se tornasse mais farto. Mamãe com professora de piano, professora de francês em casa. Roupas melhores. Dos meus oito anos em diante, vivi como rico — medianamente rico. Despreocupação total quanto a dinheiro. Dinheiro não constituía problema. Facilidades. Tudo existia para me servir: Ernesto, o velho Ernesto ajoelhava-se a meus pés pacientemente, para amarrar minhas botinas e eu ainda ficava zangadinho; só Ernesto, o infatigável Ernesto é que sabia ajeitar a gola indócil da minha camisa, manias, manias de menino mimado... Vida farta e suave. Eu fazia minhas descobertas. Tinha uma liberdade infinitamente maior do que em Silva Ramos. Brincava horas seguidas com os meninos da vizinhança em plena rua, longe dos olhos de mamãe. Explorava, afoitamente, os arredores, o morro da Casa Branca, e era na verdade uma atração inebriante. Não chegavam a ser, as minhas, brincadeiras sistemáticas, brincadeiras organizadas, nem sequer caçávamos passarinho. Mas eram pequenas excursões, vadias incursões, puramente improvisadas, sem nexo nenhum, brincadeira exclusivamente, coisa ligeiríssima, de meninos de cidade. Minhas audácias a isto se limitaram, na despedida da infância. O máximo, que conheci, foram cabras, cabritos, bodes e camaleões, sobretudo estes, preciosos bichinhos que sempre me impressionaram. Fase do revólver, correrias, bandidos e mocinhos, ataques e contra-ataques, brincadeiras de pegar, pique, tropelias, fase em que o garoto se mete a entender de marca de automóvel: Ford, Chevrolet, Cadillac... Brincávamos de acusado. Corríamos pelos capinzais próximos. Conheci um pouco de liberdade. E convivi, ainda que superficialmente, com meninos da minha idade, ou pouco mais velhos. Fui rigorosamente menino de cidade, menino urbano, sem experiências rurais.

Futebol? Não me aprofundei. Passou por mim, como realidade do meu tempo. Não me marcou. Hoje, nada sei de futebol, não existe para mim. Garoto de dez anos, joguei às vezes, estabanadamente, um futebol de calçada, de rua, de seis ou oito. Como era meio lento, meio mole, preferiam-me no gol. Fazia, vezes, de juiz: gostava. Juiz era importante, mandava nos outros, presidia.

Minhas brincadeiras com José eram mais íntimas, recatadas. Mas sem a mais leve sombra de sexo. Brincávamos de banquete e eu fazia de copeiro e ele de general convidado, não sei se por imposição ou sugestão dele próprio, ou minha... Conversávamos longamente, mas eram tudo inocências, embora estivéssemos a sós e José fosse um pouquinho mais velho do que eu. Era um menino profundamente inocente. Malícia não havia em mim.

Gostava muitíssimo dos longos passeios de carro, por este Rio. Foi em torno dos meus dez anos que descobri a minha cidade. Antes, não a conhecia quase. Tijuca, Botafogo, centro, o velho Jardim Zoológico de Vila Isabel, a Quinta, uma ou outra visita a Copacabana. Mais nada. Com o automóvel, conheci o Rio. Sinto saudades desses passeios de horas pela floresta da Tijuca, a orla marítima, a Lagoa Rodrigo de Freitas, quase vazia, quase campestre, lagoa pesadona, soturna, o Corcovado, a Barra na sua fase inicial, deserta, São Conrado muito antes da estrada para a Tijuca, Jacarepaguá, o Sertão Carioca, Santa Cruz, Sepetiba. Velhas estradas de terra, de areia. Tudo primitivo. Meu encontro com as Furnas, Getúlio jogando golfe no Itanhangá e nós parados na estrada para espiá-lo... A aparição súbita do mar, na curva do Joá. Eu pedindo a papai que corresse, que corresse, pois sempre — pela vida afora — amei a velocidade, as corridas loucas, a hora em que o avião vai decolar e galopa deslizantemente, doidamente. Libertação, não terá sido isso o segredo da minha vida?

Subimos a Petrópolis. Jantamos em restaurantes finos, com que volúpia me iniciei na polidez, com que doce e estranho sentimento, delicioso, me entreguei ao aprendizado das boas maneiras em público. Jantares de aniversário no Brasil-Portugal, ali na rua que rima com aniversário — do Rosário, a alemã bonitona a postos na caixa, vinho na mesa, ou antes, no tripé, lavanda para as senhoras, eu tão feliz. Foi meu padrinho Acilino que me ensinou, no Brasil-Portugal, o básico da arte de comer num restaurante fino. Na noite de 31 de agosto de 1939, jantávamos ali calmamente e papai discutia com meu padrinho, diante do meu silêncio interessado, a possibilidade da guerra. Viria a guerra? Era o destino de papai que se estava jogando naquela noite e ele não sabia. Naquela hora, as tropas alemãs atravessavam a fronteira da Polônia, era a guerra. A 3 de setembro, formalizava-se o estado de beligerância. Esta guerra mudou nossa vida.

Sempre fui estudioso e sério. Amava as tarefas escolares, nunca foi preciso que minha mãe brigasse comigo para eu estudar, preparar os deveres de casa, rever a matéria. Sabia normalmente as lições, era de modo geral bom aluno. No ambiente medíocre, distinguia-me. Criei fama de inteligente. Sobretudo de 1942, inclusive, em diante, fui uma espécie de gênio escolar, muito acatado, muito citado, muito aplaudido. Gostava de ser apontado. Não sou uma pessoa modesta, implico mesmo com a modéstia. Considero-a, com Gilberto Amado, a forma mais antipática da vaidade. Eu não era um estudante ou um colegial modesto, pelo contrário. Apreciava exibir meus conhecimentos razoáveis. Tinha facilidade para os estudos teóricos. Mas não suportava o exibicionismo fácil, vulgar. Isto nunca fui: pernóstico ou banalmente exibicionista. Havia em mim um recato, um pudor. Por exemplo, quanto à recitação. Eu sentia, eu sabia que me era fácil, aos oito, nove, dez anos, declamar com ênfase, com emoção. Mas eu me recusava hostilmente a isso. Detestava a recitação como a faziam, tinha vergonha daquilo, achava-o horroroso, indigno da poesia e de mim, um absurdo. Como fazer, então? Como declamar, sem cair no ridículo. Foi meu primeiro problema de arte literária, de estética literária. Como se comunicar a emoção artisticamente, sem vulgaridade, sem recurso ao lugar-comum, à banalidade horrível? Eu não tinha uma fórmula e, como não aceitava, não podia aceitar a receita geral, aquilo que os outros faziam no colégio, eu me recusava a declamar, eu lia secamente, sobriamente, durante as aulas de linguagem, para não ser escolhido. Sofria a professora, que tinha um fraco por mim e confiava no menino de óculos, tão sério. Fazia tudo para suscitar em mim a fácil emotividade declamatória. E eu, nada. Casmurrão, quase engenheiro. Quando me seria tão fácil... Queria eu afirmar-me, mas com dignidade inteiriça. Creio que conservei bastante esse traço velho de meu modo de ser.

Quando foi, eu me pergunto, que descobri, claramente, minha vocação intelectual? Seria impossível precisar. Menino ainda, com oito anos, escrevi canhestramente a história de uma ilha imaginária, no oceano Pacífico, a ilha de São João, história, geografia, descritividade ingênua obviamente. Adaptação, transposição dos livrinhos didáticos, com auxílio da imaginação: memória-imaginação. Depois, descrevia nossas viagens, composições modestas e breves, em que contava o que vira. A primeira vez que a vocação especificamente literária veio à tona, apareceu, foi ainda bem cedo, no começo dos estudos preliminares. A professora mandou fazer uma cópia, um exercício de cópia, e eu fiz coisa inteiramente diversa: fiz uma redação, minha. Teria sete anos, quase oito. Detestava cópia. Depois, no ginásio, quando a professora de francês passava, tão antididaticamente, cópias infindáveis de textos em francês, eu punha o início e o fim dos parágrafos e, como tinha letra muito grande, muito derramada, garranchos inesquecíveis, e ela não lesse integralmente as cópias (do que eu desconfiava...), nunca me apanhou, nessa modesta artimanha de menino tão pobre de artifícios assim.

Pois eu escrevia. Eu descrevia as viagens mais importantes. Por quê? Para quê? Para guardar. Por uma íntima, invencível necessidade. Não lia para a família, não mostrava a ninguém. Escrevia. Escrevia a tinta, em cadernos escolares, e recolhia à gaveta. Fui assim pressentindo minha condição de escritor. Eram nuvens, mas havia dentro do menino engatinhante a desconfiança de que o destino seria escrever — exatamente, precisamente, escrever para não morrer.

Eu supunha que seria feliz no futuro. Não suponho, sei que supunha. Mas não era feliz. Sempre fui uma criança atormentada por não sei quê. Ernesto, esse dizia que eu era: *desensofrido*. Menino impulsivo, impetuoso, de rompantes mais ou menos perigosos, decisões rápidas, inesperadas, esquisitas. Assim me conservei. Posso dizer que não houve mudança em mim. E, no entanto... O amor da velocidade, encontro-o na aurora e perdura. O gosto das viagens. O gosto das novidades. Um esvoaçar displicente e, contudo, interessado. Vôo, vôo — desejo de voar, partir, subir. Inteiramente libertar-me. Ser de um modo pleno.

O ambiente dos dois colégios, em que estudei, na Tijuca, aluno externo, era verdadeiramente medíocre. A palavra exata é esta — medíocre. Tudo muito rotineiro, apagado e reles. Eu percebia a mediocridade baça de professores, alunos e métodos, mas me adaptava. Não fui rebelde, exteriormente. No íntimo, gostava com restrições muito grandes. No fundo de mim mesmo, havia inconformidade e melancolia. Aproveitei pouco, de fato. O ensino era elementar, superficial. Não havia seriedade nenhuma, muito menos profundeza. Vida à flor da pele. Alunos desatentos, bobinhos. Professores abaixo da crítica. Uns improvisados. Pobres-diabos a ganharem a vida, sem ilusões. O ritmo dos estudos era lento, fácil, inimigo de qualquer reprovação. Só um burro integral seria reprovado, em semelhante regime, de lentidão inacreditável. Viajávamos a um quilômetro por hora. Eu achava meio chatinho. Consolei-me, pois, com meus brilharecos. E vivi muito comigo, sem amizades íntimas.

Aquilo era bárbaro, eu não tinha vocação para bárbaro. De todos os professores dos meus dez anos de escola, sete anos numa, três noutra, nenhum exerceu influência em mim. Tudo figuras sem relevo, inaptas para a vida intelectual, sem vigor, sem marca. Gente que lutava pela vida, que lhes recusara maiores oportunidades. Honestamente, não me recordo de nenhum ato, nenhuma palavra, nenhum gesto fortuito, que me haja transmitido alguma coisa menos efêmera ou mais profunda, a essência da vida. Gente que ganhava o pão no magistério, destituída de qualquer complexidade, gente lisa. Do ginásio, não sobrou ninguém. Do clássico, me espiam três professores que me deram, não digo sua mensagem (talvez não a tivessem), mas um mínimo de coisas interessantes para o tipo de colegial que eu era.

Pois bem, o que mais me seduziu foi um professor de latim, muito relapso, preguiçoso, doente (de indefinível doença, esgotamento, neurose...), mas admirável na conversação, um acabado *causeur*, ágil, malicioso, erudito, sabedor de notícias literárias, afável, aberto. Esse homem comunicativo e curioso, essa alma doente, esse fraco cheio de seiva, esse latinista (não sei se tanto...) que desprezava o seu latim e comprazia-se em comentar a vida diante de nós com uma graça e uma leveza de grande cronista, tinha aos meus olhos encanto não despiciendo. Não foi bom professor. Foi um revelador de vida, suas aulas eram cheias das realidades de que se compõem os jornais — vida, vida, o momento no seu contorno fugaz, impreciso, nebuloso, confuso, por isso mesmo sedutor. Mestre de vida, tinha o mais vulgar dos sobrenomes: Pinto, mas nada nele era vulgar, embora desse a impressão de mesquinho pela feição irônica, melhor, ferina, sarcástica, do seu espírito. O sarcasmo refulgia nele. Pareceu-me um espontâneo discípulo do Eça, pelo poder de satirizar, pela capacidade espantosa de caricaturar. Retratava com perfeição. Era um mestre, um *grand-seigneur* na arte de reconstituir o perfil de um homem, ou de uma situação. Pinçava as fatias da vida com desenvoltura. Pegava no ar com facilidade surpreendente os fatos mais diversos, a matéria opaca e inexpressiva: transfigurava com o seu talento de sensual insatisfeito tudo aquilo que caía sob o poder da sua palavra. Era um consumado orador, do tipo mais perfeito, mais requintado e sutil, sem ênfase, comedido, natural, coloquial. Não se exaltava jamais. Não parecia deixar-se arrastar pela própria palavra. Não parecia fascinado pela própria voz. Era todo medida. Com que equilíbrio deveras incomum, sabia contar! *Causeur, conteur*, conferencista nato, mais conferencista que tribuno, era mesmo um homem de letras no sentido mais nobre. Amava a literatura, sabia muitas informações literárias e no-las dizia com aquele empenho de transmitir-nos seu amor. É claro que ele se queixava da indiferença geral e sofria realmente com isso. Mas havia as ilhas, eu era uma delas. Conversamos vezes inumeráveis, depois das aulas, antes, nos corredores, nas alamedas, na rua, até nas escadas. Amor das letras, curiosidade literária e humana. Foi o primeiro homem culto que conheci, o primeiro letrado. O primeiro professor para quem a cultura existia, era uma realidade transprofissional, uma exigência profunda e pessoal, uma finalidade transcendente, um mundo mais real do que o outro, de todos os dias, com seus bondes, seus lotações, seus horários, suas imposições absorventes. Vivia ele numa transrealidade, num mundo irreal, sonho, devaneio, fronteira da poesia, cansado, mas infatigável na conversa culta, sequioso de novos livros e perspectivas. Era com efeito um ser livre, de visão larga. Conhecia o essencial que um homem de cultura precisa conhecer, no Ocidente. Estava a par dos grandes temas, dos debates fundamentais do espírito humano, não era um apedeuta.

Só a três pessoas ouvi ler com tal perfeição, e sobretudo poesia: Adriano Pinto, João Luso e Alceu Amoroso Lima. Adriano — Adrianites, como eu lhe chamava dentro de mim, helenizantemente — sabia ler um texto com graça, valorizando-o inteiramente, mas sem escravização, antes com uma liberdade absoluta. Os três, que citei, todos jornalistas por vocação, todos cronistas, Adriano, o Luso, Tristão, lêem como se voassem, livremente, rapidamente, aladamente. O texto ganha asas, torna-se diáfano, leve. Adriano voava sobre o texto, com o texto, e tudo ia entrando em nós, como se fosse um vento espiritual, um sopro invisível, a alma do mundo, a essência da vida. Adriano sabia dizer os poemas!... O gesto era gracioso. A voz era clara e ligeiramente velada, contida, receosa de lançar-se mais, exatamente como em Luso e em Alceu. Não abafada ou mauriaquiana, como neste, quase rouca, e às vezes rápida demais. Em Adriano, a voz era nítida, pausada, mais segura de si. Mas que grandes efeitos conseguia ele, por exemplo, ao telefone, numa simples conversa de hora, hora e meia, como tantas vezes tive com meu professor: a voz exata, ao conversar, ao ler um texto, um fragmento, ao interpretar e viver a alheia criação. Sabia o valor das palavras.

Sua curiosidade era imensa. Talvez mórbida, excessiva. Separado da primeira mulher, depois viúvo, tinha os olhos dos seres infelizes, frustrados, solitários, que espiam a vida, sem ousarem vivê-la. Olhos sequiosos, inquietos, vezes aflitos, sem estabilidade, à procura. Os dele buscavam sempre algo, além. Comigo, nunca se aventurou a colóquios mais ou menos livres ou inconvenientes, tal a inocência que eu transpirava aos quinze anos, mas várias vezes peguei-o em conversas picantes com meus colegas, porém num clima — digo-o sinceramente — de relativo respeito e decoro. Nunca mais na vida — já longa — vi alguém perscrutar o horizonte, a distância, com aqueles olhos tristes, fatigados e acesos do meu professor de latim, com a intensidade experiente e cansada que ele sabia pôr em tudo que lhe merecesse o olhar.

Graças à sugestão de Adriano, li *A Descoberta do Outro*, de Corção, em 1944, o ano da estréia desse até àquela época obscuro Gustavo Corção (Braga). Adriano leu o livro, se entusiasmou e me disse que o comprasse. Fui à livraria Freitas Bastos, no Largo da Carioca, e comprei o livro. Li, mas não gostei. Depois, muito mais tarde, releria e gostaria. Cheguei em certas ocasiões a emprestá-lo, eu, que não empresto livro nenhum a ninguém, e dei-o mesmo de presente a várias pessoas, inclusive parentes, o que hoje, por mais de uma razão, não faria. Adriano estava escrevendo, nessa fase, a seção literária da revista *Tempo*, de Júlio Barata, de quem era amigo, e deu uma boa nota sobre o livro do Corção. As inquietações do seu espírito sensibilíssimo encontravam numerosas afinidades com o drama do escritor-convertido. E ambos tinham em comum o amor da língua, o amor cuidadoso e exigente da palavra exata.

Intensidade, eis a palavra que o define, eis o que nele me encantava deveras. Adriano era intenso. Punha intensidade lúcida no que dizia. Era lúcido, cortantemente. Amava certas frases de Eça e de Anatole, embora os anos de seminário lhe tivessem dado uma formação muito distante do clima anatoliano, de ironia fácil e borboleteante ao extremo. Mas o espírito de Adriano era céptico, era frívolo no sentido mais alto e depurado, era anatoliano, quer dizer, deliciava-se com passear inconseqüentemente e lepidamente entre os homens, contando anedotas, sublinhando o ridículo, perquirindo.

Os outros dois professores que me influenciaram, ou pelo menos me impressionaram de algum modo, foram o de literatura no curso clássico e o de biologia. O de letras inculcou-me o gosto a Machado de Assis, empurrou-me até para os estudos machadianos, e em sua aula — em 1946, aos dezessete para dezoito — fiz uma palestra sobre Machado. Não tinha ele um fino gosto, como pode parecer. Era confuso. Misturava muito. Preferia, por exemplo, e para revolta minha, as *Memórias* de Humberto de Campos às de Graciliano Ramos, isto é, *Infância*, livro de estilo definitivo, de verdade total, de autenticidade plena, livro de grande escritor, embora não me agrade, embora me tenha decepcionado quando o li, a primeira vez. Mas comparar Humberto com Graciliano... Falta de tato. O seu gosto era duvidoso. Criara-se numa atmosfera de transição, tinha o senso estético meio estragado pelo pré-modernismo. O modernismo — embora o aceitasse, embora não o hostilizasse liminarmente — não lhe atraía a sensibilidade literária, mais afeita aos parnasianos, à sonoridade verbal. Gostava de Lobato, particularmente. Levava Humberto muito a sério. Mas por Machado tinha paixão especial. Era um machadiano. Em 1944 e em 1946, patrocinei conferências dele sobre Machado e não se saiu mal. Não obstante ser mau leitor, excessivamente enfático e desarmonioso, desajeitado mesmo, até cafajeste, o texto era um ótimo aproveitamento da biografia e da crítica, o melhor da vasta bibliografia machadiana.

O de biologia, Tomás de Almeida Correia, era uma criatura socrática. Quanta sabedoria se armazenava naquele homem externamente modesto, muito tímido, um recato de moça. Era já velho, português e afetuoso. Antigo seminarista, contemporâneo de Salazar e Cerejeira, médico, eruditíssimo. Não me marcou propriamente, nem conversamos demais, como no caso dos outros dois, cujos telefones sabia eu de cor. Mas a sua vasta cultura clássica e os seus minuciosos conhecimentos de história natural, isso impressionava. Visitei-o uma vez, em sua casa pequenina da Rua Maxwell, casa de porta e duas janelas. Era incrível que tamanha cultura coubesse naquela casa. Como quase todos os eclesiásticos ou ex-eclesiásticos, ou simplesmente conhecedores íntimos do latim, gostava, tinha o sestro de citar frases latinas a torto e a direito, sem mais preâmbulo. Citava-as tanto da Escritura, da Vulgata, pela qual tinha anacrônico xodó, um xodó anti-científico (e a penúltima vez que conversamos, na rua, em pleno sol, ele me fez a apologia da Vulgata e de São Jerônimo), quanto dos autores clássicos, Virgílio, Ovídio, Horácio, Tácito,

Cícero, cujos nomes pronunciava como se fossem deuses, seres mitológicos, venerabilíssimos. Lia sempre um deles, um dos seus deuses íntimos. Durante as provas escritas, passeava entre as carteiras com um clássico em mãos e deliciava-se no seu latim velho, de antes do Cristo, sorria meio para dentro, repassava a sua antigüidade latina como quem toma banho.

Civilização para ele era aquilo, mais o cristianismo. Não havia outra coisa no mundo. O resto, desprezava. Não lia os modernos. Depois do Padre Antônio Vieira, não lia. Achava que não valia a pena. O que está nos modernos, está nos antigos, e melhor... Era toda a sua filosofia da leitura, o seu modo de ver, de latinista exímio e helenista. Não gostava de nosso tempo e suas maluquices. Um desambientado. Mas, não obstante, lia com paixão os artigos políticos de Osório Borba no *Diário de Notícias*, recortava-os, vibrava. Que seria aquilo? O seu desrecalque? Sua vingança de tímido? Seu devaneio? Um *hobby* de erudito inofensivo. Mas por que exatamente o panfletário Osório Borba? Pediu-me emprestado *Sombras no Túnel*, que Osório me dera com amável dedicatória (1946), e devolveu-mo todo encapadinho, escolarmente. Sombras no túnel... Que seria tudo aquilo, tamanha violência política, tanta linguagem desabrida, cáustica, para o sereno, jovial e pacato professor de colégio?

A última vez que o vi, na rua, estava muito envelhecido, já visivelmente tocado pelo câncer. Ia morrer, era mais do que claro. Mas a dignidade, a mesma de outrora e de sempre, o recato, a limpa reserva, a afabilidade do sábio. Falou-me com doçura de outros tempos, referiu-se com isenção elegante à doença fatal, que conhecia e tanto o molestava. A tranqüilidade era a mesma: porém, notei subitamente uma ponta de emoção, que nunca lhe sentira, um ligeiro frêmito, uma coisa de nada, um toque, uma comoção verdadeira e profunda, e foi isso a última realidade entre nós, o palpitar escondido e encabulado de um velho coração de carne, exausto, a despedir-se.

Que livros eu li, entre 1939 e 1944, nesses longos cinco anos, nesses cinco anos imensos, em que morreram milhões de homens, rapazes, gente de toda espécie, condição e país, e em que eu, menino brasileiro, classe média folgada, descobria o mundo? Quais foram as minhas leituras? Que tipo de vida mental fui vivendo, entre os dez e os dezesseis? Não li muito, nesse tempo. Leria muito mais, incomparavelmente mais, no seguinte. Não tinha eu um clima propício, ou estimulante. Li alguns bons livros, todavia. De Júlio Verne, não gostei. Deram-me alguns bons volumes e aquilo não me interessou, não entrou em mim, parei a leitura. Insensível ao encanto de Verne, tão famoso, regalei-me com *uma volta ao mundo por uns garotos em não sei quantos dias*, coisa mais modesta e muito mais apetecível, que me prendeu demais, dias e dias. Lembro-me que fomos veranear em Governador, numa casa da Ribeira, alugada por papai para o verão de 1940, e eu lia avidamente os tais livrinhos. O título me vem agora: *Volta ao mundo por dois garotos*, os autores eram também dois — Henri de la Vaux e Arnald Calopin, texto atualizado por Afonso Várzea e ilustrado por Acquarone. Li muito aquilo entre 1937 e 1940. Li também a vida e as aventuras de Robinson Crusoé, de Daniel Defoe, na tradução de Pinheiro Chagas: gostei menos, vivi menos. Na Ilha, eu li com interesse enorme — e pedia a minha mãe para ler-me — *O Robinson Suíço*, de Wyss, muito vivo. Meu avô mandou-me de São Paulo a *História de Caramuru*, de Viriato Correia, "em regozijo pelos bonitos exames". 1939. Meu pai introduziu-me no mundo sedoso da Condessa de Ségur, que não me agradou nem me desagradou. Li bastante aqueles livrinhos, mas sem vibrar. Como também ouvi minha mãe ler-me as *Histórias Esquisitas*, de Poe, com prefácio do historiador Taunay. A atmosfera desses contos causou-me estranheza, mas eu não me apaixonei pelo autor nem voltei ao livrinho. Em 38, ganhara de prêmio no colégio os *Novos Contos*, de Andersen, prêmio de aplicação. Mais tarde, leria a série de *Pimpinela Escarlate*, da Baronesa de Orczy. E os romances românticos, femininos, burgueses, de Júlio Dinis. Li todo o Júlio Dinis em 1943. Gostei imenso do que havia de boa descrição, do campo e dos interiores, nesses ingênuos romances de um médico que morreu moço. Percorri a *História da Terra e da Humanidade*, de Jorge de Lima, e lamento de verdade ter perdido esse volume de minha biblioteca, não sei como nem quando. Perdi completamente. É claro que li Monteiro Lobato. Li e ouvi. Não foi autor de cabeceira. Nem exerceu uma sedução em mim.

Outros livros terei lido, que se perderam dentro de mim. De um me recordo particularmente, livro sem maior importância, mas que li com interesse e reli aos pedaços, uma *Viagem através do Brasil* por um Sr. Aníbal Amorim, grosso volume em estilo de relatório antigo, muito lento, muito descritivo. Mas ficou no leitor. Meu gosto pelo Brasil, minha paixão pela Brasiliana, pelos Documentos Brasileiros, estava como que latente nessa viagem pelo Brasil, pela costa e pelos rios, interessante até certo ponto por causa da copiosa informação.

Li muito a *Antologia Nacional*, de Laet e Fausto Barreto. Como toda a gente. Schmidt se deixou prender muito por esse livro didático de categoria, feito por um escritor excepcional. De que é que gostava mais na *Antologia*? Não saberia responder. Schmidt gostava muito da última corrida de touros em Salvaterra, de Rebelo da Silva, certamente por causa do aspecto sentimental. Eu não gostava especialmente disto ou daquilo. Sem dúvida, atraíam-me muito mais os autores modernos, prosa mais flexível. De início, temia um pouco os poetas. A poesia intimidava-me. Fui mais sensível à prosa, ou mais íntimo de textos em prosa. Só conhecia os poetas antológicos, ou poemas esparsos lidos em jornais e revistas, eventualmente. Minha iniciação literária foi lenta e desassistida.

Tenho em mãos neste instante o primeiro livro, que ganhei. Mandou-mo vovô, de São Paulo, em 1934, pelo meu aniversário. Trata-se de *O Pinheiro e Outras Histórias*, de Andersen. Não me recordo das minhas impressões, nem do que senti ao receber o livro pelo correio. Se o livrinho se tivesse perdido nesses 30 anos, não restaria traço dele em minha sensibilidade, ou em minha consciência.

Vovô deu-me, também, *Cazuza*, de Viriato Correia, que seria o nosso *Cuore* (de Amicis). Li por esse tempo a tradução de João Ribeiro — *Coração*, e naturalmente me deixei envolver pela magia do livrinho italiano.

Meu primo Zeca, médico e humanista, que de vez em quando dava para aparecer em nossa casa, ofereceu ao garoto vivo dois livros, que felizmente não chegou a suportar, até hoje — digo, na íntegra: *Cheia de Graça*, sonetos untuosos de Durval de Morais, com dedicatória rasgadíssima, que ainda hoje me fala à vaidade; e *Vida do Venerável Padre José de Anchieta*, de Simao de Vasconcelos, a velha crônica setecentista, em dois tomos. Tinha eu doze anos quando tentei ler o primeiro livro, de Durval, e desisti. E quinze, quando abri e folheei o do jesuíta. Papai deu-me *Os Sertões*, em 1942, mas os meus quatorze anos não suportaram o estilo de Euclides.

Li fragmentos, não li tudo. Só vinte anos mais tarde, aos trinta e quatro, o leria da primeira à última linha, de lápis na mão. Quem, aliás, me chamou a atenção para Euclides e a beleza plástica do seu estilo foi um maníaco do euclidismo, o baiano Herbert Parentes Fortes, que não tinha o braço direito, fora integralista e lecionava no meu colégio, não à minha turma. Dele, ouvi duas conferências sobre Euclides, muito boas, sobretudo a segunda, de improviso — Parentes Fortes era um admirável orador.

O meu fôlego para a leitura era pequeno. Eu lia de um fôlego e perdia o fôlego... Foi por volta dos quinze anos que comecei a ler Rui, fora da antologia. Li *Novos Discursos e Conferências*, com prefácio de Homero Pires, foi por aí que me iniciei. Li Rui abundantemente e até apaixonadamente. Comprava tudo que encontrasse e dissesse respeito ao meu ídolo — gostei mesmo das cartas de Rui, as cartas íntimas. Os discursos, longos, retóricos, sonoros, convencionais, me foram cansando. Mas, entre os quinze e os dezoito, Rui se me afigurava intocável. Era meu arquétipo. Tudo que eu desejava ser, confusamente, resumia-se nele. Anos depois, lendo a conferência de San Tiago Dantas sobre Rui e a renovação da sociedade, encontrei os motivos secretos da minha identificação com o tribuno de talento: Rui, herói da classe média incipiente do Brasil. Rui, meu herói, o heroizinho de virtudes medianas, eticamente, as virtudes por excelência da classe média. Rui, advogado, orador, intérprete, símbolo de mentalidade, que era afinal, diluidamente, a do meio em que eu vivia.

A partir de 1944, li muito realmente. Minhas horas livres eram de leitura e minhas leituras subiam de nível. Eu decorava. Naturalmente, esqueci muito, mas já Montaigne nos consola disso, escrevendo nos *Essais* a mesma queixa quanto a esquecimento... E era Michel de Montaigne. *"Sçai-je?"*

Freqüentemente, pela oratória, ou a preocupação com a oratória, começamos nossa vida intelectual. É a forma mais imediata, elementar e prática, de comunicação, e nos próprios colégios suscita-se a tendência adolescente ao derramamento verbal, à incontinência mais ridícula. Fui mais ou menos sóbrio, nesse particular, porém paguei meu tributo. Quis ser grande orador, fui vagamente um orador festejado, de grêmios e outras reuniões de mentalidade academizante. Acreditei bastante naquilo. Aníbal Machado também quis ser um grande orador... Álvaro Lins, em Caruaru, não queria outra coisa...

Minha visão era acadêmica, nitidamente, lia o *Jornal do Comércio*, todos os dias, inclusive domingos. João Luso, cujo estilo me parecia delicioso, P. F., que era Parentes Fortes, o de braço metálico, e bem me lembro da alegria dele quando lhe disse que o lia sempre e, vezes, o recortava; as atas da Academia Brasileira de Letras, semanais, de que gostava muitíssimo (sem ironia). Eu era assim, aos dezesseis anos. Sabia de cor trechos e mais trechos de Rui: o discurso a Machado de Assis, à saída do enterro, eu sabia parcialmente; a peroração e também o exórdio me agradam, ainda.

Foi aos quinze anos que travei conhecimento com a poesia moderna, e através de Manuel Bandeira. Li a *Última Canção do Beco*, na antologia colegial. Aquilo me arrebatou. Depois, li poemas de Schmidt, Drummond e Murilo, gostei menos, havia menos forma trabalhada e harmoniosa, menos lirismo recatado, menos vida vivida. Mas o contato com a poesia moderna do Brasil foi um momento importante para mim, fiquei impressionadíssimo. Eu estava convertido ao moderno. Li muitas vezes a *Última Canção*, soube-a de cor e a dizia para mim mesmo, baixinho. Decorei muitos poemas de Manuel, depois que adquiri as suas *Poesias Completas*; verdadeiramente me afeiçoei à sua maneira, ao seu mundo.

Comecei a ler os poetas modernos. Comecei a ler Machado de Assis. O choque foi muito sério: eu vinha do sublime ou das sublimidades, e de repente, "não mais que de repente", como em Vinicius, me lançava na aventura da incorporação do cotidiano à vida cultural, descobria a possibilidade de fazer arte, criar, com elementos prosaicos, com a vida simples. Descobri o valor da vida simples. A existência das entrelinhas. A força da ambigüidade. Capitu, a mulher Capitolina, a de olhos de ressaca, ambígua. Em Machado, encontrei pela primeira vez, aos dezesseis, dezessete, o turvo, o obscuro, o confuso, a sombra, o lado trágico dos seres. — "A confusão era geral", guardei, entre tantas outras, esta frase banalíssima do velho demônio. Geral foi a confusão dentro de mim, cuja vida era solar, sonora, segura exteriormente, apesar de tudo, que nas entrelinhas me torturava. Machado foi um dos reveladores da miséria humana ao meu coração de menino. Aprendi com leveza a lição da língua, bebida nos clássicos por esse ambíguo mulato, epilético e gago. Aprendi com angústia, com medo, a outra lição, de vida — "saber de experiência feito"... Adriano me falara da vida, mas Adriano era uma borboleta, um ser amável, talvez um beija-flor levemente sarcástico em certas horas. Machado era o nada. O cochicho do nada.

"Eu não sou somente a vida; sou também a morte, e tu estás prestes a devolver-me o que te emprestei. Grande lascivo, espera-te a voluptuosidade do nada"...

"Que multidão de dependências na vida! Umas coisas nascem das outras, enroscam-se, desatam-se, confundem-se, per-

dem-se e o tempo vai andando sem se perder a si mesmo"...
Era a técnica do destino que ele me vinha revelar.

"Ai, ai, ai, deste último homem, está morrendo e ainda sonha com a vida. Nem ele a odiou tanto, senão porque a amava muito..."

Li todo o Machado de Assis. Tantas vezes, reli a correspondência, *O Velho Senado*, que é sua obra-prima, *Dom Casmurro*, os contos. A crítica literária, o que escreve de Junqueira Freire, do teatro de Antônio José, do teatro de Macedo e de Magalhães — e está no volume de crítica teatral: a compreensão perfeita, a lucidez. Eu suspendia a leitura e cismava. Li os comentadores, os machadianos, 1944-47. Ninguém à altura do velho. Alcides Maia com o humor, Lúcia biográfica, Meyer e Barreto, algumas profundezas. Meyer é o maior exegeta. Mas o homem, que mais poderia descer na mina e iluminá-la para nós, desistiu da tarefa, renunciou, ao converter-se (ao catolicismo). Tristão é um machadiano nato.

Meu tempo de colegial transcorreu suave. Nenhum obstáculo. Da matemática desapertei-me com uma professora particular, corcundinha, muito cumpridora de seus deveres, compenetrada, nervosa, era solteirona. Ajudou-me bastante até 1945 a decifrar a geometria, a trigonometria e outras tabuadas, delícia de positivistas, militares, professor Prestes, esse positivista disfarçado de marxista, e no fundo matemático.

Jamais suportei matemática. Jamais interessei-me por qualquer espécie de ciência experimental. Laboratório nunca me interessou, fico frio por dentro, um bocejo a crescer dentro de mim. Gabinete de história natural é... hebraico, para mim. Quando eu estava nos Estados Unidos, ia ver aqueles museus todos, muito grandes demais, percorria tudo, obstinadamente, santamente, mas interesse não tinha. Bisbilhotava por alto, como quem sabe (por antecipação) que ali não está o objeto de seu amor. Já com museu de arte era diferente. O interesse acendia, eu me tornava atentíssimo. A coisa era comigo!

Fui bom aluno de tudo, até de matemática (com as muletas da explicadora). Brilhava. Meu método era simples. Ia anotando tudo que o professor dizia em aula. Ao chegar a casa, passava a matéria anotada. Cada dia. O segredo evidentemente era não acumular. Relia, depressa. Na véspera da prova ou sabatina, relia devagar. Era dez certo, ou nove, ou oito, em caso de muito azar. Fui elite sem dificuldade. Minha memória, digamos, geográfica raramente me traía. Quando vi, a rotina escolar terminara.

Em que é que me divertia? Como ocupava as horas vagas, entre os onze e os dezoito, rapazinho, rapaz? Andei muito de bicicleta. No verão de 40, em Governador, passeava horas seguidas, sozinho, livremente. Além da bicicleta e do automóvel, que papai dirigia com a sua habitual cautela, aprendi a jogar damas, dominó, tênis. Não passei de principiante em tênis, jogava muito mal. A partir daí, do início da adolescência cronológica, acentuou-se em mim o cansaço físico, a falta de disposição para qualquer tipo de ação exterior, completa inapetência quanto ao esporte, ao esforço do corpo. Fugia da ginástica, no colégio. Usava os mais incríveis expedientes de ocasião para escapar dos exercícios físicos. Tinha horror ao esporte. Regaladamente, apenas andei de bicicleta e a cavalo, coisa leve. O tênis, que comecei estimulado por meus pais, cansava-me, era um desafio acima das minhas energias, punha-me triste. Freqüentei um clube por esse tempo, ia lá regularmente entre os quatorze e os dezoito, mas não tinha entusiasmo, o meu problema físico me distanciava dos meus companheiros de geração, a moçada alegre, simpática, sadia, corpos flexíveis, bem lubrificados.

Eu não era bem lubrificado e fui deixando a situação ficar assim mesmo, como se se tratasse de um destino, o *fatum*, o inexorável das tragédias gregas. Eu era assim, como se o *assim* fosse minha vocação absoluta.

Nadar, não nadei. Fugi dos esportes violentos, que nos enrijecem, como se neles se disfarçasse um inimigo pessoal.

A vida escapava-me. Eis o que precisamente sentia: escapar-me a vida. Eu tinha medo. Medo de quê? De não me encontrar, de ser traído pelo destino.

Refugiei-me nas leituras. Recolhi-me ao meu mundo interior — como a personagem de *A Metamorfose*, de Kafka. É verdade: quando li a descrição kafkiana, eu me disse com angústia — este homem sou eu. Encontrava-me nele perfeitamente. Em que espécie de bicho se terá transformado o homem kafkiano? Porque Kafka não diz exatamente em que se metamorfoseou o homenzinho.

Veraneávamos timidamente, sempre juntos, trinitários, triangulares. Fomos a Arcozelo duas temporadas, para o hotel velho, amplo casarão de que me lembraria ao ler *A Menina Morta*, de Cornélio Pena. A diversão principal era andar a cavalo — Pati do Alferes, Miguel Pereira, Javari, Mangalarga de cima, Mangalarga de baixo, Roseiral, onde Raul Bopp (então cônsul em Los Angeles) tinha um sitiozinho — eu não havia lido *Cobra Norato*... Em Arcozelo, conversei exaustivamente com uma professora *doublée* de escritora, mulher de fina sensibilidade, cultíssima. Dona Maria dos Reis Campos, do Instituto de Educação, amiga de Anísio Teixeira, meio preterida, ou inteiramente, por Veiga Cabral. Contou-me ela toda a sua longa história, com natural abundância de pormenores monótonos. Mas, exceto o assunto das suas mágoas didáticas, a conversa da Reis Campos era o que pode haver de mais delicioso. Mulher muito inteligente, de nervosidade lúcida, mulher masculina, desprezava os enfeites e se vestia à maneira de homem, *tailleur* desataviado, cabelos para trás, penteados simplesmente, sapato sem salto. Conversávamos horas, eu com apenas quinze anos, muito inocente a respeito de tudo. A Reis Campos lera, conhecia os Estados Unidos, participara do movimento pró-escola nova, novas metodologias educacionais. Era uma pioneira ultraconsciente. Gostava de entreter-se comigo, apesar de ocupar-se nas suas férias com escrever um livro, de cunho pedagógico, texto simples, que me leu quase na íntegra, aos poucos. Muitos anos depois, fui ao velório da Reis Campos, mas nem a revi direito. Desse vago velório, só recordo a figurinha de Everardo Backheuser, que foi amigo de Lima Barreto e vi nessa tarde pela última vez. Everardo já velhinho, com sua barbicha branca.

Veraneamos em Friburgo, uma vez. Andei de charrete, esporte perfeito para mim. E havia, em torno de nós, como sempre (mas eu o senti, de um modo particular, intenso, em Friburgo, no verão de 1942) uma solitude invencível. Éramos tristes, caminhávamos como condenados. Que condenação era essa que pairava sobre nós, dentro de nós, como um câncer da alma? Porque, apesar de tudo, apesar das imensas provações do destino, sou alegre.

A guerra não constituiu um tema propriamente da minha vida. Tocou-me muito de leve, a distância, vagamente. A guerra... Conversávamos sobre ela, à mesa tranqüilíssima do almoço ou do jantar, comentávamos com isenção e talvez displicência as notícias longínquas, assim como quem sabe que tudo aquilo está longe, fora da área nossa, em outros continentes. Era a guerra dos outros, não era *a guerra dentro do beco*.

Lembro-me do dia em que Paris caiu. Torcíamos sem fanatismo pelos aliados — pela Inglaterra e pela França. Eu era decididamente antinazista, antifascista. A queda de Paris cobriu-me de tristeza. Fui para o quintal de nossa casa da Tijuca, inteiramente só, num desamparo que tantas outras vezes no futuro me assaltaria, e olhei para tudo, para tudo aquilo, e olhei para o céu, como se interrogasse as coisas, como se indagasse ao meu pequeno mundo que sentido ainda teria a vida, ainda teríamos nós, depois da queda de Paris? O menino brasileiro sentiu a queda da velha cidade, tão distante. Olhei para o lado da casa de Dona Abigail e ela estava na janela. Acenei-lhe de meu quintal. E vi que também ela estava triste, naquela manhã. Fui a sua casa, como fazia rotineiramente para conversar com ela, com sua velha mãe, e naquela hora, num recanto virgiliano da Tijuca, nós três, a senhora, a velha e o menino de onze anos, nos dissemos nossa mágoa porque Paris havia caído.

Pertenço a um fim de geração. Paris foi importante para essa geração, uma geração que lia autores franceses. Em Paris, pensávamos, éramos. Paris: escala de valores, o eixo da nossa cultura, a matriz derradeira daquele tipo de civilização, que estava a morrer exatamente na guerra, e era afinal a nossa civilização, que desejávamos imperecível. A emoção, que sentia na hora da queda de Paris, voltei a experimentá-la tão parecida, tão igual, quando ouvi, sim, a primeira vez ouvi, e não li, a palavra clássica de Valéry, príncipe dessa civilização mediterrânea, construída sobre o sangue de tantos:

"Nous autres, civilisations, nous savons maintenant que nous sommes mortelles." (Paul Valéry, *La Crise de l'Esprit*.)

"L'Europe, deviendra-t-elle ce qu'elle est en réalité, c'est-à-dire, un petit cab du continent asiatique?" Un petit cab de *l'Asie*, a Europa...

Lembro-me que, em Arcozelo, fiquei deveras inquieto, em janeiro de 42, junto ao rádio, querendo captar o discurso de Vargas, na abertura da conferência de chanceleres aqui no Rio. Ouvi mal, pedaços, a irradiação precária. Mas hoje me espanto em face da minha curiosidade política, do que havia de sério, participante, no menino solitário e desamparado. Treze anos.

Outro discurso, que esperei ansiosamente, foi o de maio de 42, no estádio do Vasco. Mas fui logrado, em minha expectativa... Vargas sofrera o célebre acidente do Flamengo e não pronunciou o seu discurso do Dia do Trabalho, quem o leu (aliás, muito melhor do que Vargas) foi Marcondes Filho, ministro de Vargas. Esperei pelo discurso numa praia deserta da Gávea, sentado em nosso automóvel, o ouvido atento aos barulhinhos do rádio.

Eu tinha um interesse pessoal por Getúlio. A figura dele me interessava. Ouvia-lhe os discursos irradiados. Eu pressentia nele grandeza. Isso, para mim, era fundamental. Chegava a correr na rua, para ouvir-lhe as arengas. Em maio de 38, com nove anos, saí um pouco mais cedo do colégio, porque estava muito resfriado. Vinha eu pela rua, com o Ernesto, caminho de casa, tudo em ordem. Súbito, ouvi a voz de Vargas, já muito minha conhecida, e corri, saí correndo mesmo, para mais rápido chegar ao nosso rádio, à voz monótona de Vargas. Ele era todo frieza aparente. Lia o discurso comemorativo do cinqüentenário da Abolição, 13 de maio de 38, e agradecia a homenagem popular depois do malogro daquele estranho golpe integralista de 11 de maio junto ao Guanabara. Vargas estava inteiramente calmo, nenhuma comoção na sua vozinha cantada, monocórdia, insinuante, voz de tímido, mas voluntariosa. Depois, bem mais tarde, li na íntegra esse discurso. Mas a lembrança, que conservo, das palavras — de certas palavras — parece-me que é da audição original, ouvida com empenho. Getúlio ironizava o lema dos integralistas.

Houve um tempo que li muito *A Nova Política do Brasil*. Por incrível que pareça, percorri tudo aquilo, literatura variada, de Ronald de Carvalho, Gregório da Fonseca, Herman Lima certamente, Luís Vergara, Lourival Fontes... Também Vargas... Entretinha-me.

E me recordo, com impertinente nitidez, do meu primeiro encontro com *A Nova Política do Brasil*, os discursos de Vargas. Foi na varanda da casa nova de Tintim, em Ipanema, eu devia ser muito menino, mas já compenetrado e perfeitamente alfabetizado. Deparei os volumes, creio que cinco, da primeira série, e pus-me a folheá-los, com um embevecimento enormíssimo. Lia um parágrafo aqui, um pequeno discurso acolá. Havia num dos volumes a matéria oratória da viagem de Vargas ao Rio da Prata em 1933. Detive-me nesses discursos. Justo e Getúlio trocavam brindes, o garoto os espiava da varanda do primo, na bucólica Ipanema de 1940.

Vi Getúlio Vargas de perto quatro vezes. Foi o bastante para definitivamente fixá-lo. Uma vez no CPOR... em dia de festa, eu menino, 1941, outra na ilha das Enxadas em junho de 1943, ainda outra no Palácio do Catete em agosto de 1943 e, por fim, no interior da Catedral de São Paulo, em janeiro de 1954, no dia do Quarto Centenário de São Paulo. Guardo impressão estranhíssima, de força contida. Vargas pareceu-me um violento, uma poderosa natureza, um voluntarista, um impulsivo, um audaz. Contudo, essa força, essa violência, ele a continha. A aparência era de calma, equilíbrio, enorme ponderação. Os gestos eram lentos ao extremo. A gargalhada era fácil e harmoniosa. Tudo nele parecia tranqüilo, paciente, estável. Mas havia os olhos. Os olhos penetrantes, implacavelmente perscrutadores. Os olhos de Vargas eram buliçosos, profundos, insaciáveis. Tinha olhos cortantes e mãos peludas.

A própria vagarosidade ou lentidão de gestos indicava um autodomínio conquistado arduamente. Admirava os estóicos. Seu ideal humano era o estoicismo. Um ideal puramente pagão. No fundo, pareceu-me um tímido. A timidez ajudou-o a cumprir sua tarefa de autocontenção. A profunda timidez levou-o a domar-se, calar, isolar-se. Havia em torno de Getúlio uma aura de solidão. Na ilha das Enxadas, pude sentir — em remota manhã — como ele era um homem solitário, distante e melancólico. Ninguém tinha intimidade com ele, os ministros o temiam, ou o tratavam com muita cerimônia. Apesar da simpatia escandalosa, envolvente, irresistível, havia uma distância, que me surpreendeu, entre o homem de riso pronto, sensível às anedotas, à boa conversa, e os seus mais íntimos colaboradores, íntimo sem nenhuma intimidade. O positivismo, via Júlio de Castilhos, confirmara-o ele no temperamento. E no moralismo privado, pessoal. Timidez e força como que saltavam dele, na plenitude do seu destino. Violência dominada. Ou domada. Havia um não-sei-quê de hipnotizador nesse homem baixinho — mais baixo do que eu supunha, antes de vê-lo, pernas curtas, bunda grande, passos largos para o tamanho das pernas, passos decididos, firmes, voz manhosa, aspecto agradável, moreno. Suas frases eram enxutas, sóbrias, essenciais.

Depois, soube que detestava falar ao telefone. Simplesmente, não falava. Pedia que um auxiliar falasse e ele ditava as respostas. Esse diálogo por meio do secretário é típico da psicologia getuliana. O que faltava na conversa telefônica era a presença física do interlocutor, os olhos, os gestos. Impossível a telefonia para um homem como ele, analista minucioso. Preocupava-se mais com o corpo do outro, as mãos, o olhar — do que com as palavras exteriores, envoltas em falsidade ou cautela.

Companheiros da minha juventude, tive poucos.

Conversei diariamente, durante dois anos, tinha eu dezesseis, dezessete, com um filho de libanês, muito inteligente, mas estragado para a vida prática pelo mal literário e por um romantismo anacrônico. Lia Musset, Lamartine, e se enternecia de fato com aquelas tiradas ultra-românticas, as palavras grandiloqüentes. O rapaz era filho do dono de armarinho em Santa Cruz. Vinha de trem lendo os seus autores franceses. Decorava-os, ia andando pelas ruas a declamar em voz alta as romanticidades daquela gente que deu tanta epígrafe aos nossos poetas românticos. Não sei que fim levou o turquinho. Era desajustado e se libertava da insignificância de sua vida suburbana, filho de lojista mínimo, através daquelas intimidades ineficazes com a literatura francesa de índole romântica. Só gostava de romantismo. E tinha uma sensibilidade mórbida, totalmente fora da sua circunstância, alheia. Falávamos literatura em geral e política brasileira de 1944, 45. Magro, pálido, bigodinho, mãos longas dignas de El Greco, seria talvez parecido com Álvares de Azevedo. O perfil era de ave de rapina.

Tive outro colega muito especial: o Simon, filho de chinês, que está descrito por Alvim Correia, de quem foi discípulo, no livro *Diário*, 1960. O Simon era uma inteligência penetrante e prática. Rapazinho estudioso, voluntarista, autoritário, um orgulho imenso e escondido, congregado mariano, católico observante ao extremo, porém másculo, sem sombra de untuosidade efeminada. Queria ser jesuíta e não dizia nada a ninguém, não falava no assunto.

O pai tinha tinturaria modesta no Engenho Novo e a mãe, brasileira, trabalhava no Ministério do Trabalho. Conversando, ele batia com os dedos, separadamente, ou todos juntos, esticados, na mesa ou na carteira, a impor-se, a impor suas idéias, seus argumentos sólidos de quem possuía um conteúdo ideológico. Foi a primeira pessoa de minha geração que deparei com uma ideologia definida, consciente e transbordante. Simon era católico, não como eu, um pouco vago, superficial, mas densamente. Isso não deixou de preocupar-me. Eu não tinha ideologia, minhas convicções eram de superfície, ou transracionais — da infância. Ideologia para mim não existia, não tinha importância nenhuma. A Verdade com v grande, a verdade absoluta, o problema da procura da verdade, isso não entrava nas minhas cogitações aos dezesseis, quando conheci o Simon Liu. Ele era católico. Católico eu era, mas diferente. Eu ia à missa dominical, duas ou três vezes por ano comungava, depois de confessar-me. Rezava irregularmente, repetindo minha *Ave, Maria* e meu *Pai Nosso*, minha *Salve, Rainha* ou meu *Creio em Deus pai*, o que eu sabia de cor em matéria de oração. Não posso dizer — nem de longe, nem de leve — que o encontro com o Simon me haja abalado. Não foi assim. Mas não deixou de colocar, diante do rapazinho ultra-sensível, o problema, ao menos, a realidade, uma realidade precisa, concreta, o Simon era católico de um modo diverso.

Curioso: ele não fazia proselitismo comigo, nem me parece que o catolicismo dele fosse ardente, sequioso de expansão. Não era uma generosa natureza, o Liu. Era uma natureza mesquinha, um ser de minúcias, miudezas, mesquinho. O seu, era um catolicismo combativo. Quando provocado ou desafiado pelo Cox, combatia, com uma arrogância de macho ferido em seu orgulho. Mas era apenas defensivo. Uma combatividade egoísta, que não se importava em conquistar, em distribuir. Não conservo lembrança propriamente simpática do Liu. Com efeito, se tornou jesuíta. Anos depois, já padre, almoçou em nossa casa, a meu convite. E não me agradou a série de críticas que então fez à Companhia, que, me parece, não lhe dera as oportunidades de auto-afirmação, na linha do magistério superior, desejadas por ele. Atribuí, na hora, esse desabafo à intenção — sofisticada — de impressionar-me, revelando largueza de espírito, poder de crítica aos superiores, abertura... Enganei-me, parece. A crise era mais profunda. Pouco depois, deixou os jesuítas e se reduziu à condição de padre secular, professor de uma universidade católica do interior de São Paulo.

A influência do Célio sobre mim foi maior. Este, sim, teve repercussão na minha vida. Era um rapaz rico, morava numa bela mansão, senhorial, no Trapicheiro. Tinha tudo e era infeliz. O casamento, depois, o reconciliaria com a vida. Nesse tempo, era infeliz. Melancolia difusa, cansaço antecipado de viver, languidez. Muito baixinho, nervoso, vocação de líder político, ambiciosíssimo, descontiado. Fazia versos, de uma solidão irreparável, expressivos do sincero desamparo íntimo que sentia em face da vida. Puro, sexualmente (depois, me confessaria durante um jantar na Mesbla que nunca estivera com outra mulher, além da esposa; chegara virgem ao casamento), atormentado pelo sexo, católico apaixonadíssimo. Posso dizer que devo a revelação do catolicismo a esse jovem sonhador, em 1945. Eu lhe chamava núncio apostólico. Outras vezes, galo-de-briga. Era de fato agressivo, polêmico, em certos instantes. No fundo, era manso, mole, tímido. Inteligência brilhante, discursiva, bacharel da UDN por vocação irreprimível, professor nato, lia Jacques Maritain e Tristão de Ataíde. Suas preocupações básicas eram filosofia, sociologia e política. Através dele, do pequenino, encontrei-me com os livros de Maritain e Alceu, que tamanho papel representariam em certa fase de meu destino intelectual. Não me interessei logo. Achava graça naquilo. Meu espírito naturalmente céptico divertia-se com as seriedades sociológicas do Célio. Não acreditava na praticidade daquele recheio todo, fórmulas, fórmulas, sem poder real de cativar-me tal qual eu era, sensível à beleza da palavra, curioso de experiências sutis, bom, inocente e a-especulativo. Ri-me, por dentro. Mas vi, cheirei. E essa tomada de conhecimento, esse contato marcou-me. Célio era sociologia, nada o interessava tanto como debater matéria sociológica. Promovi uma conferência dele, ali na altura de nossos dezessete anos, sobre a sociedade, os grupos e os indivíduos, resumo do livro de Tristão, *Preparação à Sociologia* — e eu próprio faria o mesmo, em aperto semelhante, em 1959, aos trinta anos...

Familiarizei-me, pois, com o pensamento de Alceu antes de completar dezoito. Alceu parecia-me excessivamente teórico, vago, distante, abstrações; faltava-lhe tempero, o que Ortega sabia pôr em seus escritos mais áridos. Mas nossas discussões eram impregnadas de maritainismo, via Alceu, via Célio. Em dezembro de 1945, Célio me levou ao Mosteiro de São Bento — a Dom Basílio Penido, monge e médico. Conversamos longamente, os três. Dom Basílio me deu a impressão que a todos evidentemente ele dá — de inteligência. Uma inteligência rápida e virginal, quero dizer, aberta, acolhedora, sem excessivos preconceitos, curiosidade honesta. Seria precipitar tudo, se dissesse desde já o que veio a significar essa conversa em minha vida. Tudo foi tão devagar, tão aos poucos, tão sem eu ver, tão nas entrelinhas... A vida é caprichosa. Caminhamos no escuro, sem saber que misteriosos encontros vão precipitar o que em nós já era vida latente, possibilidade, potência. Potência, ato, assência, existência, substância, acidente: no aniversário do Célio, em 46, dei-lhe, com um pequeno discurso de improviso, em nome de nossa turma, a *Introdução à Filosofia*, de Maritain, cujo pensamento político nos envolvera.

A concorrência entre mim e o Célio era um fato. Mas, com este meu gênio conciliador e bonachão, inimigo de polêmica inútil, renunciei a disputar com ele a dignidade de orador oficial da formatura. Ou terá sido o pavor da derrota, possível? Deixei-lhe a honraria. Eu fora o orador de minha turma em 1943 e fizera um discurso medíocre de conteúdo, embora lido com toda a elegância e toda a ênfase, em que citava Rui no Colégio Anchieta e Santo Agostinho — *"Homines sunt voluntates"*. Esse voluntarismo é bem expressivo de meu estado íntimo — eu, aos quinze anos, acreditava que eram os homens libérrimos construtores de seus destinos... Foi, pois, o Célio o orador de nossa turma, em 1946. Que espécie de discurso fez não sci de ciência certa, pois adoeci de verdade, estranha perturbação gástrica (desgosto?), e não pude comparecer à festa. Patrono da turma, nada menos que Graciliano Ramos — segundo me disseram, produziu breve e notável discurso, muito simples, humano, impregnado de pessimismo. Fui à missa, não fui à formatura. E, doente, de cama, tendo perdido Graciliano na sua provação oratória, ouvi, pelo rádio, Manuel Bandeira ler seu agradecimento no Itamarati pelo prêmio de cinqüenta contos do Instituto Brasileiro de Educação, Ciência e Cultura. Era a maior soma que o poeta recebia na vida.

Assim, deu-se meu primeiro encontro com a voz física do poeta. Eu, de cama, doente; o poeta sexagenário a pôr no bolso os seus imensos cinqüenta contos... O poeta, como sempre, tossia. Perturbava-se, timidamente, com a leitura do seu admirável texto. Eu, atento, regaladamente o seguia. Manuel leu a epígrafe de *A Cinza das Horas*, versos de Maeterlinck, de pungência cativante:

> *"Mon âme en est triste à la fin,*
> *Elle est triste enfin d'être lasse,*
> *Elle est lasse enfin d'être en vain...*

Pressentiria eu alguma coisa?

Nós nos reuníamos semanalmente para conversar, o Alberto, o Cox, o Célio e eu, em casa de um, de outro. Que conversávamos nós? Que dizíamos, nessas tardes em que nos púnhamos a conferir nossas experiências ainda curtas desta vida? Era tudo muito livresco, naturalmente, alheias teorias, o que tínhamos lido, o que tínhamos ouvido, algumas observações nossas. Começávamos nossa caminhada. Éramos verdes, ainda não tínhamos uma percepção mais ou menos clara do que seriam os nossos destinos. E creio que, deles, o único ainda perplexo, indeciso, ainda ignorante do próprio destino, sou eu, aparentemente o mais dotado para o triunfo imediato e fácil. Mas foi então que eu comecei a calar-me, encolher-me. Célio e Cox discutiam perdidamente. Alberto exaltava-se. Eu sentia a inutilidade e a fragilidade de tudo aquilo. E principalmente de mim mesmo. Silenciava. Foi o princípio da minha crise espiritual, ou simplesmente física.

Li, por essa época, dois livros muito diferentes — o *São Tomás de Aquino*, de João Ameal, e as *Memórias*, de Oliveira Lima. O livro de Ameal é frágil. As *Memórias* são naquele estilo a que Gilberto Amado chamou hostil, o estilo rebarbativo, pesadão, de Oliveira Lima. Mas o que desejo aqui sublinhar é que, no fundo, me interessaram muito mais as *Memórias* ("Estas minhas reminiscências"...) do gordo espadachim. Eu era muito mais da matéria das *Memórias* do que das cogitações sobre o tomismo. Mas o fato, o fato complexo, é que me pus a ler tomismo e coisas afins, matéria grave.

Vinha da leitura despreocupada e leviana dos livros de Luís Edmundo, a cujo enterro fui, há tempo, levado pela nostalgia de mim — havia pouca gente, todos com saudade de si mesmos. Como eu amei a prosa de Edmundo!...

A transição foi rápida e forte. Passei a ler Maritain, Leonel Franca, Alceu, divulgações tomistas, textos católicos, ensaístas densos. Há um pormenor interessante: vinha eu da conferência do jesuíta francês Michel Riquet, ex-aluno de Maritain e pregador de Notre-Dame, quando encontrei no ônibus para a Tijuca o Luís Edmundo, que voltava, com uma orquídea em mãos, da sessão pública da Academia, em que o Padre Franca recebera, pelas mãos do Padre Leme Lopes (estava doente), o prêmio Machado de Assis. Conversamos sobre Alceu e o catolicismo, eu conhecia ligeiramente o simpático Luís Edmundo, que era — aliás — gentil comigo.

Luís Edmundo foi o primeiro escritor ilustre que encontrei. Esperava ele o bonde na Rua Conde (rima com bonde...) de Bonfim, entre José Higino e Clóvis Beviláqua (antiga Antônio dos Santos, a rua do noivado de minha mãe e meu pai...).

Luís Edmundo morava em Clóvis Beviláqua — Viriato Correia também, Dom Carlos, ex-Bispo de Maura, idem. Pois foi nesse ponto de bonde que conheci Luís Edmundo, o famoso poeta do mil-novecentos brasileiro, o poeta de *Rosa dos Ventos*, que era despachante da Alfândega e homem abastado. Ele encarnava, na sua bela figura elegantíssima, displicente e boêmia, a atmosfera literária que Brito Broca fixou nas reportagens que compõem *Vida Literária no Brasil — 1900*. Visitei-o, uma vez, no seu amplo apartamento de Clóvis Beviláqua, ele de pijama, chinelos, levemente grato ao menino que lhe dava, numa hora de ostracismo, no limiar dos setenta anos, o perfume da glória... Comentou com a mulher, com quem já fizera as pazes, depois de longa ruptura: "ele leva a sério a literatura, Luísa"... Ouvi-lhe uma conferência, na Academia, sobre Eça: levei o Célio comigo. Sentamo-nos na primeira fila. Está claro que gostei: Luís Edmundo era a pessoa mais indicada para discorrer sobre Eça com leveza e talento pelo espaço de uma hora. Lembro-me que evocou em frases de extrema graça o encontro com os livros de Eça, o seu companheiro dessas vigílias ecianas era o futuro gramático Carlos Góis, de cuja viúva, Dona Olga (que velava tanto pela sua obra), fui amigo, mais tarde, e cujo dicionário de galicismos me espia, ali da estante...

Por essa mesma época, ouvi a conferência de João Luso também a respeito do autor de *Os Maias* e também na Academia: era o centenário do nascimento de Eça. João Luso — Armando Erse — lia muito bem. Era um homem nervoso, mas tranqüilo na leitura, isso antes que a neurastenia o agarrasse com ambas as mãos e só a paciência inteligente de Margarida Lopes de Almeida o acalmasse com a declamação dos grandes poetas da língua. João Luso foi generoso comigo.

Quando publiquei meu livro sobre o Barão do Rio Branco em abril de 1945, Luso, que não me conhecia, deu uma ótima e delicada notinha na *Revista da Semana*, onde fazia a seção de livros com as iniciais J. L. Outros, que se dignaram estimular-me, foram Osório Borba, que registrou o livro no *Diário de Notícias*, Maria dos Reis Campos, com o melhor dos artigos no *Dom Casmurro*, Dom Aquino Correia, ocupante da cadeira de Rio Branco na Academia, fazendo um pequeno discurso, que saiu na íntegra no *Jornal do Comércio*, na ata da Academia Brasileira, Adriano Pinto, que deu um excelente registro em *Tempo*. Luciano Lopes fez o prefácio do meu trabalho, que custou a papai seis contos de réis — edição particular.

Luciano Lopes — pregador batista, professor de História, membro da Academia Carioca — conheci-o num barbeiro em 1934 e o freqüentei com assiduidade, na Rua Garibaldi, em 1945, 46. Por suas mãos, escrevi umas crônicas em 1946, no *Correio da Manhã*, coisa ligeira, sem maior vinculação com o jornal. Levou-me pessoalmente a Paulo Filho, no gabinete deste, a quem disse amabilidades a meu respeito, garoto de ainda dezessete anos, como depois ficaria zangado comigo por eu não continuar a colaboração eventual. Desisti. Luciano não me disse nada de mais decisivo, nestes anos em que o visitei regularmente. Era protestante, mas lia com interesse o católico Amoroso Lima.

Desde 1939-40, eu ouvia pelo rádio as palestras de Monsenhor Magalhães, que me agradavam, não tanto pelo que dizia, como pela graça com que o dizia: voz agradável de orador, espírito malicioso, leve, diria até — brejeiro, na medida em que um padre ortodoxo e observante pode ser brejeiro, espiritualmente. Monsenhor o era e me cativava com o ser. Parecia-me algo medíocre. Mas, com o tempo, verifiquei experimentalmente que o conceito de mediocridade é dos mais controvertidos. Foi por Monsenhor que soube, ao cair da noite chuvosa de 17 de outubro de 1942, que o Cardeal Leme acabava de morrer. Fui ao enterro, no dia 20, o maior — ao lado do de Vargas — que esta cidade já viu. Recordo-me da figurinha de Magalhães na frente da vasta procissão. Como também me recordo da figura severa, sombria, de cera, de Monsenhor Rosalvo Costa Rego, irmão de Pedro, o jornalista, que era adversário de Vargas, e cujos artigos eu lia no *Correio da Manhã*, diariamente. Monsenhor Rosalvo, investido das funções de Vigário Capitular. Terá a oposição de Pedro e a dele próprio, liberal convicto em política, provocado a correspondente oposição de Vargas a que Rosalvo sucedesse a Dom Leme? Quanto a Dom José Gaspar de Affonseca e Silva, o veto de Getúlio foi decisivo, fatal.

Em 1946, liguei-me a um rapazinho inteligentíssimo, Alberto Da Costa e Silva, filho do poeta e hoje também grande poeta. Alberto — Da Costa, como lhe chamávamos — já fazia versos e se preocupava intensamente com literatura. Andamos juntos nesses dois anos que precederam minha entrada para o mosteiro. Ele me mostrava os versos que compunha, eu lia páginas minhas e de outros para ele. Foi Da Costa o grande promotor de uma certa conferência minha, aos dezoito anos, sobre Rui, orador e escritor, a que esteve presente Dom André Arcoverde. Duas lembranças especiais devo a Da Costa, e ambas ligadas à poesia: duas visitas promovidas por ele, ser inquieto. Uma a Manuel Bandeira, tinha eu dezoito anos. Outra, a seu pai, o consagrado Da Costa e Silva, que vivia recolhido em seu apartamento da Tijuca. A visita ao velho poeta de *Sangue* e do famosíssimo soneto *Saudade* foi triste. Da Costa e Silva, desintegrado, solitário maximamente, repetindo para si versos dele e de outros, mudo para o visitante, num automatismo de impressionar. Estava doente desde o nascimento de seu filho Alberto. Não escrevia mais. Não circulava. A sombra descera sobre o grande poeta, que é um dos mais populares do Brasil. O velho, de pijama cinza, largalhão, olhos perdidos numa contemplatividade baça, soturno, esguio, o mesmo perfil do filho, a mesma boca, o mesmo corpo desajeitado e magro. A voz cava, sombria, longínqua. Eu guardei, contudo, na hora em que o vi, em seu quarto, a mais absoluta serenidade interior.

A visita a Manuel Bandeira foi mais leve. Conversamos hora e meia, o poeta, muito acolhedor e simples, igual a nós, rapaz. Conservo uma fotografia ampliada desse primeiro encontro pessoal com o poeta de Pasárgada. Recebeu-nos também de pijama, chinelos, muito à vontade. Tratou-nos com um respeito que a mim me surpreendeu. Não nos tratou como a colegiais, que éramos de fato, mas como a estudantes, a universitários. Falou de sua obra, instigado por nós. Falou com simplicidade, dir-se-ia isenção.

Contou-nos o que depois se veio a tornar o *Itinerário de Pasárgada*, livro fundamental. Copiou para mim, com uma paciência de santo, poemas inteiros, que lhe pedi.

Eu lia muito. Não sei por que me lembro agora das *Farpas*, de meu tio-bisavô, Ramalho Ortigão. Como eu li as *Farpas*! Leitura constante, repetida. Li também *A Holanda* e outros livros menores, como ainda a interessantíssima correspondência com seu amigo Eça. Deste, li quase tudo.

Isso comentávamos, nas reuniões semanais. Alberto, não o Da Costa, mas Vieira, era filho de português e parecia ele próprio um portuguesinho. Baixote, gorducho, muito sério, muito branco, era um poliglota — sabia, além do francês e do inglês, o alemão, o italiano e o latim. Era consumado latinista, para estudante. Rapaz deveras estudioso, ainda que destituído de brilho, perdeu-se depois nos labirintos da cúpula burocrática, onde se afirmou amplamente. Afastou-se de nós, ou a vida nos afastou. Quando entrei para o mosteiro, esteve entra-não-entra, de tal modo se sentia ligado ao meu destino. Seu gabinete era delicioso, lá passei horas serenas, cercado pela biblioteca enorme, em que se condensava, já àquele tempo, uma boa parte da cultura humana.

Henry Cox, neto de inglês, estudara o seu ginásio na Inglaterra, era de uma britanicidade total. Pessoa encantadora, lutava boxe (era o atleta do grupo) e tinha admiração a Churchill, cujas memórias, traduzidas por Carlos Lacerda, ele me deu com uma dedicatória hesitante, em que se lhe define a personalidade algo mórbida. Não chegou a propriamente encontrar destino. Estudou e passeou em Paris durante uns cinco anos, depois do curso clássico, mas não se fixou numa linha definida. Sua formação era anticatólica, naturalista e céptica. Um fundo protestante, sobretudo o impacto da cultura naturalista do século XIX, que era a última palavra da sabedoria, para ele, aos seus dezessete anos. Namorador, vivo, era o único do nosso grupo que se atirava mais afoitamente à vida física, nos seus atrativos normais.

Aos dezoito anos, deu-se o meu encontro com a força da poesia e da filosofia. Logo vi que eram irmãs. E me deixei tocar pelas duas. Filosofia e poesia passaram a ter, desde então, um lugar na minha vida. Não posso conceber meu destino, já agora, sem a presença da poesia e da filosofia. Tudo que li, de mais sério e fecundante, de 1946 até hoje, é — de algum modo — filosofia ou poesia.

A guerra de 39 interrompeu a carreira comercial de papai. Vice-diretor, aos trinta e sete anos, de uma vasta companhia de navegação, viu-se mutilado pela guerra nas suas ambições, no seu ascender progressivo. A companhia fechou-se. Papai, ferido no seu orgulho, não aceitou lugares inferiores com que Mário d'Almeida lhe acenava em companhias análogas. Recolheu-se à vida privada, fechou-se ainda mais. Aos quarenta e quatro anos, cheio de seiva e possuído pela paixão dos negócios, dono da mais ampla experiência e de uma cultura comercial perfeita, deixou de trabalhar. A guerra atingira-nos em cheio. Cortara a carreira de um homem que começava a enriquecer.

O escritório deixou de ser uma realidade em nossas vidas. Ganhamos, em troca, a presença da úlcera estomacal de papai.

III

"A grande dor das coisas que passaram"...

CAMÕES

Disse Gilberto Amado que gostaria de escrever a história das suas leituras. Schmidt insistiu comigo para que escrevesse a das minhas. Nesta hora, me lembro de um livro que me seduziu aos meus dezessete anos: as memórias de Zweig. Todo ele é a grande dor das coisas que passaram... Li, a esse tempo, as memórias de Churchill, texto de grande escritor, e as de Gandhi, inferiores. Mas nenhum me atraiu e cativou como essas memórias de Stefan Zweig: *O Mundo Que Eu Vi...* Por quê? Porque eu, visceralmente escritor, esteta, me encontrava em Zweig. A extrema fragilidade desse homem comoviame. São, as dele, as memórias da *belle époque*, uma despedida, um adeus.

De dois gêneros de livros gosto muito: memórias e cartas. Livro de confissões íntimas e livro de correspondência, epistolário, que delícia para meu espírito, sempre sequioso de compreender os outros homens. Mergulhei em quase tudo que, nas letras brasileiras, é memorialismo. Li *Minha Formação*, de Joaquim Nabuco, as memórias de Humberto, de Rodrigo Otávio, de Oliveira Lima, de Medeiros e Albuquerque, de Graciliano (*Infância*), de Graça Aranha, de Taunay, de Ciro dos Anjos (digo a ediçãozinha original), José Lins, redundância, pois *Menino de Engenho* é *Meus Verdes Anos* com grandeza, João Alberto (*Memórias de um Revolucionário*), Oswald de Andrade (*Um Homem Sem Profissão*), Manuel Bandeira (*Itinerário de Pasárgada*), Jorge de Lima (tão inacabadas, em *Jornal de Letras* e na edição Aguilar), Álvaro Moreira (*As Amargas, não...*), Augusto Frederico Schmidt (*O Galo Branco*), Ulisses Lins (*Um Sertanejo e o Sertão*), Augusto Meyer (*Segredos da Infância*), para chegar, finalmente, ao delicioso *O Menino e o Palacete* e *Os Seres*, de Thiers Martins Moreira. *O Velho Senado* que outra coisa é senão memorialismo do melhor quilate? A partir de 1954, leria as *Memórias* de Gilberto Amado que tanto me envolveram.

João Ternura e *João Miramar* não são puro memorialismo com roupa de surrealismo? Tanto esperei por esses dois livros e, contudo, me decepcionaram. A vida me ensinou a não esperar e a não desesperar... Uma palavra, que li em *Mirabeau*, de Ortega y Gasset, vou repeti-la, a propósito de decepções e matérias afins: "Considerar como ideal a realidade mesma." Como aprendi pela minha vida a profunda verdade que Edmundo da Luz Pinto resumia em três títulos de filmes: "A vida é uma só, amar não é pecado, os homens não são deuses."

Nos jornais, procurava eu a concavidade do minuto, a vida como ela é, nelson-rodriguesmente. Lia Majoy, no *Correio da Manhã*, Tomás Ribeiro Colaço, grande escritor, de forma requintada, espírito sutil finíssimo, da família de Tristão da Cunha; lia Costa Rego, que não me agradava inteiramente, eu o achava fofo, fútil, apesar de conciso, condensado, sintético. Lia o insuportável Elói Pontes em *O Globo*, Magalhães Júnior, iconoclasta, corajoso, no *Diário de Notícias*; Schmidt na sua velha fase do *Correio*, tão igual a si próprio, tão fiel no fundo aos temas essenciais da sua vida — lembro-me, por exemplo, como se o tivesse lido ontem, do artigo sobre a morte de Afrânio Peixoto, janeiro de 1947, artigos derramados, difusos, prolixos, lugares-comuns às dúzias, tão humanos, porém...; velhos suplementos com a matéria que compõe hoje *Confissões de Minas*, de Carlos Drummond, *O Galo Branco,* de Schmidt.

Obscuramente, confusamente, preparava-me para a minha missão. Que missão? Ser escritor. Desde os dezesseis anos, se tornou ponto pacífico, em mim, que era um escritor. Carreira ou vida? Entre as duas, não me foi possível hesitar. Optei pela vida. Engraçado: alguns livros, a que não dou, objetivamente, maior importância (não são grandes livros, a rigor) tiveram, em determinados instantes da minha vida, significação especial para mim, voltava muitas vezes às suas páginas, visitava-os como a parentes. Dou exemplos. *A Minha Nova Floresta*, do juiz José Antônio Nogueira. J. A. Nogueira, do grupo de Lobato, Sud Menuci, Ricardo Gonçalves, Godofredo Rangel — conheci-o pessoalmente, era quase vizinho nosso, na Muda, estranha personalidade, soturna, cheia de mistério. O livro era a história das leituras desse fino e sensível magistrado que morreu ministro do Tribunal Eleitoral: publicava os capítulos no *Jornal do Comércio*, recordo-me perfeitamente, e depois os recolheu num grosso volume, com altos e baixos, livro heterogêneo, mas todo impregnado de humanismo escatológico, que era feitio mesmo de seu erudito autor. Ainda: *As Grandes Amizades*, de Raissa Maritain, senhora de Jacques

Maritain, traduzido pela minha amiga Josélia Marques de Oliveira; *A Psicologia da Fé*, do Padre Franca, a quem pedi que o autografasse para mim; *Teatro*, de Dom Marcos Barbosa, exemplar oferecido pelo autor com aquela sua letrinha insegura, capciosa, irregular; *A Descoberta do Outro*, de Corção; *Novos Discursos e Conferências*, de Rui, que eu gostava de ler em voz alta para mim e, às vezes, para as minhas visitas; *O Cardeal Newman*, do Padre Penido, de quem me tornei, depois, amigo.

Foi exatamente nesse período que deixei de ser um grande projeto de bacharel. O problema da cultura se me impôs com uma exigência absorvente. O problema do destino, da vida plenamente vivida, da autenticidade, da verdade, se fez em mim obsessão. Não me podia conceber vulgar, banal, perdido na competição econômica. O meu problema físico empurrava-me nessa direção, sem que eu percebesse as nuanças do quadro.

O voluminho *Teatro*, de Dom Marcos, dei-o a muita gente: a Manuel Bandeira, a Drummond... *O Cardeal Newman*, de Penido, que Gilberto Freire considera o melhor livro de padre no Brasil, dei-o também fartamente — a Drummond, a Bandeira, a Schmidt, a quem pedi um artigo a respeito, que não deu..., a Raquel, a Heráclio Sales. O que Terêncio exprimiu na sua concisa palavra clássica, fazia-me vibrar: *"Homo sum et humani nihil a me alienum puto."* Foi, aliás, dos lábios de Leonel Franca que ouvi pela primeira vez essa palavra.

Lia. Relia. Lápis na mão, espírito hipercrítico, galopava sobre os textos, a melhor poesia nossa, a melhor prosa. Minha pinça catava as palavras raras, as palavras ricas. Eu assistia ao que Ledo Ivo, ser rimbaudiano, chamou o duelo entre o dicionário e a inspiração. Tomava eu, por exemplo, as obras poéticas de Murilo Mendes. E ia a sublinhar o que, no texto, se me afigurava original. A morte *graciosa*. Nascer é muito comprido. É difícil ficar sozinho. A vida é muito marítima. Quase que só há estrelas. Isso, em O *Visionário*, de um poeta que consagrou todo o seu destino à poesia.

Entre mim e Murilo Mendes, há um pequeno episódio, dos meus dias de ginásio. Conto-o de uma vez, para não esquecê-lo daqui a pouco. Murilo, tuberculoso e pobre, foi nomeado inspetor de ensino secundário (já estava clinicamente recuperado) e caiu no meu colégio tijucano. Curioso: eu tinha doze anos, notei-o logo, mal entrou pela primeira vez em minha sala; notei-o, é bem a expressão. E, muito mais tarde, vim a saber, através da professora de latim, que também ele me notara, num comentário típico de Murilo, em que talvez houvesse alguma reminiscência involuntária da recente leitura de *Idade, Sexo e Tempo*, de Tristão, 1938, com a oposição entre *homem eterno e homem moderno*... O nosso Murilo, comparando-me com um filho de alemão, todo dinâmico, extrovertido, vivaz, louro irrequieto, sentenciou: eis aqui o homem moderno (o alemãozinho) e o homem eterno (era eu), são os dois alunos de sua turma que me chamam a atenção.

> "Não serás antepassado,
> porque não tiveste filhos"...
>
> (Murilo Mendes,
> *Poesias Completas,* página 330.)

Conheci em 1944 um tipo riquíssimo de humanidade, um coração como aquele dos versos de Drummond. Sílvio, chamava-se. Era comunista, foi meu primeiro contato com o comunismo, depois do episódio de 1935, em que funcionei, exaustivamente, como chofer imaginário, a conduzir a burguesia em fuga, não sei de onde nem para onde... Sílvio era esfuziante, uma torrente de vida, uma cascata, sabia tudo, estava a par de tudo, jornal ambulante, falava pelos cotovelos — e, sobretudo, era bom, de bondade surpreendente e maliciosa. Creio que me estimava, deveras. Informou-me. Abriu, diante de meus olhinhos pequeno-burgueses, o mapa-múndi, os conflitos, o problema da luta de classes, a realidade do social. Com Sílvio Borba, o social entrou em meu destino, aos dezesseis anos. Era ele parente de Rubens Borba de Morais, do modernismo paulista, que foi diretor da Biblioteca Nacional. Mas literatura não interessava ao seu espírito, senão subsidiariamente — como veículo de ideologia. Era um militante, um ousado. Vivia de sua casa na Rua Garibaldi para a casa de Graciliano Ramos, já famoso, morador de um apartamentinho no edifício Ana Francisca. Fez tudo para me levar a Graciliano, eu resisti. Sinceramente, não tinha jeito, me sentiria constrangido, encabulado, apesar de todo o meu desembaraço. Mas, eu dizia, o social entrou em meu quarto com o Sílvio. Temeroso, desconfiado, céptico, não entrei para nenhuma organização partidária, como queria ele no seu afã de converter, de aproximar-me das fontes da salvação, mas, de qualquer modo, recebi a notícia de tanta realidade que, não fosse ele, apostolicamente falante, me escaparia por completo. Encontrei-o no dia em que Prestes foi anistiado por Vargas, abril de 1945 — era na Rua Garibaldi, na Tijuca, dia claro, e em plena rua nos abraçamos por longo tempo, como se estivéssemos chegando de viagem. Comoção pela concedida liberdade, regozijo de jovens, com o ruído, a virgindade que o tempo, ao depois, vai emagrecendo em nós. Sem de todo aboli-los, em alguns poucos. Sílvio era uma ardente e generosa natureza. Mas não era ingênuo. Era ladino. Sabia conduzir os homens e empurrar, imperceptivelmente, as circunstâncias. Era maneiroso. Poucos homens dispuseram tanto de mim. Poucos tiveram tal poder sobre meu coração. E eu me pergunto, nesta hora: em que se beneficiou ele? Em que se aproveitou de mim? Literalmente, não quis nada para si mesmo. Era generoso. Amava sem reservas a vida. Queria simplesmente viver, permitir aos outros que vivessem, suscitar nos outros a vida. Ninguém até hoje me estimulou tanto como ele, ninguém acreditou em mim com mais força. Dizia-me coisas que não posso publicar sem encabulamento, porque excessivas e não-confirmadas pelos fatos. Se havia nele ambição política, penso que era da melhor, da menos impura. Felizmente, creio que se conservou mais ou menos assim, pela vida afora, coerente com sua natureza. Fanático? Não, não era. Seria, quando muito, partidário, isto é, torcedor de seu partido, nunca mesquinho. A mesquinhez era tão incompatível com ele, como a água com o fogo, naturezas antitéticas. Sua lucidez agradava-me. Sua liberdade de espírito era total. Não sabia doutrina em profundidade, nem se dava a leituras extensas, ou fastidiosas. O que sabia, era ligeiro, rápido, prático e sintético. Fomos colegas durante três anos.

Sílvio falava baixo, em tom de conspiração, cochicho. Sua conversa era puro confessionário. Gordinho, balofo, cabeça enorme, olhos buliçosos, que iam da extrema alegria à extrema tristeza, frenético às vezes, às vezes melancólico, de sensibilidade apurada, tinha faro para o mínimo, o escondido, o avesso da vida, as filigranas. Mandei meu livro a instâncias dele para Graciliano. Queria que eu fosse levar pessoalmente, eu não quis. Quando leu a dedicatória, repreendeu-me:

não se diz "senhor" numa dedicatória para homem célebre, é ofensa... Aprendi com ele. Era íntimo amigo de um monge beneditino, Dom Tarcísio, homem doce, terno, com quem se entendia maravilhosamente. Passou uma temporada em Três Poços, na fazenda que os beneditinos ganharam. Teve conversas quilométricas, saborosas, com o monge Dom Tarcisio. Foi Sílvio dos primeiros que me informou sobre os monges de São Bento. Precisamente ele, um comunista...

A descoberta de Carlos Drummond de Andrade e Manuel Bandeira foi um fato relevante na minha vidinha. Li-os. O meu exemplar de *Poesia até agora*, que depois solicitei do poeta que autografasse, com que gula o manuseei, com que frêmito, ansioso por encontrar o segredo, a chave, o claro enigma. "Trouxeste a chave?"... O poema-receita *Procura da Poesia* era minha bíblia de juvenil artesão da palavra, uma espécie de resumo itabirano das cartas a um jovem poeta — de Rilke, que li pouco mais tarde, na tradução de Paulo Rónai.

"Utilize para se exprimir as coisas do seu ambiente. As imagens dos seus sonhos. Os objetos das suas lembranças." Essas palavras da primeira carta de Rilke não me largaram mais. Sempre gostei da primeira carta desse fervoroso admirador de Jacobsen, cujo *Niels Lyhne* li anos depois e era uma das admirações calorosas de Schmidt, um livro revelador para o poeta. Dois livros Schmidt recordava com enlevo: *Niels Lyhne*, de Jacobsen, e *L'Education Sentimentale*, de Flaubert.

"Se a própria existência cotidiana lhe parecer pobre, não a acuse. Acuse a si mesmo, diga consigo que não é bastante poeta para extrair suas riquezas... Uma obra de arte é boa quando nasceu por necessidade..." E o problema da solidão em arte.

E estas altas palavras: "Temos que aceitar nossa existência em toda a plenitude possível"...

Rilke a nos ensinar o segredo da arte literária, com suas palavras leves: "Para fazer-se um verso, cumpre ter visto cidades, homens e coisas, experimentando os caminhos desconhecidos, as despedidas longamente pressentidas, mistérios da infância não esclarecidos, mares, noites de viagem. Não basta mesmo ter recordações: é preciso aprender a esquecê-las, é preciso possuir a longa paciência de esperar até que elas voltem. Pois as próprias recordações não o são ainda. Antes, as recordações devem entrar em nosso sangue, nosso olhar, nosso gesto; quando então as recordações se tornam anônimas e não se distinguem de nosso próprio ser, então, pode acontecer que, numa hora rara, nasça a primeira palavra de um verso"...

E Carlos Drummond de Andrade, o sóbrio: "Que se dissipou, não era poesia. Que se partiu, cristal não era." E todo o resto do longo e profundo poema *Procura da Poesia*.

"Penetra surdamente no reino das palavras... Chega mais perto e contempla as palavras. Cada uma tem mil faces secretas sob a face neutra e te pergunta, sem interesse pela resposta, pobre ou terrível, que lhe deres: trouxeste a chave? Repara: ermas de melodia e conceito, elas se refugiaram na noite, as palavras. Ainda úmidas e impregnadas de sono, rolam num rio difícil e se transformam em desprezo." Em Carlos Drummond, o de *A Rosa do Povo* e *Sentimento do Mundo*, encontrei a mesma preocupação com o social, o homem da rua, o povo, que Sílvio, rapaz idealista e simples, me inculcara com modéstia. O povo lá estava, nos poemas do seu grande poeta: "Tal uma lâmina, o povo, meu poema, te atravessa."

Aos dezoito anos, vi-me na faculdade católica de Direito, meio perplexo, indeciso, praticamente sem saber que rumo imprimir à minha vida.

"Ó vida futura, nós te criaremos!"

O grito drummondiano, com que se fecha *Sentimento do Mundo*, era bem o meu sentimento particular daqueles dias de expectativa, intensidade, procura. "Tenho apenas duas mãos e o sentimento do mundo"... Eu buscava. Conheci, aliás, nas então faculdades católicas, Direito e Filosofia, vizinhas, a filha única de Carlos Drummond, Maria Julieta, autora (naquele ano de 1947) de uma novela, *A Busca*, prefaciada por Aníbal Machado. Maria Julieta me deu sua novelinha, conversávamos. Eu era meio bobinho com moças e li em seu rosto uma ponta de constrangimento ou decepção, em nossas conversas. Ela era muito mais, digamos, adiantada que eu, mais vivida, mais amadurecida. Eu percebi, em 1947, que me faltava realmente uma dimensão, na linha da maturidade. Essa intuição vaga, imprecisa, essa nebulosidade, essa forma de pressentimento acompanhou-me, aprofundando-se. Não sei naturalmente o que pensou, o que sentiu (mais do que pensou) a sagaz, observadora Maria Julieta; desconfio que pressentiu com feminina argúcia, com mineira desconfiança, o que eu próprio, timidamente, percebia, com lentidão: a existência de uma fenda em meu ser, em meu destino.

Não se conclua que desejei namorar, ainda que desejo inconsciente, a arisca, felina Maria Julieta, cujas unhas — ainda que de leve senti. Não havia sombra de namoro. Mais do que com ela, infinitamente mais, conversei com outras mocinhas também universitárias. Nem chegou a configurar-se mágoa, ou sentimento parecido, pelas reações dela. Tratou-me muito bem, sua figurinha frágil era gentilíssima comigo. Mas devo, afinal, à inquieta mineira um momento de iluminação interior, um relâmpago do que Rimbaud chamou *Une Saison en Enfer*, um raio apenas, como tantos depois se sucederiam, mais terríveis, mais prolongados, mais penetrantes, mais doloridos. A personagem kafkiana de *A Metamorfose*...

Penetração de nós mesmos. O manacá e a azaléia da minha infância, de que me despedi agora, quando vendemos nosso pequeno sítio. Em torno do manacá e da azaléia, no quintalzinho da casa de Silva Ramos, brinquei, imerso em solidão. Durante trinta anos, manacá e azaléia nos acompanharam. Agora, pertencem ao jardim de outros e nós prosseguimos, sem as plantas que outrora regamos, a nossa humilde caminhada pelas ruas do mundo. Pouco importa, finalmente. O manacá e a roxa azaléia revivem no meu peito, balançam de novo suas folhas tão leves no invisível jardim da memória, e a saudade serena vai regando-as, melhor do que nós próprios, no jardim da terra.

Cheguei à faculdade sob o signo daquela palavra estranha, perturbadora, de Dostoievski, nos *Irmãos Karamazov*: "Sou o x de uma equação indeterminada, sou um fantasma da vida, que perdeu seus fins e suas origens e que acabou por esquecer como se chama." Mas eu ainda não lera Dostoievski.

O Direito não me interessou. Percebi, num relance, que jamais me interessaria por aquilo. Durante dois anos, estudei aplicadamente, como é do meu feitio. Mas não me deixei agarrar pelo Direito. Resisti-lhe. Havia incompatibilidade fundamental entre nós. Nascera para fazer outra coisa. O quê? Não sabia, com precisão. Profissionalizar-me, era impensável.

"Ose devenir ce que tu es", a exclamação formidável de Gide, sem que a conhecesse, tornara-se minha, naqueles dias de ebulição mental, interrogações agudas, intimidade (incipiente) com o sentimento trágico da vida. Quem me visse, risonho, gordo (oitenta e tantos quilos), cordial, exuberante, orador garboso e desembaraçadíssimo, não suporia o que dentro de mim se esboçava, sem culpa minha, nem colaboração nenhuma. Tudo era bastante *malgré moi* imposição do destino, sorte, exceto minha incapacidade de abrir-me completamente. Mas com quem? Para dizer o quê? Imprecisões, vaguezas, angustiazinhas de rapaz rico, mimado, vadio apesar de estudioso, um diletante? Agonias nebulosas. Sobressaltos. Pressentimentos. *"Nous ne connaissons de nous-mêmes que celui que les circonstances nous ont donné à connaître"*, escreveu Paul Valéry.

Eu queria ser escritor. Ser escritor é e já era — para mim — uma posição diante da vida, antes de tudo, antes de escrever. Mas como organizar concretamente, praticamente, a vida? Eu não sabia.

"Un coup de dés jamais n'abolira le hasard", esse verso de Mallarmé...

Eu não acreditava mais no verso de Horácio, que me fora como que entregue por meu amigo Dom Aquino, quando era eu quase um garoto: *"Macte nova virtude, puer, sic itur ad astra"*... Não acreditava nessa minha viagem aos astros... E então? "E agora, José?"... O poema seco de Carlos Drummond exprime à maravilha meus sentimentos fundamentais — de quase falência, uma falência pessoal, profunda, existencial.

Sofria. Distraí-me com a faculdade. A partir dos quinze anos, deixara o que posso denominar a fase da instrução, para lançar-me na aventura de um saber mais alto, a aventura da cultura. Cultura, culto, cultivo, o radical *kult*, construir no mundo a morada do homem, construir dentro do homem a morada pessoal de si mesmo, o mundo interior, que é comunicação e solidão. Tudo isso me embalou. Mas como eu era frágil!...

Uma frase comum de Henry Miller, no *Tropic of Cancer*, tão chatinho sem dúvida, me parece ligada aos meus problemas desse período confuso: "Os homens constituem estranha fauna e flora. À distância, parecem insignificantes; de perto, tendem a parecer frios e maliciosos. Mais do que tudo, precisam estar cercados de suficiente espaço — espaço, ainda mais que tempo." O corpo é nosso espaço.

Na faculdade, conheci muita gente.

Conheci o poeta José Paulo Moreira da Fonseca, que estudava Filosofia, depois do Direito. Está aqui na minha biblioteca o livro de estréia — *Elegia Diurna*, publicado exatamente naquele ano em que nos encontramos. José Paulo vinha da pintura e se lançava na poesia. Era todo estética moderna. Sobre ele, escrevi mais tarde um artigo no *Jornal do Brasil*, em que fixei minhas observações a seu respeito: a propósito das *Breves Memórias de Alexandros Apolonios*. Mais velho do que eu, mais íntimo de gente culta, muito lido em autores europeus modernos. Sofisticado? Era-o muito, àquele tempo. Inteligência cortante, irônica. Pura lâmina. Profundamente pagão, no sentido em que Rilke é pagão, em que é pagão Manuel Bandeira, vivia um catolicismo agônico, herdado ao ambiente paterno, de intensa catolicidade militante. A pintura me parece, nele, uma fuga exatamente à definição — entre a Grécia e a ortodoxia. Assim o defini: dionisíaco e maniqueu. Helênico, até fisicamente, e de um intelectualismo abstracionista, ao modo da primeira fase de João Cabral de Melo — isto é, de engenheiro. Não chegamos a maior intimidade. A vida é assim.

Denúncia. Renúncia.

Vejo um rapaz caminhando no pátio da velha casa de São Clemente. Traz umas revistas na mão. Chama-se *Fonte* a revista. Cândido chama-se o rapaz. *Fonte*: revistinha existencialista, artigos de D. Basílio Penido, Cândido Mendes de Almeida, Álvaro Americano..., poema de Marcos Konder Reis... Assim conheci Cândido Antônio Mendes de Almeida, trêfego, existencialista, diretor de *Fonte*: mais inquieto do que habitualmente, na hora de lançar *Fonte*. Para mim, era o encontro com a cultura no seu aspecto vanguardista, avançado ou dinâmico, não a cultura formalista, *closed-door*, mas a cultura *open-door*, procurante. A efervescência existencialista era vasta no pátio da universidadezinha nascente. Cândido vendia sua revista, que nada tinha propriamente novo e era bem mais tradicional do que pensávamos. Maria Julieta fumava com outras mocinhas no corredor junto ao muro, fumavam com ar trágico: aquilo parecia boate matutina. Fumar era o existencialismo delas. Cândido ia e vinha, construindo o Brasil novo. O Padre-Reitor (Leonel Franca) inquietava-se com a onda de existencialismo pimpão, que invadia suas faculdades-meninas, no palacete botafoguense.

Marcel Hignette, figura de asceta, ou de iogue, lívido, magrinho, comprido, de terno escuro, mãos esculturais a compor um *ballet* gracioso, fazia conferências eruditizantes sobre o pensamento existencialista: as sotainas desciam dos seus quartos no Santo Inácio e vinham escutar, intrigados, aquelas novidades de após-guerra, filosofia dos cafés de Paris, Sartre, seu discípulo Camus, Merleau-Ponty, filosofia da cabana da

Floresta Negra, de Heidegger, discípulo de Husserl, filosofia do teatrólogo Marcel, de vozinha lamentável de araponga, como Jônatas Serrano, filosofia do psiquiatra Jaspers, que me evoca hoje Hermann Hesse... Os padres, vestidos de negro, os discípulos de Inácio — o realista, com seus barretes engraçadinhos, sua seriedade espessa e fúnebre, ouviam, gravemente, a xaropada em francês. Lembro-me das mãos de Hignette a desenharem, no ar, incríveis arabescos, ondulações, escalas musicais misteriosas, as cifras — estrangeiras para nós — do seu mundo interior, que se formara à sombra da universidade, naquele cabo insignificante da Ásia chamado Europa.

Estes nomes — Jaspers, Heidegger, Marcel, Merleau, Sartre, Husserl, os pais do existencialismo — ouvi-os pela primeira vez naqueles dias iniciais do ano universitário 1947. Meus dezoito anos brasileiros, burgueses e inocentes, descobriram o mundo. Vivi com intensidade. Interessei-me. Li Bergson... Li *Cristianismo e Democracia*, de Maritain. Os existencialistas, não li. Por quê? Não sei. Achava-os meio doidos, tinha receio deles. Fiquei em textos de Bergson e Maritain, a *História da Filosofia* do Padre Franca, já velhinha àquele tempo, eu temia o contágio dos existencialistas. Mas ouvi muita conferência de elevada e não desprezível divulgação, como as de Marcel Hignette, o bailarino. Ouvi George Gurvitch, o papa da sociologia, num francês horroroso, pior que o do Zbrozek. Ouvi André Maurois, primeira figura das letras européias que conheci pessoalmente: fez uma palestra nítida sobre a arte em geral, coisa leve, mas no gênero mauroisiano coisa ótima, relativamente séria e profunda.

Aprendi as matérias normais daqueles dois anos teóricos, prevalentemente, com que se inicia o curso jurídico. Professores medíocres, repetidores e convencionais. Tudo insípido.

Tudo balofo. Aulas rotineiras e bobinhas, Pedro Calmon dava *História do Brasil* no curso de Direito Constitucional, ao menos com graça, talento e brilho. Salvava-se um professor, apenas: Zbrozek, mestre louvainiano de filosofia do direito. Não tinha nenhum brilho verbal, mas sabia suas bases filosóficas tomistas e no-las dava, com seriedade, severidade e simplicidade. No fundo, era um simples. Um *bon-vivant*. Um refugiado de guerra, que tentava aqui refazer seu destino. Polonês. Formado em Louvain. Muito sério durante as aulas e, sobretudo, nos exames. Suas preleções nos revelavam a filosofia tomista: que edifício aparentemente harmonioso, homogêneo, arrumadinho, tudo lógico, limpo, cada coisa em seu lugar. Com efeito, um sistema, um círculo, uma obra acabada, coerente, uma pirâmide. Marco ou farol? Os tomistas gostam de dizer que o tomismo não é um marco, é um farol. Talvez pirâmide encimada pelo farol do Divino, que dá harmonia, proporcionalidade ao conjunto. Sem dúvida, aquilo me impressionou. Certas idéias — como a de pessoa, de bem comum, vastos conceitos de tanta repercussão no plano sociológico, hauri-os nas apostilas e aulas de nosso Zbrozek, cidadão europeu.

Zbrozek... Fecho os olhos do espírito e me revejo seu aluno. Dias de outrora, carregados de sonho. Zbrozek, de repente estamos outra vez, os dois, em 1947, na jovem universidade, em sua casa, em viagens de automóvel ou de bonde entre Botafogo e a cidade. O senhor tem outra vez quarenta e cinco anos. E me revela tomismo. Para meu temperamento, o senhor era um ser portentoso, um ser assustador. Que violenta energia o senhor soube colocar em tudo aquilo! Que paixão! Muitos o julgavam excessivo, impertinente ou brutal. Mas havia delicadezas inesperadas no seu convívio. Certa manhã, logo no início do curso, tomamos o bonde separadamente na porta da universidade. Supus que o senhor não me notara. Quando o bonde chegou à praia, o senhor desceu e veio convidar-me, vários bancos atrás, a ir de táxi para a cidade. Muitas vezes, juntos viajamos entre Botafogo e o centro. A sua preocupação, a sua vida eram os cursos. Mas, vezes, o senhor se permitia uma palavra mais íntima — era tão raro — e agora me lembro de uma, que me tocou e vem pousar em mim novamente: você não sabe o que é a psicologia do refugiado... Refugiado? O senhor se referia à sua condição, ao seu próprio sofrimento. A Guerra o trouxe. Dois poloneses ela nos deu: Paul Siwek e o então jovem doutor pela universidade de Louvain. A nova língua custou-lhe. Apesar do latim, do francês, que lhe eram familiares ao extremo. Sua sensibilidade, nos primeiros anos, exigia que as aulas se dessem em francês. Depois, talvez por causa do bem comum, consentiu em falar português. Um português, o seu, que não era fluente nem fácil. Em janeiro de 48, o senhor queria que lhe desse um curso particular de língua portuguesa. E me confessou: nunca estudei essa língua, conheço-a de ouvido... Por um desses desencontros, de que a vida é rica, o nosso cursinho de gramática singela não chegou a cumprir-se. O senhor aprendeu, bem mais tarde, a língua portuguesa para revalidar seus cursos inteirinhos. Mas até o fim a sua língua era difícil, perturbadora. Lembro-me de uma conferência que o senhor fez na Faculdade Nacional de Filosofia: o português ainda era tortuoso e estávamos em... 1954. O senhor gostava do Brasil, deste Brasil de contrastes, terra tropical. O senhor não se fechava, longe disso. Não se isolava. Não era um triste. Ser dionisíaco, o senhor compreendia o Brasil. Nunca vislumbrei arrogância ou pose nos seus comentários a respeito do Brasil e sua cultura. Sabia valorizar-nos sem bajulação nem exagero. Sua cultura universitária, a intimidade com os problemas do pensamento humano mais alto, sua formação exigente, minuciosa, honesta, sistemática, sua experiência de professor universitário europeu, não o levou ao desdém conosco. Via-nos Zbrozek com realismo. Como bom aristotélico. Outra fatia simpática de sua personalidade poderosa, de homem robusto, sangüíneo: o empenho em manter contato com a vida, a vida mais simples e humana. Banho de mar em Copacabana. A atenção com o *menu* de um almoço comum (lembra-se, Tazil?). O senhor lia romances. Fui encontrar na sua mesa de trabalho nada menos que *O Sol sobre as Palmeiras...* Ouvia rádio. Discutia política brasileira. Zbrozek tinha vocação política no sentido mais nobre. A última vez que nos vimos — 12 de outubro de 1958, o senhor me falou, caro Jerzy Zbrozek, de sua visita capitosa à Exposição Internacional de Bruxelas. Foi na Biblioteca de um Convento, o de Santo Tomás de Aquino. A que ambos tínhamos ido para consulta ligeira. Nosso derradeiro encontro de amigos ocorreu numa biblioteca, à sombra das estantes, à sombra de frei Tomás de Aquino e frei Domingos de Gusmão. Pio XII morrera três dias antes... E não pude imaginar que então nos despedíamos — caro mestre Zbrozek. O senhor estava naturalmente cheio de planos e estranhava que também eu não estivesse. Agora, o revejo, de camisa esporte, aberta ao peito, fumando nervosamente como outrora, os olhos muito vivos, a mesma segurança brutal, granítica, intimidante. Aquele modo sem cerimônia, incisivo, às vezes rude, às vezes fraternal. O senhor me pediu para verificar uma coisa, fiquei de telefonar-lhe. Dois dias depois, telefonei-lhe, ao cair da noite. Sua voz era extremamente áspera ao telefone. E quando o senhor me disse: — Obrigado, adeus — realmente nos despedimos, sem saber.

Em meu primeiro ano, segui um curso — de cinco dias — sobre o humanismo. Era uma resposta dos padres jesuítas àquele existencialismo, que se pretendia humanismo, e invadira galhofeiramente os jardins da única universidade católica deste Brasil maior-nação-católica-do-mundo, terra de Santa Cruz, invasor agressivo. No curso de conferências sobre o humanismo cristão, falaram Costa Ribeiro — sobre humanismo e ciência, Leonel Franca — sobre humanismo e humanidades, Santiago Dantas — sobre humanismo e direito. A esses ouvi. Aos outros — que cito de memória, um Azevedo Ribeiro, sobre humanismo e filosofia, um Hasselmann, sobre humanismo e arte, um Paulo Sá, sobre humanismo e técnica, não pude assistir. Aquilo tudo bolia com o jovenzinho brioso, curioso, que vinha da Tijuca, no ônibus vermelhinho, número 11, e gostava de subir e descer a pé a Rua São Clemente, ainda sem apartamentos, quase tranqüila, desde a praia até a mansão senhorial da faculdade.

Queria ser culto. Queria que a cultura tomasse conta de mim. Queria tornar-me um humanista, que aventura, meus deuses, que deslumbramento, que passeio, entre sereno e simplesmente inquietante. Teria eu forças, para ir até onde me cumpria o que desejava, isto é, à plenitude da cultura, perguntava-me. Mas por que essa pergunta, essa desconfiança? Esse Medo? Ó temores de minh'alma, na hora matinal, na escura claridade matinal, na obscuríssima simplicidade dos meus dezoito anos estudiosos!... A cultura entendida como filosofia de vida, hierarquia de valores, concepção do homem e do mundo, cosmovisão, como depois se disse muito. Queria eu ter uma visão do mundo. Era isto ser um homem culto:

compreender com nitidez o mundo. A universidade jamais foi, para mim, a carreira, o diploma, a profissão, o dinheiro, a vida prática, mas a cultura, a sabedoria, a filosofia, uma visão profunda, harmoniosa ou trágica, pouco me importava, mas verdadeira quanto possível, exata, aberta, lúcida. Desinteressada (no sentido de interesse imediato, prático-prático).

Tal era meu sentimento. O curso de Zbrozek, a semana de conferências sobre humanismo, as outras conferências variadas e de bom nível intelectual, o contato com livros europeus de filosofia, tudo isso me confirmou em meu sonho. Recordo-me das férias de 1947-48 em Cotegipe, ali pertinho de Matias Barbosa, na estrada para Juiz de Fora. Levei para ler — e li — *De la Philosophie Chretiènne*, de Maritain: números de *A Ordem*, *Journal d'un Curé de Campagne*, de Bernanos, *Le Crépuscule de la Civilisation*, de Maritain, textos patrísticos que me foram dados por D. Basílio, e me deliciava com essa atmosfera. A patrística agradou-me, atingiu em cheio o alvo gordo e fácil que eu era. Li os grandes autores da patrologia como quem passeia pelo jardim de casa. Nas férias anteriores, lera — na mesma e plácida fazenda de Cotegipe, Santa Mônica — a *Vida de Jesus*, de Plínio Salgado, untuosa, ou oleosa, como se diz de Renan, sentimentalona, derramada, personalíssima, algo ingênua, provinciana, pela mentalidade inicial ou de origem — do seu autor, como até pela ambiência concreta, externa, da elaboração do livro, tão louvado por Cerejeira e Leonel Franca. Lera, também, a tradução pesada e classicizante dos Salmos, do mesmo Franca, pouco poeta para tal missão, delicadíssima. Lera, também, no ambiente doce de Santa Mônica, as *Confissões* de Santo Agostinho, em tradução portuguesa, de Portugal. Mergulhei, pois, no clima da vida espiritual de inspiração católica, patrologia, filosofia, exegese bíblica, vida interior. Essas coisas, que não eram da paisagem de minha existência, começaram a povoá-la, a dar-lhe feitio novo, um cunho diferente, palpitações místicas ou simplesmente religiosas que nunca experimentara, com igual vigor.

É difícil falar de tais amores, como de todos os amores, depois de os termos perdido. O grande amor nos impele, quando o perdemos, para o grande ódio, ou o ressentimento amargo, sombrio. Não desejo que a vingança paire sobre mim, nesta hora amena em que evoco, sem angústia e sem medo, o encontro do meu ser com a vida mística. Quisera escrever com verdade, e seria talvez minha melhor homenagem a esses valores antigos, que mereceram a ardente veneração de homens sucessivos, ao longo do tempo. Não desejo que a mais mínima ponta de paixão me toque ou me domine. Não desejo ferir, nem ferir-me. Desejo o tom isento.

Converti-me. Posso aplicar a meu caso — um pequeno caso na longa e obscura cadeia de casos — a expressão converter, com rigor. Era uma direção nova que se me imprimia à vida, ao espírito, pela seriedade funda, a densidade, a paixão, até a exclusividade das leituras, festas sem cepticismo ou desconfiança, mas com entrega. Sim, eu me entregara. Conversão é entrega. Eu me entregara ao Absoluto. Eu me entregara.

A fé religiosa como que me assaltou. Vi-me subjugado pelo entusiasmo. A vida do rapaz que amava as letras e sabia de cor os seus poetas preferidos, a vida simples, descuidada, solitária, tantas vezes, de um rapaz estudioso (e reto) ganhou esse frêmito novo e desconhecido, essa audácia, essa loucura, essa vibração absurda. E foi aí, na curva dos vinte anos, na hora das grandes paixões sem remédio, que o ideal infantil —

de superfície —, renovado timidamente, mas explicitamente, quando tinha quinze anos, ao concluir o ginásio, em plena guerra, voltou para junto de mim e me possuiu com força inesperada: ser padre. Já agora, ser monge. Ser plenamente sendo padre e sendo monge.

Ser. O hamletismo radical de tantas naturezas oscilantes — ser ou não ser — também pertence ao mundo meu. O sussurro dos contrários. A percepção do avesso. A dúvida (penso, logo *hesito*...). A vacilação que brota imperceptivelmente da verificação da complexidade — complexidade de tudo. Mas não vacilei. Estranhamente, não vacilei. Quis com uma paixão de Catarina de Sena — *io voglio!* E aqui o ponto de exclamação se impõe, necessariamente. *Io Voglio!* Eu quero! Quis com um ardor de... náufrago.

Quis sem reserva. Quis sem análise. Quis sem discussão. Quis com totalidade. Quis com arrebatamento. Quis com ânsia. Quis, absolutamente, o Absoluto. Não discuti comigo mesmo. Não parei.

Hoje, admiro-me de tamanha impetuosidade. Não me admirava, então. Achei tudo normal, razoável, certo, de total certeza. Mas, antes de descrever hoje minha aventura mística dos vinte anos, quero contemplar, ainda, a universidade, que troquei pelo mosteiro. Gostava de passear entre as árvores do pátio. Tão peripateticamente, eu e meu amigo Rui passeávamos nossas inquietudes em flor pelo pátio, à sombra das árvores gordas e também à sombra das *jeunes filles* pouco proustianas e nada dellyanas, que saltitantemente enchiam com sua adolescência lépida os jardins, o pátio. Íamos e vínhamos, nessas manhãs antigas. Para onde vão os dias que passam?...

Rui foi meu companheiro de faculdade. Juntos, em voz alta e alternadamente, lemos, na varanda da faculdade de direito, nos intervalos ou depois das aulas, um extenso artigo de Leonel Franca em *Verbum* sobre Catolicismo e Totalitarismo, que nos pareceu um artigo perfeito, o Livro dos Salmos, a Regra de São Bento em português. Lemo-la na íntegra, devotamente, embevecidamente. Passávamos horas a ler em comum textos assim, para nós sagrados. E conversávamos com a tensa e ardente seriedade, própria dos jovens. Eu olhava o futuro como o profeta olha o futuro, como se fosse presente.

Os Salmos e a Regra dos Monges eram minha leitura fundamental e cotidiana. Li, integralmente, os quatro Evangelhos, que não conhecia a não ser de modo fragmentário, como ouvinte em igrejas e leitor apressadinho de páginas esparsas. Li, como adepto, como crente, como discípulo, como amigo. Não li como Bernard Shaw, que, da primeira vez, queria apenas cumprir braçalmente a façanha homérica de ler a Bíblia toda — para ter lido...

Li a *Imitação do Cristo*, o célebre texto medieval, traduzido elegantemente por Leonel Franca. O nome do Padre Franca aparece, muitas vezes, nestas páginas de evocação afetiva. É natural. Significava, para mim, um arquétipo. Vivia à sombra dele.

Era de noite, fria e chuvosa noite de inverno carioca. Um poeta falaria às nove horas no saguão do colégio Santo Inácio a respeito de sua vida, sua poesia. Diante desse apelo, não havia mais chuva nem frio. Deixei nossa casa da Tijuca, fui ouvir o poeta. Gente boa fez o mesmo naquela noite de agosto, a experiência da chuva por amor da poesia:

Carlos Drummond, José Lins, que morava ali na Lagoa, Margarida Lopes de Almeida, João Condé, Rodrigo Otávio Filho, Antônio Boto, Tristão de Ataíde, Dom Aquino Correia. Sala repleta.

Manuel levava escrita sua conferência autobiográfica. Leu-a sentado, com a calma que nem mesmo a televisão mais tarde, nem mesmo um programa comovente — Esta é a sua vida — conseguiu sequer perturbar. A calma do homem que sofreu e sabe. Eu o ouvi com todo o meu ser, literalmente fascinado pela meiga pureza, levemente ácida, pela autenticidade agreste do poeta. Pela sua modéstia. Isso mesmo. O que saltava daquelas páginas, o que naquela voz transparecia — voz tímida, velada, porém enérgica, firme, séria, áspera — verdadeiramente era modéstia. Anos depois, privando eu com o poeta, entretendo-me com ele em palestras longas, pude sentir-lhe mais intimamente a prodigiosa modéstia, a que eu chamaria humildade. Não conheço ninguém mais humilde genuinamente do que ele. Ai de mim: conheci muita gente, neste belo mundo de meu Deus, muita gente marcada pelo desejo de renúncia, despojamento, entrega, não vi ninguém mais humilde, não vi ninguém tão humilde como o poeta Manuel, homem sem religião.

O poeta lê o seu texto mansamente. Poucos gestos. Voz pausada. Um pudor contagiante. E, de repente, o poeta lembrou-se de um soneto bem antigo, escrito em Teresópolis, 1906. Tinha o poeta, ao fazê-lo, mais um ano do que eu, ao ouvi-lo... O soneto chamado "Renúncia", que está em *A Cinza das Horas*, o soneto em que fala de Deus. Quis ele, muito oportunamente, acrescentar esse belo soneto — como ilustração. Começou a dizê-lo. Mas a memória traiu-o.

Fez-se na sala enorme um terrível silêncio. O poeta repetiu o verso, mas nem assim lhe veio o seguinte. Esboçou-se no rosto de Manuel um sorriso — o sorriso da resignação, da humilde aceitação. Não, não era possível prosseguir o soneto. A memória falhara. Havia quarenta anos entre o soneto e seu autor, quarenta anos de sofrimentos, trabalhos, poemas. "E será, ela só, tua ventura"... Este verso, esta palavra — ventura — ficou bailando no ar, como um desafio. O silêncio era total. Faltavam apenas dois tercetos e o poeta sorria, mas sem aflição.

> "Chora de manso e no íntimo... Procura
> Curtir sem queixa o mal que te crucia:
> O mundo é sem piedade e até riria
> Da tua inconsolável amargura.
> Só a dor enobrece, e é grande e é pura.
> Aprende a amá-la, que a amarás um dia.
> Então, ela será tua alegria"...

E o verso fatídico: E será, ela só, tua ventura...

Súbito, o rosto do poeta iluminou-se. Alguém, da sala, gritara o verso decisivo: "A vida é vã como a sombra que passa"... E Manuel, depois de gentilmente dizer — Obrigado, amigo — pôde enfim continuar: "Sofre sereno e d'alma sobranceira"... Mas, como escreveu Homero Sena, em seu artigo de *O Jornal*, ninguém prestou atenção ao resto do soneto. Todos queriam saber quem, exatamente, sabia de cor o soneto, quem servira de ponto ao poeta glorioso. Teria sido Drummond? Teria sido Condé, o dos arquivos implacáveis? Teria sido o poeta português Antônio Boto, que descera de seu hotel em Santa Teresa, envolto num sobretudo? Ou teria sido o crítico do modernismo, Tristão de Ataíde?

Escrevi a respeito desse episódio uma carta afetuosa a Homero Sena, que a publicou em *O Jornal*.

"A vida é vã como a sombra que passa"... Pressentiria?

Que impressões recolhi eu dos Evangelhos, na primeira leitura sistemática, ordenada, aos dezenove anos? Li os Evangelhos sentado no chão, descalço, bem à vontade, em nossa varanda dos fundos, sossegada, embora triste e pequena. Li com uma espécie de fogo interior a queimar-me, a atiçar em mim uma volúpia, namorado, noivo quase em vésperas de casamento. Ardência, ímpeto, não curiosidade realmente, mas cego impulso do mais recôndito no ser, paixão. Eu lia como se fosse um quase amante, lia depressa, com avidez. Estava nervoso. Aceitava tudo, antecipadamente. Minha adesão era total.

Gostava mais das coisas místicas, sem trivialidades, sem domesticidades, sem chão. Gostei sempre, de modo geral, do sermão da montanha, do sermão depois da ceia, das páginas mais ardentes, mais despojadas de vida terrena. As parábolas singelas não me sensibilizavam tanto; é provável que, até, se dê o inverso com os que avançam pelos recifes da vida mística, gostam provavelmente do mais simples, do aparentemente mais sujo, mais trivial, mais doméstico, mais misturado às realidades temporais ou mínimas... Eu gostava das sublimidades. Eu queria as grandezas. Eu sonhava com alturas límpidas. Eu queria as nuvens. Muito menos, o duro chão dos homens.

Dezenove anos. Fugia de mim. Fugia da vida. Fugia do mundo. Fugia das traições do destino meu. Fugia. Defendia-me com as armas, que encontrara no caminho. Supunha, na minha inconsciência, que elas bastariam, seriam de fato capazes de me defender na insegurança gelatinosa em que me perdia, afundando-me lentamente. O malogro, a vitória. A cruz, a exaltação. O sofrimento, a glória. A exinanição, a libertação. O fraco, o forte. Eu gostava destas antinomias ou destas complementações místicas, tão exploradas na contribuição paulina ao Novo Testamento. Fraqueza, fortaleza. Algo vibrava em mim. Era minha própria libertação que obscuramente eu buscava, tremulamente. Temer o tremor, que Kierkegaard saberia aproximar, aprofundar nesse longo lamento que é sua obra amielesca.

Deixei-me de fato empolgar.

E os Salmos? Os Salmos são poesia — a perene poesia, que não pode abandonar jamais a terra dos homens. Poesia é o maná que transforma em verde oásis o deserto do mundo. Poesia é libertação. Baudelaire definiu-a para sempre quando escreveu que poesia *c'est l'enfance rétrouvée*: a infância restaurada em nós, como gosta de repetir Manuel Bandeira. Poesia é infância. Poesia é salvação... Hoje, leio o Cântico dos Cânticos e aquilo me parece, me pareceu com efeito há dias, quando o reli, pura poesia, pura poesia humana, amor entre homem e mulher, coisa violenta, passionalidade, a eterna, poesia lírica. Acham que é Deus conversando com a alma; pode ser. Tudo pode ser tudo, neste planeta. Ainda não conhecemos os outros planetas... Mas a mim me parece óbvio que O Cântico, ótima poesia, límpida, lânguida, leve, é um poema nupcial, meramente. O resto é transposição, apropriação, adaptação, interpretação, visão pessoal ou grupal.

Mas o texto é simples amor. Um erotismo tão nítido. Uma pureza de comover os mais duros canonistas, mas também um lirismo ardente capaz de encabulá-los. Infância, noite, amor, lua, mar, estrelas, morte, poesia! Os Salmos são variada poesia, de muito autor, com as tensões orientais e primitivas, telúricas, da sua pequena circunstância histórica. Localismo típico. Tudo tão marcado pela presença da vida simples, natural e sofrida, amor e ódio, nascimento e morte, melancolia e alegria, os homens, nós, os homens, que nos vamos construindo ao longo da lenta evolução.

Ora, pois, não sou teilhardista. Mas teilhardismo no fundo é evolucionismo (batizado?... pouco importa!) e evolucionismo é — ao que tudo revela — a vida mesma como ela é. A lenta evolução. O menino, o moço, o homem, o velho. E isso lá está no livro dos cento e cinqüenta poemas, os salmos, os cantos sinagogais que os cristãos continuaram a cantar.

Apaixonei-me pelo salmo cinqüenta, o salmo do forte arrependimento, do choro sem pudor, o poema bíblico em que as lágrimas correm livremente como flores nascidas em pântano. Eu, ao que me parece, não tinha cometido um pecado mortal, era a própria candura em pessoa, preservadinho, recatado, e — no entanto — gemia com o poeta, chorava o grande pecado, identificava-me digamos misticamente com o salmo patético, puro grito.

Conheci o Rui na aula de literatura de Arcílio Papini, janeiro, nas preparações apressadas para o exame vestibular. O irrequieto Papini mandou-nos escrever sobre a amizade. Gostou muito da redação de um rapazinho moreno, tipo de hindu, alto, espigadinho, sisudo, e leu-a durante a aula para nós. Data precisamente daí minha amizade ao Rui. Nasceu ela na própria universidade, sob o intenso calor de janeiro, naquela expectativa inquietante de um vestibular. Rui era tímido, calado, inteligentíssimo, profundo, tinha muito mais experiência do que eu, lera mais, sobretudo vivera mais. Era já um escritor maduro quando nos conhecemos. Inteiramente céptico, irônico, pessimista, banhado em águas machadianas, contemplava o mundo do alto do telhado de seu talento. Lia de preferência autores estrangeiros. Pela sua mão, penetrei nos difíceis meandros da Weltliteratur. Li, animado por meu lúcido companheiro, Mann, Joyce, Huxley, Woolf, Gide, Morgan, Maughan, o que havia de autores de fora na coleção da Livraria Globo, de Porto Alegre. Eram traduções. Mas o contato se estabelecia. Viajávamos de Conrad a Gide, descobríamos afinal que apenas estávamos viajando à roda de nosso quarto... Ó Xavier de Maistre...

Rui escrevia bem, de fato. Um escritor completo, estilo (pois literatura é estilo, como disse corretamente Croce), profundeza, agilidade, despojamento. Era um sóbrio. A ênfase ou a eloqüência não cabia nele, no seu estilo epigramático, secamente elegante — senecano (e não ciceroniano) Rui vinha dos abismos. O sofrimento acordara nesse rapazinho de Ipanema, vivo e elástico, realidades sutis, que eu não deparara antes.

Não concordo com Croce quando diz que gênio e gosto são substancialmente idênticos. Não são. Nem mesmo o gênio especificamente literário... Mas, no caso do Rui, gosto e gênio eram substancialmente idênticos. O intimismo é seu domínio. Com que prazer mergulhou nos volumes e volumes do *Journal* de Julien Green, pura subjetividade, pura interioridade. Gide, Mauriac, Green, o inglês Greene, Bernanos, Du Bos e, principalmente, Proust são os mitos da sua caverna literária. Proust vem a ser o autor, entre vivos e mortos, que mais o atrai, bem mais que Amiel.

Devo imensamente a esse caro e generoso amigo, tanto no plano literário, como no meramente humano, do exercício da amizade fraterna. Seu longo Diário inédito, trinta e tantos cadernos ocupados por sua letrinha miúda, isso deve um dia aparecer, para que possamos acompanhar uma das experiências estranhamente ricas de uma geração que o Rui, com ironia, chama a geração de 1928...

Na hora da minha entrada para o mosteiro, aos vinte anos, quatro pessoas me acompanharam, se foram despedir de mim, na porta da clausura: Alceu Amoroso Lima, Osvaldo Neiva, Álvaro Americano e Rui Otávio Domingues.

Sinto vontade de escrever sobre Leonel Franca. Já tantas vezes escrevi em jornal sobre ele, o talentoso jesuíta, que não sei bem se ainda haverá o que dizer... Foi isto que Gide se perguntou, antes de morrer, ao deixar no seu interminável *Journal*, a palavra que o terminaria, a última frase do seu espírito clássico, *"ondoyant et divers"*. *"Ai-je encore quelque chose à dire?"*

O Padre Franca... Jean Cocteau disse numa das suas peças, *La Machine à écrire*, que *"personne ne connait personne"*... Para esclarecer: *"Je ne juge jamais personne"*... Leonel Franca seria mais difícil de conhecer do que ninguém. Era, com efeito, uma grande personalidade. Uma personalidade que conhecera o sofrimento, a dor física e a solidão. Léon Bloy, num instante de intuição genial, escreveu que *"l'homme a des endroits de son pauvre coeur qui n'existent pas encore, et ou la douleur entre afin qu'ils soient"*. A dor, o sofrimento como criação, como suscitador do ser! Leonel Franca refez a própria personalidade desde os fundamentos, desde as raízes:

era um homem consciente, era novo. Não havia tiques, gestos mecânicos, inconsciência, agitação automática, nesse homem todavia nervoso. E, sob esse aspecto, o antípoda de Malraux, cheio de tiques, genial Malraux, cujo romance *La Condition Humaine*, lido em francês por aquele tempo, foi uma revelação só comparável à de *Contraponto*, de Huxley. Os três maiores romances, que li, foram estes: *La Condition Humaine, Point Counter Point* e... *Guerra e Paz*. Leonel Franca era todo consciente. O domínio, que tinha de si, era máximo. Conhecia a miséria humana como a poucos terá sido dado conhecê-la. Percebi nele tristeza, nostalgia. E uma longa paciência. Seus olhos negros, vivos, atentos, profundos, tristes, revelavam dolorosa experiência em relação aos homens. O rosto e o corpo eram de asceta. Corpo enxuto, sem carnes. Rosto impressionantemente magro: só olhos. Quase não comia. Quase não dormia. Era um cardíaco e trabalhava como se fosse um homem comum. Ou mais do que um homem comum... Sua personalidade superior e límpida foi o resultado de três fatores, pelo menos: sua própria natureza, a violenta insuficiência cardíaca, que o isolava, e a formação ascética da sua ordem religiosa, com que tanto se identificara, sem deixar de ser quem era.

Um menino jogava futebol em 1907, no Colégio Anchieta em Friburgo, era o primeiro da classe. De súbito, sentiu-se mal, conheceu a dor, a dor que nunca mais o largaria. A sua vontade de ser jesuíta nasceu nessa crise. Misturou-se à sua própria vocação de viver. O menino prometeu à Virgem que, se sobrevivesse, seria padre jesuíta. Galdino do Vale, chamado às pressas, considerou o caso muito grave. Mas o menino viveu. Viveu cinqüenta anos... E cumpriu seu voto. Várias vezes, recebeu a extrema-unção, viveu na fronteira, parecia uma figura de vitral — e, contudo, foi a Roma doutorar-se, foi à Espanha fazer a terceira provação, escreveu quinze livros, fundou e dirigiu uma universidade...

Uma história da filosofia, escrita aos vinte e cinco anos, ampliada aos trinta e cinco, atualizada aos quarenta e sete, em 1940; três ensaios de polêmica protestante, erudita e calma; um estudo sobre os aspectos jurídicos e sociológicos do divórcio; um livro sobre o ensino religioso (edição de Schmidt); outro, sobre a psicologia da fé religiosa (seu livro melhor, mais humano); ainda outro, sobre a evolução da cultura ocidental moderna. Foi um estudioso da história da filosofia e da filosofia da história. Mas, se o seu reino foi a filosofia da cultura, o que ele era, antes de tudo, em todas as horas, em meio a uma atividade invisível, complexa, que se estendia do confessionário, onde se demorava à disposição do povo, até a pura especulação metafísica, ao expediente de reitor, a conferências apologéticas, e descia às minúcias de pareceres e relatórios técnicos, era um mestre espiritual — um espiritual, como se diz em linguagem religiosa católica.

Existia nesse homem uma frieza aparente. Mas não era um frio. Era uma natureza afetiva, um ser capaz de ternura, um ardoroso até. Por fora, no entanto, parecia de gelo. Tinha sangue-frio, cabeça fria, para as respostas rápidas e práticas nas situações mais difíceis. Polemista. Nasceu para polemizar. Mas uma polêmica, a dele, que não descia às violências, ao ataque pessoal, à simples arrogância ou vaidade de vencer. Queria convencer. Colocou a serviço das polêmicas doutrinais o mais puro e nobre dos estilos retóricos, um estilo clássico, que bebeu em Vieira e Rui. Gostava dos períodos amplos e arredondados, um pouco sonoros, farta adjetivação, um convencionalismo inocente, vocabulário vezes puramente prémodernista. Interessante é que não teve maiores contatos com o modernismo estético, embora contemporâneo, pois estreou em 1922/23 com o ruidoso *A Igreja, a Reforma e a Civilização*, saudado simultaneamente por Laet e Jackson, que não rezavam pela mesma... cartilha. Nunca assimilou a frase moderna, seu contorno, sua plasticidade, sua leveza, sua telegraficidade. Escrevia como um clássico. Discursava como um clássico. Lia apenas os clássicos. Sua inapetência diante do romance e da poesia modernos era total. Aliás, noto que sua prosa clássica sofreu uma relativa e inevitável influência modernizante. Há uma evolução, entre 1922 e 1941, ano de *A Crise do Mundo Moderno*, em tudo semelhante à do próprio Rui, o do discurso que abre com o elogio de Monteiro Lobato, por exemplo.

Foi um jesuíta fiel. Um homem de vida interior profunda. Tendia para o lado prevalentemente místico da Companhia, o lado dos contemplativos, a espiritualidade de Lallemant e Surin.

Quando o conheci, tive um choque. Esperava encontrá-lo frio, distante, só erudito. Um mar morto de erudição. Mas nada disso. Era efusivo, era quente, era viril. Seu tom viril me causou espécie. Tinha, como Getúlio, as mãos peludas.

Fui a seu quarto — conversar com ele. O quarto era uma biblioteca. Ele era paciente, magnânimo, solene e simples. Confessei-me com ele uma vez, em seu quarto, no genuflexório perto da cama. Quero lembrar um pormenor, uma filigrana à toa, que a meu ver o ilumina: eu era aluno, ele era reitor, eu tinha dezenove anos, ele tinha cinqüenta e cinco, eu era gordo, ele era magrinho e enfermo, pois, na hora em que nos dirigíamos da sua mesa de trabalho para o genuflexório, no quarto amplo, eu fui na frente e só a meio caminho reparei que o Padre Franca vinha carregando sua cadeira para sentarse junto ao genuflexório e ouvir em confissão um menino da faculdade de direito... Tinha dignidade.

Viver é muito perigoso, lá está como *leitmotif*, no *Grande Sertão-Veredas*. Aos vinte anos, senti como nunca a verdade, para mim ainda informulada, desse pensamento profundo. Senti o que, de fato, é a vida. A importância e o perigo de viver. Filosofia aprendi um pouco no colégio, em dois anos, com Jorge Figueira Machado, gordão, céptico, nervoso. Psicologia, moral e lógica, tudo em ritmo suave de história da filosofia. Manual resumido de Charles Lahr, de Louvain. Fiz um cursinho de psicologia experimental com o positivista Levasseur França. Era tudo muito medíocre. Na universidade, estudei filosofia do direito com Zbrozek. E também teoria do conhecimento, em curso extracurricular, organizado pelo mesmo Zbrozek. Aos vinte anos, li o *Humanismo Integral*.

Não posso dizer que gostasse de filosofia, especialmente. De modo particular, intenso, eu só gostei mesmo de uma coisa, na vida: literatura, letras, arte literária, expressão da vida pela palavra. Línguas, história, filosofia me interessavam mais, no colégio, do que ciência experimental, matemática, educação física, desenho. Desenhar, não sei. Invejo as pessoas que têm jeito para construir com o lápis o que bem desejam, em matéria desenhística.

O misticismo de Maritain coincidia com meu próprio misticismo. A temperatura dele equivalia à minha temperatura. O estilo do seu catolicismo agradava-me em cheio. Era místico, e era aberto em face do mundo. Maritain vinha mesmo na hora, na hora da minha intensidade mística, do meu arroubo, da minha necessidadezinha pessoal. Li toda a sua obra, até os livrinhos menores, os opúsculos de circunstância, as mínimas *plaquettes*, tão saborosas, como por exemplo a sua *Réponse à*

Jean Cocteau. Li *Os Direitos do Homem e a Lei Natural*, na tradução de Afrânio Coutinho. Li, com interesse muito vivo, *La Signification de l'Athéisme Contemporain*. E me pus a estudar os livros mais sérios, mais filosóficos, os ensaios do especulativo, como *Sept Leçons sur L'étre*. Qual era meu sentimento, ao lê-lo? Sentia-me justificado na minha fé religiosa, e carecia de justificativa. Era-me agradável que um homem de saber como o francês viesse apoiar-me na minha sede de transcendência. Uma só realidade me interessava, naqueles dias: ler sobre o Absoluto, ou a expressão literária do Absoluto. E Maritain era um escritor. Seu estilo, se não me encantava, tinha categoria literária: beleza. Uma beleza ou um fulgor literário que, segundo os mais exigentes especulativos, prejudicava o texto...

Em matéria de política, eu simpatizava com a sua abertura em face das esquerdas, ou a sua afirmação constante de uma reforma social das estruturas, que coincidia com o esquerdismo em sentido amplo. Considerava-me esquerdista, desde meu encontro com Sílvio e as agitações eleitorais de 1945. A queda de Getúlio, de que me lembro tanto, a 29 de outubro de 45, lembro-me de uma fotografia dele na primeira página de *O Globo* com João Neves cismando à janela do Palácio, já deposto, a queda da ditadura estado-novista encontrou-me à esquerda, mas sem sectarismo. Maritain tinha consciência do social, valorizava o social, queria batizar o social, ou a ordem da civilização. Esse socialismo de Maritain atendia também à minha própria tendência pessoal, que vinha dos dezesseis anos e da anistia de Prestes. Ainda ouço a voz martelante, nervosa, telegráfica, *saccadée*, do jovem Prestes de 1945, tão parecida com a voz do Padre Franca, voz feita de sinceridade e nervosidade, voz fremente e ingênua, a discursar no estádio do Vasco, no primeiro grande comício comunista, depois da libertação. Eu ouvia pelo rádio, literalmente arrebatado. Como Junqueira Freire, tive outrora vocação política... Ouço em mim a voz de Pablo Neruda, a dizer com grandiloqüência o seu poema ao Cavaleiro da Esperança...

O Cavaleiro da Esperança! Águas passadas, como no título do livro de crônicas de Costa Rego, águas passadas... Li o livro de Jorge Amado sobre o Capitão Prestes. O horror das torturas ficou dentro do meu peito.

Conheci Alceu Amoroso Lima, a quem acusavam de cripto-comunista, como a seu mestre Maritain. Pairava, naquele tempo como ainda hoje, uma aura de suspeição, nos meios bem-pensantes, sobre o autor de *Mitos do Nosso Tempo*. Conheci-o na curva dos cinqüenta e poucos anos, ainda moço, muito vivo, muito saltitante. Alceu é um capítulo de minha vida. A primeira vez que o vi foi em dezembro de 1945, no Teatro Municipal, sendo ele o paraninfo da turma de licenciados da Faculdade Católica de Filosofia. Era o centenário da conversão de Newman e Alceu propunha um paralelo entre Renan e Newman, apontando, aliás, curiosa coincidência: em outubro de 1845, Renan deixava Saint Sulpice, para não mais voltar, e Newman deixava o protestantismo, para não mais voltar... *"I have never seen Oxford since, excepting its spires, as they are seen from the railway"*, nos confessa John Henry Newman, na *Apologia pro Vita Sua*... A 6 de outubro, Renan; a 9 de outubro, Newman.

A segunda vez que vi Alceu, foi no pátio da universidade em São Clemente, março de 47, ele caminhava de um lado para outro, de manhã cedo, antes das aulas, terno creme de fazenda barata, sapatões marrons, ordinários, a indefectível gravata preta, do seu eterno luto, posterior à conversão, um missal na mão. Vigiei-o. Estaria esperando um padre para confessar-se? Era evidente que esperava alguém. Inquietude, agitação. Até hoje, não sei se era um padre — para confessar-se... Depois, vi-o centenas de vezes.

Em junho de 1947, fui ao Centro Dom Vital, ainda na Praça Quinze. Velho casarão colonial, antiga ucharia do Paço, antiga sede da Faculdade de Direito e do Instituto Histórico, antigo convento. Fui ouvir, nessa primeira visita, 13 de junho, a conferência de Alceu sobre São Bento. Estava presente Dom Abade Tomás Keller. Posso dizer que Alceu me encantou, nesse dia. Sua vivacidade era absoluta. Falou de improviso, como gosta, caoticamente, em tom de conversa despreocupada, íntima. Ele ainda não se perdia tanto como depois, com a velhice, que o tornou insuportavelmente caótico. A conferência — leve — era sobre São Bento e a civilização, um pouco de filosofia da história. Dom Tomás disse algumas palavras ao encerrar a sessão e corrigiu um pontinho da dissertação de Alceu, não matéria de fato, mas interpretação. Alceu esboçou um gesto de contrariedade funda... Dom Tomás não tinha entendido...

Ao encaminhar-me para o centro, caía a tarde e encontrei-me no interior da livraria Freitas Bastos, onde eu buquinava com freqüência, com o jovem João Dantas, João Portela Ribeiro Dantas, que conhecia de uma estação de veraneio. Quis levá-lo comigo para ouvir Alceu; Joãozinho não quis. Havia as festas de Santo Antônio, ali no convento, e ele ia ver a barraquinha de uma tia, festeira tradicional.

Nessa velha sessão do Dom Vital, li pela primeira vez a famosa oração do intelectual do Santo Tomás, que era distribuída aos assistentes.

O intelectualismo católico respondia à minha necessidade. Aquilo correspondia a tudo que dentro de mim era ânsia de segurança, de força, de plenitude.

Ao voltar em julho de Cotegipe e Salvaterra, onde passei minhas férias, o problema do sacerdócio se pôs diante de meu espírito com insistência. Eu seria padre? Não seria? O sacerdócio era meu destino? Dois meses depois da conferência de Alceu, isto é, a 13 de agosto, eu senti violentamente o desejo de largar tudo e partir.

Era exatamente assim que o problema se me apresentava, no íntimo: largar tudo, partir.

E agora vejo de novo, do meu ponto de bonde na esquina da Rua da Assembléia com Primeiro de Março, um monge alto e gordo, vermelho, cara de *baby*, envolto em negra capa, chapéu negro, uma pasta preta na mão, esgueirar-se pela Rua da Assembléia, sozinho, inteiramente só, longe dos companheiros, que lá estavam na sala ampla do Centro e tinham voltado em grupo numeroso para o seu mosteiro da colina. O monge subiu Assembléia e perdeu-se na sombra: era Dom Abade Tomás Keller. Nunca mais o vi. Pareceu-me um fugitivo, na noite.

Alceu era um comentarista inteligente e requintado. Não tinha, porém, vigor de pensamento, vocação de filósofo. Não pensava. Jamais pensou. Jamais pensou com sua própria cabeça. Creio que tem medo do pensamento. Assusta-se com a perspectiva de largar as amarras, correr os riscos da aventura, mar alto, sem cais perto, sem porto protetor, sem os doces faróis da barra, facilitadores, simplificadores. Repete, copia, cita, comenta. Mas não alça vôo com seu próprio pensamento. Faltava-lhe vocação especulativa, talvez. A capacidade de reelaborar, dissecar os esquemas alheios, desarmá-los para ver como são por dentro. Alceu aceita-os, sem mais exame. Sua inteligência aceita com facilidade, compraz-se com fórmulas, esquemas, diagramas. Schmidt gostava de me dizer que o Alceu é uma inteligência diagramática... O esquema alheio assimilado rapidamente e facilmente por ele, salva-o de si próprio, dos abismos de inquietação, angústia, desespero, que ele esconde e sua letra caótica, inquietíssima, revela. A letra de Alceu... Que terremoto. — Para que escreve ele carta, me dizia Gilberto Amado. O destinatário não entende nada, sabe apenas que recebeu carta dele...

Há em Tristão um repetidor de fórmulas. Um esteta extraviado nos meandros da filosofia tomista, da apologética, das divulgações de nível universitário... O poeta, o músico que ele é (aprendeu música com Nepomuceno), veio a perder-se no ensaísta, no crítico de idéias, em que se transformou o bom crítico literário da década 1920, que ele foi. Alceu é um caso de poder criador que não se realiza e se vai gastando ou diluindo em comentários de jornal. Sua obra é toda citações. Posso dizer que mais da metade de sua vasta obra é texto alheio, expressamente citado. Ou muito de perto parafraseado. Imensa paráfrase. Imensa glosa.

O catolicismo, que de algum modo libertou nele o escritor, pois antes de converter-se em 1928, aos trinta e cinco anos e com dez anos de vida literária militante, dera apenas dois livros, a biografia de Afonso Arinos e a primeira série de *Estudos*, como que o matou para a elaboração de uma obra refinada de crítica estética, que certamente se construiria dentro dele e brotaria na maturidade livre.

"Reste libre. Reste libre" — é uma voz interior que não me abandona, que nunca me abandonou. Liberdade, foi isso

que busquei ao atravessar a porta da clausura. Mais que liberdade, libertação...

É inegável que Alceu ama a liberdade. Mas que encontrou ele em Jackson? Que pôde ele descobrir no bárbaro? Alceu foi sempre um fino, um grã-fino, um *grand-seigneur* da cultura, leitor requintado de revistas européias, a *Revista de Occidente*, de Ortega, para citar um caso famoso. Jackson foi para Alceu a salvação do... desespero.

Mas não quero alongar-me sobre esse ensaísta que tanta influência exerceu em meu espírito. Uma série de tensões como que nos afastou, já agora para sempre. Devo-lhe muito, gestos de carinho e incompreensões brutais. Não quero vingar-me nem um milímetro, nestas páginas de saudade. Alceu foi imenso no meu destino. Li toda a sua obra, para mais de sessenta títulos, entre livros, opúsculos. Leio seus artigos desde 1947, sem cansar-me dele. Repete-se muito, vive preso a seus esquemas, divisões, subdivisões. É seu feitio e ele próprio o confessa, o admite e nos diz que recorre aos esquemas para não se perder... Como seria bom para nós e para ele que se perdesse. Alceu me pôs em contato com a cultura universal, através dos seus livros maçudos, seus artigos pesadões, suas conferências desordenadas. Em conversa com ele, ao longo dos anos e suas vicissitudes, aprendi muita coisa interessante ou simplesmente verdadeira e útil. É um homem de curiosidade insaciável, aberto, compreensivo e nervoso.

Não admite intimidades. Não tem amigos. Posso gabar-me de ser dos poucos do seu grupo que o visitaram várias vezes em sua casa de Paissandu e dos poucos que conhecem a sua casa de Petrópolis, na Mosela, onde estive duas vezes, uma com Carlos Sussekind de Mendonça Filho, que rondava a Igreja. Da primeira vez, quando fui só, não me deu nada.

Da segunda, quando fui com o jovem poeta neto de Lúcio de Mendonça, ofereceu-nos... água. Gelada.

E, assim mesmo, só na hora da saída.

Alceu é um estudante em férias. Eterno estudante em férias. Trabalhador, sem dúvida, mas dispersivo, confuso, agitado, vago. Tudo nele é vago. Jornalístico. Apressado. Feito para acabar logo — e, pois, não durar. Falta-lhe calma. A displicência elegante, com que se agita na vida intelectual, compromete-o. Ele se dilui.

Li, nessa época, muitos números da revista *A Ordem*. Leria a coleção quase completa nas horas vagas de noviço... Li toda a pequena patrologia publicada então pela revistinha, entre 1941 e 1949. Li os editoriais liturgistas do Corção. Os primeiros artigos do mesmo Gustavo Gorção (Braga) — o primeiro foi sobre Monteiro Lobato, contra, pura arte de polemizar. Corção ali inteirinho, malicioso, rude. Li as catilinárias medíocres de Fábio Ribeiro, um reacionário. Li um poeminha de Guerreiro Ramos, da sua fase mística, imitação de Schmidt ou Tasso da Silveira. Sermões profundos e monótonos de Dom Abade Tomás Keller. Penetrava a cultura católica.

Alceu era o arquétipo do intelectual católico. Natural, pois, que o seguisse, como discípulo. Rui, Franca, Alceu. Arquétipos... Vidas que se projetavam na minha vida incipiente. Valores que eu imitava no afã de reproduzi-los, de reproduzir em mim os traços deles, animais de elite, animais de raça, como eu queria ser, no meu sonho. Puro-sangue...

O velho Alceu era meu mestre. Vivi sob o signo dele. Fui epígono. Fui impertinente na minha curiosidade, quantas vezes o incomodei, o distraí de sua tarefa, imensa e meritória. Homem ocupado e preocupado, detive-o tanto, interrompi-lhe a marcha, atrapalhei-lhe a vida, em várias circunstâncias, sugando a seiva que dele brotava largamente. Alceu é delicado, mas inflexível.

Ia eu regularmente em 1947, 1948, ao Centro Dom Vital, ainda no sobradão da Praça Quinze, com o velho e cômico elevador quase peça de museu, ou puramente peça daquele vasto museu, que era o edifício acaçapado e tristonho. Ouvi conferência de Lebret em francês, propondo a nova civilização — do trabalho, o humanismo econômico, o fim do capitalismo, a adoção de um socialismo católico. Eu ouvia, cheio de ilusão. Ouvia, ouvia. Uma tarde, levei o Da Costa comigo para ouvir o Padre Penido, que dissertou sobre Deus ou o nada. Não havia conferência, clima de conferência, que me pudesse tocar mais do que esta de Penido, em que a Deus se opunha o nada. Ou Deus ou o nada. E era esta exatamente a minha antinomia particular. O binômio do meu coração. Ou Deus ou o nada. Ou o mosteiro ou o vazio. Ou tudo ou nada. Ou a mística ou o suicídio. Ou a santidade ou o caos.

Apresentei Da Costa, à saída, a José Paulo Moreira da Fonseca. Da Costa, na rua, me disse, com ar de detetive — eu acho que você está fugindo de alguma coisa...

Ó frase profunda e desnudadora. Ó frase vívida e luminosa. Ó luz! Goethe morrendo não queria outra coisa. Luz, mais luz.

O Padre Penido, ascético, embora asceta de estufa, isto é de apartamento, usava *pince-nez* e não olhava para o público. Era todo interioridade, introspecção, introversão. Olhava a ponta do próprio nariz. Homem sério, sisudo e seco. Sabia, contudo, ler o texto da sua conferência, profunda e bem escrita.

Uma tarde, o Rui e eu fomos ouvir Fernando Carneiro, primo e padrinho do Rui, sobre Newman. Fernando não sabia fazer conferência, era confuso, ia e vinha, prolixamente, sem jeito. Não era um intelectual, propriamente. Era do outro lado, o lado do auditório, e fazia suas incursões de franco-atirador, ou autodidata vivo, amador, pela área dos conferencistas, dos articulistas.

Em dezembro, assentei comigo que seria monge. Combinação misteriosa. Contei ao Rui, ele me escreveu uma carta. Mas não disse nada a mais ninguém. Veraneamos, li. Em março, a crise mística chegou ao seu auge. Eu queria ser santo.

"Il n'y a qu'une tristesse: c'est de n'être pas des saints", esta frase de Léon Bloy, com que se fecha *La Femme Pauvre*, o livro que verdadeiramente convertera Maritain ao catolicismo, esta frase cantava em mim.

No dia 21 de abril, festa litúrgica de Santo Anselmo, comuniquei a meus pais — perplexos — e a Dom Basílio a decisão de ser monge. Ser monge para ser santo. Ser monge como única via aos meus olhos para a realização de um destino pleno, total, livre. Ser monge como aventura suprema!

Era uma decisão. Dom Basílio comunicou-a ao Padre Mestre, Dom Monsueto, que conheci precisamente na noite de 21 de abril. Ele fizera uma operação no nariz, com o poetastro Augusto Linhares, e desculpava-se gentilmente de não poder conversar muito comigo. Dom Monsueto era alemão, alto, forte, espadaúdo, muito tímido. Mas dominador. Jantei no mosteiro.

O mosteiro vivia uma hora de crise — e eu não sabia. Dom Abade Valério desequilibrado havia longos anos, desde 1938, refugiara-se exausto no mosteiro — arquiabadia de Salvador e, tendo recebido uma espécie de ultimato por intermédio do monge Dom Amadeu (um cínico), mensageiro da comunidade, resolveu renunciar ao cargo vitalício de Abade.

Era uma hora crítica. Eu ignorava tudo. Estava na portaria do mosteiro, saindo, quando (nessa noite de 21 de abril) chegou de automóvel o Arquiabade, vindo do aeroporto, com a carta de renúncia de Dom Abade, que eu depois leria no arquivo, quando trabalhei na sua arrumação.

O arquiabade, baixinho, mole, como que se esfarelando ou se desmilingüindo, velhote, mas simpático e simples. Eu saí, desci a ladeira com meu sonho. Ele entrou para o claustro, com a carta, a renúncia, a crise de um homem no bolso...

"Dies diei eructat verbum,
nox nocti indicat scientiam"...

O dia revela ao dia a palavra e a noite revela à noite o conhecimento.

Termina aqui a primeira fase de minha vida.

Duas crises defrontam-se, cruzam-se, uma com a outra, na penumbra da portaria de um mosteiro.

"Ainsi toute ma vie jusqu'à ce jour aurait pu et
n'aurait pas pu être résumée sous ce titre: une
vocation."

(Proust, *Le Temps Rétrouvé*, II, 54.)

O Mosteiro

IV

"Grande lascivo, espera-te a voluptuosidade do nada."

MACHADO DE ASSIS

A intimidade com os monges tornou-se grande, nesses dias de ebulição íntima, que precederam minha entrada. Eu freqüentava o mosteiro. Jantava com os monges, fazia recreio com eles. O futuro parecia possível. Sorria para mim... Tive inumeráveis conversas com Dom Ermírio, inteligência instantânea. Ele me instruía e, provavelmente, me sondava.

Em junho, fixamos que a entrada seria em dezembro. Dom Abade Mansueto aprovou nossos planos, meus e de Dom Ermírio. Porque Dom Mansueto era agora o Abade Novo. Aceita a renúncia de Dom Abade Valério, retirou-se este para a Europa, acompanhado por Dom Amadeu, sinistra figurinha, e se recolheu, malogrado, a uma velha Abadia, de onde muito mais tarde me escreveria duas cartas belas... Mas, então, já teria eu cumprido o meu périplo, que me faria compreender melhor o dele, tão mais doloroso que o meu.

Despedi-me.

Entrei para o mosteiro em dezembro, dia 7, às três horas da tarde, hora nona, hora da cruz de Jesus.

Alceu, Rui, Álvaro Americano, que tentara pouco antes ser jesuíta, e Osvaldo estavam lá, para acenar-me. Eu fui de ônibus, levinho, de uma leveza incrível, todo confiante. Em que confiava?

O mosteiro...

Fica numa colina entre o mar e a cidade. É um casarão de largas paredes, meio escondido no seu monte. Confunde-se com o panorama geral da cidade. Nem mesmo do mar, chegamos a vê-lo com nitidez gritante. Parece uma velha fortaleza meio abandonada, triste, lúgubre, corredores kafkianos. É hoje uma insignificante fortaleza entre os fundos de um ministério barulhento e os arranha-céus, anônimos e iguais. Os novos edifícios, monótonos na sua fidelidade ao picassismo, ao cubismo, foram envolvendo a colina dos monges, perto do mar, circundando-a, escondendo-a — muros de clausura que a cidade trepidante, frenética, ou distraída ofereceu, sem querer, aos seus desconhecidos cantores.

Porque os monges são cantores. Cantam. Descobri aos poucos uma ligeira incompatibilidade inicial entre mim e eles: eu tenho ótima voz, mas não canto. Os monges cantam. No canto coral, se ocupam. Descobri que cantar não me fazia feliz. Sou feliz de outro modo... O monge, para ser feliz, precisa gostar de cantar e de recitar a monótona salmodia.

Aos poucos, descobrimos as coisas. Só muito mais tarde, percebi que a alegria dos homens está principalmente nos testículos. Então, isso para mim seria naturalismo brutal...

Bernanos gostava do mosteiro. Ia lá conversar e confessar-se. Enchia com seu vozeirão o silêncio do claustro. As pedras deviam achar aquilo estranhíssimo. Eu, porém, nunca vi

Bernanos no mosteiro, pela simples razão de que já tinha partido para a França de volta (1946), quando comecei a freqüentar, com o amigo, o velho convento urbano (1947). Por meses, menos de um ano, perdi-o para sempre.

Uma das primeiras observações, que eu fiz, ao escutar na penumbrosa nave, recolhida, aconchegada, o coro dos monges, numa tarde de 47, eu sozinho ali, ou quase sozinho, desarmado, indefeso, jovem, foi que a comunidade se compunha mais de jovens que de velhos. Aspecto juvenil, comunidade de rapazes.

Entrei.

Fui levado por Dom Ermírio, meu amigo, e por Dom Abade ao noviciado, no primeiro andar. Esperei um pouco por Dom Abade, talvez uns quinze minutos, pouco mais, porque estava rezando junto ao cadáver de um irmão leigo velhinho, que morrera, o irmão Antonino. Eu nunca escrevi esse nome. Escrevo-o agora, pela primeira vez. Ele salta de dentro. A morte obrigou-nos a esperar. Dom Abade fez qualquer comentário, de passagem, sobre isso. Instalado em minha pequena cela, mudei de roupa. Vesti uma túnica preta, que Dom Abade benzera, antes de eu fechar a cela reduzidíssima, para vestir-me. Dom Abade e Dom Ermírio sorriam, exatamente como minha mãe quando vê namorados de mãos juntas. Eu estava nem alegre nem triste. Estava tranqüilo. Nos momentos dramáticos, sou tranqüilo.

Irmão Pancrácio cortou meu cabelo, isto é, raspou completamente, eu sentado numa cadeira comum, no corredorzinho entre o salão do noviciado e o banheiro moderno, limpinho. Irmão Venâncio estava perto, brincando comigo. Dom Abade voltara para sua vida, talvez para o defunto. Dom Ermírio desapareceu por momentos. Eu me deixei cortar mais ou menos em silêncio. Terminado esse primeiro exercício monástico, Dom Ermírio veio chamar-me apressadíssimo para participarmos da procissão que levaria o irmão Antonino de sua cela, ou melhor, da cela-enfermaria para o capítulo, a sala do capítulo. Fomos.

A procissão de transladação do velho corpo foi um espetáculo curioso. Os monges me cumprimentavam meio sem jeito, meio alegres. Todos me conheciam já. Eu não dizia nada. Sorria, apertava a mão estendida, abraçava à maneira dos monges, dos dois lados. Senti-me acanhado. O último a me cumprimentar foi Dom Hermógenes. Foi o único que conversou comigo, conversou com calma, devagar, imperturbável, como se estivéssemos na feira fazendo compras e nos encontrássemos num momento sereno, num recanto propício. Dom Hermógenes era ou é — não sei se ele morreu, nem sei se eu morri — baixinho, gordinho, vermelhinho, engraçadinho, meio pateta, um quase débil mental, que celebrava apenas a Missa de N. Senhora, invariável, a dos sábados. Perguntou se os meus se opunham. Não, senhor. Não se opuseram. Citou uma palavra da Sagrada Escritura: os piores inimigos do homem são os seus pais... Sorriu para mim. Sorri para ele.

O sino batia. Fomos para o Ofício de Vésperas na Igreja Abacial. Por ali começara a história. Da Igreja eu contemplara os monges, acompanhara-os, seguira-lhes embevecido, atento, sequioso mais que curioso, os movimentos. Agora, estava do outro lado da grade, transformado em coro. Então, me emocionei. Os monges começaram a cantar. Eu não abri a boca. Nem tive coragem de olhar para ninguém.

A noite envolveu-nos. Do Ofício fomos para o refeitório da comunidade. Fomos jantar. Nuas paredes brancas. Toalhas só na mesa dos hóspedes. Mesas nuas. Silêncio. Um leitor no púlpito lê em voz alta, a refeição inteira. Os monges em silêncio. A comida boa. O Abade na sua mesa presidencial. Três monges servindo às mesas — de avental. Orações antes, depois. Orações ditas em voz alta, em latim, todos juntos, num tom arrastado, soturno, ronronante. Redemoinho. Tudo no mosteiro — aprenderia — é redemoinhante.

A noite escura. O mosteiro, pura sombra. Corredores longos, largos, frios, trevosos. Hoje, quando penso nessas coisas, me lembro de Pirandello: assim é, se lhe parece; seis personagens em busca de autor... *Cosi è se vi pare*... As sombras falam. E dizem palavras tão diversas, verdades opostas, conforme os ouvidos, que as ouvem, nós mesmos não as ouvimos duas vezes com o mesmo ouvido.

"Deus, in adjutorium meum, intende. Domine, ad adjuvandum me, festina"... Completas. O silêncio total da noite. De novo, as dependências do noviciado, no primeiro andar. Pude reparar melhor. Um amplo salão com velhas carteiras, uma ampla mesa cercada de cadeiras, uma estante de livros muito comprida, outra menor, bem menor, um quadro-negro. O zelador, Dom Custódio, hoje bispo, nervosinho, nariz de judeu, passo de gueixa, deu-me instruções sucintas, em voz muito baixa, e indicou meu púlpito, isto é, minha carteira. Na cela, apenas a cama, a mesinha-de-cabeceira, uma cadeira, um crucifixo, uns cabides na parede. Solidão da cela. Primeira noite fora do conforto. O bem-estar longe, longe, como se tudo fosse de pelo menos cem anos atrás, como se há cem anos eu estivesse no mosteiro, como se há cem anos é que tivesse andado pelo outro mundo, o mundo dos homens.

Não dormi a noite toda.

Parecia que eu era o cadáver de mim mesmo.

No mosteiro, dorme-se muito cedo. Nove horas da noite é completa madrugada. Não consegui dormir. Ninguém me perturbou. Bastava eu para me perturbar. Noite longa, noite arrastada, noite tensa. Não pensava. Um vácuo dentro de mim. E a fina impossibilidade de dormir. Tudo se movia nas minhas entranhas. E tudo se movia fora de mim. Hecatombe. De manhã, quando ouvi o som do sino, fui recolhendo as ruínas de tudo que desmoronara. Medo. Medo e alegria.

Começou a rotina — de caserna. Os dias. As noites. Eu, noviço, aprendendo tudo, aprendendo a andar, a sentar, a falar. Aprendendo de novo. Tudo no mosteiro é diferente. A civilidade é outra. As maneiras são curiosas.

Os monges não se chamam por você, nunca. São senhor um para o outro. Amigos íntimos chamam-se de senhor. A cerimônia é constante. Ninguém é íntimo de ninguém, salvo exceções ou salvo o confessionário. A distância entre os seres é enorme. A solidão dos monges pareceu-me pesada, não tanto a mim, para quem tudo era novidade, mas a eles, velhos atletas desse jogo.

Dom Ermírio abandonou-me, fazia parte do programa ascético. Eu apenas me confessava com ele uma vez por semana, em sua cela-sótão, donde se via o Pão de Açúcar. Ele era uma simpática pessoa, mas tinha medo de mim, segundo me confessou depois.

Assisti à crise do Edom, à saída. Foi a primeira crise humana que acompanhei. Nunca antes vira crise, perturbação de uma vida, o dono dela de olho caído, mole, prostrado, derrotado, olhando fixo para um ponto. Topei com a derrota logo nos dias da minha chegada...

A esperança ou o desespero?

"To have seen what I have seen; see what I see"... Ó gênio de Shakespeare!

Eu não era orgulhoso, eu era vaidoso. Aquilo me perturbava... Lembro-me agora de uma distinção chestertoniana em *Heretics*: a respeito do problema tipologia do vaidoso e do orgulhoso. O aplauso, desejado, dos outros e o aplauso de si mesmo... Foi no mosteiro, logo nos primeiros dias, que descobri que não era orgulhoso.

Vida de quartel. É bem verdade que sou terceira categoria, entrei em poucos batalhões (uma vez aqui no Batalhão de Guardas, outra no CPOR que nem sei direito se é batalhão..., duas ou três num quartel de Joinville, Santa Catarina), nada sei de quartéis. Acordávamos cedo, cinco horas. O sino grande do corredor, perto do imenso e medieval crucifixo, trágico, patético, imagem da agonia humana. Abluções rápidas no banheiro coletivo. Privadas com porta, chuveiros com porta. Tudo igual a um simples hotel moderno ou casa de saúde. Os monges atarefadinhos na limpeza do próprio corpo, escovar dentes, fazer barba, tomar banho ou meramente lavar o rosto. Libertar-se das fezes, da urina. Dom Abade saindo da privada, no lusco-fusco psíquico da madrugada. Levei um choque.

Dom Abade era macho. Havia os efeminados, lânguidos, escorregadios, sempre juntos, a se confessarem mutuamente, a se absolverem, na sacristia de madrugada, antes da missa...

Outra vez, o sino estridor. Escritor é parecido com estridor. Íamos como bons carneiros, honesto rebanho negro, para a oração, o canto matinal, uns calmos, devagar, senhores do tempo e de si mesmos, alguns chegando ao coro antes até do sino, outros nervosos, atrasados, acabando de vestir-se em viagem pelo claustro sempre os mesmos... Às cinco e meia, o sino grande, da torre. Começava a solene oração coral, insípida, monótona, como paisagem gaúcha. Ou túnel pouco iluminado. Eu ia indo, tateante. Dom Simplício chegava sempre atrasado, correndo, e errava na recitação, no canto. Não sabe cantar, o coitadinho. Está no coro há vinte e cinco anos (hoje). Dom Severo arrota. Nunca percebi ninguém arrotar assim alto, fundo. E cochila. Dom Isidoro reza para dentro tão baixo, tão sem abrir a boca. E cochila. O coro é velho navio no nevoeiro, às apalpadelas, e não há porto. Alguns, mais afoitinhos, os líderes, dirigem a salmodia monocórdia, espessa. Impedem com suas vozes e, às vezes, vozeirões que a cantilena cesse, morra, ou pelo menos baixe de tom. Mas o tom baixava incrivelmente quando fui corista, no Mosteiro.

O Abade na sua estala, atento, presidente da função. Um olho no seu Breviário, outro na comunidade irrequieta, em místicas abluções. O Ofício das Matinas avança, entre os escolhos: um esqueceu que devia recitar sozinho uma das lições no meio do coro, outro não entoou a tempo uma antífona, um salmo, aquele deu para espirrar, o velhote ali de cima está com tosse, Dom Amaro, linfático, sombra, fantasma, simples nuvem disfarçada de homem..., suspira um de seus mais escolhidos suspiros. O noviço assusta, do primeiro andar desse velho coro, que digo?, do andar térreo, do rés-do-chão, do quase porão em que se meteu, junto à estante do leitor, que, no meio do coro, é um farol em ilha calvária.

O Ofício prossegue. O grande problema do mosteiro é apenas prosseguir. É preciso prosseguir, não parar, varar o tempo, escapar do tempo, driblar o tempo, ainda que seja pela morte dos homens.

Eu rezava tão baixinho que ninguém ouvia. Nunca lancei a voz, nunca ousei lançar a voz, naquele mercado do divino.

Esperava que a inibição baixasse suas águas, para fazer minha entrada ruidosa, que nunca fiz, na bolsa de valores místicos em que me pôs minha inocência. Tremia, por dentro.

Vi que tudo aquilo não tinha sentido, era vago, vazio, *flatus vocis*. Dois ou três competiam com suas vozes, assanhados. O resto ia atrás, caudatariamente, lentamente, bocejando. Bocejos da acédia, bocejos da alma ferida, cansada de lutar em vão, bocejos ou peidos, gemidos da boca ou dos intestinos, gritos de cima ou de baixo, aflições viscerais ou bucais, angústias todas do mesmo tubo, que somos nós — simples tubos em que se dá a passagem, como num túnel, de legumes, verduras e carnes, leite e água, vinho, verdade e mentira, um túnel, sua entrada e sua saída, um túnel vertical, padecente, caminhante, pensante, falante, sorridente, decadente, morrente. Tubo digestivo, boca e ânus.

Vi que éramos afinal uns pobres, uns diabos, uma coisa pífia, ronronante, ventres sentados, ajoelhados, ventres de pé — falando latim com Deus. Deus mudo, silêncio enigmático, senhor de nenhuma intimidade, lá do outro lado de não sei quê, imenso, onipotente, onipresente, onisciente, encarnado num rapaz oriental, que faleceu numa cruz aos trinta anos pouco mais ou menos e há dois mil anos quase etc.

Eu achava aquilo cada vez mais esquisito. Não afirmava, não negava. Achava esquisito. Era um direito que eu tinha, não era?, achar esquisito, eu não duvidava. Eu achava esquisito. Aquilo era esquisito. O que é que era esquisito, meu filho? Aquilo, seu filho da puta. Aquilo era esquisito. Trinta e cinco homens de joelhos falando latim com Um invisível, falando com o UM, a Unidade, a unificadora Unidade, em inglês fica tão bonito de exprimir, duas palavras — *Unifying desunity*, não é lindo? Peço perdão a vossas excelências, mas é lindo, porém os monges não falavam nem falam com Deus oficialmente em inglês, mas em latim, latim decadente, latim vulgar, latim vagabundo, mas latim, senhores. Em inglês só falavam e falavam com Deus os monges ingleses, norte-americanos e demais povos de loqüela inglesa... Mas só na intimidade, ou só depois da renovação da liturgia.

"J'ai plus de souvenirs que si j'avais mille ans." Baudelaire, nada menos que meu padrinho Charles Baudelaire, o do cágado, o dos cabelos verdes, não outro.

Perdoai. Mas era esquisito. Eu espiava o esquisito. Todos ali compenetrados. Coçando o queixo, o nariz. Dom Fábio fungava. Dom Urbano era limpo. Dom Abade era porco, não limpava as unhas, unhas negras, gritando por tesourinha, mãos carinhosas de manicura para desbastar o que a castidade solteirona fizera. Pensão de solteirões. Eu quero ser solteirão na pensão dos solteirões? Quero? Quero? Me diga, meu filho, você, VOCÊ MESMO quer ser solteirão na pensão dos solteirões? Quer? Responda, responda logo. Você, você mesmo, Antônio, filho de um homem chamado Joaquim e de uma mulher chamada Dora, você, tubo de merda, túnel de merda, você quer o nada, filhinho?

Diga se você quer o nada. Porque Deus parece... talvez... pressinto, desconfio, é esquisito, talvez, possivelmente, será que existe mesmo? Deus ou o nada. Ou Deus ou o nada. Ou um senhor alemão completamente maluco, chamado senhor Nietzsche, já inteiramente falecido, ou a santidade, ali no CORO.

Ali no duro. Coro duro. Bancos duros, para minha bunda, gorda bunda habituada a poltronas. Meu Deus, existem poltronas? Eu pergunto ao senhor, eu pergunto com toda a educação, com toda a finura de que sou capaz, se ainda existem poltronas? Minha bunda esqueceu por completo a existência da realidade extramental poltrona. A primeira vez que me refestelei numa, levei um susto. Existe? Existia.

Esbofeteemos o tempo. Sobretudo isto, esbofeteemos o tempo. Demos bofetadas na face do tempo. Bofetadas à vontade no tempo, bofetões no tempo. Eu esbofeteei o tempo? Você esbofeteou o tempo? Nós esbofeteamos o tempo? O tempo é, pois, esbofeteável. Esbofeteemos o tempo.

Agora, senhores do meu coração, vou fazer uma outra mágica, vou fazer que meu nariz, meu narizinho de estimação, pingue, dessore, vire torneira. Aconteceu, meus deuses. Aconteceu, realissimamente, sim, senhores, no coro. De manhã, meu nariz deu para virar torneira, saía um liquidozinho, uma coisa chata, um fio d'água sem nenhuma poesia, o troço mais antipático do mundo, não digo do universo, digo do mundo, pífia realidade, aquilo pingava, pin-ga-va, mas muito devagarinho, chateantemente. Eu via que era água.

Em Friburgo, aos três anos, descobri que era movimento. No Coro, debaixo da chuva de orações, dentro da chuva, da torrente seca, vazia, sáfara, descobri que era água, água podre? Vinde, duendes meus, seres misteriosos, deuses, contai-me só a mim o que foi tal descoberta da água no meu nariz. A água saía pelo meu nariz, pela ponta do meu nariz. Meu nariz era reles, pequeno, mole, plástico, dir-se-ia de matéria-plástica, de cera, talvez de uma desconhecida massa, não descoberta (só será descoberta daqui a cento e três anos, menos um minuto). Pois a água saía dele e eu, com vinte anos, olhava inerme, inerte, a água. A água sair. Filete antipoético. A água brotar de mim, como de poço, de mina, fica melhor de mina. Senhores do conselho de jurados, perdi trinta quilos.

Eu perdi trinta quilos.

Eu perdi trinta quilos no mosteiro.

Não devia acrescentar mais nada a esta brincadeira. Não é mesmo uma brincadeira você ter oitenta e cinco quilos, com um metro e oitenta centímetros, nuzinho, sem sapatos e sem meia, e de repente (quer dizer — em três meses)

"não mais que de repente"

(Vinícius, que tem em comum comigo o v)

ficar reduzido precisamente a cinqüenta e cinco quilos nem mais nem menos não é uma brincadeira?

Eu acho, na minha modesta opinião, que é um *ludus*.

Eu perdi trinta quilos. Virei cabide de roupa. Parecia um cabide ambulante. Um cabide andando, cabide movente, semovente. Eu perdi trinta quilos de mim. Não sei verdadeiramente se foi tudo pela ponta do nariz. É possível, é até provável, é até cientificamente certo, sem sombra da mais mínima dúvida, nem física, nem muito menos metafísica, que tenha sido pela ponta do pênis.

Mas o fato, que eu sei, o fato que os outros podem atestar, o fato é que perdi.

Morri. Morri no mosteiro. Morri, morri de morte exterior e interior.

"Nize, Nize, onde estás? Aonde? Aonde?"

(Cláudio Manuel da Costa)

> "E o solene sentimento da morte, que floresce no
> caule da existência mais gloriosa"...

> (Carlos Drummond de Andrade)

Eu li a Máquina do Mundo, de Carlos, no mosteiro, num recorte que me foi dado pelo Rui, recorte do *Correio da Manhã*.

> "Conserva em mim ao menos a metade
> do que fui de nascença e a vida esgarça"...

> (O mesmo itabirano)

Agora, vejo o esquilo, um animalzinho ágil, desconfiado, medroso, irrequieto, safadinho, veloz mesmo, que um dia apareceu no sítio, trepando pelas amendoeiras sem nenhuma cerimônia, me lembrei — sabem de quê? — de *Platero y Yo*, de Juan Ramón Jimenez, o poeta.

O capítulo VII, por exemplo, de *Platero*, o burrinho.

O esquilo entrou na garagem e depois não sabia sair, não podia sair, por quê? Porque eu estava na porta. Eu, meu Deus! Eu, meu Jesus!

> "E comecei a morrer muito antes de ter vivido"...

> (Fernando Pessoa)

> "E os que chegam já trazem a volta na maleta"

> (Carlos, frei Carlos de Itabira do Mata Dentro)

> *"Toujours sur ma maison mentira cette affiche"*

> (Jean Cocteau, "Plein Chant")

A culpa. Sim, a culpa. A Graça. A vontade... Quem é o culpado? Há um culpado?

Dom Abade não tomava banho todos os dias, positivamente. Dom Urbano tomava. Homem limpo, Dom Urbano. Mas Dom Urbano, apesar de seus banhos, era burro. E Dom Abade, esse era inteligente. Mas o estilo de meu Dom Pai Abade era pedregoso...

Já o estilo de Dom Simplício era sempre bonitinho.

Dom Ermírio era simpático.

Dom Custódio era antipático.

Dom Ermírio era limpo, mesmo quando não tomava banho, mesmo quando estava sujo.

Dom Custódio não era limpo, mesmo quando estava limpo. Mas Dom Custódio não era propriamente porco. Era baço.

A culpa... A culpa?

O dia clareou. Veio vindo devagarinho, o dia. O Ofício de Matinas e Laudes terminou. Deus estava louvado, por aquela manhã, por aquele dia nascente.

"Os ricos não têm vizinhos" (Huxley, no *Contraponto*). O mosteiro não tinha vizinhos, nossas vozes não incomodavam ninguém...

Mas o mosteiro tem muitos telefones:

"O telefone é o símbolo das comunicações que nunca se realizam." (Lawrence Durrell, *Balthazar*).

Levei Manuel Bandeira — frei Manuel das Alegrias de Nossa Senhora — ao mosteiro. Ele viu os monges fazendo recreio, em fila dupla, andando para frente, andando para trás, e perguntou, muito sério, muito curioso — estão jogando alguma coisa? Sim, jogavam suas vidas.

Fora ou dentro?

Que é um clássico, meu filho: um verdadeiro clássico? O que conserva um frescor eterno, vide *"A.B.C. of Reading"* de Pound.

O frescor eterno. Eu procurava o frescor eterno. Eu queria, sim, o frescor eterno.

Mas não encontrei o frescor eterno na face conturbada e tristonha dos rapazes. Nem na dos velhos...

Ó paredes, dizei-me. "Eu quero a estrela da manhã!" Dizei-me o endereço dela. Ó sala capitular, ó claustros, ó antifonários com iluminuras, ó sinos brônzeos, estatuazinhas, capitéis, afrescos, casulas, pesadas estalas, pedras, faces, madeira e ouro, tapetes, cálices, relicários, retábulos e móveis, crucifixos e virgens, falai! Um sussurro que nos chegue. Que monólogo é este, dia e noite entretido? Sombras, sombras, sussurrai, segredai-me. Todo esse passado, esse peso, essa pátina, pureza, pecado.

Ausculta, o fíli... Obsculta, o fili... *Hear, o my son...* Ó muda voz! Tu és delicada ou és brutal?

Jardim do claustro, para onde a minha janela dava. Eu via as árvores gordas, o jardim simples, até pobre, a fonte — pura imagem paradisíaca: *paradise lost, paradise regaigned...* A reconquista do paraíso, a restauração. Ó ser santo. Única aventura!

"Il n'y a qu'une tristesse: c'est de n'être pas des Saints."

Usufruição ou serviço?

Queria optar. Ninguém opta... A vida vai optando por nós. Manhã monástica. Ajudar a missa de algum monge, cada qual celebra sua missa, os noviços ajudam. Duas séries de missas, umas trinta missas. Alguns celebram muito bem, caprichando. Alguns celebram mal, sem cuidado, a fadiga exposta, o coração gasto, nenhum frescor. Que falta de classe, que falta de classicismo. Há os que não são capazes nem de uma nem de outra postura. São os mornos, os vomitáveis, os indefinidos, seres gelatinosos. Há os lentos, como Dom Isidoro, que juntava as mãozinhas gordas no Memento dos vivos e no Memento dos mortos e demorava, demorava, lembrando-se de sua listinha particular, a longa fila de seus mortos e seus vivos lá do coração dele, homem de família numerosa, pai embaixador... E o noviço esperando, o noviço de família pequena. Há os rápidos, sem lista, sem complicações, ligeiros, nada que os prenda, sem família. Por ocasião do Natal, ajudei as três missas sucessivas de Dom Isidoro: quase três horas.

Ajudava a Missa com o Missal em mãos, acompanhando a parte móvel. Penetrei a beleza poética dos textos litúrgicos, que são fragmentos da Bíblia — os mais ricos, os mais frementes. A Missa é um absurdo como estrutura, porque é velha, e a face dos velhos é absurda. Mas é bela, na sua absurdidade. A missa é bela. Tem a beleza da Bíblia. A meiga e hierática, a antiga beleza dos gestos suscitados pela Bíblia, os segredos da Bíblia. Missa de madrugada, missa de manhãzinha, nos recantos do mosteiro, pois o mosteiro tem seus recantos. Missa no altar do claustro, ao clarear o dia. Aurora, dentro de nós? Missa nas galerias da igreja. Missa na sacristia, ao pé do quadro setecentista, oitocentista, o Senhor das Chagas, claro-escuro, o claro-escuro que revela e esconde, manifesta e vela, entremostra o mistério, puro Rembrandt transposto para mística linguagem pictórica — de um vago frei Ricardo do

Pilar, 1700. O padre celebrando, oferecendo o sangue ali pertinho dos pés, dos pés feridos, chagados, pregados: *quam speciosi pedes evangelizantium bonum, evangelizantium pacem...* Como são bonitos os pés daqueles que fazem o bem, daqueles que trazem a paz.

Missa de Dom Abade, na capela abacial. Dom Abade nervoso, inquieto, coçando o nariz, coçando suas feridinhas na cabeça, demorando mais do que devia ou do que era necessário em certas partes, o Evangelho segundo São João do fim da Missa, por exemplo, que nunca tinha o mesmo tamanho. Muito rápido, sempre, na consagração. Um ser sem escrúpulos, antipsicologista, antianalítico, platonizante e patrístico. Inimigo de todo e qualquer devocionismo. Homem da objetividade. Homem da ordem litúrgica. Em guerra de vida ou de morte com a subjetividade, a meditação, a ação de graças tradicional, o recolhimento formal após a Missa. Não fazia nada disso. Depois de tirar os paramentos, passava pela sacada e ia espiar o mar, os navios, nostálgico. Dom Abade celebrava naturalmente bem, com leveza. Sem afetar nenhum fervor. Era o mesmo das horas de conversa. Intensidade psicológica ou cara devota para ele era jesuitismo... Santo Tomás, São João da Cruz e Santo Inácio não tinham nele um devoto, nem um fã. Era do outro lado, o da piedade chamada objetiva, litúrgica, do mistério, a escola de Maria Laach, de Odo Casel, a nova teologia do mistério, devaneios platonizantes e plotinizantes. Eu li, por esse tempo, o livrinho de Casel *O Mistério do Culto*, coisa fina, citações em grego, um helenizante.

Dom Abade nunca ficava nervoso. Nunca vi. Era sempre nervoso, mas não ficava nervoso. Muito amável, amável demais, muito amigo meu, era cheio de salamaleques, tão inesperados em homem de aspecto severo e ombros largos, ombros de atleta, peito largo, barriga nenhuma, nenhum ventre, cintura fina, homem de pulso, mas coração de manteiga. Fazia muitas zumbaias, muito rodeio para dizer as coisas, passar pito, e até se comentava que monge a quem repreendesse não entendia que era uma repreensão, tais as voltas, as delicadezas, as bondades, os panos quentes que punha o alemão em exprimir o desagradável, o áspero, o difícil, o penoso de ouvir e dizer. Sofria o homem forte e feio com o convívio humano. Tinha finezas de moça. Não era fácil, contudo. Era germânico, a vaga demência ou a complexidade estranha que caracteriza o germânico em geral e o padre germânico em particular. Nebuloso, impreciso, escorregadio, vago, lento, cheio de miudezas e minuciosidades que não esperava em ser tão livre, tão largo. Dom Mansueto é largo, mas vi nele uns preconceitos inacreditáveis, de escola teológica, de escola filosófica, de ordem religiosa, de tipo cultural ou de feição psicológica.

Era monárquico. Mandava. Tinha as rédeas nas mãos. Sabia ser autoridade, sem ruído. Dominava com a sua força física, poder esquisito que emanava da sua pessoa de carne e osso, desempenado. Andava como rapaz. Corpo flexível, elástico, bem proporcionado. Mas como era feio!

Não tinha, porém, nenhum complexo da sua fealdade fisionômica, ao contrário do seu inimigo Dom Bernardino, feio e triste de o ser. Dom Abade tinha sempre um ar de quem está procurando, procurando uma agulha, sem achá-la jamais. Homem tímido, sensível, o bom-gosto em pessoa, fazia uns sermões completamente abstratos, que o povo não entendia por falta de pontos de apoio ou de referência, não porque falasse baixo. Sua voz era rouca, mas clara e forte — voz de avô.

Dom Abade achava graça em mim.

Depois da missa, o café particular de cada um, no refeitório comum. Pão, manteiga, café com leite, à vontade. Dom Severo não comia: lambiscava. Parecia um passarinho triste, desesperado, inapetente. Dom Isidoro comia bem, comia demais, alimentava sua gordura imensa. Moreno, baixo, calmo, mais que calmo — plácido, era filho de embaixador e engenheiro. Caladão.

Com cara de santidade ou trejeitos místicos ou preocupação com aparência devota, vi dois, inesquecivelmente gravados em mim: o magrinho Dom Severo, suspiroso, desencarnado, leve, olhos bonitos e melancólicos, e o agitado irmão Pancrácio, que fazia caras incompatíveis com a sua invulgar inteligência, caras de êxtase, de união transformante, de sei lá o quê, a tal ponto que os superiores lhe pediram que não fizesse mais cara nenhuma, se limitasse à dele, que era simpática, rapaz moreno, vivo, professor de sociologia, filho de general, rapaz interessante e conversado.

Quando o coro se voltava para o altar e ia entoando o *"Deus, in adjutorium"*, o irmão Pancrácio juntava as mãos de modo espantoso, frenético, parecia que desejava subir direto para o céu — que força, que exagero!

"Ó grandes e gravíssimos perigos! Ó caminho da vida nunca certo! Que aonde a gente põe sua esperança, tenha a vida tão pouca segurança!" (Camões)

"Ele não sabia que o seu sonho já estava para trás, perdido em algum lugar na vasta escuridão." (Scott Fitzgerald)

"A arte começa quando a vida já não explica a própria vida." (Gide)

"És apenas frágil elegia." (Amiel)

"A arte é uma das formas mais trágicas da solidão." (Cocteau)

"A arte começa quando a personalidade aparece." (Picasso)

"Escrevendo o roteiro, me ceguei." (Jorge de Lima)

"Sou trezentos, sou trezentos e cinqüenta, mas um dia afinal me encontrarei comigo." (Mário de Andrade)

"A vida é boba. Depois, é ruim. Depois, cansa"... (Guimarães Rosa)

"Cada dia que passa incorporo mais esta verdade, de que eles não vivem senão em nós." (Carlos Drummond)

"Cada caso é único e é similar aos outros..." (Eliot)

"*Car on ne choisit pas ses sujets, ils s'imposent.*" (Flaubert)

"Vós, cavalheiros que nos ensinais como se pode viver honestamente, dai-nos antes de tudo algo para encher a barriga e então podeis deitar falação: é assim que se começa. Vós, que amais vossa pança e nossa honestidade, sabei de uma vez por todas (virai e revirai isto como quiserdes): primeiro, a bóia; depois, a moral." (Brecht)

Gostei no mosteiro daquilo que há nele de artístico — trechos de Bach pelo estropiador talentoso, o quase genial improvisador maroto que era Dom Gaudêncio tocando órgão, fugas, tocatas, o cantochão nos seus instantes mais puros como no tom comum do Prefácio, o *Magnificat* no fim das Vésperas, tão do meu agrado — sempre que o cantor Dom Alonso entoava o *Magnificat*, vozeirão nasalado, martelante, eu ficava feliz, a *Salve, Regina*, certos Intróitos, Ofertórios, as belas casulas góticas...

Amei a casta beleza de tudo isso. O silencioso fulgor da beleza litúrgica. Seu profetismo.

Arte — minha sensibilidade. Henry Miller disse que a arte é sempre solidão, ir ao extremo na solidão. Acho que todos os artistas disseram a mesma coisa.

O mosteiro é um teatro. O que há de teatral no meu ser encontrou morada nele. "Este impulso de transformar tudo em espetáculo"... (Graça Aranha, *O Meu Próprio Romance*.) *Le théatre, c'est une sorte de couvent*", foi Cocteau que o registrou em *Les Monstres Sacrés*. O coro, velho palco, as beatas na igreja servindo de platéia. *"Les acteurs adorent les compliments", "les actrices sont beaucoup plus seules qu'on l'imagine"*, ainda observação daquele demônio chamado Cocteau.

Cocteau viu tanto!...

"La gloire c'est de rendre possible un nom impossible. Rendre un nom habituel, tout est là."

"Je veux être propre." E a Regra?

"Il faut parler. C'est à force de se taire que le mal arrive." "Je suis désordre. Oui, désordre."

Mauro fugiu do mosteiro. Anúncios no rádio. Mauro fugiu do mosteiro. *"Santa Maria, mater dei, ora pro nobis peccatoribus nunc et in hora mortis nostrae."* Fugiu do mosteiro. O rádio explicou: é um débil mental e fugiu do mosteiro. Mauro não era débil mental. Fisicamente, era fortíssimo, um atleta grego. Mentalmente, não era débil: era um artista, um menino ótimo. Ficou meio desequilibradinho no mosteiro, coisa ligeira e sem nenhuma importância, mas a família se assustou demais e resolveu interná-lo. Mauro fugiu pela porta da cozinha, nos fundos do mosteiro, desceu pela outra ladeira e, enquanto a família o esperava na portaria em conversa penosa e arrastada com Dom Abade, Mauro ganhava a rua...

Mauro era quieto, orgulhoso, místico. Não se contentava com menos que São João da Cruz, para começo de conversa. Fugiu pela cozinha, a mesma porta, estreita, por onde fugiram os monges alemães perseguidos pelo populacho em maio de 1903: morra o frade estrangeiro, abaixo o frade estrangeiro!... Os monges foram para o palácio do Arcebispo Arcoverde no Morro da Conceição, Mauro ficou na rua, sozinho, sem dinheiro. A família pôs anúncio.

Mosteiro, débil mental, fugiu ontem. Mauro era doce e quieto. Ajoelhava-se em cima de grãos na cela dele, de noite. Comia os restos da comida dos empregados do mosteiro. Era um bom rapaz de vinte anos, alto, forte, limpo, olhos meigos. Parecia um cachorro escorraçado. E, no entanto, era rico e bonito.

O mosteiro... O mosteiro me ensinou coisas. Dom Severo chicoteava-se a qualquer hora do dia ou da noite; do corredor, escutávamos as chibatadas fortes, num ritmo de desafio, compassadamente. Caçoavam dele no mosteiro. Queria imitar os Padres do Deserto, os santos, os que levaram a sério a Promessa. Alguns riam-se. Dom Severo, muito chatinho, orgulhoso, meticuloso, mesquinhez brutal, disfarçada, tinha o secreto prazer de acordar-se às três horas para ir rezar, privadamente, na capela abacial. Uma das últimas noites, que passei no mosteiro, passei acordado na capela referida e lá pela madrugada entrou Dom S., passinho leve, esgueirante, uma ave noturna, fugidia. Tossi. Levou um susto, acendeu a luz. Viu que era eu, bicho conhecido e manso, apagou-a de novo para mergulhar na sua oração madrugada afora. Encontrava nisso o encanto que outros, lá longe, encontram nas boates, inferninhos, cassinos, cabarés, conversas.

A verdade. A verdade é relativíssima. Mas então há um absoluto, isto é, que a verdade é relativa. E então a verdade deixa de ser relativa, porque há um absoluto. Ora, abaixo a logicidade. A lógica nos incomoda? Assassinemos a lógica. Lógica morta, lógica deposta, lógica inexistente. Lógica ilógica. Sobretudo, ilógica.

A verdade de Dom Abade é uma. A verdade de Dom Bernardino é outra. A verdade de Dom Severo é outra. É difícil, a verdade...

Mauro, onde estarás?

"A garupa da vaca era palustre e bela." Eis uma verdade. Mas desse tipo de verdade eu gosto.

Caminho pelo claustro nessa primeira manhã. Sofrerei aqui. Aqui minhas carnes se dilacerarão. Aqui se dilacerará meu espírito. Aqui sofrerei. Não vejo meu sofrimento, nessa primeira manhã. Mas pressinto. Pre-vejo. Vislumbro no ar de mim próprio que o itinerário não era este, que o caminho era outro. Entrei em órbita errado.

Sepulturas, 1600, 1900, quatro séculos de sepulturas sob os pés. Os vivos pisam os mortos... Recreios sobre as sepulturas depois do almoço, depois do jantar. A vida se diverte sobre os túmulos. 1700. 1900. Aqui jaz o Ex-Abade Dom João da Sagrada Família. O Abade apóstata. Mas há os que viveram em odor de santidade. Onde estarao? Onde estarão todos eles? O velho topos literário *"Ubi sunt?"*. Não são. Tudo é nada.

Claustro limpo, chão de sepulturas, chão-cemitério, chão de pedras. Paredes caiadas. Jardinzinho. O sino da portaria, voz do mundo. Claustro. *Hortus conclusus. Fons signatus. Monachus.* O monge passeia pelo claustro. Eu sei que não vou ficar enterrado aqui, sei que nenhum desses túmulos é meu túmulo, sei que sou de outro país. Sei que vou partir.

Mas quando?

O almoço é triste. O jantar é triste. Os monges são tristes. O refeitório, frio. Austeridade mais ou menos difusa. No púlpito o leitorzinho lê — esforçadamente — (ninguém sabe ler...) *O Cardeal Newman*, de Penido. Dom Abade gosta, porque o livro e Newman combatem o abstracionismo, o subjetivismo, o intelectualismo, o especulativismo. Dom Abade vibra com essas teses antiespeculativas, com o empenho de Penido em limpar-se um pouco da pecha de reacionário e especulativo estreito, que ganhou com seu livro anterior *O Corpo Místico*. Mostra-se agora quase vitalista. Dom Mansueto vibra em seu vitalismo antitomista. Dom Bernardino sofre e revolta-se. É um puro e rígido tomista, da estrita observância.

Livros do refeitório: *O Cardeal Newman*, de Penido; *Pela Cristianização da Idade Nova*, de Alceu (os monges acham graça nele, riem-se da obviedade do texto); *Os Primeiros Núncios no Brasil*, de Hildebrando Acióli, livro leve e gostoso, às vezes divertido, como na descrição da fuga do núncio Calepi; *Mensagem de Roma*, de Alceu; a Bíblia naturalmente: a Regra; o Martirológio Romano; o Obituário da Congregação Brasileira. Leituras lentas, leituras de acompanhar mastigação. A comida é boa. Com a crise financeira, piorou. Era muito melhor, me dizem com minúcia os velhos. Nenhum luxo. Vinho, nas festas. Sobriedade relativa.

Sobriedade: *sobria ebrietas...*

Agora, a sesta, no meio-dia monacal. Durante uma hora, o noviço repousa. Recolhido à cela, cochila, dorme ou pensa. Em que pensa? Por que entrou para o mosteiro? Que veio fazer aqui? Que o prende a estas paredes? Que o prende a esta vida? Que interesse é o seu? Qual o ideal verdadeiro de seu coração? Que quer afinal? Quer Deus? Só Deus?

Solus cum solo...

O noviço vira de lado na cama para dormir... A cela é nua e velha. Paredes encardidas. Chão encardido. Móveis muito velhos. Calor. Não há água, não há pia na cela. O banheiro é longe. A água de beber é longe. Tudo é longe... Vale a pena ser monge? Tudo longe, tudo longe. Eu quero ser monge? Monge, longe, monge, longe.

Beata solitudo, sola beatitudo. Mas será verdade? Será verdade? *"Cor ad cor loquitur." "Ex umbris et imaginibus ad veritatem."* Sombras, imagens, verdade. Verdade ou verdades? *"Cosi è se vi pare"...*

Merda, merda. Dom Marcelino passa — a caminho do coro superior, onde vai rezar. É velho, vagamente caduco, espiritual, ardente, rezador, um ruminante, um discípulo de Louis de Blois, Ludovicus Blosius, ninguém leva a sério o Ludovicus Blosius dele, é piedade pré-inaciana, Santo Inácio (via Monserrate) recebeu influência de Blois (com s, não com y). Ninguém leva muito a sério Dom Marcelino, velho, sapatos barulhentos, surdo, ronronante. Celebra devagar, misticamente — e baba. Reza muitíssimo. Reza de braços abertos, olho pregado no Cristo, na imagem do Cristo, em quem vê a encarnação do divino, o redentor dele, a plenitude.

Foi mestre de noviços há longos anos, na década 20. Piedoso. Teve um futuro Abade entre seus noviços: Dom Abade Valério. Agora, o velho anda pelos corredores do mosteiro, falando sozinho, se queixando, ou rezando? Talvez ambas as coisas. Parece um fantasma, uma bruxa, capuz na cabeça, passo incerto, sinuoso, a ruminar suas jaculatórias, seus textos místicos, o que passou por ele e sobrou.

Dom Marcelino, sobrante, soçobrante, velho resíduo de antes da geração dos doutores... Os velhos do mosteiro. Nunca eu tinha visto velho na intimidade, longamente. Dom Sabino, a passear pelo claustro, falando sozinho, tardes inteiras, numa estranha meia língua, ininteligível, secreta, só dele. Distraído, gesticulante. Seus gestos são esboços de gestos, tentativas. Não se lê nada neles, a não ser cansaço, revolta, desejo de evasão, uma ponta de irritabilidade. Horas e horas, passeia o velhote pelo claustro, falando consigo e gesticulando, meias caídas, tornozelos de fora, a barba por fazer, o olhar apatetado, inquieto, distante, triste.

Eu chorava por dentro. Não queria aquilo.

Logo nos primeiros dias de minha vida monacal, chegou de fora Dom Zenão, pobre velho, desesperado, monge exclaustrado, que se refugiara no interior de São Paulo como pároco. Era uma sombra, um derrotado, na fronteira. Olhos ansiosos. Andar fatigado. Cabelos grandes, que irmão Pancrácio cortou com dificuldade, tudo cheio de brilhantina. Dom Zenão, inquieto. A toda hora coçava o rosto, caminhava... Caiu de cama. Fui visitá-lo, uma tarde. Dom Mansueto logo avisando, prudentemente: está aí o noviço, para lhe fazer uma visitinha... Dom Abade era cauteloso. Dom Zenão dormitava, entreabriu os olhos, nem tomou conhecimento de mim. Queixou-se, queixou-se de tal modo que Dom Abade começou a encabular, a constranger-se. Dom Hugo, monge difícil, ex-corredor do Tietê em São Paulo, médico, irrequieto ao extremo, apareceu e interveio, causticamente: é melhor o senhor ir para casa de seus parentes, Dom Zenão... Dom

Zenão gemia, queixava-se, derramava sua acédia total. Eu tratei de dar o fora.

Outros velhos havia, comportadinhos: Dom Ubaldo, solícito, telefonando para os amigos, cultivando-os, cheio de mundanas delicadezas, diplomatazinho, escorregadio, olhinhos buliçosos, interrogadores; Dom Ladislau, andarilho, magro, moreno, leve, afetuoso, a simpatia em pessoa, historiador no sentido de cronista ligeiro, autor, tradutor de Dom Vonier, prior no Alto da Boa Vista; Dom Hermógenes de quem já falei, nas suas nuvens; Dom Gaudêncio, organista, leviano, cabotino em sentido inofensivo, a contar eternas gabolices, velho-moço, esperto, finório; Dom Aníbal, que morreria atropelado, numa tarde de domingo, ele que saía tão pouco de casa (*et pour cause...*), manco, manso, digno, ex-missionário na Amazônia, pessoa de bem, metido a latinista e filósofo; não sei se esqueci algum velho; se esqueci, depois me lembro.

Quando entrei, havia sumido um velho do mosteiro. Sumiu, desapareceu. Era canonista, Dom Honorato era o seu nome. Pertencia ao Tribunal da Cúria e parecia um urso branco. Dimensões avantajadas. Pois sumiu. Foi passear no Alto da Boa Vista e não voltou até hoje. O que lhe aconteceu de bom ou de mau, ninguém sabe até o momento em que escrevo. O velho não deixou rastro. Os monges correram o Alto da Boa Vista como se fosse quintal deles, não acharam o velho. Sumiu.

A geração dos doutores é pitoresca. Médicos, advogados, engenheiros, rapazes de boas famílias, gente de nível, alguns até ricos ou abastados, rapazes afeitos à leitura, discípulos mais ou menos de Tristão de Ataíde, entraram para o mosteiro entre 1935 e 1945, grupo numeroso e, naturalmente, variado. Eram meninos do Alceu e de Dom Mansueto, que os atraiu para o mosteiro através das famosas conferências que dava no Centro Dom Vital a partir de 1933, substituindo a Dom Valério, então eleito abade. Seria destino dele, substituir a Dom Valério... Os rapazes, inteligentes, mais do que o comum em padre brasileiro, fizeram ruído com a sua entrada. Aquilo impressionou. Notícias nos jornais. Comentários em todos os tons (o tom morre com a pessoa...). Eram rapazes de classe social elevada, sobretudo esse aspecto causou espanto. (Não era habitual.) Os rapazes, entraram. E lá não produziram a obra que alguns esperavam deles. Essa geração deu um bispo, um abade. Rapaziada boa, lida, mas sem expressão verbal, nem artística, sem letras para se exprimir.

Entrei para o mosteiro por causa deles, dos rapazes que passaram de doutores a monges. Conheci Dom Ermírio e parece-me que houve uma conspiração dentro de mim a empurrar-me para ele, para os monges, para a clausura misteriosa. Fui arrastado por mim mesmo.

Conviver com aquela gente, participar de sua conversa, de seu destino, ser um deles, entrar no círculo das suas novidades, como era apetecível ao rapaz de vinte anos, perplexo, tímido, desprendido e desconfiado! Fui despedir-me de Sua Eminência o Cardeal, no Palácio São Joaquim. Conhecera-o já, em maio de 1945, exatamente 8 de maio, dia da vitória das Nações Unidas, quando Miguel Monte, meu colega de colégio, me levou até o Arcebispo (seria cardeal no fim do ano) para conversarmos. Miguel era amigo dele, através do pai, ricaço com salinas em Moçoró. Na despedida, nossa conversa foi rápida, uns dez minutos. Notei que o Cardeal não amava o mosteiro.

O mosteiro eram as novidades, as renovações. Os monges naquela época estavam na vanguarda. Passaram, depois, à retaguarda.

Entre mim e o claustro interpõe-se, gorducha, a figura do cardeal. O cardeal... Era ainda moço, era sóbrio, contido. Falava com um controle excessivo de si. Seu rosto era rígido, até quando ria. Um voluntarista, um discípulo dos jesuítas alemães, Padre Reus e outros bávaros, que em São Leopoldo meteram na cabeça do catarinense as noções básicas. Homem seco, duro, chefe. Amabilidade superficial. Ventre amplo de quem comia demais. Mãos rudes, plebéias. Parecia um gerente de firma comercial a atender, com solicitude austera, os seus clientes. Desconfiado, atento, meticuloso, dominador. Perder tempo na conversa, pareceu-me que o feria.

Não me disse uma palavra menos rombuda ou mais profunda.

Era vulgar, na sua rigidez virtuosa e vazia.

O mosteiro é cansativo. "A vida é boba. Depois, é ruim. Depois, cansa. Depois, se vadia"... (Guimarães Rosa). Ao cair da tarde, as Vésperas, no lusco-fusco da nave. Algumas oblatas, mulheres à procura de ocupação, na longa igreja, meio vazia, tristonha, quase estufa. Acompanham elas o Ofício, com Breviário ou Antifonário, compenetradas e místicas, certas de suas certezas teológicas, do seu transcendentalismo litúrgico e monástico.

A vida do mosteiro é monótona.

E, nos intervalos entre Ofícios e Refeições, entre sono e sono, que fazia? Lia, estudava. Estudava liturgia, exegese bíblica, história do monaquismo, o texto da Regra e seus comentadores, canto gregoriano, latim, grego, cerimonial. Tudo em nível razoável, universitário. Dom Severo dava grego, como se nos estivesse revelando o céu, abrindo as portas do paraíso, todo entusiasmadinho. Magro, pele e osso, asceta impertinente na sua ascese, homem duro (apesar de macio), homem falso. Eu não gostava daquilo. Fui aluno fraco. Dom Severo danava-se comigo... Emprestou-me, logo no começo, um livro de Allo sobre o Apocalipse (Allo foi professor de exegese do padre Penido, em Friburgo, na Suíça). Dom Severo não era inteligente, era estudioso, erudito, copista. Lia bem o inglês, o francês, o italiano, o alemão, o grego, o latim — copiava com facilidade, suas fontes eram os dicionários monumentais, que o esperavam na biblioteca. Dicionário de teologia católica, dicionário de arqueologia cristã, dicionário de liturgia... Pois, além do nosso grego incipiente, Dom Severo lecionava matérias do curso filosófico, no estudantado dos clérigos. Homem de sete instrumentos. Homem de fichas. Tinha um vasto fichário, na cela. Tudo que caísse na rede, ele guardava para amanhã, depois...

Latim era de Dom Aníbal, velhinho, capenga, muito humano, muito gentil. Sabia latim, mas não sabia ensinar. Fiz um discurso para ele em latim, foi o único discurso — creio — que pronunciei no claustro (aliás, não foi bem no claustro, foi em cima do claustro, pois o noviciado era em cima do claustro, exatamente).

As matérias secundárias pertenciam a Dom Custódio, hoje bispo, homem feminino, delicadíssimo diplomata, distraído. Dom Abade dava Regra, liturgia (teoria) e exegese bíblica. Chegava coçando a cabeça, sorridente, meio encabulado, ligeiro, às dez horas. Ajoelhava-se, ajoelhávamos com ele, dizíamos o *Veni, Sancte Spiritu*. Depois, ou ele sorria, ou ficava absorto, como que pensando noutras realidades. Comentava a Regra, com a largueza e o à-vontade que são próprios dele. Dizia o que aprendera na atmosfera de renovação litúrgica, patrística, de Beuron, Maria Laach, Santo Anselmo de Dom Lambert Beaudouin, o liturgicismo, a teologia do mistério, o vitalismo. Dom Abade era isso. As migalhas, os farrapos chegavam até nós, reunidos ali, na mesa comprida do salão de um noviciado sul-americano. O alemão forte, pálido e feio, de óculos na testa quando lia, sapecava-nos Casel, mistério, helenismos obscuros e distantes, mundo vago, nebuloso.

Aquilo ia até a hora do almocinho, no refeitório da comunidade, amplas janelas sobre a baía de Guanabara, apitos entrando, sol e vento, o azul longe do mar, um longe perto, tudo marítimo, brisa, atmosfera, ruídos. Comecei a servir as mesas, a ler na tribuna. Agora, me lembro das cinco forças fictícias de Paul Valéry, o teatro, o templo, a tribuna, o tribunal e o trono, que condensam o ideal na sua luta com o instinto. Pois o mosteiro é tudo isso, ou o contém. É templo, teatro, tribuna, tribunal, trono. Há três troninhos no mosteiro: na sala de visitas de Dom Abade, ao lado de sua cela; na sala capitular (que é o tribunal do mosteiro); na capela-mor, no presbitério, no coro, onde os monges cantam e recitam a salmodia.

Dom Abade comentou as epístolas de São Paulo e os Salmos. E a Regra, capítulo por capítulo, viagem longa. Dom Abade não é intelectual, em sentido estrito. É um homem culto, teologicamente falando, doutor em teologia por Roma, inteligente, penetrante, mas sem cultura profana, sem contato com a filosofia, a literatura. Literatura para ele são os Salmos, os textos bíblicos. Mais nada. Ou mais os Santos Padres, por quem tinha xodó. Comentários, os dele, muito derramados, confusos, de improviso, sem roteiro. Ia indo ao sabor das associações de momento, com a natural leveza de seu espírito, afeito às nuvens. Divagava.

Hoje, ou melhor, já naquele tempo, *in illo tempore, in diebus illis*, quase não lê, além do Breviário ou de alguma publicação, antes folheada que lida. Mestre de vida interior, preocupado com o governo da casa, político, autoritário, abominava as teorias e a vida social. Tinha medo do mundo...

Nunca estive doente no mosteiro. Salvo uns resfriados de rotina. Mas nunca estive bem, normal, integrado na bondade que antes fora o clima ordinário de minha vida, sadia aparentemente... Adoeci de invisível doença. Fiquei enfermo nas regiões recônditas, abissais.

Confessava-me com Dom Ermírio, uma vez por semana. Mas aquilo não funcionava, não sei se por culpa minha exclusivamente, é possível. Dom E. fazia questão — era seu timbre — de colocar o encontro semanal num nível de objetividade litúrgica, não-psicológica, ou transpsicológica. Ou meta. Ou para. Ou a. Enfim, psicologia de fora. Não entrava. As poucas vezes, que abordamos o meu caso, o odioso eu de Pascal, senti que ele tinha receio, desconversava, fugia. Só ele?

A vida prosseguiu. A inquietude dentro de mim, devorando-me. O mosteiro frio, austero, longe de mim, mosteiro monumental, de pedra, patrimônio histórico. Eu, de carne.

Que espécie de livros li no mosteiro?

Li os Evangelhos, ordenadamente. Li comentários aos Salmos. Li, logo de início, *La Prière Antique*, de Dom Cabrol, liturgista. Comentários à Regra dos Monges, um Calmet, um Guéranger, um Schuster, um Delatte, um Herwegen. Li os próprios Comentários de Dom Abade, copiados por Dom Modesto, até o capítulo sétimo — o fundamental capítulo *De Humilitate*, sobre a humildade, tratado de vida interior, em que se condensa toda a doutrina beneditina da santidade.

Li o *Liber Sacramentorum*, de Schuster, creio que nove tomos, sobre os sacramentos, obra de arqueologia litúrgica. Números e números de *A Ordem*, revista do Alceu. Ensaios vários, de Guardini, Graf, Vonier, Morin, gente sisuda e boa, mestres de espiritualidade. Li todo o *Columba Marmion*, que não era da linha de Dom Abade. Era tradicional.

Gostei das cartas de Marmion. Sempre gostei de cartas. Sejam as de Machado de Assis, as de Rui, Nabuco, Antônio Torres, Jackson, Bernanos, Bloy, Monteiro Lobato, Lima Barreto, Teresa de Lisieux, Alcântara Machado a Alceu que li no original, Mário de Andrade, Vieira, Ramalho Ortigão, Eça, Claudel, Gide, Dom Marmion... Estas eram de direção espiritual, simples, humanas. A um tempo, teológicas e afetivas.

Através de Dom Ermírio, travei conhecimento com Thomas Merton. Ainda era um nome desconhecido em 1949... Quanta coisa aconteceu, desde então! Merton se tornou *best-seller* e depois se mediocrizou em sucessivos livrinhos a pedido dos superiores, máquina de ganhar dinheiro...

Li os Santos Padres. Sermões e cartas (as de Inácio), as saborosas homilias de Agostinho, de Leão, Jerônimo, Ambrósio, Atanásio, Gregório, gente que eu conhecia do Breviário, das lições do Ofício de Matinas, e lia mais amplamente nos livrões da Patrologia do Migne. A biblioteca tinha duas Patrologias completas, uma delas comprada ao gramático anticlerical José Oiticica, que polemizou com Leonel Franca, depois da morte de Mercier, em 1926, sobre modernismo.

Li a vida de Santo Antão — *Vita Antonii* — por Santo Atanásio, bispo de Alexandria, primeiro documento da hagiografia católica. Li a vida de São Bento por São Gregório Magno, o primeiro papa benedikino. A vida de São Martinho por Sulpício Severo. A *Histoire d'une Âme*, de Teresa de Lisieux. Voltei às *Confessiones*, de Agostinho. Li a história de Pie De Hemptinne, a de Dom Bernardo de Vasconcelos, o Pie De Hemptinne português. Como eu gostava de ler essas vidas, essas dolorosas autobiografias, essas cartas íntimas, esses itinerários das almas feridas, dilaceradas, tocadas pelo destino... Ó mistério, ó sombra...

Percorri os pequenos tratados de Cipriano, de Agostinho, de Jerônimo, Paulino de Nola, Ambrósio, sermões do Crisóstomo, Bernardo de Claraval, traduzi a *Regra* de São Cesário de Arles. Foi um banho de patrística, textos e comentadores, intimidade com a vivência dos cristãos primitivos, logo posteriores às catacumbas, antes que os brilhos medievais transformassem a Igreja, ampliando-a. Gostei da Patrologia. Alguns temas ecoaram em mim: a pobreza, o despojamento, a simplicidade, a visão mística, a virgindade, o martírio, o louvor do Saltério, o cristianismo como vida, o Cristo como mistério, o teocentrismo.

Li os Apoftegmas dos Padres do Deserto, aquelas sentenças cortantes, crispadas, possuídas pelo fogo interior que os consumia na solidão. Li Cassiano, o repórter João Cassiano, tão livro de cabeceira de frei Tomás de Aquino, as Colações e as Instituições Monásticas, reportagem paciente. Sem dúvida, senti curiosidade em face daquilo. Mas aquilo era meu mundo, de fato? Verdadeiramente, eu me encontrava tal qual era, naquilo? Pressentia que outro, muito outro era o meu caminho pessoal.

O deserto... Mas o deserto é necessário, qualquer que seja o caminho. Sem deserto, não há vida humana que se mantenha de pé.

Como era o ambiente do mosteiro?

Três horas e meia diariamente de vida coral, sentados, ajoelhados, de pé, na igreja vasta e vazia, sombra pura, recitando-se latim, em ritmo tranqüilo de salmodia. Os monges não eram austeros violentamente. Salvo Dom Severo... maníaco da violência física, da flagelação, da ascese áspera, que bebera em Anselmo Stolz, nos seus dias de Roma, os monges me pareceram antes suavemente relaxados que austeros. Eram animais domésticos, gente mansa, de idealidade comedida, sem frêmitos, sem vôos, sem bulha, padres honestos, regrados, uns mais observantes do que outros, mas todos integrados num mínimo de limpa decência e de viver comunitário. Digo todos ou quase todos. Dom Gaudêncio, por exemplo, era muito arredio, arisco em relação aos atos da comunidade. Queria viver sua vidinha particular. O Abade precisava caçá-lo de vez em quando, para que estivesse menos invisível... Os mais presentes eram os mais normais, ou mais sadios, os psicologicamente integrados, os limpos de espírito. Havia os turvos, doentes mesmo. Os vitimados. Os malogrados. Os INFELIZES. Como é triste monge infeliz!... Como é trágico ter dado tudo e não receber nada em troca, nem um mínimo de paz interior!... Como é vazia a face do monge desintegrado e só!

A desgraça no convento é patética. Sua nudez é horripilante. Eu desviava os olhos do espetáculo confrangedor. Monges que iam para o coro como aluno que vai sem vontade, quase a muque, para a insípida lição. Monges desatentos, cansados de si, sem esperança, moles, ou então crispados, explodindo. Ó explosão de monge, que melancolia! Nervos gastos, à flor da pele, desilusão absoluta, exasperação. Olhares duros. Passos exacerbados, batidas nas pedras, como que se libertando. O Ofício inteiro, o monge a ler outra coisa, texto diferente, sei lá de quê, só o corpo no coro, o espírito em página de matéria estranha, estrangeira. Por quê? Por que essa ruptura?

Eu próprio, jovenzinho, sentia que desatracava. Meu navio, o navio que eu era, ia partir.

Havia os passeios... *Les promenades stupides*. (Como disse o futuro bispo frei Alano Du Noday a Dom Basílio.) Saíamos de manhã, após a Missa conventual, e íamos com farnel a qualquer canto, Alto da Boa Vista, Niterói, Governador, para um longo passeio de dia inteirinho, da manhã à tarde, incríveis jornadas a pé. Assim, espairecíamos. Vezes, Dom Abade ia conosco, meio aéreo, entregue a suas preocupações. Dom Abade era simples. Tomou banho de mar conosco, uma vez, em Governador, no Galeão. Usou velho calção preto de corpo inteiro, como se usava há trinta anos. Magro, mais magro do que eu supunha, corpo de rapaz, musculoso, esguio. Bom nadador.

Monges sentados no claustro, no banco preto, junto à parede caiada de branco, o sino já bateu para o Ofício. Aparece o postulante na porta do claustro, convocado lá em cima pela voz do mesmo sino. Os monges, três ou quatro, relapsos, maquinalmente se levantam. Vão para o coro. A visão do postulante encabula-os, chama-os à realidade. Menos constrangedor é o espetáculo de velha traindo o marido...

A sala do capítulo. Que silêncio, o de uma sala capitular. Há silêncios solenes de capítulo que valem por estrondosas ovações. O Abade na sua estala-trono. Os monges em volta, como coroa, atentos, cabisbaixos, expectantes, austeros. O Abade faz um sermão, reticencioso, místico. Os monges acusam-se de suas faltas contra a *Regra*, exibem os objetos que quebraram, ajoelham-se, recebem a penitência, às vezes branda, um salmo a rezar privadamente, às vezes pesada, ajoelhar-se no meio do refeitório, durante uma das refeições. Capítulo de culpas, semanal, pesado, atmosfera de enterro, velório das faltas, dos orgulhos feridos, tantos homens diferentes irmanados pela imensa fraqueza envergonhada, os homens de sempre, as mesmas faltas, a mesma fraqueza, timidez, orgulho, as cabeças baixas, a voz trêmula, Dom Abade ouve com dificuldade o que lhe dizem, pede às vezes para o monge falar um pouquinho mais alto... O Cristo Pantocrator, na parede atrás do Abade, assiste, imóvel, impassível, brônzeo, silêncio, àquela cena severa, sibilina, em que sordidez e santidade se defrontam ou se afastam...

No mosteiro, como em toda parte, os homens se repelem ou se juntam. Há os grupos e os antigrupos. Os homens se agrupam no aglomerado, para melhor se equilibrarem em si mesmos. Cochicham. Conspiram. Gesticulam discretamente sob as arcadas, na sombra. Criticam-se. Discutem a realidade monástica, os truques de cada um, a matéria humana que ali está, a carne, os corpos, como num açougue. Apalpam.

Monges que chegam ao coro fedendo a cigarro, poucos, mas desagradabilíssimos. Os retardatários crônicos. Os cochiladores. Os pedantes. Os bisbilhoteiros. Os que tomam conta do Ofício. Fauna variada e, contudo, monótona, enfermeiros, cerimoniários, sacristães, ecônomos, ditos celereiros, prior e subprior, bibliotecários, arquivista, cronista, professores do colégio, professores do estudantado de clérigos, as funções diversas do cotidiano monástico, ali congregadas no coro enfadonho ou no refeitório frio, solteirões.

(Havia um viúvo, apenas um.)

Cronista fui, do noviciado, por determinação de Dom Abade. Horas e horas, debruçava-me sobre a página branca do livro de crônica, tentava recompor nossa vida, ali no salão silencioso, despido, pobre — na parede, apenas um Cristo liturgicizante, branquinho.

Passamos duas temporadas de três semanas cada uma, lá no Alto da Boa Vista, no Priorado que Dom Van Caloen inaugurou no começo do século. Havia passeios diários pela floresta, íamos a pé, aos grupinhos, despreocupadamente. Vista Chinesa, Mesa do Imperador, Paulo e Virgínia, Taquara, Açude da Solidão, Canoas — assistimos à abertura da estrada das Canoas, Cascatinha, naturalmente. Capela Mayrink, decorada pelos admiráveis painéis de Portinari, que longamente contemplei, tantas vezes. A Virgem é telúrica, meio pagã, meio dionisíaca, baila com um arzinho de Renascença, mas o João da Cruz e o Simão, que a cercam, não têm nada de telúrico, são mística, sofrimento, angústia, ida ao extremo, aos limites do humano, entusiasmo, ardor, esperança, alegria, trevas, amor. A virgem é mais mítica do que mística. Mas os dois santos são místicos. Há a violência do amor nos seus rostos, nas suas mãos. As mãos, como falam! Elas me dizem uma palavra de François Mauriac, bela e profunda: "O que há de mais horroroso no mundo é a justiça desvinculada da caridade"...

Portinari é um criador embebido de espiritualidade católica, por causa da infância em Brodósqui, infância mítica, mística, bíblica, provinciana, rural — na terra roxa de Ribeirão Preto. O artista maduro que decorou a matriz de Batatais, a capela de Brodósqui (da Nona), a da Pampulha (por fim, consagrada), a capelinha do Alto da Boa Vista — sabe conciliar uma visão trágica e uma visão edênica. Inocência ou infância e dor misturam-se nos seus quadros, como se misturam na vida. Angústia e esperança. Pessimismo e leveza. O negro, o roxo e o amarelo, esse amarelo estranho, dominical, pascal, aleluiático, triunfal, de Portinari, um amarelo de Parusia. Repouso e triunfo. Aquele inesquecível, misterioso amarelo.

É uma capela na mata. Numa curva do caminho. Lá esteve, um dia, Paul Claudel, ministro da França no Rio, poeta...

Eu queria conversar com Dom Abade sobre letras, coisas assim, ele fugia, tirava o corpo... Lembro-me que, no centenário do nascimento de Rui, eu fiz tudo para conversar com ele, caminhando na estrada da Vista Chinesa, sobre Rui... Ele desconversava... Queria eu fazer minha conferenciazinha a respeito de Rui, cuja vida conhecia, perlustrara, sabia de cor, sabia como a palma de minhas mãos, o rosto de minha mãe, o caminho do banheiro no escuro. O Abade, delicadíssimo e camarada meu, íntimo, enquanto Abade e noviço podem ser íntimos um do outro, não estava para aprender com o rapaz de vinte anos quem exatamente fora o conselheiro. Limitou-se a me informar, concisamente, a mim, estudioso de Rui: parece que ele era um homem de bem...

Aquilo me doeu. Um homem de bem. Rui, definido como pessoa de bem. Era tudo. Fiquei triste, de tristeza imensa, incompatibilizadora. Eu era do lado de Rui Barbosa. Minha família era aquela, não a do Senhor Dom Abade.

Jururu, por dentro, embora alegrinho por fora, fui indo ali pela rampa da Vista Chinesa, estrada Dona Castorina, fundos do Jardim Botânico, entre o Abade e os co-noviços, saboreando a tarde, a paisagem, o verde agressivo e variado, tarde quente, quieta e doce, pouquíssimos automóveis, sossego de jardim particular, mas, no íntimo, atrás das cercas altas da polidez e da simples habilidade, estava magoado, magoado comigo. Os tiros de canhão saudavam lá embaixo a Rui, e eu, que o lera, o sabia de cor, o amara deveras na minha juventude, eu, que o entendia, que de fato sabia o que ele significava realmente, estava longe, caminhando numa estrada longínqua, fora da cidade, fora de termo e de vila, como ouvi dizer uma vez a Otávio Mangabeira, seu discípulo... Senti uma coisa estranha: sentimento de exílio, eu era exilado.

Meu lugar não era ali. Os canhões troavam. Eles me diziam, claramente, fortemente, duramente: seu lugar é cá embaixo. Compreendi-o com nitidez... Meu lugar era outro. Os canhões ofereciam a Rui suas salvas... O rapaz na estrada, a ouvi-los, percebia seu destino. O destino de homem estava lá embaixo, do outro lado, para além do mal e do bem, destino de exprimir o real sem preconceitos, sem bobices, com a liberdade total e pura, que os monges não tinham.

Seu destino não era ser como Rui. Ser como seu eu profundo pedia. Não sou bom, não sou mau, sou eu. Ser o próprio eu, livremente.

...“je veux être propre”...

Era um desafio.

O corpo de Rui voltava em cinzas transformado para a Cidade do Salvador da Bahia. Eu voltei para o claustro.

Agora, os velhos bispos me fazem companhia. Os bispos que se hospedavam no mosteiro, curiosas figuras.

Estou a revê-los, criaturinhas destituídas de espontaneidade, medalhões, impregnados até a medula da sua episcopalidade roxa. Não eram maus sujeitos. A maioria, velhotes, já muito experimentados, mas algo ingênuos. O mosteiro servia-lhes de ótimo e gratuito hotel, no centro, para temporadas na capital. Conheci-os de missa e refeitório.

O de Curitiba parecia um tabelião aposentado, homem solene, fino, dignidade provinciana, tinha duas irmãs iguais a ele, de tal modo que, ver uma delas na portaria à espera do episcopal irmão, era vê-lo fantasiado de senhora. Era Ático no nome e lento na missa...

O de São Luís do Maranhão, mulato, hiperemotivo, arrastando os pés, como se fosse mais velho, chorando à toa.

O de Belo Horizonte parecia uma foca, também mulato, escorregadio, maneiroso, piedade adocicada na celebração da Missa. Assisti a um encontro dele com seu ex-súdito, o cardeal de São Paulo, no corredor, perto da capela abacial. O arcebispo de Belo Horizonte celebrara muito cedo e ia saindo da capela abacial, quando chegou para celebrar o cardeal de São Paulo, a quem fui chamar em sua cela e a cuja missa ajudei. Eram velhos amigos. O Cardeal Mota fora reitor do seminário de Belo Horizonte, já no governo de Dom Cabral. Com que cerimônia untuosa os dois se trataram, com que distância! "Vossa Excelência sempre madrugador"...

"Vossa Eminência vai celebrar sua Missa"... Uma pontinha de tom assim de ama-seca no Arcebispo Cabral. O cardeal, ainda moço, lépido, andar de jovem, magrinho, nervoso, cheio de tiques. Tremia. O cálice quase não se equilibrava em suas mãos... No refeitório, a xícara ameaçava cair... Sua nervosidade geral — corpo e espírito, era enorme, impressionava, quase assustava. Mas não era rude. Um não sei quê de fino, educado, mais do que os outros bispos. Era um homem cordial, o Dom Carlos.

O de Uberaba era tomista, estreito. Citava Santo Tomás a propósito de tudo — e em latim, ao pé da letra, *materialiter*. Era materialmente tomista. Sabia de cor fragmentos da *Summa Theologica*. Atirava aquilo em toda gente, sem cerimônia. Baixinho, nervosinho, tímido, orgulhoso como ele só. Caprichava celebrando. Nunca vi bispo dizer Missa com tanto cuidado pelas rubricas, tanta cerimônia, tão pouco à vontade, tanto esmero em ser exato. Orador, conferencista, liturgista, aprendeu canto gregoriano já bispo feito, com Dona Paula, na Abadia de Santa Maria em São Paulo. Mas não tinha voz, nem jeito. Era um homem excessivamente sério — *"il se prend au sérieux"*, como dizem os franceses. Uma tarde, houve com Dom Alexandre, no mosteiro, curioso episódio. Convidado por Dom Prior Valentim, na ausência de Dom Abade, para dar a conferência semanal, que Dom Abade fazia aos domingos, às quatro horas da tarde, pediu uma série de indicações ou informações precisas ao Prior. Quanto tempo devia falar? Como saberia que era o momento das Vésperas? Tantos rodeios e preocupações, que o Prior, homem prático, lhe disse — não se inquiete, quando o sino tocar, é a hora das Vésperas e Vossa Excelência então perorará... Mas se esqueceu o prior de que havia dois toques de sinos. O prior pensava no sino pequeno relativamente, embora grande, o interno, o do corredor, que chama a comunidade. Mas havia o outro, o máximo, o da torre, que toca meia hora antes das Vésperas. Mal Dom Alexandre, digníssimo, prolixo, explicativo, começou a falar e citou Santo Tomás a primeira vez ("eu gosto de Santo Tomás quando diz que"...), o sino tocou. Sobressaltou-se o prelado visivelmente. Tanta conferência dentro dele, e já o sino a anunciar Vésperas. Galopou uma peroração amável e calou-se estranhamente. Comentários à saída: mas como Dom Alexandre é sóbrio, como fala pouco, que admirável, que beleza, podendo falar meia hora, falou dez minutos, e pronto, que coisa notável. Depois, se esclareceu tudo limpamente. Era o sino, era o sino...

O de Parnaíba, esmurrava — o verbo é este, esmurrar — o peito quando dizia o Confiteor. Coisa de sertanejo. Mostrei-lhe o mosteiro e a vasta biblioteca. Viu os livros de Leonel Franca e comentou comigo, solene: era o maior filósofo do mundo no tempo dele... Irrisoriedade... Olhei-o com o canto do olho: seria graça, piada? Não era.

Hospedou-se no mosteiro para umas conferências no Rio o Abade Ricciotti, famoso e superficial exegeta, linda cabeleira branca, homenzarrão desempenado, gordo, alto, corado, gestos um pouco soltos para a idade e a posição. Estudioso de Dante. Meio mundano. Celebrava como grande homem, consciente de sua grandeza... Vinha comboiado por um secretário, baixinho, insignificante.

Hospedou-se, também, o português Padre Américo, o célebre fundador da Casa do Gaiato, em Lisboa. Homem do povo e homem de oração, o oposto do italiano biblista. Modestinho, humildezinho, fez uma conferência para a comunidade realmente formidável, admirabilíssima — profunda. Homem humano, esse Padre Américo. Místico. Celebrava com unção. Falava com seriedade e humildade cativante. Olhava para o interlocutor como se quisesse penetrá-lo, transpassar o outro com os olhos. Era ardente, estranho. Tinha dores de cabeça fabulosas. Passava longos períodos sentado no claustro olhando, olhando. Andava depressa, com o andar dos gordos apressadinhos. Vivia lá em Portugal para a sua obra de assistência humana e já era verdadeiramente célebre como diretor da Casa do Gaiato. Um orador e um escritor de muito recurso, mas sobretudo simples, humano, terno, capaz de comunicação imediata e profunda.

Poucos homens tenho eu visto como esse Padre Américo, que numa tarde de domingo, nos contou — em fagueira conferência improvisada — a história graciosa de suas andanças, de suas obras sociais, do seu desejo de servir. Era burro e era inteligentíssimo...

Agora, que bispos e demais hóspedes se foram, estou revendo — não sei por que — a figura de Camundongo, um mendigo. Nunca o vi no mosteiro. Ele nada tem com o mosteiro, nem as imediações do mosteiro. Pouco importa. É nesse pobre que meu espírito pousa.

Mais vivia eu no claustro, mais me convencia da verdade espessa da palavra de Schmidt, em *O Galo Branco*, pura sensibilidade (que sensibilidade!):

"Temo sempre que uma vocação sacerdotal esconda diversos momentos — primeiro, o do impulso; depois, o sentimento do compromisso assumido e, em seguida, a melancolia resignada, a tristeza de um passo irreparável"...

Era isso... Os monges, cansados. Melancolia.

Se não fosse a minha saúde, a traição da saúde, é provável que tivesse ficado...

Foi ao longo do quarto retiro, que fiz no mosteiro, este pregado por Dom Abade, que percebi a gravidade da minha situação. Não, não me era possível continuar. Queria continuar e não queria. Queria e não podia. Conflito surdo. Blocos de pedra caíam sobre mim. Eu sentava no claustro, à noite, e sondava os abismos. *Abyssus abyssum invocat...* Sofria. As pedras rolavam sobre meu ser.

Que teve, pois, de especial esse retiro número quatro, de Dom Abade? Não teve nada especial. Pregou ele suas velhas teorias vagas, suas teses difusas e antiescolásticas — a sacralidade, a teofania, o pascalismo, a vitória, o antimoralismo, a incorporação objetiva, o mistério, a sacramentalidade, o Pneuma, a Parusia... Divagava o Abade, já no limiar da velhice dele, pelos temas paulinos. Eu sentia que não me era mais possível prosseguir. Por quê? Porque estava exausto. Não era uma conclusão lógica, nem era uma vivência misterial. Era exaustão, pura e simples. Uma evidência. O retiro de uma semana prosseguia.

Quatro retiros, no mosteiro, ao longo de um ano e pouco: o de Dom Modesto, inspirado nas obras de Garrigou-Lagrange, levemente polêmico em relação ao Abade, retiro inconsistente, fragílimo, como exposição; o de Dom Ermírio, vivo, mas imaturo, citando Mauriac, repetindo meramente Dom Abade; o de Dom Prior, entre o tradicional e o martiniano, com várias concessões ao sacralismo (Dom Prior Valentim não podia abrir a boca que não viesse logo a tese martiniana da sacralidade que se estende às últimas periferias do mosteiro, os discursinhos de circunstância, no capítulo, saudando o Reverendíssimo Dom Abade, eram um disco inquebrável). Finalmente, o retiro do próprio Dom Abade. Como os outros, duas conferências por dia. Matéria densa. A comunidade, silenciosa e pensativa. Ambiente de enterro. Caras saturadas, chateadas.

Quisera reconstituir essa crise minha com o máximo de exatidão e isenção retrospectiva. Quisera ser minucioso, verdadeiro, simples. Hoje, é fácil perceber as linhas do mural espatifado, recompor. Retrospectivamente, vejo tudo com nitidez, sem as dificuldades em que então mergulhava como náufrago. Faltou-me compreensão, naqueles dias, compreensão profunda, em face do caso complicadinho, a atitude de Dom B. e dos outros era superficial, não era compreensiva. Julgavam-me, no íntimo; não me compreendiam. Eu era o culpado. Viam culpa, onde havia realidades complexas, que exigiam distinção. Os maritainianos, como Dom Ermírio, esqueciam o *distinguer pour unir*... Não distinguiam, no lusco-fusco do meu drama. Julgavam em bloco, rombudamente. Observavam-me à distância.

O caso, nas suas linhas essenciais, não era difícil: um rapaz com vocação intelectual, de escritor, coisa absorvente, apaixonado pelos aspectos intelectuais ou artísticos da vida beneditina do mosteiro tal; chocado com a realidade baça; exausto por causa da precariedade da sua saúde (deficiências comprometedoras do equilíbrio metabólico). Desejo de ficar, resistir, agüentar. Desejo de partir, dar o fora, ser puramente um escritor. Falta de energia, de forças físicas (antes de mais nada) para optar, claramente. Parece-me que era esse mais ou menos o quadro, em que o náufrago se contorcia, em silêncio.

"O poema devera ser tátil e mudo como um fruto maduro. O poema devera ser desverberado como o vôo dos pássaros. O poema devera, não significar, mas ser."

(Archibald Mac Leish)

"A poem should be palpable and mute as a globed fruit. A poem should be wordless as the fligth of birds. A poem should not mean but be"...

Era minha primeira derrota na vida. Custava a sequer admiti-la.

Caminhava eu pelo claustro-cemitério, à noite, buscando uma fórmula, um esquema, a saída para o impasse em que me via, em que afundava aos poucos. Dom E. queria e me recomendava que ficasse. Houve mesmo entre nós uma cena meio patética. Brandia ele o Crucifixo de sua cela e me dizia, quase clamante: lembre-se disto, lembre-se da morte. Eu me lembrava, mas sinceramente não era solução a lembrança. Dom E. estava atrapalhado com a evolução de uma vocação que ele supunha tranqüila, segura, ótima, sem maiores problemas ou alçapões. Notei que ele estava mais perplexo do que eu, mais horrorizado. Seu jeito de rapaz como que perdia pé no lodaçal das minhas resistências e complicações. Ele supunha simples o caso, não era... Quis ser patético ou dramatizante comigo. Fiquei sereno, olhei-o nos olhos. Resumi-lhe, nessa noite, o meu problema: falta de forças físicas, para continuar... Ele fazia questão de um acréscimo. Adicionou — "e morais". Faltavam-me forças físicas e morais... Eu, no íntimo, achei graça.

Dom E. era leviano. E fazia questão de afirmar a minha inconsistência ética. Era eu o... culpado. A culpa, devia eu assumi-la, para sempre. Disse-me, em tom categórico, severo, perturbador de qualquer outro, menos impassível do que eu para esse tipo de coação moral: a responsabilidade da sua saída é sua, exclusivamente, eu sou contrário. Propôs que fosse eu descansar um tempo num Priorado, fora do Rio. Não aceitei a hipótese. Mantive-me no meu ponto de vista: devia sair, era fisicamente impossível não sair. Dom E. suspirou, nada aliviado, mas contrariadíssimo. (Dom E. não admitia ser contrariado.)

Alterou-se-lhe por completo nessa longa e pungente conversa noturna a serenidade juvenil e alegre. Ficou sombrio, perturbado. Que eu pensasse no que estava fazendo. Que eu me visse na hora da morte, só, desamparado, vazio.

Desci para meu cubículo tranqüilo, inteiramente. Tinha certeza de que agira como devia, na circunstância.

Não queria submergir na tragédia em que tantos soçobraram — arrastar-se pelos corredores, sem crer, sem a íntima certeza pacificadora de que o lugar era aquele.

Saí, numa bela manhã de setembro, discretamente, durante a Missa da comunidade. Meus pais me esperavam na portaria. Subimos de carro para uma fazendinha em Itaipava. Supunham eles, na sua ingenuidade, que o pesadelo passara. Eu, no banco de trás, sabia vagamente que o pesadelo estava apenas começando.

Não esperava muito do futuro. A experiência fora terrível. Queimara-me eu no fogo lento daqueles dias iguais, dias sem relevo, dias frios, dias queimantes na sua frieza trágica. Conheci a solidão. Conheci o abandono. Sofri, pela primeira vez na vida, com a força violenta dos sofrimentos inesqueciveis, que nos revolvem. O mosteiro foi uma demolição dentro de mim. As pedras caíram. Caíram todas. Eu me vi só, machucado e só. A oração não me pacificou, não me podia pacificar, só podia agitar as águas revoltas. Lembro-me de uma adoração ao Santíssimo Sacramento, na própria Igreja Abacial, Dom Anastácio e eu fomos escalados para a mesma hora. Folheava ele seu livrinho de orações, não sei qual, todo lampeiro, leve, lépido, satisfeito aparentemente, superficialidade integral, corpo encostado no genuflexório, tudo em ordem. O problema era só atravessar incólume, do melhor modo, aquela horinha de adoração a dois. Lia uma página aqui, outra ali. Folheava o livrinho. Estava no mosteiro havia vinte e tantos anos.

Depois do Mosteiro

V

"There are more things, in heaven and earth, Horatio,
Than are dreamt of in your phylosophy"...

SHAKESPEARE

"Aujourd'hui Dieu est mort, même dans le coeur du croyant."

SARTRE

"Não foram, não, os anos
que me envelheceram,
longos, lentos, sem frutos,
foram alguns minutos"

CASSIANO RICARDO

"Et tu seras pareil à qui suivrait pour se guider une
lumière que lui-même tiendrait en sa main."

GIDE

"Il n'existe qu'un seul secret de beauté qui
acomplisse des miracles, c'est l'amour."

COCTEAU

Saí do mosteiro, aliviado e deprimido. Ao terminar a sopa, em Itaipava, tirei a colher do prato e a depus, na toalha ao lado dos outros talheres, como fazia no mosteiro; meus pais estranharam o gesto. Expliquei-me: comíamos em prato fundo no mosteiro, um só prato para a sopa e a comida sólida... Tive que reaprender as maneiras de cá.

"Poesia e Verdade" chamou Goethe às suas memórias. A poesia e o amor da verdade — a procura da verdade — foram fazer-me companhia amável no meu refúgio de quase dois meses na montanha. Li, em Itaipava... Levei comigo as quatro séries de *Jornal de Crítica*, de Álvaro Lins, que lera e desejava reler. *A Autobiografia* de Teresa de Ávila, traduzida por Rachel de Queiroz, *Problemas Sociais da Atualidade*, de Kothen. Era pouco, mas deu para entreter-me nesses dias de repouso. Eu continuava a interrogar-me.

Meu estado de espírito era curioso. Eu rezava, ia à missa aos domingos e dias santos, comungava aos domingos e dias santos, chegava a rezar algumas horas canônicas no Breviário Monástico, dois volumes, que levei comigo. Acreditava na divindade do Cristo, acreditava na Igreja como Salvação, tinha conservado a fé religiosa. Admitia a existência de um Deus, a imortalidade da alma, tudo isso era ponto pacífico para mim. Mas seria mesmo? Que queria que fosse? Ou me convinha, naquela circunstância, que fosse? Eu não fingia. Mas... Seria cristão, no fundo de mim mesmo? Depois de tudo que vira, depois de tudo que vivera? Eu ainda seria de fato um homem da Igreja? Um militante?

Minha resposta seria afirmativa, naquele tempo. Recordo-me que lia os artigos de Alceu aos domingos no *Diário de Notícias* e os de Corção na *Tribuna* — com um interesse profundo, um frêmito fraternal, mais que curiosidade. No dia da proclamação do novo dogma por Pio XII, 1º de novembro, fui a Petrópolis especialmente para ouvir, em casa de amigos, a irradiação da cerimônia romana.

Meu sentimento? Melancolia. Ao ouvir a voz do Papa, lembro-me bem que era melancolia o que eu experimentava...

O velho Papa, meio neurótico, ou inteiramente, o velho mesquinho (a mim sempre me pareceu mesquinho, a catar pequenos erros nos discursos dos representantes diplomáticos, antes da entrega das credenciais, que volúpia!), o homem, o rapaz romano que se criara para diplomata — e Papa — falava em Roma o seu metálico, litúrgico, dogmático, pedante latim — *"urbi et orbi"* — e eu, obscuro neurótico, rapazinho frustrado, o ouvia ali em Petrópolis, perto do Piabanha provinciano, entre hortênsias remanescentes. No fundo, não acreditava mais naquilo. Ou antes, acreditava, acreditava de um outro modo, acreditava num nível, numa profundidade trágica, que preludia o santo ou o cínico.

Santidade ou cinismo, ó meu Deus? O Papa lia sua fórmula hierática e latina com voz dura. O rádio, falhante, interrompia a transmissão por segundos. O rapaz brasileiro sobressaltava-se, dava um pulo da cadeira, vinha ficar pertinho, juntinho do rádio, aflito demais, queria ouvir, ouvir, ouvir tudo, não perder uma palavra, um suspiro, nada, daquela voz papal, fria, austera, funcional. Voz de leiloeiro? Por que os bispos têm voz de leiloeiro?

Interesse nervoso. Mas, por quê? Por uma terrível e íntima coerência comigo, a obstinação minuciosíssima das naturezas porosas à solidão. O Papa dizia-me que a jovem israelita Maria, a mãe de Jesus, subiu ao céu com seu corpo: comunicação absolutamente esquisita, estrambótica. Paciência: o velho Papa está dizendo em latim que há uma jovenzinha de há muitos anos passados que subiu ao céu, corpo e tudo. Eu ouvia, em Petrópolis.

E cismava, como cismamos na sala de visitas de um necrotério.

O morto era eu... Que restava, afinal, de mim mesmo? Que sobrara de meu eu, itinerante e vago, mesquinho e generoso, rapaz afeito ao sonho, à poesia? Que restava, naquela pequena sala de um apartamento qualquer, ali, na serra de Petrópolis, banhada pelo *ruço* londrinizante, que restava do menino que eu fora? Que restava, meu Deus, que restava, meu Papa, da vida minha, do sonho meu, da minha seiva pouca de outrora, de tudo que desejara — em vão?... Eu percebia no cinzento de minha interioridade abalada que não restava senão ruína. Eu era a ruína de mim próprio. Eu era meu cadáver.

A Virgenzinha subira ao céu, puxada pelas divinas forças. Eu estava no meu necroteriozinho privado, sem geladeira para disfarçar. O fedor asfixiava meu coração.

O Papa calou-se, por fim. Locutores hostis à beleza, rápidos, eficazes, normais, informativos, de pressurosidade inegável, prosseguiam no mesmo tubo o perigoso exercício da humana palavra. Vulgaridades sonoras, cuja vacuidade agressiva me violava em minha condição de escritor virginal. Calaram-se, também. Os amigos me olhavam, me faziam perguntas banais, cretinas, medíocres, sobre Roma, a distante Roma, a Roma poderosa, misteriosa, e eu me sentia ridículo, de um ridículo absoluto, sentado ali, depois da proclamação de um novo dogma católico. Não tinha vontade de explicar nada. Queria ouvir meu silêncio, só isso. O neuroticozinho de cá, o menino que apostara tudo, sua fortuna inteira, num único jogo, digamos, num só cavalo, e sabia que perdera, o inválido absurdo, o sadio inválido, o sorridente inválido, queria auscultar o cadáver, arrancar do roxo, ou da negra podridão, um sinal de vida, um gemido, um sopro ainda, uma réstia, um tremor de esperança.

Mas o cadáver era, apenas, um cadáver.

"Ubi sunt misericordiae tuae antiquae, Domine?"

Ut jumentum factus sum"...

Menos do que jumento, menos do que esterco, menos que tudo, nada. Menos do que nada. Fiapo.

Rezava. Mas a própria oração era de fato impossível. Havia uma fenda — uma fenda enorme — que impedia a oração, uma fenda dentro de mim, um abismo dentro de mim, abismo escuro, pura noite, que me separava do país da oração, ou de qualquer país. Eu estava ilhado. Estava inteiramente só. Não podia passar. As águas eram escuras, no abismo. Eu, eu não podia atravessar para margem nenhuma.

Minha solidão era sem saída.

Esperava. Não obstante, esperava. O desespero não me tomara ainda com ambas as mãos, para estrangular-me definitivamente. Ainda me deixava respirar, se bem que com uma dificuldade que me atemorizava como se o destino fosse um rato, um absoluto rato, maior infinitamente do que as ratazanas do mosteiro.

O cansaço no mosteiro me distraíra dos ratos. O esgotamento físico anestesiara-me do pavor das ratazanas infatigáveis, as noturnas ratazanas, que me roubaram até o sabonete, uma vez que o deixei exposto na caixinha aberta sobre a mesa-de-cabeceira.

Distraía-me na serra lendo meus autores. O crítico falava de um poeta ou analisava o teatro de Nélson Rodrigues, esse moralista truculento... Eu fugia, escapava de meu drama, saía por momentos da ilha. Santa Teresa de Ávila narrava-me sua áspera aventura — Castela. A intérprete Raquel punha seu estilo falador a serviço da santa, a meu serviço; "rigor e lucidez na intensidade"... Teresa consegue tornar didático o Absoluto, como nos disse em versos claros Murilo Monteiro Mendes. E lá vinha Kothen com a doutrina social da Igreja, o humanismo social católico, essas coisas...

Havia os jornais. Sempre fui louco por jornal. O mundo — o tempo presente — acenava-me com sua vibratilidade inesgotável. Ou aparentemente inesgotável. O esgotado, às claras, era eu.

Distraía-me, pois. O tempo afinal passava. Disse-me, uma vez, era de noite, o juvenil Adelino Magalhães, no sossego de sua casa em Santa Teresa, que o grande problema do homem é matar o tempo. Não sei se ele refletiu na imensidade metafísica de sua frase. O problema do homem é matar o tempo. Se não podemos matá-lo, ao menos o esbofeteemos. Esbofeteemos o tempo.

(Adelino me disse, também, e no mesmo noturno colóquio, que o outro problema é construir o ninho, a casa, o sistema, a *coisa*, física e ideológica, que nos abrigue do tempo, de nós mesmos...)

"Teresa, decifras o mistério masculino de Espanha.
Teu íntimo substrato é o fogo:
Convida-te a elidir o supérfluo.

Vendo oculto Deus desnudo
— Minério subjacente de Castela —
Concentraste-o num ponto mínimo.
Descreves com precisão o itinerário da alma."

(Murilo)

Os dias passaram. Eu continuava a contemplar, aflitamente, o meu cadáver. Os destroços eram tristes.

Havia a paisagem.

O céu é puro. A lua é bonita. Os sapos e os grilos cantam baixinho seu monótono canto, ao longo da noite. Nenhuma nuvem, nenhum vento. A lua é branca. A noite é negra. Os bichinhos brincam. O perfume tênue da noite chega até mim.

Estou triste. Mas não há desespero em meu coração, apenas fatigado.

No mosteiro, aprendera para toda a minha vida. O essencial — aprendera... Ao sair de lá, ainda vivo, percebi no íntimo que levava a essência do conhecimento. Sim, eu conhecia o homem. Não o teórico e reformável conhecimento — provisório. Mas a notícia do *bas-fond* nosso, a humana confusão, o fervilhar dos nossos intestinos escuros, a trepidante angústia, a descoberta dos gemidos da alma. Aquilo que o velho Machado, o burocrata honradíssimo, começara a segredar-me.

Eu conhecia o homem.

Aprendera a pequena lição definitiva, a *lectio brevis*, que sabemos de cor até o fim da vida, até a hora de dizermos adeus à nossa infância: que nenhum homem é feliz, que a felicidade é provisória, toda felicidade.

Ninguém é feliz.

Meu caro senhor, mas eu sou muitíssimo feliz com minha mulher, boníssima, e minhas filhinhas, ótimas, graças a Deus. Ninguém é feliz, jamais. E ninguém é feliz, porque a felicidade é provisória.

Desdigo, meu caro senhor, desdigo: sou feliz, um homem plenamente realizado. Feliz.

O senhor é feliz? É um homem plenamente realizado?

Espere. Espere um pouco. E verá. Verá com seus olhos a face da morte. O senhor verá, eu verei. A infelicidade chegará como o vendedor incômodo que nos anuncia, depois do almoço farto, o seu anódino produto, que não nos interessa. A desventura, a lívida e pontual desgraça o tomará pela garganta. A morte vem. A morte vem. Todos os homens são infelizes. Porque todos os homens são mortais. Ou apenas porque são infelizes.

Todos os homens são verdadeiramente infelizes, porque todos os homens são verdadeiramente mortais. Ou apenas porque são verdadeiramente infelizes.

Não há nada a acrescentar a essa notícia banal.

Ah! descoberta do mundo... Somos desgraçados. Somos os mais desgraçados de todos os seres, Vamos morrer. Sorrimos, e sabemos que vamos morrer. Estamos a caminho do matadouro. E ainda sorrimos. Como ainda sorrimos, se sabemos que vamos, afinal, morrer?

"A morte engana. Como um jogador de futebol, a morte engana"...

Sorrio na varanda. Converso. Almocei bem, ainda há pouco. Minha morte está em meu bolso e eu me distraio com a vida.

Parece-me que encontrei, pela primeira vez em meu caminho de homem, os limites de nossa condição, a existencial fragilidade, não uma fraqueza abstrata, mas a concreta miséria, as limitações reais, visíveis, do humano. Foi no mosteiro que se me deparou o velho e sempre novo espetáculo — do que somos, sem véus.

A miséria, que lera em Machado, que vira nele através de suas personagens, no papel, a miséria servida através das palavras, iria eu encontrá-la em faces humanas, olhos de gente, proferidas palavras, gemido de monge exausto, velho falando sozinho, farrapos, frangalhos ambulantes, seres partidos, perdidos, envergonhados ou já sem nenhuma vergonha (a vergonha também se perde, com o tempo), seres engavetados numa posta-restante onde ninguém mais os procurava. O fundo da miséria humana é parecido com o fundo das velhas gavetas. Um pouco de traça. Às vezes, nem isso.

Os olhos, o gesto, o andar, os movimentos mais mínimos do corpo como espelho das entranhas ocultas. Aprendera a ler, razoavelmente, nesse dicionário de absurdos que é a clausura monástica — morada do nada. Aprendera, com dificuldade, a soletrar esse grego de arquipélago longínquo, essa língua nossa, em que falava minha mãe nos dias da minha infância amarga. Aprendi. Fiz o que no prostíbulo faz a desprevenida prostituta: aprendi o alfabeto da humana desgraça, soletrei a sorte dos homens, soletrei o rosto deles, o vazio, o medo, a solidão, o nada. Monotonia, surpresa. Surpresos, soletramos, a puta e eu, a sorte humana. Sei com os ladrões e as prostitutas, os presos e os bêbados, qual é o itinerário do homem. Aprendemos humildemente em nossa carne, feita para o gozo, a trajetória simples. Aos vinte e dois anos, caí fora do curso, exausto, chateado, inquieto, luminoso. Estava farto de sondar o abismo. Queria viver, conviver, sobreviver. Sentia, com a força brutal das verdades elementares, instintivas, que o homem não nasceu para a morte e o sofrimento, nasceu para a vida, a alegria, o amor, nasceu para não morrer — e, contudo, morre. (Morre para sempre.)

O homem morre para sempre. O abismo da morte não devolve ninguém.

E então, lentamente, fui percebendo que só nos resta uma atitude, menos que atitude, uma postura — a tranqüila dignidade de quem sabe e não se desespera.

Seria uma postura provisória, digo excessivamente provisória? Ou duraria?

Caí. Caí no vazio. Tudo era escuro e frio. Não havia nada a esperar, porque as pontes estavam todas cortadas, e os fios. As águas eram muitas. Não podia passar para lado nenhum, estava solitário verdadeiramente. Dormi folgado em minha cama de casal, todavia semi-inútil. Comi como dois abades em vilegiatura descuidada. Passeei por ladeiras e várzeas mais ou menos iguais e desnecessárias. Fui até ali, a um Country Clube como os outros, e esperei durante horas toda uma coleção de *O Cruzeiro*, vasta pilha, exatamente o que me escapara durante a ausência monacal. Fiquei feliz, com os números da revista em mãos, garoto junto à árvore-de-natal, engraxate que ganhou gorjeta dupla... Construía minha precária felicidade a curto prazo com essas doses inocentes, essas aventuras insignificantes, descobertas de fundo de quintal, retalhos, pedaços de felicidade. A felicidade humana possível não é mais do que isso.

"Omnis homo mendax." Todo homem é um mentiroso.

Pois bem, serei pontual na sepultura. Por enquanto, irei lendo minhas revistas...

Nesse estado d'alma, tentei votar nas eleições presidenciais, em Itaipava, e nessa primeira vez que me aproximei da sagrada urna, fui barrado por falta de título (estava no Rio). Fui e voltei de charrete com um preto velho da fazenda, ser contemporâneo de escravos, primitivíssimo, forte — não me pareceu feliz, contudo. Confessei-me no simpático e modesto convento franciscano de Petrópolis, fui tantas vezes a essa meiga cidade. Gosto de Petrópolis. Ao lado de San Francisco, Salvador da Bahia, Rio, Nova Iorque, Ouro Preto e Brasília e Parati.

Comecei a encontrar os conhecidos. Perguntas, respostas. O redemoinho da confusão humana. Bobagens, profundezas. O intrigante, o esquisito, nos homens, é que tudo é tão misturado — *melé*. Nesse melado, nos melamos. Ninguém é *au dessus de la mélée*.

Eu, confuso, caminhava, sem saber qual era (e seria) o meu caminho. Seria?

"*Omnis homo mendax.*" Que é a verdade? Que é a mentira? Fazer do bem, mal e do mal, bem — não é nosso pão de cada dia? Que é o homem? Eu ainda não havia lido o livro de Francisco Mangabeira, mas essa pergunta me interessava, acima de tudo. Tinha vinte e dois anos. Voltei para o Rio.

VI

"Vestido não há, nem nada."

CARLOS DRUMMOND

Deixei minhas batinas penduradas no cabide, lá no mosteiro. Voltei ao mosteiro, conversei com os monges mais chegados a mim, nunca mais revi minhas três batinas. Ganhei-as de presente, o mosteiro deu-as ao postulante, lá as deixei penduradas. Eu me apego às coisas, eu, que sou tão desapegado das coisas. Despeço-me delas, devagar.

Voltei para casa. Durante quase dois anos, viera apenas duas vezes para visitas mais ou menos ligeiras. Voltei. Senti-me bem. Mas naturalmente não era o mesmo, tudo dentro de mim se quebrara. Eu tinha cumprido a minha iniciação. Eu conhecera o sofrimento.

De Itaipava, escrevi para velhos amigos, que me responderam com limpa solicitude. Um pensava que eu estivesse tuberculoso... A vida exterior corria. A vida interior, parada. Procurei pelo telefone o padre Penido, marcamos um encontro, na sacristia da matriz de Copacabana.

O NARIZ DO MORTO

Penido era tímido, arguto, suscetível e desconfiado. Recebeu-me com as naturais reservas, agravadas pelo seu temperamento arisco. Não nos entendemos. Nunca nos entendemos. Ele era intimidante, afastava o interlocutor, perscrutava-o com o canto do olho, era desagradável ao extremo na sua frieza e no laconismo. Dezenas de vezes conversamos, depois — mais de hora cada vez. Nunca se abandonou. Sempre distante, artificial. Eu o procurei para me abrir com ele. Não me abri.

Olímpico, apolíneo, de ironia cortante e constante, incapaz da mínima abertura verdadeira, confidência, intimidade, longe dos homens, que no fundo temia. O saudoso Zbrozek me disse que Penido só gostava de Deus e da mãe, dos homens não gostava... Era exato. Amaria os homens, com um amor teórico, mas não gostava deles. Apreciei deveras sua conversa inteligente e variada. Devo-lhe obséquios. Mas o que fui buscar nesse ilustre e sofrido teólogo, nesse europeu fino, infelizmente não encontrei: abertura, para que eu me abrisse. A verdade é que não ousei.

Chovia muito, na tarde em que nos conhecemos, na sacristia atravancada. Penido morava com a mãe, senhora requintadíssima, num apartamento da Rua Fernando Mendes, o mesmo prédio — salvo engano — em que moravam Múcio Leão e seu cachorro e o poeta Cassiano Ricardo. Eu o esperava, nervosamente. Telefone tocando. O sacristão a convocar-me. Eu a ouvir a voz já minha conhecida de três conferências (duas sobre Bergson): estava chovendo muito, ele viera assim mesmo, porém se molhara tanto que resolvera voltar e já agora não podia subir, falava da portaria do edifício, pois o elevador enguiçara... Pedia um adiamento, que marcássemos outro dia. Mas, súbito, o elevador funcionou e Penido, lá da sua nuvem, me disse que desse o dito por não dito, viria ao meu encontro, ia só agasalhar-se mais... De fato, foi a meu encontro quinze minutos depois.

Sem brincadeira, o homem era seco. Quase austero. Fugidio. Céptico. Parecia uma cobra, tinha uns olhinhos de cobra... Falou-me do encontro de Bento e Escolástica, narrado por Gregório, e atribuiu a chuva copacabânica a um desejo do demônio de que não nos encontrássemos. Nossas conversas eram alusões. Não eram precisões...

Nunca nos encontramos.

Nos meses que fiquei em casa, preguiçosamente, li todos os livros de Penido, mais alguns de Maritain, que me escaparam. Queria continuar católico. Meu desejo íntimo era prosseguir o itinerário de leituras místicas e filosóficas, aprofundar o que já sabia.

Fui a Friburgo, a Teresópolis. Visitei o Colégio Anchieta do discurso de Rui, quem me serviu de erudito cicerone foi o padre César Dainese, S.J., com quem meu pai se desentendera, anos antes, e que completamente ignorava quem era eu. Conheci São Paulo. Embarcávamos no trem de aço aqui na Central quando, abrindo o *Correio da Manhã*, soube da morte de André Gide. Senti a morte de Gide de um modo estranho, fundo. Gide morto em Paris sob os olhos de Léautaud, o velhinho cínico que vivia com a macaca e Schmidt conseguiu arrancar de seu tugúrio de inimigo do gênero humano para um passeio pela cidade de Paris, e também sob os olhos juvenis de Maria Julieta Drummond de Andrade (como Carlos me contaria depois), e eu com Gide no trem, pelo vale do Paraíba. Ó poder alucinante da arte. Arte é loucura.

Gide terá sido bom? Era o que eu me perguntava, no trem. Schmidt me disse, mais tarde, que Mauriac é mau. E Gide, esse demônio? Viajei com Gide o dia todo.

São Paulo foi minha primeira viagem mais longa. E cometi a loucura de ir ao convento dos Dominicanos — de manhã — visitar o ex-irmão Cipriano, do mosteiro, agora Frei Bernardo Maria. Não preciso dizer o que essa visita matinal deflagrou em mim...

É bem verdade: há três coisas que não podemos olhar de frente — a morte, o sol e... nós mesmos.

Encontrei na rua Manuel Bandeira. Comoveu-se. Era fim de ano. Caminhou comigo durante muito tempo, manhã clara, bonita. Falou-me de sóror Juana Inés de la Cruz. Queria consolar-me, mas meio sem jeito, apalpando, indo e vindo, como que a desculpar-se. Bom Manuel!

Eu sabia que meu destino era ser escritor. A literatura estava dentro de mim, foi exatamente o que Manuel Bandeira me disse. Mas... Eu não era senhor de mim. Havia maturidade e imaturidade no meu ser — cansado de servir de arena a esse conflito. Amadurecido eu estava sob tantos aspectos, mas era vitalmente imaturo, incapaz de criar, tomar em mãos a vida e modelá-la.

"A arte começa quando a personalidade aparece", eu sinto na minha própria carne a veracidade da afirmação de Picasso, infeliz e genial. Porque a arte começa quando aprendemos a nos limitar. E aprender a limitar-se é um dom da maturidade, é a própria maturidade. Antes de amadurecer, o homem é ilimitação.

Amadurecer, amadurecer, como eu buscava o segredo disso, como eu pressentia a dificuldade, como eu hesitava! Hoje, posso achar engraçado ou ridículo o que fiz então, na tentativa de encontrar-me, decifrar o destino, perceber a íntima verdade sem trair-me. Pois eu não me queria trair.

Recusava-me às concessões fáceis. A vulgaridade me causava pavor. Ser rebanho, banalizar-me, isso nunca! Ser escritor era, portanto, minha vida. Mas como escrever? Eu não escrevia, quase.

Um amigo me perguntou, creio que foi Adriano Pinto: que é que vocês conversavam, nos recreios do mosteiro? A matéria dos jornais, e a nossa vida, a vidinha comunal, comunitária, coisas pequenas, o cotidiano nos seus pontos culminantes...

> "Ó passadas vivências, dou-vos graças
> pela vaga aventura entre os assombros,
> pelo pranto cedido, pelas dúvidas,
> pela vida rasgada, pelas tréguas,
> pelos cantos ouvidos nos silêncios.
> Ó passadas vivências, dou-vos graças"...
>
> (Jorge de Lima)

Queria ser um escritor. E então aparecia a sombra de minha particular dificuldade. Não escrevia, quase. Faltava-me o íntimo elã.

Voltei à faculdade. O direito me repugnava. Fui conversar com o Frei Pantaleão, estranha personalidade, um francês misterioso e reticente, provincial dos dominicanos aqui no Brasil. Frei Pancrácio, de São Paulo, escrevia-me cartas espirituais. Queria salvar-me. Não queria que a chama se apagasse. Eu... hesitava.

A distância entre meus pais e mim se tornara grande com o correr do tempo. Afetivamente, o convívio era fácil e ameno. Muito contato, intimidade. No entanto... A comunicação real não se estabelecia. Tudo entre nós como que se rompera.

O diálogo não existia, esse clima dialógico sem o qual a convivência humana é impossível.

Freqüentei regularmente o convento dos dominicanos, ali no Leme. Participei com Francisco Mangabeira, Gilberto Machado e alguns da semana santa de 1951. Fomos para o coro com os frades. Mangabeira, convertido, compenetrado, recitava oratoriamente, um pouco mais devagar que os demais. *"Miserere mei, Deus, secundum magnam misericordiam tuam"*, dizíamos. E lá vinha, atrasado e metálico, mangabeirino, o *"tuam"* de Chico... Saiu Frei Pedro Secondi do seu lugar e, jeitosamente, repôs o então jovem advogado e sociólogo no ritmo geral. Mas daqui a pouco Mangabeira retardava-se de novo, como um eco... Diverti-me. Ao longo do ano, assisti às conferências que Frei Secondi e Frei Romeu Dale estavam dedicando à filosofia tomista, no salão do convento. Frei Secondi dava metafísica e Frei Romeu dava ética. Uma noite, apareceu Frederico de Carvalho, formado pela faculdade do La-Fayette e a cuja primeira aula de jovem licenciado assisti, em 1946, rapaz polêmico, sincero e jovial, epígono de Tasso da Silveira, freqüentador da casa dele, com um grupo de jovens daquele tempo, entre os quais o futuro sociólogo e então poeta Guerreiro Ramos. Frederico aparteou Frei Secondi com veemência. Tomou a palavra, exaltou-se, demoliu a tese. Foi um vendaval na planície quieta. Lá apareciam Rui Otávio Domingues, Célio Borja, Gilberto Machado, que como líder sindical tanto sofreu, gente moça e diversa, à procura da verdade.

Os frades ensinavam o tomismo nas teses fundamentais dele. Eram aulas desataviadas, claras, começo de conversa. Filosofia me interessava — até certo ponto. Por dentro, sofria, me debatia como um prisioneiro.

Meu estado de saúde ainda era precário. A aparência, muito boa. Mas o abalo sofrido fora maior do que supunha.

Hoje, pensando nesse período de minha vida, tenho pena de mim. Sinto que me faltou alguém que me ajudasse com lucidez, com aquela clarividência de que falou Albert Camus, a clarividência de que ele gostava e de que eu gosto. A vida é assim. Encontrei, uma tarde, o caro Zbrozek em uma confeitaria da cidade. Pegou-me, fomos andando a pé até Copacabana. A noite alcançou-nos em meio à viagem. Zbrozek estava preocupado comigo, recomendou insistentemente, quase teimoso, que eu procurasse o jesuíta padre Leme Lopes para uma direção espiritual estrita. Confiava em Leme Lopes (Francisco). Cantou-o em prosa e verso. Era o melhor dos jesuítas da universidade. Eu não atendi a essa bem-intencionada sugestão de meu antigo mestre.

Acabamos falando de poesia, Schmidt, Olegário, chegamos a Bernanos. Despedi-me na esquina de Barata Ribeiro com Mascarenhas, onde o professor polonês morava, num modesto apartamento do subsolo.

Foi, nessa travessia crepuscular, entre o Centro e Copacabana, que pela primeira vez passei a pé por um túnel. Senti-me... inquieto. A estranheza do ambiente — luzes, trepidação, ruídos fortes, aquele ronco brutal — me assustou, não mais do que um pouco.

Olhei-me no espelho. Meu rosto era melancólico. Procurei a vida em mim. Não estava. Eu sabia que a vida não estava no meu ser. Eu passeava na fronteira da morte...

"Fortis ut mors dilectio"...

O amor e a morte.

Em julho, fui fazer uma *tournée* dominicana. Estive em São Paulo, Juiz de Fora e Belo Horizonte. Juiz de Fora eu já conhecia, desde 1946. Visitara meia dúzia de vezes a cidade aberta e cordial, de que me recordaria ao visitar Montreal em 1957. Em Juiz de Fora, fiquei hospedado na escolinha apostólica, ainda na chácara de Hargreaves, antes da construção do novo edifício, em que mais tarde me hospedaria também. Passei lá dois ou três dias, com frei Pantaleão, frei Heliodoro (parente de Carlos Ortiz) e frei Egídio. Casa de família com uns vinte rapazinhos, capela, biblioteca — o *seminário menor* que nascia, em meio a dificuldades financeiras e humanas. Fiz uma palestra sobre a patrística para aqueles meninos, alguns já hoje padres e muito mais entendidos que eu em patrologia etc. Lembro-me que fazia frio e eu usava a capa de papai. Mamãe e papai apareceram lá para uma visita rápida... Em São Paulo, fiquei num amplo convento, cela espaçosa com janela para a rua. Participei normalmente da vida regular da pequena comunidade, uns dez ou doze. Fui conhecer a Livraria Sal, na Praça da República, e conversei com Carlos Pinto Alves, seu proprietário, que se tornaria tão meu amigo, meu companheiro, em fase logo posterior. Eu vira Carlos, grande figura humana, quando de minha primeira viagem a São Paulo, em fevereiro. (Quando Gide morreu. Claudel também morreria em fevereiro, quatro anos depois.) Mas não conversáramos, foi um encontro anônimo. Carlos era inquieto, desequilibrado, vinha do diletantismo esteticista da *belle époque*, filho de ricos fazendeiros de café, palacete nos Campos Elísios, era vagamente escritor, traduzira *Le Mystère de Jésus*, de Pascal, era mesmo excessivamente pascaliano em seus temas e na atmosfera geral de sua vida. Abastado, folheava muitos livros de cultura católica, entendia por alto dos problemas, à maneira dos homens de letras e dos jornalistas pouco profissionalizados, mas não sabia escrever. E sabia disso... Sua redação era fraca, incorreta. Carlos começava por ignorar a gramática. No entanto, era um escritor. Talvez não propriamente escritor, direi poeta no sentido lato, artista, homem sensível. Mas, artista, não encontrara seu caminho na arte. Escrevia mal. Era, porém, um grande tipo, um ser destinado a perturbar. Gostava das intermináveis conversas intelectuais. Advogado, pertencera à turma da *Oração aos Moços*, 1919, e fora ele precisamente quem trouxera a Rui em São Clemente o convite para ser o paraninfo da turma. O orador foi Horácio Láfer. Carlos ficou violentamente com os passadistas em 1922 e vaiou até os rapazes da Semana no Municipal de São Paulo, em fevereiro de 22. Discutia brutalmente com Mário de Andrade, com quem chegou a ter uma briga mais séria, e pública. O Carlos aparece nas cartas de Mário publicadas por Manuel Bandeira, monumento de estética literária. Depois, aceitou o moderno e se fez crítico de artes plásticas, diretor do Museu de Arte Moderna. Seu casamento com Moussia, escultora russa, inteligentíssima, era um drama constante, tal a desinteligência entre os dois. Carlos não gostava de minhas veleidades ou paixões literárias. Advertia-me contra. Mas, curiosamente, ao mesmo tempo, me encorajava a escrever. Dizia-me, estimulante: escreva, precisa escrever. Eu sorria...

Belo Horizonte eu não conhecera antes. Gostei. Cidade clara. Instalei-me por uns dias no convento da Serra, na Rua do Ouro, 1900. Vivia na biblioteca, muito boa aliás. Conheci, então, Frei Martinho Penido Burnier, surdo, alegre, tuberculoso, tocador de violão e mau poeta em português e francês.

Livraria Sal... Muitas vezes voltei lá, nos anos seguintes. Primeiro, ao lado do escritório de Carlos, nono andar. Depois no quinto, quando Carlos se aborreceu e passou o negócio místico para Hugo Ribeiro de Almeida. Porque era um negócio *sui generis*. Carlos Pinto Alves era diretor ligeiramente de companhias, vivia disso, homem da elite econômica. A herança libertara-o definitivamente de preocupações com trabalho, dinheiro, ganho... Era um cidadão livre, no sentido grego. Não era escravo. Pois inventou, para se escravizar, ou distrair-se, a SAL. Era seu apostolado católico. Não sei direito como largou o negócio. O que sei é que, folhas tantas, se aprofundou o desentendimento entre ele e seu companheiro Sílvio Penteado, convertido também ou revertido (como dizia Nabuco), pessoa graciosa, a amabilidade em homem, sorriso pronto, aposentado de não sei quê, uma vaga secretaria da fazenda ou o que seja ou fosse, um solteirão, ex-*bon-vivant*, às voltas com leituras espirituais, Foucauld, Guardini, Gilson, Maritain, Fulton Sheen. Sílvio permaneceu. Carlos saiu. Deixou-se ficar lá em cima, no seu gabinete gostoso, visitas, secretária, telefonista, mesa telefônica, livros, imagens, quadros, a presença de Foucauld, de quem Dom Basílio me falara, um dia, e cuja vida por Bazin eu lera, meio assustado, no mosteiro do Rio.

Foi na SAL que vi, mais tarde, bem mais tarde, meses antes de sua morte, já pálido, abatido, triste, a Oswald de Andrade. Comprava livros de Guardini, por quem tinha interesse.

"Il faut être absolument moderne", esta palavra de Rimbaud pareceu-me ser o lema dos dominicanos entre nós. A modernidade enfeitiçava-os.

Pedi a Carlos que me falasse de Rui, com quem conversara em relativa intimidade na biblioteca de São Clemente. Não me disse nada que merecesse retenção. Tudo acidental, vulgar, sabido de todos, sem relevo. Como era exatamente o homem? Carlos não o reconstituía. Observações diluídas, retrato *flou*. Nenhum poder de recriar.

Carlos parecia-me cansado da vida. A angústia assaltava-o. Era quase um desesperado, naqueles dias em que mal acabara de completar cinqüenta anos (a respeito dos cinqüenta, escrevera um artigo hermético, meditação, para *A Ordem*). Homem infeliz por causa da sua angústia física e metafísica, das preocupações desordenadas de seu lucidíssimo espírito, curioso ao extremo, e paradoxalmente, esgotado, fatigado de viver, céptico a respeito de todos os movimentos, pessoas, livros, instituições. Tudo lhe interessava e nada lhe interessava. Contraditório e absorvente, ciumento e generoso capaz das maiores revoltas e de incríveis delicadezas.

Conheci-o católico, de comunhão diária. A Igreja era o tudo dessa vida agitada e tranqüila. Depois de uma juventude frívola e descrente, de rapaz rico, viagens à Europa, leituras prolongadas, Anatole, Eça, Machado, o hedonista encontrou-se com o catolicismo através da obra de Claudel e da morte de sua mãe. *Un Poéte Regarde la Croix* foi o livro decisivo para esse discípulo de Epicuro, tocado pela paixão da beleza. Do mundanismo gozador passou à dilacerada austeridade de terceiro dominicano. Terceiro dominicano em seu palacete da Alameda Barão de Piracicaba, já cheia de prostíbulos reles, hotéis suspeitos, grupinhos de prostitutas nas calçadas, a decadência de uma área urbana que fora antes de palácios ou mansões, que os cafezais longínquos sustentavam.

Carlos ia à missa muito cedo na igreja do Coração de Jesus, dos padres salesianos, ali mesmo na sua alameda. Deixava o missal cotidiano em cima duma credência, perto da porta de entrada, o livro negro ali ficava o dia todo, como sentinela ou lembrete, na sala belíssima, ricamente decorada, o que a harpa de Moussia — pintora, harpista, escultora, íntima da música, hábil ao violão — dava um toque de graça inolvidável.

Por aquela porta de entrada, estreita (*"La porte étroite"*, e Gide tinha merecido a atenção de Carlos, outrora...), passaram Voillaume e Albert Béguin, Lebret e Alceu, Hernán Vergara (de Bogotá) e José Osório de Oliveira, português apaixonado pela África, Antônio Cândido e frei Benevenuto Santa Cruz...

Moussia não era católica.

O catolicismo de Carlos era agônico. Um catolicismo avançado, puramente de vanguarda em matéria social e mesmo no plano das bolações filosófico-teológicas. Carente de espírito especulativo, sem cultura filosófica sistemática, prolixo, confuso, o seu forte eram as novidades, o contato mais ou menos íntimo e constante com as notícias a respeito do que podemos chamar a vanguarda da Igreja. Como sabia!... Assinava revistas e revistas de cultura católica, recebia livros de teologia moral e de história da Igreja, ensaios de toda procedência, um mar de textos recentes. Carlos nadava um pouco e logo se cansava. Seu poder de variar, lendo ou conversando, era a própria imagem da versatilidade.

Foi o primeiro católico de tipo literalmente revolucionário que conheci. Sua ruptura com a burguesia era absoluta, radical, apesar da inevitável inserção existencial no contexto burguês, quase aristocrata.

Ouvi-lo contra a burguesia em geral, era um espetáculo. Dizia horrores. Homem tão ameno e educado, a pacatez em pessoa na vida civil cotidiana, de casa para o escritório, do escritório para casa, reuniões de amigos, conferências, exposições e, naturalmente, teatro, cinema, concertos, igreja, era de uma violência perturbadora sempre que voltava ao seu grande tema permanente: a burguesia. Havia nojo em suas palavras arrasadoras. É evidente que uma série de problemas pessoais dele explicava e justificava por completo esses desabafos sucessivos, longos e frementes, ousados e ineficazes, em que ódio, melancolia, ressentimento, frustração, amor, fé religiosa, revolta social, justiça, generosidade, medo e desânimo se combinavam de maneira caprichosa, original. Carlos puramente explodia. Era a revolução social personificada. Mas nunca vislumbrei ingenuidade ou utopismo no homem frenético, implacável, solitário. Sua experiência do mundo era quase perfeita.

Faltava-lhe uma penetração mais densa ou mais calma da miséria pessoal, íntima, do homem. Parece-me que ficava quase sempre um pouco à flor da pele, à superfície de fenômenos e processos, de alucinante complexidade e estranhas dimensões. Seu espírito seria de cunho mais apressado ou jornalístico, não obstante a profundidade a que se afizera, o dom assustador e nítido, gritante às vezes, até agressivo, de logo desvendar o segredo de certas pessoas e certas situações humanas por assim dizer impensáveis.

O inadmissível não existia para ele. Era aberto. Cheirava tudo, uma curiosidade luciferina. Mas sua fé religiosa era ardentíssima e robusta. Sofria ele intensamente, as dilacerações em que mergulhara não o deixavam conhecer — creio que em nenhum dia — a paz que tanto desejou, sempre, com inocência.

Alto, magro, longilíneo perfeito, semi-ascético naturalmente (quase não comia...), aquilo que um parecido — Augusto Meyer — chama, ironicamente, "magro melancólico", fugitivo de uma tela de El Greco, ou do universo concentracionário...

Que me dizia Carlos?

Tinha suas paixões de momento. Falava (porque gostava) de São João da Cruz, Foucauld, Claudel, Béguin, Bernanos, Lebret. Sobretudo, Lebret. Ligara-se o paulista grã-fino ao bretão sonhador que mergulhara (ser marítimo) em estudos socioeconômicos, pesquisas internacionais, planejamentos regionais, organizações complexas. Dizia-me Carlos, com tristeza, como se estivesse falando de seu filho Carlos Anatólio (em homenagem a Anatole, obviamente), então refugiado de si mesmo em Bogotá, numa granja, disfarçadamente entregue aos cuidados do psiquiatra colombiano Hernán Vergara: "Lebret é um místico, um místico, e está metido em economia; a vocação dele é a mística, é escrever sobre temas espirituais..." Terá dito isso ao próprio Lebret, tão seu amigo?

Carlos era um contador de casos. Falou-me muito de Bernanos. Como também de Jorge de Lima, Murilo Mendes... Albert Béguin — administrador exclusivo do universo bernanosiano — correspondia-se com nosso Carlos e, por duas vezes, hospedou-se em sua casa da Alameda Barão de Piracicaba. O grande tema de Carlos era o conflito entre a carne e o espírito, tudo na perspectiva da burguesia decadente, de que era fina flor. *A Tragédia Burguesa*, de Otávio de Faria, mural dramático, era dele também. Faltou-lhe poder narrativo para escrever um libelo assim, panfleto escondido em romance...

Carlos, no fundo, me parecia um moralista.

Fascinatio nugacitatis, não haveria isto nos dominicanos vanguardistas? Também eu amava as bagatelas... E, sem querer, levado pelos meus dramas obscuros, ia tentar de novo construir um castelo sobre a areia.

Voltei de São Paulo fascinado pelos jovens dominicanos, arejados, livres, daquele convento batido pela brisa quase de serra, construção de um francês que eu conheceria velhinho e dilacerado, anos depois, no claustro de Uberaba, Frei Martinho Bennett, pregador geral da Ordem e construtor dos conventos do Rio e São Paulo, homem de fogo.

Valeria a pena tentar, ainda uma vez?

A saúde suportaria a nova prova? Sentia-me chamado, apesar de tudo? A prova do mosteiro não me fizera desistir? Meu coração sonhava com o claustro de tijolos, pobrezinho, tosco, despojado, mas lírico, recolhido, daquele convento sem igreja, plantado numa rua pitoresca e puramente residencial de São Paulo. Tudo que havia em mim de vocação artística, destino intelectual, desejo de autenticidade e modernidade, desejo de Deus, insatisfação comigo, tudo me empurrava para os dominicanos.

Em casa, não era feliz. A perspectiva de uma carreira, ou de uma provisória felicidade exterior, vulgar, de superfície, não me atraía. Eu precisava partir. Eu tinha de partir. Esse caráter inexorável acompanhou de modo explícito a minha nova partida. Compreendi que existia uma inexorabilidade e que eu explodiria se não fosse. Se resistisse. Fui, timidamente, para não explodir por dentro.

Ainda uma vez, disse adeus ao meu passado e olhei para a frente.

VII

"Ecce adsum..."

Ainda uma vez... *"Ainsi donc encore une fois."* Fui de avião: era minha terceira viagem. Avião me faz bem. Gosto de voar, ainda que com mau tempo, vácuo, cinto na barriga a viagem inteira, sinal luminoso advertindo amargamente, oscilação, pequenos sustos. Aventura, sensação de perigo, risco, me estimula. Cheguei, pois, alegre a São Paulo. Das Congonhas às Perdizes, lá fui eu, num táxi qualquer, eu e minhas malas, à procura da casta Verdade.

Era de manhã. Cheguei a tempo de almoçar no convento. Estou a vê-lo. A rua, ladeira suave. Na frente, um jardim comum, só verde, uma pequena escada entre o portão e a porta. O edifício, levemente austero, é uma construção de traços normandos, vasta construção, três andares, mais porão e sótão. Janelas, muitas, largas, abertas. Sobre as paredes de tijolos rubros, a hera crescia, insinuantemente. Aquilo, de fora, parecia um hotel, ou mais ainda um colégio, um internato digno. O porteiro, empregado, era espanhol, baixinho, bigodinho, magro, seco, sóbrio. Frei Pancrácio, noviço, e Frei Saturnino, mestre de noviços, introduziram-me pela porta de vidro, leve, frágil e banalíssima, sobre cujo portal estava escrita a palavra "Clausura". Entrei na clausura, desta vez dominicana. Braços fraternos carregaram-me as malas para cima.

Ganhei um quarto grande, com água encanada, boa escrivaninha, janela para a rua. O ambiente era mais leve do que o outro. Claustro pequeno, de suave arquitetura, sem o ar pesadão e grave — imponente — do mosteiro de três séculos. Para subir do claustro modesto, varanda de hotel (de estação-de-água), para o andar superior, em que se enfileiravam as celas espaçosas e claras, passava-se pela sacristia, miúda, atulhada. Escadaria moderna, de são-caetano. A capela dos frades — para a recitação diária do Ofício — era em cima, no primeiro andar, junto às celas, à biblioteca e à sala de recreio e jornais. Ao nível da portaria e com entrada por ela, ficava a provisória igreja (freqüentada pelos fiéis). Simples capela, de admirável austeridade litúrgica. O refeitório era no subsolo — terreno inclinado, o da velha chácara em que Frei Martinho construiu a casa para abrigar os meninos que, na década de 30, foram estudar filosofia e teologia em Saint-Maximin para depois se lançarem à conversão do Brasil... Refeitório pequeno, acanhadinho, teto baixo, excessiva acústica. Mas cozinha muito agradável ao paladar, comida gostosa, bem temperada, melhor do que a dos beneditinos. Quem cozinhava era uma cozinheira (empregada, mulher de fora). Almocei com os frades, como simples hóspede, sentadinho entre eles, no meu terno creme de tropical, gravata preta.

Senti-me bem na cela. Fui até à janela. Olhei a rua inclinada, tranqüila, rua de bairro, quase deserta àquela hora —

postprandium. Sempre gostei de rua... A primeira coisa que fiz, ao entrar na cela recolhida e desnuda, foi olhar a rua. Ó interminável estrada, ó ruas do mundo, ó caminhos da vida, ó rio dos homens por onde incessantemente rolamos como gloriosos destroços!

Que esperava eu dos dominicanos? Uma solução para o meu destino. Queria encontrar, na vida conventual, o destino que em mim mesmo não achava... Era diferente do mosteiro o convento? Era diferente, mas também era igual. Vida de comunidade religiosa, toda ela, se parece. Principalmente, em ordens de vida coral, como beneditinos, franciscanos, dominicanos... O convento era menos pesado e mais moderno. A rotina era mais alegre. Os frades, poucos. Uma dúzia, com os noviços. Mesa farta. Muita fraternidade brincalhona. No refeitório, silêncio igualzinho ao do mosteiro e leitura em voz alta. Ainda de terno, li ao refeitório, não de pé, como no Rio, mas sentado, junto a pequena mesa, no centro da sala apertada. Liam-se as memórias de *Sir* Winston Churchill, muito minhas conhecidas. Leu-se, depois, o livro de Marcelle Auclair sobre Teresa de Ávila, em francês — no mosteiro, só se lia em português. E as reportagens inteligentes de Alceu, reunidas em volume; *Europa de Hoje* (1950). Havia diferenças no cantochão. Havia diferenças no cerimonial. Tanto o Breviário como o Missal eram outros. A missa dos dominicanos tem um rito próprio. Aprendi a ajudar missa pela segunda vez...

Passei três meses e pouco naquela vida serena, como hóspede e candidato. Lia. Conversava. Freqüentei muito a biblioteca, foi a primeira vez que vi estante de aço. Passava horas na biblioteca, sozinho, esquecidíssimo de mim. Em fevereiro, a pedido de Carlos Pinto Alves, fui para Ubatuba.

Quem viaja de carro pela estreita estradinha meio abandonada, vindo de São Luís de Paraitinga e Taubaté, vê — súbito — numa curva comum do monótono caminho o mar. O horizonte espraia-se diante de nós, como uma oferenda. O viajante detém-se, pára, o quadro é delicioso. Os olhos míopes querem sofregamente fixar de modo exaustivo e exato, sem perder nada, com a perfeição das simbioses perfeitas, a nítida amplidão clara, as águas azuis, o céu envolvente e limpo, as fugidias embarcações que singram o leito sedoso do oceano, a praia nordestina, a vila dos homens, que se interpõe, negligentemente, aos pedaços, clarinha, festiva e pobre, estilhaçada, entre nós e o mar.

Da montanha, olhamos o mar com saudade. Nunca nos cansaremos dele, nós, seres aquosos, sedentos — marítimos. A água é ágil, impassível, clara, imperecível talvez. Nossa água humana contempla, calada, contida, curiosa, a água do mar, assim livre, agitada e serena, cavalgável e ainda impenetrada, balançando levemente ao vento. O mar é espaçoso. O mar é convidativo. O mar é casto. Do alto e de longe, é apenas — e sempre — um lago azul. Ondulante e diverso, esse capinzal de safira (ou às vezes de esmeralda) espera por nós, como a discreta amante. Que enlevo!

O mar! O mar! Os gregos — os pais da tragédia — já o olharam com espanto e exclamaram do seu promontório o embevecimento. O murmúrio do mar sobe até a curva da montanha, em que, parados e quietos, semi-atônitos, o olhamos, como se fosse pela primeira vez. Ó curva do Joá... Ó serra de Santos... Ó Paranaguá. O mar é o mesmo, o espaço. A limpidez é de olhos virginais de menino. O mar é menino.

Devagarinho, descemos. A serra é íngreme. A paisagem é doce. Nossos olhos apalpam a livre abundância de cores, formas, apelos entre humildes e agressivos. Quisera eu fixar tudo, embeber-me dessa vida oferecida gratuitamente aos homens para que a penetrem ou se deixem penetrar. Sinto a leve angústia, que sempre em tais instantes me visita subtilmente, de não conseguir abarcar a totalidade escapante na sua fluidez. Abro bem meus olhos. A realidade passa por nós. Como captá-la?

Ubatuba é uma cidadezinha mínima e graciosa do litoral norte de São Paulo, a última antes da fronteira e Parati. É marítima, intensamente. Pescadores dão às ruas de areia, vazias e alegres, o movimento do mar. Ubatuba é alegre. Cidade aberta, oferecida, simples, derramada — faixa de gente entre a montanha e o mar, uns hoteizinhos de veraneio, a igreja colonial e branca, os barcos sob as árvores, uns cavalinhos ali, a porta da farmácia, bicicletas, naturalmente. Redes, chapéus de palha, meninos brincando como brincam os meninos em todas as cidades do mundo.

Vamos para a casa de Vladimir de Toledo Pizza, à beira-mar. É uma casa pequena, de telha-vã, afastada da cidadezinha, junto a uma rocha sobre o mar. Fica tão perto do oceano que se ouve, de dentro, o barulho das águas como se estivéssemos num navio a cortar o Atlântico. Maravilha. Mar, ave, ilha. Embarcamos nesse imaginário navio, flutuamos nele — Carlos e eu — por três semanas infindáveis e mágicas. Amplidão. Casa boa e fresca. Janelas para o mar. A brisa entrando sem cerimônia, cativantezinha. Carlos queria apenas descansar. Pediu ao Prior frei Domingos que eu fosse o companheiro dele, na estação de repouso à beira-mar.

"Eis a luz e o negrume deste oceano
ainda recentemente descoberto
por onde o vento ordena o lenho e o pano,
e a vida, entregue a esse comando incerto,
procura litorais e, a cada instante,
longe e perdida, cuida que os tem perto.
Mas tudo é sempre muito mais distante
e sempre são navegações e mares,
para o homem só da morte caminhante.
Respiremos o ardente sal dos ares,
aceitemos o fim desconhecido
aonde vamos, cobertos de pesares.

Para onde agora me vou?
por que desígnios secretos,
por que secretos feitos?
Tudo começa de novo
quando se acaba!"...

(Cecília Meireles, clarividente e comovida,
serena desesperada.)

Peixe gostoso, duas vezes por dia. Carlos a conversar curiosamente com os caiçaras, os habitantes dali, os empregados da casa, num momento se tornou íntimo, igual, irmãozinho deles, conhecia seus problemas, de grupo e os pessoais, se envolveu na vida deles. Eu não tenho jeito para essas andanças psíquicas. Olho de longe, atrapalhado.

Li, na varanda, o artigo de Álvaro Lins, transcrito no *Estadão* da véspera, sobre o livro *Lições de Abismo*, de Gustavo Corção. Li a resposta indireta e delicada, conciliatória, de Alceu. Foi na *Folha*? Li pouquinho. Carlos levara a gramática de Eduardo Carlos Pereira a fim de estudar seriamente a lín gua portuguesa. Não estudava... Mostrou-me uma carta de Dom Abade Tomás, que ainda assinava Thomaz, com z e h, de Hauterrive, e um livrinho com dedicatória dele para Carlos. Eram velhos camaradas. Falou-me Carlos — tanto — desse homem tocado pelo sofrimento. No fim de uma das conversas noturnas, à luz de candeeiro, puxou do bolso um retratinho: era de Dom Abade Tomás Keller, cabeça precocemente branca, vestido com a branca e linda cogula cisterciense, a mais linda e nobre das cogulas atuais.

Carlos era um náufrago ali atirado, na praia deserta. Saíamos de noite a passear. Estradas vazias, ermas, sapos e grilos. O silêncio polpudo das noites sertanejas. Pertinho, a floresta e o mar. Rezávamos um terço, em voz alta. Nunca ouvi ninguém rezar assim, com uma entonação de tanta angústia, tão desamparado, tão desesperado na sua mística e ardente esperança teológica, teologal. Carlos era um destroço, clamava para o céu. Sua voz nervosa pedia, pedia de fato. Éramos dois pedintes caminhantes, na escura noite. Calor. Vaga-lumes. De repente, um sobressalto: surgiu do escuro um vulto, vindo da praia, caminhou para nós. Era um homem. Gordo, forte, de calção. Falou conosco, voz quente: era um náufrago, vinha do mar, escapara do fundo das águas, estranha e bíblica aparição, noturna... Era literalmente um náufrago. Vinha de barco a vela, do Rio. Ia para Santos. O barco estava na praia. Lutara o homem forte com o mar, agora nos falava com sua voz máscula. "Os senhores são reverendos?" Ouvira nossas preces, o terço monocórdio.

Jantou em nossa casa, o náufrago. Dormiu no quarto lá de fora, onde havia uns morcegos. Conversou até tarde, era médico, abastado, morava na cidade de São Paulo, amava o mar...

Comentário de Carlos, nostalgicamente: nós nunca possuiremos a força deste homem...

Ubatuba era o mar. Tomei banho, me estirei na praia, caminhei perdidamente por aqueles areais sem fim e sem gente. Sol e sal. Mas eu sofria.

Ajudava a missa de Padre João, alemão, de manhãzinha, na matriz. Missa marcial, latim duro com h aspirado. Depois, tomávamos, os três, café com leite e pão preto com manteiga e mel, na varanda, em frente ao mar. A casa paroquial era longe da igreja. Hospedava-se lá um franciscano, amigo do pároco, um gordíssimo Frei Dâmaso, fotógrafo exímio, caladão, arisco, homem de Deus à sua moda, meio girovagamente. Alemão. Fumava charutos.

Eu descobria o mundo...

De fundamental, Carlos me disse que não era feliz.

Fomos de barco à ilha Anchieta, não saltamos. De longe, o presídio famoso era apenas uma construção qualquer numa ilha. Vimos os presos na praia-ancoradouro.

Não fiz barba durante vinte dias. Na véspera de voltar, dei trabalho ao barbeiro. Chovia na manhã da volta para São Paulo. Carlos não queria voltar, eu quis. Lutei com ele para voltarmos na chuvosa manhã. A estrada era só lama e perigo. Subimos a serra. Mas uma barreira, adiante, interceptou-nos. Tivemos que saltar, espairecemos. Carlos falou em voltar para Ubatuba. Eu decidi continuar, sozinho. Lá fui eu, estrada afora, inteiramente só, caminho de São Luís de Paraitinga. Por quê? Uma força impelia-me. Eu tinha que ir. Na cidadezinha, nos encontramos pouco depois; o ônibus conseguira passar.

Pernoitei com o Carlos num hotelzinho de Taubaté. Na madrugada seguinte, fomos à missa na catedral e seguimos para Aparecida. Almoçamos num reles hotel de romeiros e, à tarde chegamos a S. Paulo, de táxi, pois o automóvel ótimo, que nos levara, voltou para S. Paulo, três semanas antes com Sílvio Penteado (que morreria no Rio durante o Congresso Eucarístico, dormindo) e Frei Benevenuto Santa Cruz, poeta, à paisana, parecendo rapaz.

Era domingo de carnaval. Aparecida, só a conheço de perto, de dentro, na intimidade, vielas, casas pobres, burricos, desse domingo de carnaval, única visita. Cidade pequena e pobre. Apenas a velha matriz, célebre, antes da basílica. A igreja domina a povoação. Tudo é Aparecida em Aparecida. Romaria. Ritmo de súplicas, promessas, milagre. Aparecida... A gente se lembra de Fátima, Lourdes, mesmo Chartres. Aparições. Sob forma de mulher ou de imagem, o frêmito do invisível, do espiritual, do transcendente ao mundo, do mistério para além das nuvens e dentro de nós. A imagem mestiça e pequena emergiu do Paraíba, nosso rio manso e simpático, virgem cabocla. Conservada e procurada pelas melancolias humanas, lá está a singela imagem aparecida, náufraga, emergente e salva, escurinha, padroeira do Brasil — Regina Brasiliae. Está em frente ao rio e à cordilheira, na mais suave das colinas. Dela falou Augusto de Saint-Hilaire, viajante cordial: "construída no alto de uma colina, à extremidade de grande praça quadrada, rodeada de casas"... A igreja tosca. A capelinha de 1745: mais de um século antes de Salette e de Lourdes, em pleno século das luzes, contemporânea de Voltaire, que morreu octogenário em 1788, anterior à Revolução Francesa, já existia quando Napoleão nasceu... Estrela Matutina. Onipotência Suplicante. Mãe, Ave Maria, Gratia

Plena... Pensei em Chartres, Péguy amava a Catedral de Chartres... "Se eu não voltar, vá a Chartres por mim uma vez por ano", escreveu ele, o poeta da esperança, o poeta bíblico, o frágil poeta socialista e cristão, no dia 16 de agosto de 1914, ao partir para a guerra de que não voltou. Lembro-me do poema de Claudel *A Virgem ao Meio-Dia*. Soletro Aparecida, como se fosse uma Bíblia, assim o fez Péguy com Chartres... A Salette — ó Léon Bloy, *Celle qui Pleure* — é de 1846. Lourdes é de 1858. A Aparecida já estava no seu monte. Há dois séculos, as mãos rústicas dos pescadores piedosos do vale do Paraíba a puseram ali, no seu ninho, e ali ficou. Viu dali Waterloo, 1914, 1917, quando morreu Bloy, seu devoto da Salette, quando Pacelli foi sagrado bispo em Roma, a Revolução Russa mudou o rumo da história e aconteceu o fenômeno de Fátima...

A imagem simples tem, hoje, a moldura das catedrais definitivas.

Cheguei ao convento às três e pouco da tarde, domingo de carnaval. A comunidade adorava o Santíssimo. O retiro para minha entrada formal no noviciado canônico ia começar naquela tarde e me haviam chamado por telegrama, que não recebi.

Frei Pantaleão pregou esse retiro, o meu quinto retiro. Temas de pura dominicanidade, o pregador, a Virgem, o rosário, a oração dominicana, a Verdade, esta Veritas que na Ordem de São Domingos tem a dimensão do Absoluto, catolicamente.

Nas Primeiras Vésperas de Santo Tomás de Aquino, recebi o hábito na capela pública, meus pais com os olhos postos em mim. Tinham vindo do Rio, de automóvel.

O NARIZ DO MORTO

Agora, me lembro de uma outra tomada de hábito, um pouco anterior à minha, a da filha de Alceu Amoroso Lima, na Abadia das monjas beneditinas. Alameda São Carlos do Pinhal, perto da Avenida Paulista. Estive lá. Assisti com Augusto Frederico Schmidt à longa e comovedora cerimônia monástica, numa tarde quente de dezembro. Schmidt chegara pouco antes de automóvel diretamente de Copacabana. Estávamos reunidos na escadaria, no pátio externo e no parlatório do Mosteiro, os amigos de Alceu, Carlos Pinto Alves, Henrique Ferreira de Morais, o Cardeal Mota, o Bispo de Botucatu Frei Henrique Golland Trindade, franciscano, que ensinara catecismo à Tuca, à Tuquinha, à Lia, à virgem que se ia oferecer ao Divino, aquela tarde estival. Senhoras (lembra-se, Dona Chiquita Afrânio Peixoto?). Padres (lembra-se, Dom Hildebrando Martins?). O Cardeal pregou. As monjas cantaram Te Deum. Coro perfeito, angélico, uma só voz, harmoniosa e tímida. Schmidt suspirava alto. Pedia-me explicações, fazia ingênuas perguntas. Olhou para o presbitério e disse: "veja aquele menino ao lado daquele velho de barbas"... Um menino ao lado de um capuchinho papai-noel. O diálogo mudo e quase litúrgico da infância com a velhice, virginal. Prometi ao poeta de *Pássaro Cego* e *Navio Perdido* que escreveria — ele mo pediu — um roteiro da cerimônia. A pequena multidão separou-nos, ele me disse que iria ver-me no dia seguinte, nas Perdizes. Não acreditei, mas ele foi, pontualmente, às nove horas. Conversamos, lhe mostrei o convento. No quintal gostoso e quieto, encontramos Frei Reginaldo Alves de Sá, a queimar papéis velhos. Schmidt, com seu vozeirão excessivo sem cerimônia: papéis, papéis, pegamo-lo em flagrante a queimar papéis... Frei Reginaldo, como que aceitando o desafio: papéis que não podem passar à história.

Na biblioteca, discutimos *nouvelle théologie*, Schmidt a provocar o lúcido e erudito Frei Reginaldo, latinista, helenista, arabista, espírito ágil, inquieto e poderoso. A manhã inteira se passou naquele jogo fino e leve. Mostrei ao poeta o exemplar de *Estrela Solitária*, não, não, foi o de *Canto da Noite*, seu maior livro, de 34, o livro do noivado, com a dedicatória lírica a "Ieda — para que a poesia volte à sua fonte". O poeta em silêncio o tomou e, sem que lho pedisse, o autografou com palavras vivas: "nunca me esquecerei desta casa tão livre"... Qualquer coisa assim. Desencavei o discurso dele, impresso, no banquete a Graciliano, 1942. Conversa comprida. Saiu dali para visitar o Abade Dom Paulo Pedrosa, em São Bento. Ficou todo aparentemente sensibilizado de Frei Alves de Sá o ter conduzido até o grande automóvel que o esperava, chofer à porta. Seu jeito era humilde, flexível, grato, embaraçado. Havia um embaraço, um enleio, que muitas outras vezes, nos dias futuros, vislumbrei nele, homem atrevido e desembaraçado, provocador e duro, gritante e até inconveniente, gargalhador, espevitado. Enleio? Ou afetação de enleio? Não, enleio mesmo, a timidez profunda de Schmidt, seu medo de não fazer como devia.

Pediu água. Levei-o à cozinha. Estranhou a cozinheira. Primeiro convento que vejo com cozinheira... Quis ver que livro estávamos lendo: era Churchill, achou estranho, revelador, coisa boa, num refeitório de frades. Contou-nos, pormenorizadamente, já no claustro, sentado na amurada baixinha, o ventre empinado, a sua atuação discreta e decisiva no *affaire* ensino religioso, começo de 1931, ele, Chico Campos e Leonel Franca. Foi ele que levou Francisco Campos ao padre Franca. "Era frio"... "O Alceu diz que era quente, mas como era frio"...

Mais tarde, quando Frei Reginaldo foi ser trapista no Oriente Próximo, esse Frei Reginaldo estranho, tão ligado a Cândido Mendes de Almeida, que voava a São Paulo e lá ficava por algumas horas só para ver Frei Reginaldo, telefonei a Schmidt e lhe contei a nova e inesperada aventura do nosso amigo. "Era vaidoso, era vaidoso", sussurrou Schmidt, com a voz apalpante que era a sua. Ele apalpava com a voz veludosa e múltipla, como apalpava com os olhos, perquiridores, móveis, dir-se-ia o *motu continuo*, o movimento incessante transformado em pupilas...

Voltarei muitas vezes ao gordo poeta, que tanta presença ocupa na minha intimidade.

Vejo Lia caminhando vestida de noiva. Há treze anos, não leio de novo o artigo que Schmidt, baseado em meu roteiro, escreveu e publicou no *Correio da Manhã*. Lembro-me que falava em Antígona e Ismênia, só isso.

Vejo a noiva, na procissão da igreja para a porta do claustro, essa entrada da clausura, esse ponto de misteriosa passagem, ligação, ponte entre mundos. Na porta larga e solene, defrontam-se os dois mundos — a trepidação e o silêncio, a versatilidade e a fixidez, a multiplicidade e a unidade, o medo e a leveza, o barulho e a paz, a procura e o encontro, a agitação e o fervor tranqüilo, a ação e a contemplação, o mundo e o não-mundo, o transmundo, o misticismo das oblações dramáticas e tão naturais, naquela esplêndida naturalidade das coisas tensas em que se esconde o frêmito das verdades últimas, como o amor e a morte. Isso me fala. Como sempre me falou...

A noiva caminha. Há tanta graça nela, mocidade, amor, sonho. Não baixou os olhos, a noiva. Ela nos fita. Ela olha para nós, ela se despede do mundo, vestida de noiva, flores, rendas, tudo branco, leve. A noiva está alegre. Olha para mim, está se despedindo do mundo, é seu último passeio. O filho de Jackson de Figueiredo filma estas cenas líricas, quase pastoris, Bernardim Ribeiro, menina-moça, que poesia, que frescor, uma brisa nos percorre por dentro, libertadora, fininha, ciciante. Estou gravado nesse filme, junto do criador e amigo do *Galo Branco*. Eu próprio já vi, uma vez, esse filme *sui generis*, a aparição da mulher vestida de noiva, o caminhar esvoaçante da frágil mulher, meio dançarina, entre monges, seguida pela púrpura de um magro, esguio cardeal renascentista. Crianças brincavam por ali, na procissão de despedida e entrada, e nós, graves e tímidos, lentamente, caminhávamos em alas harmônicas pelo corredor, o parlatório, o pátio, antes que a Porta — pesadona — se abrisse de novo e então se fechasse, definitivamente, inexorável, sobre a noiva, o branco vestido de noiva, que se perdeu na sombra, se refugiou entre vagos vultos negros que cantavam um canto de noivado. Era o canto da noite? Era o canto da noiva? Era uma bonita noiva, delgada, altaneira, serena, entrou pela porta misteriosa. Agora, a porta fechou-se e apenas ouvimos o canto das sombras, que se afasta, vai morrendo e se perde para lá das paredes opacas onde o mistério indevassável, tentador e espesso nos desafia como esfinge, enigma, proposta. O *pari*, de Pascal... Que haverá para lá dos véus? Que existirá para além das máscaras impenetráveis? É o canto da noite? É o canto da morte? É o canto da vida? Foi um canto de noivado, este, que ainda cantam baixinho, na sombra, e agora cessou?

O canto da noite, de Nietszche e de Schmidt. A noite de Berdiaeff, que a soube cantar em prosa metafísica tão pura e perene. Quem vos decifrará?

*"En Una Noche Oscura
Con Ansias en Amores Inflamada"...*

(fray Juan de la Cruz)

A vida de um convento dominicano pequeno, em fase experimental, por assim dizer-se, dezena ou dúzia de frades, completa dispersão, tudo longe daquela concentração, que é o prenúncio do labor definitivo e, só ela, é fecunda. Trabalhos variadíssimos para os frades já ordenados e em plena ação, ou pregação, a vida mista, a que se referiu S. Tomás de Aquino: *contemplari et contemplata aliis tradere...*

Eu ali, na massa gelatinosa, bisonho, aprendiz de santo. Queria ser um profissional da santidade? Um profissional da oração? Mística me atraía. Sujeito místico sempre considerei deveras. Li Catarina de Sena, as cartas. Mulher de fogo. Pura genialidade violenta. Paixão. Eu a conhecia da famosa conferência de Corção, no convento do Rio. Catarina valia a pena. Tinha ternura e tinha brutalidade. Passeei por S. Paulo, com os noviços e o padre-mestre. Butantã, Ipiranga, Santo Amaro, Campinas, outros conventos, como o de Vila Formosa, das dominicanas contemplativas, cuja Priora, Madre Reginalda, era uma inteligente mulher, leitora de Garrigou-Lagrange, forte, viva, sem suspiros, nem superfluidades, um ser catariniano. Pois conversei com ela mais de uma vez, a sós, no locutório austero, e era de mística e poesia que ela falava, com desembaraço, vigor, lucidez e independência. Era nítida. Fui à cidade especialmente, depois de uma visitinha, no tempo de hóspede ou candidato, e comprei dois livros na Agir para essa mulher e logo voltei à longínqua Vila Formosa, um descampado, um fim de mundo, periferia pobre da cidade, no mesmo instante, para os entregar: *Chemin-de-Croix*, de Claudel, e *Vie d'Oraison*, de Maritain, marido e mulher, Jacques e Raïssa.

Seria o catolicismo uma religião histórica? Ou seria mesmo religião revelada, transcendência? Imanência ou transcendência, era esse o problema que me preocupou sempre, como um fundo musical brando, mas insistente. Produto de uma evolução cultural, exclusiva, ou impacto, entrada de Deus na história humana, irrupção?

Eu achava que era uma Revelação proposta por Deus.

Os padres trabalhavam mais do que os beneditinos para viver. Mais tempo e trabalho mais pesado. Saíam. Viajavam. Pregavam com freqüência de acordo com a sua linha de filhos da Ordem dos Pregadores, faziam palestras fora. Eram professores nas faculdades católicas. Ganhavam a vida, traziam o dinheiro para o convento, e esse dinheiro era necessário, vivia-se disso, do trabalho, também das espórtulas afinal modestas, eventuais esmolas, contribuições, donativos, dízimo, que outro nome tenha, não havia patrimônio, como no caso do velho mosteiro, carregado de bens patrimoniais que se acumularam complexamente ao longo dos séculos e suas oscilações. Os frades eram mais alegres talvez por isso, por trabalharem, não serem ricos, demandistas, senhores, às voltas com advogados, processos, construções, questões, julgamento. Os frades eram proletários, afinal.

Frei Aquiles era pároco. Ali perto. Trabalhava da manhã à noite. Nervoso, falava atropelando as palavras, falava mais depressa do que as palavras pediam ou podiam, atrapalhava-se, ia e vinha, era sujinho, descuidado, barba por fazer, sapato sem graxa, maneiras soltas, popular. Primo de bispo. Idéias avançadas. Andava como pata-choca. Era desajeitado e travesso. Rudez, cansaço, grosseria (de quando em quando...).

Frei Rufino era o prior e o pároco ali mesmo, de nossa igreja paroquial sem igreja, paróquia sem templo, só capela — ao rés-do-chão, dentro de casa. (Depois, ele construiu a bela igreja moderna, ousada, que tanta celeuma provocou e hoje podemos ver, admirar, no Alto das Perdizes.) Frei Rufino, baixote, afável, sorriso eterno, goiano corado como estrangeiro, meio caipira em atitudes e trejeitos, tímido, porém corajoso, orador convencional à maneira antiga, calminho, falando explicado, malicioso, jeitoso. Trabalhava... Tinha umas vaidades de moça da província, coisinhas engraçadas, ingênuas, parecia personagem de conto ou romance dengoso de Ribeiro Couto. Era um homem da província, com estudos na França e experiência razoável. Tagarela, irônico sem maldade e às vezes bom, daquela maciça e inconsciente bondade, que é puro coração, vem dele e a ele fala, sem maior interferência da lucidez, efusividade gratuita, sentimento.

Frei Rufino era sentimental. Seu sorriso derramado, fácil, revelava uma afetividade sem arapucas, sem reservas, sem policiamentos ou censuras da inteligência crítica. Afetivo e simplíssimo, cara de *baby*, um pouco assim como Dom Tomás Keller, embora diferente, por certo. Mas, quando ficava sério e o assunto requeria gravidade ou autoridade, tinha um tom, um recuo, até físico, nos gestos, encolhia a barriga, já crescente, punha as mãos no cinto negro, na cintura ainda estreita, os cotovelos subiam, e ele fitava o chão ou mesmo o interlocutor com olhos penetrantes e fixos, dignos, não severos, mas sisudos, atentos, sérios, concentrara-se. Era forte, nessas horas. Só nessas horas me impressionou. Isso não era freqüente. Requeria-se para tal um assunto grave ou difícil. Sua postura, sua voz, seu olhar, sobretudo a voz era inesquecível pelo poder de fixar-se no essencial e, recolhendo-se, dar o máximo de si — em concentração — justamente pelo recuo, a reserva, o silêncio, que emanava do seu pequeno ser vermelhinho e, de ordinário, aberto.

Frei Saturnino, padre-mestre, gostava de freiras, no sentido de gostar do convívio delas, pregar-lhes, falar-lhes, visitá-las, ser capelão. Sem dúvida, era feminino, irrealizado, incompleto, timidíssimo, inventara uma língua, cômica, gutural, só dele e dos seus iniciados. Era todo um vocabulário, divertido e meio onomatopaico. Sinuoso, o homem. Mineiro e moreno, alto, bem-apessoado, cheio de melindres e explicações supérfluas, impulsos, rompantes, risadinhas meio histéricas ou descabidas, simplesmente nervosas, como em Dom Marcos, o beneditino, esse frei S. malograra ao defender tese na Europa e tinha disso o que se pode chamar incurado complexo. Intelectual, mas *raté*, suas conferências ao noviciado eram catadupas de Cardeal Caetano, tomismo de velho e alto coturno, textos materialmente assimilados, síntese pesada e literal, repetida. As distinções, os cacoetes da escolástica de Caetano, o doutor da analogia. Citava-o expressamente, era seu mestre, seu amigo, os catataus repousavam na sua mesa da cela pobre, grossos e antigos volumaços de teologia, grávidos de subtileza. Não havia erudição. Havia repetição de textos. O homem era sem horizontes. Mas cuidadoso.

Desde o primeiro dia, não fomos um com o outro. Éramos antagônicos por dentro. Implicávamos, sem exteriorizar nossa implicância, com as vísceras um do outro, sei lá. Antipatia à primeira vista. Homem dengoso, cheio de sestros e rodeios, gostava de um noviço de irmão leigo já qüinquagenário e efeminado ao extremo, que fora meu contemporâneo aqui no mosteiro. Lembro-me até que na hora da saída dele, do mosteiro, cruzou comigo, que varria o chão, e se abraçou chorando, soluços mesmo. Eu lhe disse, muito sério: "O Criador é o Criador, a criatura é a criatura" palavra de Catarina de Sena, profunda, que aprendi não sei onde, nem quando. Ele me olhou espantado, recuou, recompôs-se um pouco, e seus olhos eram tristes, baços, vagos, hesitantes, não tinham fixidez, boiavam ao léu. Afastou-se no seu passinho saltitante.

Pensei que nunca mais o reveria no mundo. Fui encontrá-lo no claustro de S. Paulo. Deu-me abraço espalhafatoso, em que era mestre consumado, incômodo, e me contou com a natural abundância de inúteis pormenores a história de seu itinerário espiritual periclitante. Órfão aos quase cinqüenta anos, cobrador do Tietê, homem de vida calma, tendências artísticas, sonhou ser irmão converso e, para isso, escreveu a seu velho amigo Dom Vicente, do Rio, ex-atleta do clube, ex-noviço em Maredsous, o mosteiro de que Marmion foi abade, e daí brotou a sua temporada carioca. Esse Dom Vicente está fixado numa página fraquinha de Humberto de Campos, tão confuso, falando em jesuíta e, depois, frei... Um modelo de incompreensão metida a compreensiva. Frei Vicente, jesuíta.

Frei Ludovico, o nosso irmão leigo, era sobretudo incômodo. Gostava de dar *show*, exibir-se, fazer vênia escandalosa. Ficava na sacristia de propósito, atrasando-se, *fazendo cera* no sentido figurado, para ter de prostrar-se ao chão no refeitório, chamando sobre si, novato, modesto, as atenções da comunidade. Gostava disso. Perturbação ou distúrbio que, fora, não passaria de insignificância, bobagem, nos mosteiros avulta.

Vi numerosos tipos desequilibrados, em comunidades católicas. Gente que buscava na intensificação da religiosidade uma espécie de equilíbrio íntimo, compensação inconsciente, profunda.

> *"Antoñito, el Camborio,*
> *digno de una emperatriz,*
> *acuerdate de la virgen*
> *porque te vas a morir...* Como cantou Garcia Lorca, no *Romancero Gitano...*

Lembro-me nesta hora de Baudelaire.

> *"O douleur! O douleur! Le temps mange la vie."*

O tempo nos faz e nos desmancha...

Frei Hipólito era inteligente, culto, superior, nervosíssimo. Ligara-se ao filho tuberculoso de Sérgio Milliet, Paulo Sérgio, falecido em plena juventude e poeta. Aqui tenho em minha biblioteca o poema da eterna caminhada, em que esse rapaz livre fixou suas angústias. Frei Hipólito conviveu com Paulo Sérgio, no sanatório, colegas de humana desventura. Falava-me dele... Eu me recordava de uma croniquinha de Manuel Bandeira em *Letras e Artes* sobre a morte do rapaz. Paulo Sérgio tinha a chave de casa desde os quinze anos, solto, na vida, sem religião, duro e nada sentimental na desdita. Nunca falou de religião com o frade: sabia que estava a dois passos da morte...

Ora, pois, Frei Hipólito! Antes de mais nada, anguloso. Careca integral. Vinha dos sacramentinos de Manhumirim, onde estudara desde os nove anos. Não ficaria nos dominicanos. Em 1954 iria para a Trapa, sem êxito, e depois se instalaria no mundo árabe, Constantinopla, Cairo, Beirute. Já em

São Paulo namorava o arabismo, amigos árabes, reuniões, lia e falava árabe, recebia jornais em árabe, tinha um turbante e na cela, nas prateleiras humildes, exibia objetos de feição islâmica. Parecia mesquita. Confessei-me com ele por dez meses, na cela; gentil ao extremo, embora distante, duro e defensivo. Por excesso de quentura, de sintonização impunha-se uma disciplina exterior — parecia frio, eis o paradoxal resultado. Quente, aparecia frio. Foi a pessoa que me deu impressão até hoje de sintonizar mais, mais rápido, com qualquer tipo de interlocutor. Pegava logo no ar o essencial de tudo. Piscava. Era branco, marfim, muito ereto, peludinho. Rigoroso, não se concedia nada, à exceção do orientalismo, pois se interessava pelo chinês e o japonês e lia (bom leitor) filosofia hindu.

Marcial. Puro. Quase inocente. Foi o homem que me causou até agora maior impressão de pureza. Mas era intensamente másculo.

Frei Elpídio... Está no livro de Lebret, *Civilisation*, é todo um capítulo. Feio: *laideur*, diz Lebret sem rebuços. Feio e inquieto. Foi trapeiro na França, padre-operário — o tipo acabado do católico de esquerda, extrema-esquerda, praticamente semimarxista, não cabia no convento, a sua cósmica inquietação o obrigou a refugiar-se numa linda e despojada capela, depois do Ipiranga, Estrada do Vergueiro, onde dizia o que bem entendesse, revolucionário, angustiado e, talvez, fervoroso. Morei lá com ele, durante uma semana ou pouco mais. O homem era rude, áspero, brutal às vezes, impaciente sempre. Não tinha vida interior no sentido tradicional. Lançava-se numa experiência de trabalho — uma comunidade de trabalho — com proletários seus amigos. Perseverou nela.

"Herói é o que quer ser quem é." (Ortega y Gasset, *Meditaciones del Quijote*.)

Mas Ortega adverte:

"Do querer-ser ao ser que já se é, vai a distância do trágico ao cômico. Esse é o passo entre o sublime e o ridículo"...

Frei Elpídio ia uma vez por semana ao convento, no bairro chique, entre casas e até mansões burguesas, passava lá o dia, normalmente a segunda-feira, almoçava com a comunidade, fazia recreio no claustro. Na mesa, arrotava muito, e alto. Divertia-se com isto. Era seu modo de *épater le bourgeois*, fazer a revolução... Parecia mesmo um macaco, gordinho, de óculos grossos. Tinha horror ao moralismo e, pois, gostava de contar anedotas fortes para padre e dizer palavrões.

Teria fé, realmente, fé religiosa, ou já seria céptico?

Lealmente, não sei. Mas tenho minha dúvida. Lebret o considerava santo. Eu, que convivi com ele na intimidade, não o achei tal. Era possuidor de algumas qualidades que de ordinário são a matéria com que se fazem os santos: inquietação, busca de um sentido para a vida humana, sofrimentos, insatisfação consigo, revolta profunda em face da injustiça social, amor ao pobre... Mas era ainda, quando o conheci, muito Elpídio para ser um deles...

Santidade é renúncia, abertura. Também obstinação.

No convento, conheci o padre Lebret de perto, naquela monotonia desafiadora da vida regular. Estava trabalhando em São Paulo, a convite de Lucas Nogueira Garcez, num levantamento socioeconômico. Passou boa temporada (não me lembro quantos dias) no conventinho conosco. Almocei e jantei com Lebret, diariamente; ajudei-lhe a missa várias vezes.

Como era Lebret? Era uma pessoa que levava a sério a vida. Trabalhador, compenetrado, seco normalmente, ar abstrato. Falava pouco, dava seus suspiros discretos, era exato.

Celebrava com seriedade e um sentimento profundo, sobriamente externado. Não era unção, mas quase. Naquele tempo, estava muito gordo, fumava cachimbo. Andar pesadão e ritmado. Olhar atento e doce. De menino. Olhinhos azuis, fixos. Conversamos uma única vez na cela dele. Pareceu-me cansado de viver.

Li, naqueles dias, *Princípios para a Ação*, de Lebret, que Carlos Pinto Alves traduzira. Achei aquilo frágil. Berlitz da vida interior ou da ação apoiada numa vida interior. Li tudo de Lebret, então. Francamente, não é um escritor espiritual que se leia para assimilar doutrina. Seus livros me lembram os de Guardini, embora diferentes, embora diversas as escalas musicais, livros muito bons porém leves, propedêuticos, para leitura amena, descanso da alma. *O Senhor, Der Herr*, de Guardini, a gente sente que está perdendo tempo ao ler aquilo, é ótimo, é lúcido, é leve, mas é perda de tempo, conversa. Assim, noutra pauta, os ensaios de Lebret. Guardini é teologia, liturgia, vitalismo filosófico. Lebret é mística ordenada à ação, ou ação vivificada pela mística ou a vida de contemplação. Diferentes entre si, mas divulgadores. Alto nível de divulgação, porém divulgação. Lebret é autor de manuais livres de meditação para a ação — em nosso tempo, a ação engajada. Engajamento, usávamos tanto essa palavra... Onde Lebret se distingue, no entanto, é na própria ação, maior nele do que a literatura espiritual: na pesquisa socioeconômica, em que se tornou famoso mundialmente, e no movimento internacional de *Economia e Humanismo*, criação dele.

Atente-se para o modo, aliás, como Joseph-Louis Lebret escrevia: jornalisticamente, isto é, correndo, a bordo de avião, em cima da perna, prosa de joelho, apressada, telegráfica.

Ainda que densa, pois a densidade espiritual do homem transparece em tudo que lhe sai da pena infatigável. Mas a sua obra escrita de modo geral se ressente da pressa ou ligeireza com que ele compõe. Não é obra elaborada. Dir-se-á que é obra vivida, antes de ser escrita. Não contesto. Posso acrescentar que a impregna uma autenticidade dolorida e o autor a destina exatamente aos militantes como princípios gerais para a ação prática. Ação eficaz, porque eficácia é a preocupação de Lebret.

O desejo de ser eficaz leva-o a comunicar-se de forma rápida, sucinta e leve. Reconheço a sua intenção e admito que obtém amplo resultado nos setores de ação católica mais avançada ou vanguardista.

Lebret, Catarina de Sena, que outros livros li?

A clássica biografia de São Domingos pelo padre Locardaire, de que, evidentemente, não gostei nada. Li a de Mandonnet, moderna, histórica, mas com sinceridade total só me lembro de que li o livro, não me lembro do texto com precisão.

Depois, um trabalho de Labourdette sobre João da Cruz, sobre quem eu conhecia as páginas de Maritain. O estudo monumental de Ambroise Gardeil, fundador com Mandonnet e Sertillanges da *Revue Thomiste*, sobre a vida cristã. Recordo-me da ligação etimológica estabelecida por ele entre o *homo* e *humus*... No mosteiro, mergulhei em patrologia e velhos exemplares. No convento, li tomismo em volumes novos. Quanto ensaio, de que nem me lembro mais, nem o título ao menos, de teologia ou vida espiritual de inspiração tomista... Compulsei fascículos da *Revue Thomiste*.

Dezenas de artigos de pura especulação teológica, densidade, subtileza, distinções, o método aviatório do velho tomis-

mo — do geral para o particular, a obsessão do universal...
Escrevo só de memória, sem consultar coisa nenhuma, desamparado de qualquer texto ou caderno de notas íntimas. As páginas de evocação afetiva, descrição de mim, brotam com espontaneidade, sem que me levante da minha cadeira para ampliar, pelo confronto com os escritos, as contribuições da memória fiel. Mas, às vezes, infiel ou semifiel... Pouco importa, afinal.

Lidos os volumes de Lebret, voltado só para os fatos, partindo dos fatos, voltando aos fatos, pura fatualidade, um fatual, os artigos da *Revue Thomiste*, na biblioteca sossegada e ampla, eram para mim o banho de abstração, o contato com a finura das longas análises textuais numa perspectiva exclusivinha de metafísica. Li, também, o célebre Chardon, o espiritual, e ainda me recordo claramente do espanto de Frei Tauzin, quando numa viagem de ônibus lhe contei que estava lendo a longa meditação de Chardon sobre a Cruz. Fui com Tauzin a uma exposição de pintura no Museu de Arte Moderna. Quem era Frei Tauzin? Era um francês baixinho, gordinho, songamonga. A songamonguice não o deixava nunca... Melífluo, ou áspero, conforme a circunstância, tinha os olhos vagos dos seres indefinidos. Não ia direto ao interlocutor ou ao assunto. Contornava-o, vinha vindo aos poucos, cauteloso e sagaz. Teria talento? Não. Seria um especulativo? Era professor de filosofia. Publicara um livro sobre Bergson e Tomás de Aquino, tema da moda na década de 1930, com prefácio naturalmente de Tristão de Ataíde. Era, pois, vagamente intelectual, avançado em certos pontos, mas no fundo rijamente reacionário.

Ninguém mais burguês no estilo geral de sua personalidade, cheia de convencionalismos, do que esse *curé* mediano, todo atenções, mesuras, sorrisos, frases-feitas, uma pitada de tomismo ou erudição filosófica, homem prático no sentido mais chão, prepotente. A ironia salvava-o da banalidade. Irônico, era isto que o distinguia e valorizava no cotidiano vulgar. Sabia ele destruir o interlocutor num segundo, jogá-lo à parede, enxovalhá-lo, pisá-lo, arrancar a mais mínima veleidade, só com uma ou duas palavras sem ofensa, num tom especial dele, fino e rápido. Foi Tauzin o ser mais irônico entre os irônicos terríveis que vi no meu caminho: um padre Penido, um Dom Irineu, um Pedro Calmon...

Volto às leituras, de que a figurinha leve, escorregadia, de Sebastião Tauzin me tirou ou distraiu. Dizia-se que ele era complicado. Um dos frades, talvez leviano ou muito jovem, disse-me numa hora séria, de íntimo desabafo, que tinha provas da anomalia tauziniana. Não sei de nada. Eu lia tomismo... Comecei a ler a própria *Summa Theologica*, diretamente, através da bela edição da *Revue des Jeunes*, aqueles voluminhos simpáticos, flexíveis, eruditos, organizados por uma equipe de probos especialistas dominicanos. Li os tratados sobre a Graça, os Sacramentos, Deus Uno... Passeio pela obra gigantesca, viagem curiosa e crítica pelos meandros de um edifício que, sinceramente, falava pouco à minha inteligência tal como ela era, nas suas limitações, defeitos, resistências, vícios, manias. Salvo uma ou outra página, sempre achei Tomás de Aquino monótono, enfadonho, didático, manual. E compêndio escolar ele era, pois sua obra é comentário didático, texto escolar ou universitário, lições de professor, explicações lentas, ruminadas. Sua vagarosidade me cansa.

Li na Vulgata, diretamente, em latim, os Evangelhos todos, no volume de Merk, com o texto grego ao lado, sob os olhos. Muitas vezes, interrompia a leitura do texto latino e ia dar minha espiada no grego: sempre gostei de dizer em voz alta o *Magnificat*, de rara beleza no texto grego. O grego é uma língua rica, nuançada, perigosa, cheia de melindres. O latim é masculino. O grego é feminino.

Frei Pancrácio partiu para a Europa, dois dias depois de minha chegada. Assisti à sua profissão religiosa. Lá foi ele, juvenil, inquieto, grande vocação intelectual, para estudar no convento de Saint-Maximin, perto de Marselha e daquela Sainte-Baume famosa. Frei Pancrácio está num dos volumes de *Alocuções e Artigos*, do Padre Franca, no seu nome civil (era universitário). Franca elogia-o e traça dele um perfil exato e profético...

Logo nos primeiros dias de minha permanência nas Perdizes, apareceu o Mestre-Geral da Ordem, o Superior máximo, Emanuel Suárez, espanhol. Conversou na sua língua com o porteiro, à chegada. Dois espanhóis, dois destinos... O homenzinho era simplesmente admirável. Taciturno, sóbrio a mais não poder, não falava. O silêncio, que emanava dele, era impressionante. Gestos lentos, nobres e simples, olhar sério, e calma lúcida de quem chegou a um domínio amplo de si, recolhido sem excesso ou pose, homem introspectivo e rigoroso, porém terno, mas de ternura escondida. Passou dois dias no convento. Conversei com ele a sós, durante uns dez minutos ou pouco mais, na sua cela. Ele era um triste. A melancolia, de que falou Guardini, brotava de seu rosto moreno e impassível. Fui levá-lo ao aeroporto, de madrugada. Durante a viagem inteira, limitou-se a perguntar, na penumbra do automóvel, ao secretário americano: *"what time is it?"*

Os dois morreriam, mestre e secretário, de noite ou de madrugada, num caminho qualquer do sul da França, num automóvel, três anos depois...

O frade americano era desajeitado, mas muito fino, perfil de intelectual, um requinte raro em americano. Só conversavam em inglês.

Agora, vejo uma figurinha de rapaz saindo silenciosa e sorrateira, do quarto do mestre-geral. Esfregava as mãos, contentamento. Sorri sozinho. Obteve o que desejava. É Frei Benevenuto Santa Cruz, representante de Lebret em São Paulo, líder de Economia e Humanismo no Brasil, vocação de poeta, pregador originalíssimo. Poucos pregadores me encantaram como ele, cujos sermões não eram pirotécnica nem declamação. Pregava mansamente, em tom de conversa, mas com seus momentos ou impulsos de ênfase, violência, vibração, até poesia. Pregava bem, sabia pregar sem um excesso. Foi há muitos anos, nem me lembro direito. Não posso recompor as palavras. Tudo está misturado, confuso, meio perdido no poço da memória. Mas ficou em mim a surpresa, o impacto, a emoção, nunca mais esqueci, por mais que os tenha esquecido, os pequenos sermões dominicais de Santa Cruz, nordestino, inquieto e místico. Não um sermonista no sentido usual. Nada tem do orador sacro, com seus fogos de artifício. Não é um locutor. Gosta de improvisar, de ser levado ao sabor das ondas, em contato com a vida, a cultura moderna, a problemática político-social. Desabusado às vezes, antigo estudante de direito, primo (*"last but not least"*) do boêmio fabuloso Luís Santa Cruz, metido em edições, movimentos sociais, debates ideológicos, pesquisas econômicas.

É o antimandarim por excelência.

Sua cela — confortável, a mais confortável do convento — está cheia de objetos de arte, coisas ganhas, pedaços de suas viagens, finura muita. É um artista irrealizado, esse homem difícil, nervoso, à procura, cabelos grandes e negros, com freqüência à paisana, dirigindo seu automóvel, tão rapaz.

Moussia inquieta-se pela sorte desse menino. Anda tanto na rua, anda solto demais. Não sentirá os apelos do mundo, as tentações de largar, partir, refazer tudo, recomeçar a vida como a Moll Flanders, de Daniel Defoe?

Vi Frei Adriano deitado no seu leito de hospital. Quando se iniciou minha experiência dominicana em S. Paulo, ele já estava agonizante e fora. O quarto do hospital em penumbra, cortinas fechadas. Ele, imóvel no leito, olhos fechados, lívido, magro, em estado de coma. Só. Ele e eu nos defrontamos, no silêncio perfeito envolto em sombra. Sua respiração era mínima. Essa mínima respiração era a última ponta do fio, que ainda o retinha. O fio ameaçava partir-se. Olhei-o bem. Quase agonizava. Era moço ainda. Fora bonito e robusto. Um silêncio tenso pousava nele, em seu rosto chupado e transparente. A manhã lá fora, a vida, o barulho dos carros deslizando para a cidade na Avenida Paulista. Eu, sozinho ali, com o quase morto. Foi meu primeiro agonizante.

De repente, chegou a notícia da fuga de H.: era um frade inteligente, barulhento, amante da vida, rapagão desempenado, que tinha xodó pelo teatro grego, a patrística e a monarquia. Morava no Leme, era professor na universidade católica. Súbito, sentiu-se cansado de ser frade... A notícia me deixou triste, eu o conhecia bastante. Na manhã da morte do padre Franca, vi-o chorar, saindo da porta do quarto-biblioteca, em que, poucos minutos antes, expirara o nosso grande amigo. Lembro-me dele oferecendo-se para ouvir confissões numa páscoa de universitários, estava com uma barba enorme... Tantas vezes o vi, no pátio da jovem universidade, inquieto deveras, agitado, turbulento para frade e professor, todo anedotas, gestos largos, efusões juvenis. Agora, a notícia. Fiquei triste. Cada qual com sua sorte, seu destino, sua vida, seu tormento. Que a tortura desse homem bom o ilumine, liberte nele o que havia porventura preso, as escórias, os detritos, e o coração de carne, maltratado, chegue tranqüilo e limpo de tudo ao momento de suspirar pela última vez. Nada posso desejar-lhe de mais puro...

S. H. dizendo, com espalhafato: sabe por que não faço a barba todo dia? Porque sou bonito e ficaria bonito demais com barba feita... Frade cheio de vida, palpitações.

Que estudava, no convento? Além das minhas leituras particulares, de que já falei, tudo a girar em torno da sistemática tomista, Sertillanges, Gardeil, Garrigou-Lagrange, Mandonnet, Clérissac, Labourdette, Petitot, Philipon, Pègues, estudava regularmente espiritualidade, liturgia, canto gregoriano e história dominicana. A espiritualidade, o padre-mestre a formulava em termos de rigoroso tomismo, bebido em Caetano, como já disse. Nesses dias, li toda a obra do famoso Garrigou-Lagrange, tanto a parte de teologia mística, em que se tornou mestre, na linha do espanhol Arintero, com a revalorização maciça de Fray Juan de la Cruz e sua obra espiritual, como a parte filosófica — os ensaios substanciosos e severos a respeito das grandes teses da filosofia tomista, por exemplo, o princípio de finalidade. Não li, apenas, obviamente, os tratados formais de teologia dogmática, que não se lêem, mas se estudam de modo gradativo nos currículos especializados ou se consultam.

Do Padre Réginald Garrigou-Lagrange leria, muitos anos depois, uma breve carta manuscrita, muito digna, endereçada a meu amigo José Vicente de Sousa, que ele supunha bispo,

Monseigneur De Sousa... Que disparate engraçado. A vida é fértil de mal-entendidos assim, perturbadores. Consultara-o José Vicente, simples leigo, estudioso da doutrina católica, mas por certo com tal apuro, tal profundeza, tão grande minúcia, tamanha intimidade, que o octogenário teólogo imaginou tratar-se de... bispo sul-americano.

Não posso dizer que gostei das páginas clássicas de Garrigou. Ele é um eco de Frei Tomás de Aquino. Um prolongamento de sua voz medieval. Um discípulo. Repete. Interpreta. Amplia. Comenta. Confronta a doutrina tomista e a são-joanense. Traz até nós as teses antigas em linguagem de manual. Não é um autor, evidentemente, para meu gosto. Pode-se dizer que o homem moderno perdeu o senso do metafísico, a profundez pensamental do homem antigo ou do medievo. É possível. Mas somos assim.

A sua afirmação, contudo, de que todos são chamados à vida mística, de que a vida mística é a normalidade, a plenitude normal da vida cristã, isto é, da vida sacramental, isso ia ao encontro do meu próprio sentir. Eu exultava. O misticismo de Garrigou e de Philipon, seu discípulo e seu herdeiro espiritual, alegrava meu coração de rapaz, sequioso de penetrar na complexidade da vida mística, ler, viver, refazer em carne e espírito, *"en silencio y esperanza"*, a subida, o itinerário da transcendência.

Frases como estas de S. João da Cruz me deixavam arrebatado:

"En silencio y esperanza será nuestra fortaleza"...
"Y adonde no hay amor, ponga amor y sacará amor"...
"A la tarde, te verán en el amor"...

Sabia-as de cor. Ainda hoje, passados muitos anos, sei-as de cor.

Fazem parte daquele depósito íntimo, no subsolo de nós, onde se guardam as velhas peças que sobraram de tantas viagens malogradas e aventuras antigas.

Eu não era um especulativo. Era apenas um homem de letras. Como tal, lia os espirituais e os filósofos.

Quando se manifestou o que posso chamar a minha segunda crise? Depois de alguns meses de noviciado. Era visível que a compatibilidade vivencial, existencial, prática, entre mim e o clima da vida religiosa concreta se tornava aguda. Minhas reservas físicas diminuíam. Eu murchava a olhos vistos. Parecia velho e era jovem... Vergava ao peso de mim próprio, da magreza que tomava conta de meu corpo, sucumbia aos golpes da vida cotidiana em sua nudez normal. De novo, morria. Estranho e brutal desfalecimento!

Perdia terreno, cada semana. O sistema nervoso inteiriçava-se esgarçando-se. Eu me diluía. A febre interior, incontrolável, impossível de medir-se em termômetro, tomava-me com vontade, gastando meu estoque de coragem moral e resistência física. A crise explodia.

Eu chegava aos limites de mim.

"Mas para que tanto sofrimento,
se meu pensamento é livre na noite."

O poema de Manuel passeava nas ladeiras de meu ser. A crise desta vez foi mais funda. Despedacei-me. Relutei quanto pude, receoso de precipitar. Sofri dilacerações que não gostaria de ressofrer...

Saí do convento numa noite fria, triste, chuvosa, oito e meia, e fui para um hotel na cidade. Levei as malas. O padre-mestre, gentil, levou-me de jipe, paternalmente. Passei uns dias vagabundos em S. Paulo. Conversei com Carlos Pinto Alves, que logo foi jantar comigo no dia seguinte, no restaurante do hotel, e com um rapaz alto, magro e sério, chamado Augusto de Campos. Augusto foi-me ver no hotel. Conversamos demais, aconselhou-me que fosse imediatamente, de qualquer maneira, para a Europa, viver, viver, estudar, descobrir o mundo... Arrependo-me, hoje, de não haver seguido ao pé da letra, então, com o dólar baixo, o conselho inteligente de meu amigo paulista.

Augusto de Campos, poeta, publicara um livro, que me ofereceu com seca dedicatória, *O Rei menos o Reino*. Seu irmão Haroldo também era poeta. Ambos seguiam já a poética de vanguarda. Ezra Pound, Cummings, Mallarmé... Era isso que existia, para esses *fratelli*, que se tornaram depois os mestres do concretismo brasileiro. Só viam isso. Pensavam em Cummings e Pound com ardente exclusividade. Pareceram-me, quando os conheci, a ambos, então muito moços, no começo da carreira poética e da vida, por demais intransigentes e presos a certos esquemas estéticos, que se transformariam facilmente em preconceitos. Augusto, sobretudo, era de uma admirável dignidade pessoal e de uma pureza humana, que me tocou (ele não gostava desse meu verbo tocar pelas conotações subjetivas, impressionistas).

Sobre que conversamos? A poesia de São João da Cruz, a obra em geral de Thomas Merton, Pound, Claudel, Gustavo Corção, de que Augusto não gostava. Augusto desconhecia a obra de João da Cruz e me disse que a iria ler, seriamente. Recomendou-me *The Cantos*, do seu querido Pound. Fui, uma bonita manhã de sol leve, à casa deles e conheci Haroldo. Era mais rapaz comum, folgazão, alegre, falante. Augusto era concentrado. Falaram-me de um amigo deles, poeta, Décio Pignatari. Era *um caso sério*.

E, assim, banhado em angústia e poesia moderna, voltei para casa, aos vinte e quatro anos, sem saber quem era, sem saber de fato que fazer de minha própria vida.

Li *O Poder e a Glória*, de Greene.

VIII

"Como no tomar en espectáculo el mundo quien vive en el de una posada en donde nada posa de veras?"

UNAMUNO

Operari sequitur esse, causae ad invicem sunt causae... Que hacer? Ó vida! Aníbal Machado escreveria por mim: "Olhar bem para as coisas que de repente deixamos de ver para sempre"... "O difícil não é aprofundar a solidão: é dela sair com a vida entre os dentes"... Conversei com Manuel Bandeira. O mesmo sorriso de quem se abre, de quem estende a mão sem reservas para o aperto fraterno. Deu-me um cartão generoso para Carlos Lacerda. Telefonei a Carlos. Fui vê-lo no seu gabinete dos fundos, indevassável, na Rua do Lavradio, a mesma casa de Margarida em que mamãe menina brincara... Carlos Lacerda estava no esplendor da sua mocidade combativa e ardente. Recebeu-me com largueza, pôs-me à vontade, ofereceu-me a direção do suplemento literário da *Tribuna* — primeira oferta de trabalho que se me fez na minha vida. O lugar, por eu não o haver aceito, acabou nas mãos de Stefan Baciu, creio que por influência de Jorge de Lima. Eu... hesitava, dormia.

Carlos Lacerda deu-me logo a impressão de força, que a todos ele dá. Uma personalidade máscula, um atleta, uma palavra impaciente, cortante e fria. Quase a mesma bunda grande de Getúlio. Olhos de águia, duros. Queixo voluntarioso. Falou-me com suavidade. Mediu-me, avaliou-me. Disse que pagaria pouco, mas pagaria para poder reclamar de mim. Entreteve o rapaz durante muito tempo, até que o interrompeu um telefonema de S. Paulo.

Que foi que me desanimou de fato, fazendo-me recuar? Foi uma palavrinha de Carlos Lacerda, ligeira, leve: mas por favor nada de filosofia no suplemento... Aquilo me chocou. Afastei-me.

Mas teria sido aquilo, realmente? Ou foi pretexto íntimo? Quem se conhece até o fundo inteiro? Quem sabe as veras motivações disto e daquilo? Quem percebe, nas flutuações da vida, no ir e vir das nossas crispações recônditas, nas vísceras da sensibilidade noturna, o fio longo e sinuoso, que vai da raiz indevassada à flor, ao fruto? Quem é capaz de esgotar toda a geologia de um só ato? Camadas e camadas superpõem-se confusas, no lusco-fusco da interioridade. Não se vê direito. Não se enxerga a flora mínima e a mínima fauna, que no fundo, como no porão do mar, se agita, tanto quanto os homens nas calçadas.

Todos se lembram da página de *Albertine*, em que Proust aflora o tema, belamente:

"A Senhorita Albertina foi-se embora. Como em psicologia o sofrimento vai mais longe do que a psicologia! Ainda há pouco, ao analisar-me, julgara que essa separação, sem nos termos visto outra vez, era justamente o que eu desejava, e, comparando a mediocridade dos prazeres que Albertina me proporcionava, com a riqueza dos desejos que me impedia de realizar, eu me achara subtil, concluíra que não queria tornar a vê-la, que já não a amava. Mas estas palavras — a Senhorita Albertina foi-se embora — acabavam de produzir-me no coração um sofrimento tamanho, que eu não podia resistir-lhe por muito tempo. Assim, o que julgara não ser nada para mim era, simplesmente, toda a minha vida. Como a gente se conhece mal!" (*Albertine Disparue*)

Ainda uma vez, refugiei-me na leitura. A vida era difícil para minha sensibilidade. Eu pedia ao mundo clemência, um tratamento de exceção, uma benignidade. Eu era uma frágil elegia..., para citar Amiel. Tudo me pesava. Eu tinha receio das tarefas mais leves. O que levou Schmidt a dizer, com impaciência e graça: Que é que você vai fazer na vida, se você não agüenta nada?... Que é que eu ia fazer na vida?

Passeei por Petrópolis. Fui conversar com minha amiga, a priora do Carmelo São José, onde está enterrado o Padre João Gualberto do Amaral, de famosa memória. Sempre gostei de conversar com as carmelitas descalças, no parlatório sóbrio dos seus mosteiros, em que severidade e doçura se casam. Apraz-me aguardar sozinho, no silêncio e desnudez do locutório, austeridade, nenhum adorno, paredes desenfeitadas, que a voz misteriosa se anuncie, do outro lado da cortina preta, para lá das grades, invisível, longínqua e próxima. Amo essas conversas solitárias, vozes puras em diálogo, os rostos indevassáveis, a separação agressiva dos ferros a sublinhar a profunda ruptura com o mundo exterior. Carmelos de São Paulo, Belo Horizonte, Uberaba, Juiz de Fora, Rio, Petrópolis, por mim visitados, vozes com que diáloguei através do negro véu... Quanta poesia! No Rio, conversei muitas vezes com

Madre Maria do Carmo do Cristo Rei, prima de Manuel Bandeira, sobre cuja personalidade riquíssima escrevi todo um artigo no *Jornal do Brasil*. Tenho cartas dessa mulher teresiana, de um estilo tão parecido com o de Rachel de Queiroz... Essa mulher foi tudo na vida: alpinista, botânica profissional, tocadora de violão, poliglota, amiga de Edith Stein... Conheceu a Europa, dirigiu automóvel em Paris. Teve tudo da vida. Foi para o Carmelo. Sua palestra é o que há de mais interessante, vivo e independente. Nunca vi freira para falar como esta, com uma sinceridade fogosa e desabusada, limpa. Tem particular entusiasmo por Stein, de quem foi amiga, e que me revelou. Conheceu-a na Suíça, assistente de Husserl, antes de ambas entrarem para o claustro. As simpatias de Irmã Maria do Carmo — carmelita descalça — vão todas para a nova teologia, Odo Casel, o vitalismo alemão. Não sei bem como na prática, de fato, concilia isto com João da Cruz e Teresa de Ávila. Perguntei-lho, um dia. Respondeu-me com um esquema traçado por Dom Martinho, Abade, de que também é adepta ou fã, tentativa de integração da doutrina são-joanense na teologia do mistério. Não deixa de ser engenhoso.

O carinho da carmelita pelo primo célebre é público, interessa-se pelo destino dele, sua poesia, sua vida e sua morte, leu enternecida e surpresa a bela edição Aguilar, que Manuel lhe emprestou, e comentou comigo: mas Manuel está célebre mesmo, hem?... Quer vê-lo bem longe do cepticismo... Ou do hedonismo. Falou-me ela mais de uma vez da filha de Capistrano, Honorina, em religião Madre Maria José de Jesus. Poeta de intensa e casta sensibilidade, remeteu-me Honorina uns versos delicados, que logo agradeci, mas não tive correspondência com a filha de Capistrano. Apenas escrevi sobre ela, quando morreu.

Sou grato à priora Madre Maria José de Jesus por ter generosamente atendido ao meu apelo, para que ela e sua comunidade rezassem, naqueles dias, por meu tio Augusto Boisson, velho advogado, anatoliano, renaniano, inteiramente céptico, a quem o Padre Penido, por minha solicitação, deu o último sacramento.

Em S. Paulo, quando noviço, aconteceu-me estranha aventura: levei ao dentista uma carmelita. Frei Salvador, que seria padre e depois apostataria por completo e se casaria até com uma freira, era muito amigo de sua carmelita descalça do convento de S. Paulo. Correspondiam-se assiduamente. Pois, tendo a freira reclusa de ir ao seu dentista na cidade, lembrou-se de escrever ao amigo noviço para buscá-la. O padre-mestre me escolheu para acompanhar Frei Salvador. Foi deveras invulgar: a porta da clausura abriu-se, a freira saiu de véu caído sobre o rosto, fez um movimento rápido e gentil suspendendo-o e logo se dirigiu a nós dois, únicos assistentes da cena, do lado de fora da clausura. Fomos e voltamos de táxi, em animada conversa de moços. Esperamos com a jovem carmelita, baixinha, gorducha, desembaraçada, na sala de visitas do dentista, cheia de gente. Não imaginavam que aquela freira como as outras era uma contemplativa, saíra de uma clausura rigorosa. Não deixou, afinal, de ser engraçado o trabalhinho vespertino, que me deu o padre-mestre.

Saindo do Carmelo de Petrópolis, o São José, pois há dois como no Rio, tomei a decisão de ser padre secular. Se não podia ser monge nem frade, seria padre, e para isso entraria no seminário do Rio, também de São José.

Sob o signo de José, o pai, comecei a agir no sentido de logo concretizar minha vontade. Daria certo? Não daria certo? Eu precisava de uma solução imediata e coerente, um rumo preciso, que viesse fecundar minha vida vazia e solitária, um ideal claro, um ponto de referência, que dilatasse meu horizonte, construindo-me.

Procurei um padre meu conhecido, professor do seminário, expus-lhe o caso e lhe pedi que me apresentasse ao reitor. O monsenhor Mota, reitor, compreendeu o contorno externo do caso, tal como eu, em linhas gerais, o tracei aos seus olhos sonhadores e buliçosos, e — sem hesitação, nem adiamento — resolveu, na própria conversa, minha entrada. Estava aceito.

Seria padre. Seria padre? Eu... procurava uma saída. O reitor encorajara-me, com sua voz cheia e bela, sua presença impressiva, a vaga autoridade do seu cargo, de que dias depois seria tirado. O cardeal concordou, logo adiante, em despacho de rotina com o reitor. Marcamos a data. Fins de fevereiro, para o retiro de abertura do ano.

Seria padre? Ser padre era uma exigência brutal do meu mundo, da minha intimidade, do meu passado recente, de tudo que lera e vivera, sofrera, pensara, nesses anos de mocidade intelectual, confiante, pura. Queria ser padre. Queria dar minha vida a uma causa que valesse a pena, uma causa total. Totalidade e unidade, não seria teoricamente isto que eu desejava, antes de tudo, acima de tudo, com a força insistente das grandes paixões perigosas, desvairadas? Quando leio as nobres e doloridas palavras de Alceu, em *Tentativa de Itinerário*, onde está o seu belo adeus à disponibilidade, 1928, sobre a Causa, a precisão de uma Causa, eu me encontro, adolescente impreciso, naquela ânsia do crítico literário de encontrar um rumo para a vida e a morte.

A causa. A totalidade. A unidade. A vida coerente e anticéptica, desinfetada do sibaritismo e do diletantismo fácil, unificada. Eu queria ser um. Mas como de fato conciliar minha personalidade com a comunidade vital? Ser um, uno, e ser com os outros, na coletividade? A integração far-se-ia?

Preparei-me. Vibrei, de novo, como é de meu feitio. Imaginava-me padre, a pregar. A palavra era meu reino. Seria pregador. Exprimiria o reino de Deus, que está dentro de nós, que está entre nós, que está... Mas o medo vinha, e o medo é duro de ver. Teria eu vocação? Bernanos dizia que sua filha não fora prostituta por vocação. Fora prostituta por... displicência, moleza, preguiça, *laissez-faire, laissez-aller...* Se fosse por vocação, ele aceitava, não sofreria tanto. Bernanos tinha o senso da vocação, do chamamento, como tinha o senso da honra — *vocatus*, chamado.

Vocação de prostituta... Que mistério! Toda vocação é um mistério. Todo destino está carregado de sombras confusas, indecifráveis. Nuvens, nuvens, que não podemos saber se se transformarão em chuva, ou se o vento as levará, lentamente, vagarosamente, ou subitamente, de uma vez.

Laetatus sum in his quae dicta sunt mihi:
in domum Domini ibimus...

Alegria.

IX

"Ora, ele era mais especial ainda do que eu supunha."

MARCEL PROUST

Por que ser padre?

Parece que me interroguei pouco sobre a motivação real, minha, a secreta e pessoal motivação deste homem, aqui e agora. Pairei no vago e teórico, afinal de contas — mais cômodo. Ou menos surpreendente. Eu era muito teórico, então. Perquiria o vácuo.

Eu não estava perto de mim. Ou não queria estar. Ou não podia. Perto, dentro, no fundo, olhos nos olhos, eu comigo. Minha motivação era externa, literária e livresca. Exógena e não endógena, para usar terminologia pedante, de que eu gostaria até me regalar, naquele tempo. Os dias, sumindo; eu, lendo. A leitura era minha caverna mágica. Mas, por que não me interrogava eu?

Eu era concentrado, mas vivia à superfície. O meu sofrimento era de tal ordem que eu achava mais simples ou mais prático ignorá-lo. "Graças a Deus, quem vê cara não vê coração, nem o resto", como escreveu em sua *Elegia de Paz em Lausanne* o poeta Afonso Arinos (Sobrinho) a propósito naturalmente da sua experiência de tuberculose na melancolia dos sanatórios suíços.

O seminário foi, para mim, um passeio. Vindo de onde vinha, não pude levá-lo muito a sério. Era um curso interno, nível baixo, vida espiritual rotineira e tênue. Evidentemente, não me senti feliz. Logo ao chegar, logo ao entrar no pátio, deu-me vontade de sair.

Mas... que fazer? A mediocridade era geral. Nem sombra de nível universitário. Atmosfera escolarzinha, reles. Padres pesadões, apegados aos compêndios, incapazes de vôo. Suportei o seminário durante um ano letivo inteiro, a minuciosamente estudar minha filosofia aristotélico-tomista através de Remer. Manual em latim, aulas em latim. Estudei ontologia e lógica. Paralelamente, havia cursos de literatura luso-brasileira, canto gregoriano, biologia (os problemas ligados à vida, ao fenômeno vida), mas em ritmo de compêndio vulgar, noções, noções.

Por mais que eu quisesse, não podia suportar uma atmosfera tão enfadonha, estreita e convencional. Havia, felizmente, os malucos, o grupinho dos avançados, liturgistas, gente que falava de ação católica, missa em português, participação, esquerda, capitalismo *versus* socialismo, Guardini, Maritain, Lebret, Voillaume, renovação. Liguei-me a esse grupo, heterogêneo e flutuante, rapazes de todo o Brasil. Fui, à revelia, e com o Ruas, de Manaus, líder de uma espécie de movimento insurrecional, revolta ideológica, agitação. Ruas era um moreno inteligente, líder nato, falava muito bem mesmo, como a poucos ouvi até hoje. Tinha o dom da comunicação, imediata, intelectual e afetiva, tinha um calor tranqüilo mas insinuante, uma sedução ou uma aura até mesmo física, misteriosa, como em Getúlio, em Carlos, em Jânio... Era quente e era frio. Foi meu melhor companheiro desses meses monótonos, sáfaros. O convívio com esse grupo de rapazes insatisfeitos, gente que lia, buquinava, como que alegrou minha vidinha baça e aborrecida. Sempre que podíamos, pretexto qualquer, ida ao dentista, ao médico, a uma cerimônia litúrgica na Catedral, visitávamos as livrarias do centro, sobretudo a Agir, que eu conhecia muito bem desde os velhos tempos da Avenida Churchill, lá perto do aeroporto, 1946-47, Fromm ainda mocinho, falando mal o português, e comprávamos jornais, principalmente se era sábado ou domingo, para a leitura dos suplementos literários. Éramos todos assim. Em bando, percorremos a exposição Rouault, e ainda me lembro nitidamente da surpresa do banqueiro Raul de Carvalho e de Dona Lourdes ao nos verem no salão cheio de telas doidas, não-convencionais, fora do comum, chocantes, grupo numeroso — dez ou mais — de padres jovens, e eu entre eles, meio líder, ou guia intelectual. Perguntaram-me os dois, donos do banco Andrade Arnaud, se eu gostava daquilo, se entendia... Arregalaram os olhos. Eram pacatos burgueses, não sabiam quem éramos.

A convivência com os rapazes foi boa, cheia de imprevisto, mal-entendidos, brincadeiras, preocupações. Fiz conferências. Escrevi muito para a revista e o jornal de casa. Fizeram-me diretor por unânime aclamação do jornal dos seminaristas. Esse jornal... Justamente por ele a crise interna se foi agravando, tais as audácias escritas e assinadas. O cardeal assustou-se, ficou zangado. Aquilo era demais. Suponho e até sei que ouviu tudo de novo durante o Concílio Ecumênico, mas da boca de cardeais... A crise coletiva chegou ao ponto crítico, o auge do escândalo, em setembro. O fim do ano letivo estava perto... O que foi o zunzum desses dias finais, de fermentação, fofoca, diz-que-diz-que, ameaças, risadas, pândega e sobressalto, nem é preciso dizer-se.

Nós nos reuníamos em dia certo da semana, hora certa, lugar conhecido, portas escancaradas. Havia os espiões. O boato fervilhava, fofocante. Seminaristas corriam pelos corredores com as novidades. Haveria intervenção federal? Haveria, não haveria? Quando releio os "Sapos", de Manuel, é nesse coaxar seminarístico, nesse espetáculo incrível, pululante, que eu penso afinal com saudade. Eu me divertia. No fundo, a vida para mim sempre foi espetáculo. Sempre fui um espectador, no sentido orteguiano. A vida humana, para mim, é um *ludus*, um divertimento sem mais significação. Meu organismo aceita a vida e nela se compraz. Como disse Gilberto Amado, encontrar no jogo de viver o mesmo encantamento que a criança encontra no brinquedo. Vida, para mim, é brinquedo. A diversão às vezes cansa ou enfara, entristece ou se transforma em drama lúgubre. Mas o teatro é assim. Há que apenas mudar de espetáculo, variar, aceitar momentaneamente as chateações da cena. Haverá segunda instância, haverá segundo ato. Novas peças subirão ao palco, para deleite nosso ou nossa angústia...

Deschateemo-nos como for possível. Possibilidade: esta palavra ganhou, aos poucos, na minha paisagem interior, uma dimensão volumosa, um relevo. O possível. A percepção do possível. A aceitação do possível. Palavra puxa palavra, possível puxa possível... E assim vai indo a vida vaga e vacilante, vácua, voraz.

Discutíamos. Brigávamos. Reacionarismo e revolução viviam em nossas bocas. Íamos renovar a face da Terra. Ó juventude, ó pureza! atividade lúcida no plano da inteligência...

Líamos com voracidade antropofágica. Éramos gulosos. Canibais. A vida intelectual em seu começo se caracteriza por dois sestros inevitáveis: a citação abundante e a leitura numerosa, rápida, uma pressa, um afã, um ímpeto de ler tudo, logo.

Se houve na minha vida um período de efervescência, foi o do Rio Comprido. Fervíamos por dentro, sem imaginar as conseqüências práticas a longo prazo, as distantes conseqüências, as repercussões longínquas de nossa agitação e nossa irreverência, o saldo negativo que seria, na vida de algum dos mocinhos de então, aquela aventura do espírito. O cardeal foi apertando o cerco. Antes que houvesse qualquer medida disciplinar concreta, proibição, sanção, advertência formal, saí. Saímos, aliás, porque foi um grupo que saiu, no mesmo fim do ano. Eu combinara comigo que ficaria o ano letivo até o fim e só deixaria a casa em dezembro ou fim de novembro. Fiz assim, de fato. Não briguei. Não tive atritos. Saí cordialmente, embora malvisto pelos reacionários e festejado, naturalmente, pelos outros. Com o cardeal, não discuti nem tive choque pessoal de espécie alguma, como depois se disse muito. Conversamos três ou quatro vezes mais longamente, a sós, no seu gabinete particular, no seminário. Era o reitor do seminário, na prática. Reitor e vice-reitor não mandavam nada, não mexiam uma palha, sem falar com Sua Eminência, sem consulta respeitosa, autorização expressa. Fora da rotina, não se fazia nada no Rio Comprido, seminário maior, sem o *placet*, o *nihil obstat*, o *aprovo* daquele gordo sem talento, opaco, vulgar, chão a mais não poder, linguagem chula, pobre de inteligência, provinciano medularmente, mas forte, voluntarista ousado, cumpridor das obrigações, pontual, minucioso e exigente.

Era o deus, o buda, o nume tutelar daquela casa, andava depressa pelos corredores, quase correndo, a olhar o relógio de pulso, infatigável no zelo ambicioso, retraído e sério, incapaz de efusão espontânea, abandono ou carinho. Soldado em serviço, não brincava, nem mesmo quando brincava, ou fingia brincar, com a singeleza das afetações que não convencem.

Supõem que não gosto dele. Puro engano. Sempre gostei dele. Admiro e invejo aquela monolítica, espessa capacidade de acreditar no dever, cumpri-lo cegamente, duramente, obstinadamente, lutar como um desesperado pelas insignificâncias mais tolas, não perder tempo, ir cumprindo os rituais da escalada sem maiores dúvidas, coerente, coeso, confiante. Invejo muito esses tipos, de fé robusta ou rombuda, que não visitaram o país das angústias e melancolias, por falta de tempo ou disposição íntima. O cardeal não admitia nem compreendia crise, perplexidade, cómplexidade psicológica, pois era feito de simplicidade lisa, era insensível às nuanças, às subtilezas, aos tons amielescos, ou proustianos, aos entretons das almas delicadas. Tudo para ele era simples, retangular, definível no plano da logicidade, claro, e se não era claro devia ser: era defeito. Amiel, para um homem assim, não passava de enfermo, e só. Proust era um anormal. Intelectuais, via-os com extrema desconfiança: raça perigosa, daninha. Gente complicada a se comprazer na própria e mórbida complicação. Inúteis. Divagadores flácidos. Seres a que faltou educação, a boa disciplina, horário, dureza, trabalho pesado. E sua cabeça estava repleta de lugares-comuns, frases vulgaríssimas, ditos, chavões, clichês da pior categoria pela incrível banalidade, e gostava de os dizer como se aquilo — o banal, pobremente expresso — fosse o supra-sumo da sabedoria, o próprio bom-senso na sua solidez, eternidade, invulnerabilidade, a essência da filosofia divina, o núcleo, o âmago da dialética do divino e do humano, a verdade. Aquilo era doméstico, bom-senso de copa e cozinha, rés-do-chão, vulgaridade simplória, discutibilíssima, convencionalidade muita. O homem cria naquilo. Antes de conhecê-lo na relativa intimidade, pensava que fosse medíocre, digamo-lo sem ofensa nem azedume. Depois, vi que o era bem mais do que eu supunha. Ingênuo em sua praticidade vigilante e apressada. Tinha experiência vasta, variada, nacional, sabia coisas, mas era uma experiência elementar, de superfície, periférica, epidérmica, anedótica. Descobri-o com espanto: aquele homem sério, digno, a honradez em pessoa, quase austero, trabalhador exato, era um ser anedótico, amava a anedota, não digo a simples anedota, a graça, a piada (antes fosse...), não, digo a anedota no sentido amplo e mais profundo, o fato, o episódio, a descritividade horizontal do episódio. Vivia no episódio, no anedótico. Vivia de episódios. No episódio, no fato narrado, na experiência linear, nessa linearidade vazia, pobre, não interpretativa, desfiguradora, singela, comprazia-se o cardeal. Isso lhe bastava. Sua experiência por certo imensa era um amontoado de fatos, um depósito de coisas, um guarda-móveis, uma coleção de anedotas, o pitoresco a encimar a porta de entrada com a sua graça batida e suspeita, incapaz de fixar densamente a realidade.

A realidade — real — escapava-lhe, a meu ver, mas disso não suspeitava o homem duro e maciço, o bloco homogêneo, inapto para a dúvida metódica, a sondagem delicada, o contato com as letras, o comércio com a vida nas suas faces mais ricas e sutis, o convívio com o intelectual ou o poético. Não vi até hoje ser mais antipoético. A poesia não entrava nele, salvo poesia de almanaque, subliteratura.

Via-me com inevitável desconfiança, Eu era o oposto. Seus olhos encontravam os meus com reticências. E eu via reticências nos dele. Foi amável comigo, na medida em que um homem assim pode ser amável. Conversamos. Parecia conversa de velório. Eu nunca me dispus a falar muito.

Pretender que uma pessoa como esta — qualidades e defeitos — compreendesse uma crise psicológica deveras nuançada, era burrice. Nunca pretendi tal enormidade clamante. Abstive-me de enunciar o que quer que fosse a respeito. Calei-me. Manteve ele também a mais limpa reserva. Nossos encontros eram penosos, arrastados. Ele, atento, delicadinho, quase amigo. Eu, enleado, sem gosto, sem prazer. E sem prazer não funciono. Puxava ele um assunto, a coisa não ia, faltava comunicatividade entre nós. A rigidez facial do homem indignava-me.

Todos se queixavam lá da fria dureza do bispo. O clero sofria com a distância, a falta de flexibilidade, o carrancismo dele. Autoridade, mas pouca afetividade. Eu... não pretendia nada, não queria mesmo conversa. Nunca fui de sua corte ou sua roda mais chegada. Nunca fui ao Sumaré para bisbilhotices filiais, como se me deparou oportunidade mais de uma vez. Não quis. Não queria nada.

Imaginar-se meu sofrimento indizível naquelas palestras coletivas, solenes, preparadas, honestas, que Sua Eminência nos fazia, de quando em quando. Pregou retiros para nós, na pequena capela do seminário maior. Aquilo tudo me feria a sensibilidade, me violava a inteligência, era um acinte brutal à minha cultura, era um atentado social. Eu ouvia, quieto, impassível, desolado. Sua pobreza ideológica ou simplesmente vocabular é pasmosa. Dissertou um dia sobre a Graça durante uma hora — dissertação para seminaristas maiores, filosofia, teologia, homens de vinte, vinte e poucos anos, seminário central do Brasil, rapazes de todo o território nacional, de todos os níveis sociais e financeiros, que miséria! Nível puro de lição elementar para meninos, e sem o que salvaria a lição infantil: a graça, ou a leveza, ou a sensibilidade, a poesia, a infância...

Tinha, porém, duas qualidades especiais, que me apresso a fixar aqui: citava a Bíblia com freqüência no latim da Vulgata e falava com absoluta correção gramatical. Sabia a gramática da língua... Redigia e falava com esmero gramatical, não literário. Sua prosa não tinha a mais mínima categoria literária, o menor estilo, a menor força de expressão. Tudo frases-feitas, lugares-comuns hiperconsagrados e hipergastos.

Não falava bem. Vinha dos manuais e era-lhes fiel. Carecia de calor, seiva, vitalidade interior própria, efusividade mais espontânea e ardente. Era frio, sendo sangüíneo, genioso e quente, no sentido de explosivo. Suas súbitas explosões temperamentais eram temidas e famosas...

Afetava um grande respeito por nós, ao dirigir-nos a palavra em público ou mesmo privadamente, mesmo a sós. Era uma forma de obter logo a recíproca... Pareceu-me tímido, medroso, hesitante em certos momentos, quando eu não esperava deparar nele hesitação ou timidez. Falando em público, é visível seu tom levemente aflito, desejoso de logo terminar, sem maiores *gaffes*. O temor da *gaucherie* acompanha-o brandamente e fá-lo galopar. Denuncia-se pela pressa com que fala em público e que, na conversa particular ou grupal, desaparece por completo...

Prático, sabe fazer curativos e gosta de exibir o seu inesperado conhecimento. Vi-o levar um rapaz à enfermaria para fazer-lhe um curativo, ele próprio, com suas mãos gorduchas e cardinalícias. Com tal anedota, despeço-me dele.

Que livros andei lendo?

Maritain, por quem Sua Eminência tinha declarado horror, Fulton Sheen, que li muito então, Daniélou, as cartas de Teresa do Menino Jesus, *Lampião*, de Rachel de Queiroz, *La Synthése Thomiste*, de Garrigou, as obras completas de São João da Cruz, no texto original espanhol. Minha meditação diária de meia hora era João da Cruz. Lia suplementos, revistas, ouvi os mais diversos conferencistas, convidados a dirigir-nos sua palavra: um Gustavo Corção, um Padre Caetano de Vasconcelos, decepcionante pela sua total mediocridade, um Frei Romeu Dale, frágil, um Gladstone Chaves de Melo, que levei ao seminário e falou bem, com segurança e profundeza doutrinal. Corção esteve mais confuso, mais difuso, mais derramado ou prolixo, sem encontrar direito o tom ou a exata medida...

A rotina era simples: capela, missa, café no refeitório, recreio, estudo, aulas, meditação, terço, almoço, recreio, sesta, estudo, aulas, jantar, recreio, oração na capela. Na feia e apertada capela provisória, começava e terminava o dia. Dias insossos. Só a leitura particular e a convivência com os rapazes inteligentes, que povoavam de vivacidade e livre irreverência a minha vida, puderam amenizar a triste aridez do viver apagado e monótono, capela, corredor, quarto, refeitório, pátio, pouco mais que uma prisão. Saíamos para dar catecismo formal. Fui professor encabulado na Escola Técnica e, uma vez, no Instituto Profissional Quinze de Novembro, em Quintino. Os alunos gostavam de minhas preleções divertidas. Não puxava por eles. Não exigia nada de ninguém. Tinha pena. Na Escola Técnica, encontrei certa manhã o poeta Paulo Gomide, que — no dizer de Drummond — "agride toda convenção". O poeta mais sua úlcera e sua neurose lá estavam, no corredor batido de sol. Gomide estranhou minha presença, provocou-me com sua violenta vivacidade quase ofensiva, disse-me categórico: aqui você só tem um jeito, é dizer que Deus é Amor, falar de amor, amor... Motivar bem, meu caro. Senão, você está frito, viram-lhe as costas.

A vida é que me queria virar as costas, a impiedosa...

Levei uns quatro ou cinco seminaristas à casa de Corção para uma conversa noturna.

Encontro amigável, prolongado. Gustavo Corção Braga — homem seco — estava quase gentil, embaraçado com tanto jovem seminarista a enfeitar-lhe de negro a clara biblioteca, no vale verde das Laranjeiras. Chamou pelo telefone Fernando Carneiro e Gladstone, para o ajudarem a dar conta de seu recado conosco, a suportar as perguntas indiscretas, a tolice juvenil, a ingenuidade dos moços, a sua confiança no futuro vago e vazio, e os dois apareceram solícitos, pressurosos, mesureiros com o mestre lá deles, sacristães, acólitos. Falaram pouco. Todos falaram pouco individualmente. Havia a natural e inútil agitação dos jovens, que o velhote lúcido e frio procurava conter, cortar ou podar, desiludir, entreter às vezes. Saímos às duas da madrugada ou pouco menos — exaustos de não dizer nada, não ouvir quase nada, redemoinho de almas inquietas.

Qual a significação da vida humana?

Que sentido teria tudo aquilo? E nós, no meio, nós, moços, nós, incautos, procurando, agitados pelos ventos do mundo, a viajarmos de madrugada — como ébrios, como boêmios — em um táxi, das Laranjeiras à Tijuca. Dormimos em minha casa.

No fim do ano, exerci pequeno papel numa questão delicada. Fui, casualmente, protagonista... Conversando com o reitor Ávila, homem lúcido, leitor de Marcel, e dizendo-lhe eu que o padre Penido estava em Petrópolis, Rua Guarani, recolhido à sua casa de veraneio desde o falecimento de sua mãe (dezembro de 1952), introvertidíssimo, saudoso, com vontade de voltar para a Europa, espantou-se o reitor, que já o imaginava no Velho Mundo, a distrair-se de sua grande dor com novidades teológicas e estafantes pesquisas. Ah! se ele ainda está em Petrópolis e nada ainda resolveu sobre o futuro, vamos impedir-lhe a partida, vamos retê-lo, vamos segurálo, vamos convidá-lo a lecionar aqui... Dei-lhe o endereço petropolitano de Penido, no Valparaíso, recantinho bucólico, e dias depois chegava — extremamente lacônica — a resposta afirmativa do sábio teólogo e tão fino humanista, herdeiro de Montaigne e Morus.

— "Espero ser bem recebido pelos teólogos"... O reitor chamou-me para mostrar a carta manuscrita, naquela tímida letrinha regular, cerebral, contenção pura. Rimos da frase...

No dia 16 de novembro de 1953, conversei imensamente com dois opostos, no mesmo lugar, um depois do outro. Após uma longa e íntima conversa comigo a 9 de novembro, Alceu Amoroso Lima, a quem contei pormenorizadamente aspectos da minha crise e que, em resposta, se abrira inteiramente narrando ao jovem, que eu era, a sua ruptura com o arcebispo em todos os lances e complicações, marcara um outro encontro para a tarde de 16, no centro Dom Vital. Como eu tinha que fazer na cidade, saí cedo do Rio Comprido, almocei no Petit Paris, vi de longe Osório Borba, todo enfarpelado de azul-marinho (não podia imaginar que ele saía do velório de Jorge de Lima, que morrera na véspera, 15 de novembro, domingo), bati um papo com Arnaldo Belluci na Agir e as duas horas da tarde, quer dizer, duas horas antes da hora marcada, cheguei ao Dom Vital. Estava lendo uns números antigos da revista *A Ordem*, coisa interessante, quando chegou à sala o escritor Corção. Sentou-se a meu lado e descansadamente conversou comigo por uma hora e tanto. O que disse, me deixou triste e apreensivo. Estava contra o doutor Alceu, atacou-o. Não havia divergência doutrinal propriamente. Era oposição humana pura e simples, era ponta, antipatia, mágoa, ressentimento, um horror. Ouvi-o em silêncio, preocupado, certo de que a cisão entre os dois se daria, mais cedo ou mais tarde, publicamente e asperamente. O rancor do velho Corção era notório. Sua animosidade pessoal era nítida. Estávamos no fim de 1953... Não havia mera divergência de idéias ou de interpretação dos fatos. Soube por ele que Jorge morrera.

Apareceu uma senhora que desejava falar ao Corção. Refugiei-me no gabinetezinho do Alceu, que tardou a aparecer, veio atrasado e apressadinho como sempre. Ia escrever um artigo naquela noite sobre Jorge. Fizera, no São João Batista, no início daquela tarde, um tocante discurso à beira do túmulo do poeta. Conversamos. Era o oposto do outro. Um aberto, cordial, humano, ingênuo e sabido; o outro, fechado, estreito, duro, desconfiado, manhoso e ingênuo de mais funda ingenuidade... Um, jovem, vivo, curioso, sedento de novidades. O outrozinho, velho, parado, farto, desinteressado de quase tudo, atacando a memória de Dom Leme, de Jackson, atacando Alceu, dizendo coisas desagradáveis do companheiro tímido e generoso, que o revelara.

Mas reconheço limpamente que havia mais profundidade de pensamento em Corção do que em Alceu. Este é um homem de letras, arejado e passeador, erudito. Aquele é um especulativo, seco e tenso. Este é um esteta. Aquele é um professor de filosofia. Este é um diletante gracioso. Aquele é um panfletário mordaz. Alceu é todo finura, *grand-seigneur*. Corção é mais plebe, homem singelo, modesto, sem os recursos de mundanidade e cultura do outro. A cultura de Corção é mais profunda. A de Alceu é mais extensa, Alceu lê mais. Corção lê melhor. Alceu sabe-mais menos. Corção sabe-menos mais. E redige muito melhor.

Inegavelmente, o Corção é um especulativo. Nasceu para divulgar história da filosofia, mas repensando os problemas, reelaborando. Alceu não pensa. Alceu cita. É um copista de fôlego. Não se detém diante dos problemas. Atravessa-os rapidamente, amparado nas muletas fáceis de duas ou três citações.

Em Alceu, tudo acaba em citação. Em Corção, tudo acaba em desaforo mais ou menos cínico.

Alceu, diplomata. Corção, mestre-de-obras.

O artigo sobre Jorge de Lima, fui lê-lo em Belo Horizonte, sentado num banco do Parque Pedro II, no silêncio bom da tarde serena.

X

"Cada ação perfeita é acompanhada de volúpia."

GIDE

Sem volúpia, não há perfeição...

Li, pois, os suplementos dedicados a Jorge de Lima, na paz do jardim, diante de um lago. Raquel falava de vocação cirenaica de Jorge... Em *O Jornal*, o próprio Jorge contava, em fragmentos de seu Diário final, doloroso, as vicissitudes de seu alto espírito. Aquele Diário me comoveu,

Não conheci pessoalmente Jorge de Lima. Nunca o vi, nem na rua, sequer de longe. Ainda hoje, vi na Rua Otávio de Faria, verifiquei envergonhado que ainda não perdi o costume juvenil de me voltar para ver longamente os escritores e os poetas de minha admiração ou, pelo menos, famosos. Quantas vezes eu segui na rua a Luís Edmundo!... Mas falei uma vez com Jorge pelo telefone, março, 1947, para sua casa em Copacabana, creio, em nome do Diretório Acadêmico da Faculdade Católica de Direito do qual eu era secretário de cultura: convidei-o para falar sobre Castro Alves, no centenário do poeta; Jorge não quis. Mas sua voz era tão mansa, e ele não me despediu, não apressou o fim do telefonema, não me empurrou. Ele escorregava, pegajoso, prolongante. Mas não puxou assunto. Apenas pairou, meio nebuloso, tranqüilo, arrastado, deslizando suavemente.

Esta é a única memória pessoal do poeta.

Fui do seminário diretamente para Belo Horizonte. Espaireci. Alceu mandara uma carta a Etiene filho, redator-chefe de *O Diário*, carta que nunca vi e teria curiosidade de ver, apresentando-me e pedindo que me recebesse na redação. Etiene me aconselhou muito bem, mas profissionalmente não lhe foi possível no momento atender a Alceu, de quem fora secretário particular durante alguns anos, aqui no Rio.

Fui para Belo Horizonte de avião. Viagem tranqüila por fora e tão agitada por dentro. Quem era eu, exatamente? Que destino seria o meu? Que me esperava, lá e depois? Valeria a pena viver? Qual a significação real e última da vida humana? Que é que eu devia ser? Que é que eu seria? Que é que era? Não era nada. Tinha vinte e cinco anos. Não era nada. Nada. Nada. Um intelectual sem obra, um vazio, um incapaz de criar, um artista sem destino, perplexidade.

O avião sobrevoa as meigas serras. São meigas de longe. De perto, são ásperas. Eu olhava com olhinhos compridos o mundo lá embaixo, os verdes, matizes tão estranhos e diversos, os rios, a vida terrestre, o doce reino da terra, de que Bernanos falara, aquela terra do Brasil, aquela gente miudinha, tão longe, que o fogoso francês genial e torturado conhecera de perto e compreendera tão fundamente nas páginas do prefácio de *Lettre aux Anglais*... Em mim, os ventos contraditórios semeavam a melancolia do exílio, e eu suspirava com saudades de um eu imaginário. Pensava em mim, meu destino, a curva de minha vida, a estranha parábola, que se ia tecendo devagarinho, sem que eu pudesse ou soubesse alterar-lhe o curso. Mas... em que direção, precisamente?

Voávamos para a cidade de Belo Horizonte, aeroporto de Pampulha. E eu, para onde voava eu, dentro da nave, do peixe alado a romper o céu, a cortar o fofo tecido das nuvens?

"A garupa da vaca era palustre e bela"... Palustre e bela. Bonito: a surpresa de unir bela e palustre. O inesperado: palustre e bela. Uma garupa de vaca. Palustre e bela. Você quer a vida medíocre? Vida medíocre, vida medíocre. Você quer a mediocridade? Você quer ser medíocre? Não quero a vida medíocre. Eu odeio os hábitos medíocres. Eu odeio conversa medíocre. Não quero a vida medíocre. Quero outra coisa, quero partir. Eu tenho vontade de partir. Eu sempre tive uma vontade de partir... Como eu gosto de andar de avião!... A gente parte o tempo todo, no avião. Em viagem de avião, a gente só chega quando chega mesmo: antes de chegar não chega... De navio — não sei, nunca viajei de navio. 1967 — agora, já viajei — a gente deve chegar sempre uma hora, ou duas, depois que parte, a gente chega logo que parte. A gente não parte durante a viagem toda, porque navio é estável, segurinho. Avião voa. Avião é partida sempre. Avião é pássaro e pássaro parte, pássaro não fica, flutua. Meu destino flutua. Eu quero partir, sempre quero partir. Eu nunca chego. Vida medíocre. Você não quer ser medíocre. Não, não quero ser medíocre. Mas o que é que é ser medíocre? É ficar. É chegar e não partir. Toda estabilidade é medíocre. Toda fixação é medíocre. Só a partida não é medíocre. Todo compromisso esvazia. Só a aventura é casta. Não quero a rotina. Só quero o vôo. Vida medíocre, vida medíocre. O homem é uma paixão inútil. Apertar os cintos. Estão apertados. Não fumar.

É inútil: não fumo (não fumei, não fumarei). Tenho horror ao fumo — cigarro, cachimbo, charuto... Nuvens. Nuvem é parecido com neve. Eu nunca vi neve, só no cinema. 1967 — agora já vi! Preciso ler Graciliano Ramos. Ele era magro, seco, ascético. Escritor clássico. Jorge Amado é romântico. Graciliano é clássico. Graciliano é clássico. Será que Graciliano fica? Ficar... O que é ficar? Imortalidade, até quando? Tudo é provisório. O homem é uma paixão inútil. A história de toda vida é a história de um malogro. Tenho vontade de partir, sempre. Eu sempre quis partir. Fuga, fuga, fuga. Avião. Evasão. Tensão. Pressão. Minha pressão foi sempre boa. Não sou hipotenso, nem hipertenso. Parece que eu perdi a chave. Eu estou sempre de chave perdida. Apertar os cintos. Os meus estão apertados desde o aeroporto Santos Dumont, baía de Guanabara, ao nível do mar. Vontade de partir. Não quero cintos. Perdi a chave, para sempre. Serei sempre um homem sem chave, sem chaves e sem cinto, voando nas brancas nuvens.

> ... "e não sejamos fúnebres e espessos,
> sejamos gaios, todavia leves"...

Partir, mesmo quando se chega. Eu perdi a chave. Agora, vou para o hotel. Eu gosto de hotel. Quanto mais desconhecido, melhor. Amo as cidades desconhecidas. Não sei de exercício melhor do que descobrir uma cidade desconhecida, sem mapa. Rua após rua.

Perdi a chave. Ou pedi a chave?

Ruas de noite, solidão total. Caminhadas lentas e longas, a esmo, quarteirões de casas quietas, gente medíocre, abrigada suavemente da noite. Onde é a casa de Emílio Moura? Vou espiar as paredes que guardam Emílio Moura. E seu espelho.

Onde, a de Henriqueta Lisboa, a da face lívida? Caminho na noite. Escuto os ruídos da noite. Ruas recolhidas. Onde estão as rugas? Ruas noturnas. Eu, caminhante, sem chave e sem fé. A chave ficou na portaria do hotel...

Os homens são felizes em suas casas? Vidas medíocres... Eu os espio e os invejo da calçada. Estão abrigados e aquecidos na noite. Serão felizes? Eu sempre espiei com surpresa a felicidade. Existirá mesmo? Os homens serão felizes em suas casas, ou serão desgraçados? Haverá apenas uma ilusão? Ó caminhante sombrio e só! Sempre sentiste o efêmero de tudo. Nunca pousaste, nem repousaste em nada. Nunca tiveste sossego. Foste sempre um peregrino em perigo. Vê, são as casas dos homens: estão dormindo, ou jogando, ou discutindo, ou simplesmente conversando, estão na sala ou no quarto, lendo ou amando, ou contando o seu dinheiro sob a luz esquiva, escassa, que parcamente escoa de uma lâmpada frágil de abajur. São os homens, teus semelhantes, teus irmãos. Estão em casa, estão parados na noite. Aí estão, os homens. Suas casas começam a apagar-se, mergulham aos poucos na treva, o silêncio desce e envolve as casas tranqüilas dos homens. Eles vão dormir, fatigados, em suas camas. Os cérebros estão cheios de vida vivida, e enquanto os homens dormem deitados em seus leitos limpos, no escuro, abraçados às suas castas mulheres, ou solitários, a vida borbulha neles, os micróbios caminham dentro deles, invadem, conquistam, desfiguram, constroem neles a morte. É de noite que se constrói o reino da morte nos homens. De dia, os homens se defendem. Mas a noite é propícia à morte. Os homens felizes estão morrendo devagar, em suas camas, onde um dia morrerão de todo e de súbito, envoltos num silêncio mais espesso do que este, da noite. Adeus, mundo. Adeus, infância. Adeus, morte...

E o viajante, de mãos lassas, contempla, solitário e sereno, as trevas habitadas pelos homens felizes, que caminham distraídos para a morte.

Deve ser bom ter uma casa assim, nossa, nossa, e só nossa, da gente, numa rua tranqüila. Uma casa com mulher e filhos, um jardim, janelas iluminadas na noite, um cachorrinho, um carro na garagem, o portão bonito fechado, a geladeira com duas garrafas de vinho, os meninos deitados, respirando direitinho, a mulher entregue a qualquer ofício ligeiro, leve, leviano, por exemplo, espantar uma mosca, matar uma barata absurda, extemporânea, adventícia, sociável, fechar um pouquinho a janela, porque a noite é fria e somos delicados, enquanto espera o instante do amor, dos corpos enlaçados, para que o sêmen do homem construa a vida no seio da mulher, e assim a longa brincadeira não termine nunca, e haja sempre, pelos dias dos dias, infinitamente, doidamente, homens e mulheres sobre a face da Terra, casas adormecidas, fogões limpinhos, jardins bem tratados e toalhas de banho penduradas nobremente em seus claros cabides de louça.

Isto é apetecível, uma casa, com mulher e meninos, para a noite do homem. Nunca terás isto, ó incauto viajante, ó ser noturno, abandonado e trágico, nunca terás o limpo sossego dos homens. Não o terás, porque o recusas, ó louco, ó orgulhoso, ó só. Não conhecerás nunca a meiga tranqüilidade dos serões sem agitação: viverás como um condenado, sem casa, entregue à nostalgia do paraíso absurdo, sem chave, sem nada. Caminharás sem fim. Nunca chegarás. A felicidade, esta felicidade, enganosa e tola, esta ilusão de que vivem as gerações dos homens, não cabe em ti, não foi feita para o teu porte, rapaz. Teu coração jovem quer outra coisa que está longe daqui, das geladeiras cheias e dos corações vazios, ocos, inúteis.

Tu sonhas, o teu sonho te chama para longe. Teu endereço não é aqui, rapaz. Põe a chave invisível noutra porta, só te posso dizer que a porta, a outra, a tua, meu filho, não existe...

A história de todos os corações humanos é apenas a história de um suspiro...

Comecei, então, a ler sistematicamente todo o modernismo brasileiro. Li tudo, nesses anos que se seguiram à saída do Rio Comprido: José Geraldo Vieira, Oswald de Andrade, Mário de Andrade, Graciliano, José Lins, José Américo, José Vieira, Jorge Amado, Raquel, Amando Fontes, Barreto filho proustiano, Andrade Murici, o precursor Adelino Magalhães, Cornélio Pena, Adonias, Lúcio Cardoso, Clarice Lispector, até a curva de Guimarães Rosa, de cujo *Sagarana* me lembro nesta hora, com seu burrinho pedrês e o artigo de saudação do Álvaro Lins, no *Correio da Manhã*, isso em 1947...

Os contistas: Alcântara Machado, Mário de Andrade, Orígenes, João Alphonsus, Clarice, Samuel Rawett, já na safra pós-modernista. A imensa poesia — Drummond, Bandeira, Murilo, Cecília, Schmidt, Henriqueta, Emílio, Jorge, cuja *Invenção de Orfeu*, novinha, comprei numa livraria de Belo Horizonte. Mário de Andrade, com seu *Noturno de Belo Horizonte*. Cassiano, com a revolução dos seus poemas murais e faces perdidas. Os ensaístas e críticos. A severa e nobre erudição de Sérgio Buarque em *Raízes do Brasil* ou a aventura esquematizada de Paulo Prado em *Retrato do Brasil*. Toda a literatura moderna do Brasil, de *João Miramar* a *Vila Feliz*, preludiando *João Ternura*. A *Paulicéia Desvairada* e *O Estrangeiro*, *Os Condenados* e *Chão*, *Macunaíma* e *Cobra Norato*. Em suma, o Brasil.

O Estrangeiro tão parecido com *Chão*... *Juca Mulato*, naturalmente. E *Os Lusíadas*, marítimo, poema azul, lépido, cheio de deuses inócuos e belezas cavernosas... Literatura, minha pátria. Decidi que seria escritor para sempre, *per omnia saecula saeculorum*, houvesse o que houvesse, apenas escritor, homem da literatura. E, no entanto... *Bico bico surubico*, poema de Augusto Meyer, a Canção Bicuda, o impasse, o duelo entre ser e não-ser, o hamletismo que todo escritor carrega dentro de si, como uma esfinge indecifrável, um câncer, uma flor da morte... Marques Rebelo e Otávio de Faria me acenam, Érico também. Mas há o estilo familiar da Sra. Leandro Dupré. O *Ex-Mágico*, de Murilo Rubião. O mundo de Bueno de Rivera, segundo Drummond. As finezas poéticas de Afonso Félix de Sousa e Osvaldino Marques. E eu conheci em Belo Horizonte o poeta Afonso Ávila. Morava com Laís ainda na casa dos pais, os meninos — creio que dois — eram ainda pequenininhos. Só falávamos literatura. Eles se levantavam, iam até a estante e me traziam as poesias completas de Antônio Machado, ou de García Lorca, nos dizíamos coisas de nossas respectivas experiências de homens. Eles sabiam muito, contaram ao rapaz curioso verdades que ele, marítimo e metropolitano, ignorava. *Elegia de Abril*, de Marcelo de Sena, o pseudônimo de Cristiano Martins, ou a *Elegia de Marienbad*, de Goethe, coisas de Rilke ou sobre Rilke, e o novo *Romanceiro da Inconfidência*, de Cecília, que li então, na montanha, no clima da conjura velha.

> "Minha alma sobe ladeiras
> minha alma desce ladeiras"...

Afonso Ávila foi meu anjo em Belo Horizonte. Que grande poeta! Quem nos apresentou, Carminha Gouthier, poeta cristã, era íntima correspondente e amiga de Jorge de Lima, em cujo Diário, lido através dos fragmentos de *O Jornal*, deparei o nome de Carminha, com o pedido de que logo avisassem a esquiva mineira da morte dele (o que não fizeram, claro...). Fui eu à casa de Carminha com a página do jornal, seu nome, o pedido solene e final do poeta Jorge e lho mostrei. Carminha chorou. Foi aos livros bem-amados e mostrou-me as fraternas dedicatórias de Jorge, o amigo que ela nunca vira. Dedicatórias de Murilo, de Drummond... A força da poesia a aproximar os seres distantes, a unir os homens através de espaço e tempo, a poesia que abole a morte e ressuscita numa sala belo-horizontina o poeta falecido, enterrado, longe. Carminha e seu marido, Hudson, juiz aposentado, abriram para mim uma garrafa de vinho.

Carminha me apresentou a Eneida, não a de Morais, personagem de *Memórias do Cárcere*, mas a de Belo Horizonte, Meneses, e Eneida chamou a sua casa Afonso Ávila, para que fosse meu amigo. Estava saindo por aqueles dias *O Açude e Sonetos da Descoberta*, de Afonso; quando retornei ao Rio, escrevi um artigo sobre o livrinho no suplemento do *Diário de Notícias*. Foram estes meus companheiros: Afonso, Frei Martinho Penido Burnier, com quem conversava no convento da Serra, Carminha Gouthier, gente fraternal. Conversei nos Correios com o padre Orlando Machado, tuberculoso e lúcido, e tomei lanche com ele na Rua da Baía, numa casa de chá. Fui ao apartamento do padre Orlando Vilela, esteta e místico, herdeiro do padre Bremond. O padre Francisco Laje Pessoa, que, na política, representaria um papel imenso, mostrou-me, depois de almoçarmos juntos em casa de sua mãe na Gameleira, a favela de São Vicente de Paulo, em que era mais que um líder. Tarde inesquecível: nós dois a percorrermos a pé a grande favela, e o povo, os molequinhos, toda gente a saudar o padre popular com "ei, padre Laje, ei, padre Laje". Tomamos café na favela. Conversei com Etiene em *O Diário* e em sua casa. Fui à casa de Edgar da Mata Machado. Andei pelas ruas com Leopoldo Brandão Vilela, que depois se ligaria tanto a Santiago na luta pela construção de um Brasil independente. Visitei o famoso monsenhor Messias, místico, no seu recanto do Carmelo, onde era pai espiritual das monjas e taumaturgo. Romarias diárias para vê-lo, ouvir-lhe a voz débil, receber-lhe a célebre e pacificadora bênção. Conversei com o taumaturgo uma tarde inteira, estava muito velho e paralítico, mas lúcido e subtil. Voltei à cidade e adquiri numa livraria *O Itinerário Místico de São João da Cruz*, de Penido, voltei ao distante Carmelo para oferecer-lho. Há pouco, ele morreu, esse estranho monsenhor Messias, desprendida e atenta pessoa, olhos mansos, mas perscrutadores, mãos longas, moles, largadas. Que me disse o taumaturgo? Nada especial. Algumas vulgaridades piedosas e, instado por mim, reminiscências discretas e débeis, incolores, tímidas, ligeiras, de sua já extensa vida. Não me declarou nada assim mais forte. Perguntei-lhe à queima-roupa se era santo, que achava daquilo tudo, a fama de santidade, o esvoaçar constante do povo, a reverência, o murmúrio em torno dele: "eles têm fé na bênção do padre velho"... Foi a única frase do padre que permaneceu em mim, o resto se apagou. Tomamos lanche juntos, no quarto pobre, de lívidas paredes caiadas, mobília irrisória.

Belo Horizonte são essas lembranças fugidias, memória de gente amiga, pedaços de conversas. Conheci Tiago de Melo, o poeta, que amava então a extraordinária Maria Helena e vivia uma crise. Andamos pelas ruas de Belo Horizonte. Fomos, na vigília do Natal, à casa das monjas beneditinas no alto do seu monte, para a missa da meia-noite: minha mãe, meu pai, que foram de avião generosamente passar o Natal comigo. Tiago e sua noiva Maria Helena, admirável mulher, o irmão desta, um engenheiro encantador, de pureza transparente. Missa íntima, aconchegada, na capelinha provisória e pobre, poucas pessoas, o canto puro das monjas a celebrar o Natal do Menino.

Li em Belo Horizonte Graciliano. O estilo era sóbrio, enxuto, como o homem — o homem de carne e osso, mais osso do que carne, que conheci na livraria José Olímpio em 1946, apresentado por Osório Borba, meu amigo desde 1943. Nessa tarde antiga, Osório, duro e afetuoso, apresentou-me a Otávio Tarqüínio e a José Lins do Rego. Graciliano era áspero e delicado, como os tímidos de seu tipo, o dos moralistas inconformados, exigentes. Era um solitário. Era um injustiçado. Sendo um clássico, um mestre da arte de escrever, um escritor famoso, vivia modestamente, andava de bonde, era inspetor de colégio e empregado de jornal. Não tinha situação compatível com seu talento e sua vasta cultura de autodidata. Era tímido... Viajamos uma vez de automóvel, da cidade à Tijuca, pela Quinta da Boavista a meu convite. Mamãe e papai na frente, calados. O escritor atrás comigo, em conversa velada. Gostou de atravessar a Quinta, era noite. Disse-me, num tom nostálgico, de abandono e terna confidência: não venho à Quinta há trinta anos, eu ao lado levei um choque... Trinta anos sem passar pelo velho parque. Vim muito aqui na minha primeira temporada no Rio, 1915. Ele era nesse tempo revisor de jornal, morava ali pelo cais do porto. Uma simples mudança de itinerário, um mínimo desvio, e que poder de perturbar, reconduzir a tempos mortos e sepultados, reviver o que dentro do homem dormia, na sombra das memórias velhas! A Quinta, a visão noturna da Quinta, o encontro súbito com a paisagem outrora familiar da Quinta, alegrou um pouco o velho Graça, tão discreto e recatado. Dali à Tijuca, ele se abandonou um pouquinho mais ao jovem aprendiz de escritor que, ao seu lado, sondava o rosto, o gesto, as mãos, a voz do criador, do homem grande, ali tão perto, no escuro do carro, ao alcance de minha mão.

Eu... não compreendia, não podia admitir que homem tão capaz e até ilustre, nome feito nas letras, poder de criar, não tivesse importância social, cargos, não fosse um grande do mundo, não vivesse vida regalada, folgada. Aquilo me doía. Achava errado. Graciliano não tinha vida farta. Injustiça. Por quê? Ao saltar do carro, diante do edifício Ana Francisca, Rua Conde de Bonfim, seu major Graça, de Palmeira dos Índios, entre desajeitado e empertigado, beijou a mão de mamãe.

Graciliano oscilava entre o palavrão e o gesto requintado.

Era um matuto, um rude sertanejo — e era civilizadíssimo. Ninguém falou melhor dele do que Osório Borba, em *A Comédia Literária*.

Os livros de Graciliano, os romances, os contos, as memórias da infância e da cadeia, li-os com vagar e verdadeiro gosto, possuído pelo estilo correto e despojado, em que o essencial como que salta a nossos olhos, impondo-se-nos com a evidência cortante e pura da simples verdade. O material de Graciliano é a verdade da vida, recriada com linguagem perfeita na sua limpa sobriedade exigente. Não há ternuras fáceis, mas há Baleia. Os homens são duros, porque duros são de fato os homens na vida, mas na intimidade com os presos reles no cárcere o escritor vislumbrou, onde menos esperava, quando menos esperava, a flor da humana ternura e logo nos contou honestamente sua descoberta. Os homens eram melhores do que pensava, em seu pessimismo crispado.

Lembro-me dele, de nossos fugazes encontros no fundo da livraria José Olímpio, Rua do Ouvidor, com o respeito que o grande homem tão machucado pela vida sempre mereceu de mim, que o conhecia de suas páginas de grande escritor da nossa língua. Alegrei-me quando soube que também ele gostava de *São Bernardo*...

A última vez que vi Graciliano, ele caminhava cansado e sinuoso pela Rua Treze de Maio, de tarde. Não nos falamos. Guardo dele essa última e fugidia imagem, o escritor na rua, fatigado do seu itinerário, ali, no meio do povo, anônimo, perdido na cidade grande, no seu terno surrado, cigarro entre os lábios, magro e quase velho. Morreria pouco depois, em março, dias após Stalin, deixando inéditas as narrações do seu sofrimento na cadeia injusta e da sua viagem — única viagem gloriosa, importante — à União Soviética.

Agora, me lembro de um rapaz difícil, irrequieto e frenético, brutal às vezes, outras delicadíssimo, Breno Acióli. Ele conversa com Graciliano e comigo, no banco dos fundos da José Olímpio, quando fecharam o Partido Comunista. Graça pergunta-lhe se leu o relatório ou a denúncia do promotor, não sei bem o quê, e Breno, cortante, *tranchant*, violento, num grito: só leio literatura e medicina.

O rosto de Graciliano era, nesse dia, máscara severa.

De Belo Horizonte, voei para S. Paulo. Vôo difícil, o mais perigoso de minha vida. Já voei mais de cinqüenta vezes. Lá por Campos do Jordão, a nossa maviosa embarcação aérea se pôs a jogar estramboticamente, como que desatinada ou possessa, como se alguém com ferocidade a fustigasse. Alterou-se o equilíbrio dos humanos a bordo, a mansão flutuante parecia prestes a transmudar-se em sepulcro. Rostos fechados e interrogadores. Apreensão funda. Nosso imaginário cavalo trotava indiferente ao medo ou à angústia que se formava em nós, triturando-nos. Eu, mais tranqüilo do que esperava, admiti a morte.

Mas a morte não veio.

O avião voltou ao seu passinho miúdo e deslizante, os ventos foram passear em outros lugares, apagou-se o anúncio acabrunhador que fala em cintos e cigarros, nós — mortais — volvemos à certeza precária de que morreríamos um pouco mais tarde. A morte deslocara-se. Fora a outras paragens, ocupava-se com outros seres. Nós, postos em sossego, nos podíamos entregar às nossas ocupações normais e costumeiras a bordo, leitura, sono, cochilo, conversa, paisagem distante contemplada da mínima janela, refeição ligeira, ida ao banheirinho, com a oportuna distensão das pernas, entorpecidas.

Campos do Jordão associa-se em mim a esse pequeno susto, ou visita leve da morte embaraçosa. Passei o Quarto Centenário em São Paulo.

Tudo é apenas admitir a morte como próxima. Aceitar. Cada vez mais me compenetro de que o segredo da serenidade nos grandes instantes dramáticos é aceitar o inevitável, incorporá-lo, admiti-lo como nosso, até amá-lo, se possível, com a leveza das situações normais e cotidianas. Para que resistir? Para que lutar, se a luta é impossível? Para que opor tão frágil barreira à torrente avassaladora do destino? Deixá-la passar. Deixar o destino cumprir seu curso inevitável, inafastável, a inexorabilidade... Apenas concentrar em nós tudo que somos, tudo que é nosso, o que existe em nosso pequeno ser, que como tênue chama ainda palpita, mais forte do que todos os ventos cegos que até hoje — e tanto — a golpearam, sem extingui-la, todavia. Não sabemos quando, como, onde a pequena chama se apagará de todo, para sempre. Pouco importa. As chamas se extinguem um dia.

Que me dizia Graciliano, enquanto fumava, nervosamente, pernas cruzadas e magrinhas, sem paletó, sentado no banco da livraria?

Falando de Jesus e do cristianismo, comentou em tom irônico, insinuante: se houver um desastre ali na esquina de Ouvidor com a Avenida, dois ou três sujeitos, que assistiram a tudo, contarão a coisa diferentemente e nós não chegaremos a uma conclusão única e tranqüila quanto a todos os pormenores... Imagine, um desastre agora, ali na esquina... Seu corpo magro balançava, ia e vinha, era um ponto de interrogação, flexível, agudo. Achava o Partido Socialista "decente". Quando lhe disse eu que me considerava um socialista independente, retrucou, sem amabilidade: é uma posição aceitável... Ele julgava os homens e a vida. Decente, para ele, era um grande elogio. Religião era, a seus olhos, fenômeno do passado, anacronismo, posição anticientífica. Era ateu, mas sem veemência. Um dia, detendo-me na figura e na obra de Alceu Amoroso Lima, replicou-me: é um homem que escreve artigos para denunciar comunista à polícia, não está certo, é um lacaio de sacristia. Suas certezas eram totais. Sua segurança, ao julgar os homens, pareceu-me inabalável. Sabendo que era inspetor no colégio São Bento, de monges, fi-lo deitar o verbo a respeito, como era aquilo, que tal, se gostava... Disse: é uma casa medieval, pura Idade Média, vivem fora da vida. Encontrei-o na bênção abacial de Dom Martinho, 24 junho

1948: recusou-se a almoçar, depois da cerimônia, instado por mim, Breno Acióli e Dom Basílio, porque lá se achava o Ministro da Justiça, Adroaldo Mesquita da Costa, reacionário, que fechara o Partido. Desci com mestre Graciliano a Ladeira de São Bento. Perguntei-lhe que achava de tão longa e rica cerimônia litúrgica: "ópera bonita"... O homem era inteligente, cortante e seguro de si, na sua pasmosa insegurança de tímido e semidesajustado social. Era duro no julgar. Era amável e complacente quando percebia no outro o calor da admiração, funda e sincera.

Ao subir, de novo, e já sozinho, a então querida Ladeira de São Bento, para o almoço festivo, depois da portentosa bênção, eu cismava comigo, entre melancólico e assustado, interrogante, perplexo, a respeito de mim, dele, dos outros homens, os homens em geral, estranha raça, complicados animais, esses poços de angústia, esses abismos, indescritíveis cavernas, essa realidade misteriosa, único animal que sorri, que fala, que escreve a própria história, que sabe que vai morrer...

O sorriso de Graciliano era o sorriso rápido, logo recolhido, o breve e inteligente sorriso dos orgulhosos perspicazes, que não se entregam facilmente.

Visitei a Bienal, em S. Paulo. Visitei-as, todas, desde a primeira, ainda na Avenida Paulista, apertadinha, em 1951.

Vida, como és monótona e, no entanto, variada!

"Lo que tengo son impresiones y sensaciones", escreveu Dom Miguel de Unamuno.

Asmodeu, Ariel, Calibã, todas as forças estão soltas aqui, galopantes ou lividamente quietas, em tinta, bronze, cobre, ferro, madeira. "A arte consiste em ir ao extremo. Um artista está sempre sozinho, se é artista. O artista precisa é de solidão" (Henry Miller, *Tropic of Cancer*). As solidões limitaram-se (artista é o que aprende a limitar-se) e aqui se defrontam. Dom Basílio me disse, há muitos anos: olho as minhas mãos e sinto que envelheci, percebo nas minhas mãos a marca do tempo, a passagem, os anos estão em nossas mãos, o tempo está em nossas mãos... Sim, é verdade. As mãos e o tempo. Vede as mãos dos homens. *O Ser e o Nada. O Ser e o Tempo*. Não serão esses, precisamente, os livros que nos vão representar diante do futuro? O livro de Sartre e o de Heidegger? Quem nos representará diante do futuro? Quem nos descreverá, quem contará como fomos aos homens de depois? Quem representará nosso tempo, na História? *Guernica*, de Picasso? O livro de Sartre: O ser e o nada? O livro de Heidegger: O ser e o tempo? A música de Stravinski, Prokofiev, Schoenberg? A poesia de Pound? Picasso? Quem nos representará? Quem nos fixou e nos vai dizer, exprimir? Quem falará por nós? Brecht? Toynbee? Joyce?

Vejo a Bienal. Esculturas de Moussia. Esguias. Moussia alada, Moussia difícil, Moussia sofisticada, Moussia silente, Moussia solitária, Moussia misteriosa, Moussia diáfana. Moussia musa. O mundo inteiro — o nosso mundo, a casa dos homens — apenas num pavilhão, que percorro em horas, esvoaçando. A angústia do mundo está aqui. O que há caótico e decisivo em nós. Os homens do meio do século XX, com o seu cosmo e o seu caos. Nenhum vestígio da idéia religiosa, ou do ideal místico. A substância cristã esgotou-se? Há tanta verdade, tanta força, tanta autenticidade, tanta vida, tanto sofrimento nesses pintores e nesses escultores, que do fundo de suas cavernas inauguraram um mundo, novo e diferente, que não será talvez melhor nem pior — será diferente. O mundo caminha, procura, apalpa, tateia, nessa curva ou nessa noite da história. Há uma intensa busca, formas novas, novas perspectivas, faces novas da vida em sua inesgotabilidade, seu frescor, a novidade da vida. Nova é sempre a vida. As idéias morrem, como as civilizações e os cacoetes. Os *slogans*. Cada época possui a sua retórica. Assim como cada filosofia é uma gramática, um dicionário. A retórica é perecível. E de fato perece quando já não exprime a fome, própria, específica, insubstituível, dos homens de uma época. Forças obscuras da vida humana vão modelando, na história, o próprio homem, essa cratera, esse ponto de interrogação voltado para o futuro.

É na história que o homem se constrói. Vivendo sua historicidade, o homem se descobre. E, assim, lentamente, geração após geração, liberta-se, isto é, se realiza como homem. A Bienal me aparece como uma libertação, realização profunda e autêntica do homem, em pleno processo de sua descoberta; nenhuma presença do divino, do transcendentalismo. Apenas a verdade da vida humana, a simples vida humana em sua nudez.

Que é o homem? Um ser amadurecido pela angústia.

Neste momento, duas baratas lutam — em vão — para libertar-se do lustre, inesperadamente transformado em prisão. *Huis-clos*, de Sartre... Lutam inutilmente. Acabam por sucumbir ao calor da lâmpada. A luz matou-as.

"Naissance contrarie absence", cantou Paul Eluard.

E aqui transcrevo uma página de Engels:

"Não se trata, como se imagina muitas vezes por simples comodidade, de um efeito automático da situação econômica; são, pelo contrário, os homens que fazem a sua própria história, se bem que num dado meio, que os condiciona, à base de condições anteriores, entre as quais as econômicas."

Em S. Paulo, vi Getúlio, no interior da catedral, missa de inauguração, era a última vez que o via. Na hora do ofertório, saiu, passou pelo corredor junto a mim, que estava sentado num bom lugar e lia a antífona do ofertório no missal. Caminhava ele com seu esforçado e firme andar, passadas largas para homem tão pequeno. Ia para a paradinha militar no vale do Anhangabaú, eram onze horas da manhã. Até parecia um catecúmeno a retirar-se... Sete meses depois, seria cadáver.

Andei pelas ruas de S. Paulo com meu velho Carlos Pinto Alves. Estava mais desesperado que nunca. Sua ruptura com a burguesia era violenta e dolorosa ao extremo. Ele exclamava, parando em plena rua: como somos lúcidos! E uma crispação vibrava surdamente em sua voz. Hospedei-me alguns dias no convento de São Francisco, no largo, centro de S. Paulo. Conversei com uns franciscanos sofríveis, gente opaca, honesta, que não me sensibilizou. Conheci o padre Jean Chaffarod, de Paris, padre jovem, secular, residente na casa de Frei João Batista, Estrada do Vergueiro, íntimo dos irmãozinhos de Foucauld, e só desejoso de ir morar com os índios, no Araguaia. Aconselhou-me o inteligente padrezinho, vermelho, baixo, flexível, magro, olhos de fogo, contemplação pura, ardor, ação da contemplação na carne humana, a escrever ou coligir uma antologia da vida simples, da cotidianidade, objetos comuns, dados da existência costumeira, através das páginas de escritores significativos do Brasil. Instou comigo, assim como Gilberto Amado instaria, para que eu escrevesse a *História da Objetividade no Brasil*.

A vida passada a limpo, como isso é longo e como isso dói. Tantas oportunidades, tantos desvios, tanta água passada, tanto devaneio, tanta brisa, que apenas tocou de leve em nós, sem ferir-nos. Continuamos a caminhar. *"Il faut toujours recommencer"*, dizia Péguy. Retomamos o caminho. Até quando? Os homens vão morrendo a nosso lado. Breve, morreremos nós também, sem termos feito o que foi sonho em nós, ou fantasia. A vida é assim. Temos de vivê-la, é nosso ofício provisório. Um dia, sem que saibamos por que nem como, talvez pingue de nós, obscuramente, ao caminharmos à noite, o começo de uma longa história. Essa derradeira ilusão nos embala e preserva em nós, fragílimos, a postura que não podemos perder, sem nos enterrarmos a nós mesmos ainda vivos. Viver é iludir-se.

Voltei para o Rio. Mergulhei na vida que tem sido a minha, de ler e escrever. A esperança de que sou um escritor ainda existe em mim, apesar de tudo. Não sei se conseguirei escrever como desejava quando era jovenzinho. Ainda estou vivo. Ainda não perdi o que é fundamental em meu ser.

"O esforço é grande e o homem é pequeno."

(Fernando Pessoa)

XI

"Há na vida quantidade de situações que
praticamente são insolúveis"...

GIDE

Enterros a que assisti, meus enterros: Catulo da Paixão Cea-
rense, no Catumbi, com discurso deliciosamente vivo e anti-
protocolar de Agripino Grieco, ainda com os seus mais ou
menos sessenta anos, pura irreverência; La-Fayette Cortes,
que foi um grande enterro; Joaquim da Costa Ribeiro; Luís
Edmundo; Olegário Mariano; João Neves; Villa-Lobos —
conversei com Andrade Murici, o sepultamento foi num platô,
via-se toda a várzea de Botafogo, Corcovado ao fundo;
Portinari — com Luís Carlos Prestes, tão seriozinho, tão em
posição de sentido; Lúcia Miguel Pereira e Otávio Tarqüínio
de Sousa — fui com Alceu Amoroso Lima...

Meu primeiro defunto, quem foi? Creio que foi La-Fayette
Cortes. Foi meu primeiro morto, contemplei-o, estava deitado numa ampla mesa, à espera do caixão. Pude vê-lo bem, de
perto, com vagar. Eu estava calmo e cheio de curiosidade.

Era meu primeiro encontro com a morte. La-Fayette, moreno e magro, mudara pouco. Talvez um tiquinho mais sério e um vazio entre nós, uma distância incalculável, absurda — e, contudo, seu corpo estava perto do meu.

Tantas peças assistidas, ao longo desses anos de iniciação literária: *Aconteceu em Irkutski*, de Arbusov; *Diálogos das Carmelitas*, de Bernanos, a que fui umas cinco vezes; *Tobias e Sara*, de Claudel; *Entre Quatro Paredes (Huis-clos...)*, de Sartre; *Seis Personagens*, de Pirandello; *O Beijo no Asfalto*, de Nélson Rodrigues; *A Compadecida*, de Ariano Suassuna; *Eles não Usam Black-tie*, de Gianfrancesco Guarnieri; *Nossa Cidade*, de Thornton Wilder (vi-a representada por duas companhias, O Tablado, de Maria Clara, e o grupo de Geraldo Queirós); *Os Fuzis da Sra. Carrar*, de Bertolt Brecht; *Crime na Catedral*, no adro tão bonito de São Bento — T. S. Eliot, traduzido pela portuguesa Maria da Saudade Cortesão; *Todo-Mundo*, no interior da Glória: *As Cadeiras*, de Ionesco, convidado por Schmidt; para não falar dos mistérios ou autos de Dom Marcos, que vi em São Bento, entre 1948 e 1950... Lembro-me muito bem de uma outra peça — *Vestido de Noiva*, de Nélson Rodrigues, a que assisti, impressionadíssimo, eu era menino, não entendia direito.

Vida, vida, és tão variada!

"Tudo vai sendo jamais.

Tudo é para sempre nunca."

(Cecília Meireles, *Poemas Escritos na Índia*, 1961.)

Sinto-me liberto, pronto para a vida, a construção do mundo, a morte — plenitude de nós.

Guardo comigo o rosto de quatro poetas que são os quatro maiores poetas hispano-americanos — Gabriela Mistral, cujo rosto conheço tanto de fotografia que se me incorporou definitivamente e cuja morte senti como se fosse de um íntimo; Nicolás Guillén, com quem estive mais de uma vez aqui no Rio: Pablo Neruda e Jorge Carrera Andrade, a quem Barbosa Melo me apresentou nos fundos da Livraria São José. Carrera Andrade é alto, principalmente. Alto, elegante, bigode frívolo, uma reserva diplomática. Não parece poeta.

"E aplicou o espírito às artes ocultas" (Ovídio).

Leitura por Nicolás Guillén de seus poemas. Poeta místico de grande poder. Guillén é um lírico, um telúrico e um social. É musical. Sua poesia vem da terra, dos canaviais ao vento, sua poesia vem do povo, do sofrimento do povo. Há música, nostalgia e comício na voz quente, acesa, do poeta.

Vejo o filho de Dalcídio Jurandir — João Sérgio, rapaz de 24 anos, morto. Está deitado na cama, quando eu o vejo, à noite. É um atleta, está morto. Ficou estranhamente solene em sua mocidade, forte e definitiva. É a primeira vez que vejo um cadáver assim jovem no seu leito. É um belo rapaz, imobilizado em sua beleza, fixado nela para sempre. Este não envelhecerá jamais. O tempo não tem mais poder nenhum sobre ele.

Monsieur Ouine, de Bernanos. Hermético. Béguin deu todo um curso, em Princeton, seu último curso no estrangeiro, sobre esse romance. Seria o romance o gênero de Bernanos? Ou seria o teatro, para que se encaminhou na velhice? *Ouine, oui-non*, a indistinção, a indefinição, a extralimitação, Anatole ou Gide? Bernanos pensava em Gide ao escrevê-lo. E é realmente patético e carregado de faíscas o encontro final entre o sábio mundano, semivazio, e o cadáver do padre, o *curé d'Ars*, o anti-Anatole, fixado pela morte na sua postura inesperada. *"Tel qu'en lui-même enfin l'éternité le change"*...

Assisto a uma lição de Gilberto Freire sobre a dialética litoral-sertão, as harmonias e desarmonias da formação socio-lógica do Brasil. Gilberto incrivelmente monótono, prolixo, repetições, *slogans* sociológicos, teses pouco atualizadas, pou-co sincronizadas com os temas, as perspectivas, as realidades mais candentes do Brasil contemporâneo.

E aquela abundância ou superabundância de advérbios, que o caracteriza como escritor. Um anglicismo que não o abandona. Como sociólogo, parece-me fora da realidade, ul-trapassado. O Brasil de hoje escapa-lhe. É um grande sociólogo da formação histórica do Brasil, da formação da sociedade patriarcal. Não do Brasil contemporâneo. O processo social brasileiro, ele não o consegue captar. Retórica sociológica excessiva. Abuso de frases-feitas. Um Gilberto palavroso, can-sativo, pouco ágil. Mínima comunicação. Pouquíssima pers-pectiva histórica. Salvo o apelo insistente — e numa base de clara pernambucanidade — ao O *Abolicionismo*, de Nabuco, ensaio bom (sem dúvida). Faltam a Gilberto Freire dimensão filosófica e contato com a realidade atual do Brasil.

Mero pesquisador ou sociólogo? Sociólogo, mas do passado.

Corção é o oposto do político. É o antipolítico, é o anti-Mirabeau, porque é todo ideal. Não obstante sua inspiração aristotélico-tomista, o pensamento é de feição nitidamente idealista. Abstração. Definições. Generalidades. Teorismo ári-do. Nenhum contato com o real.

Conheci Gustavo Corção na porta do Centro Dom Vital, em 1947, apresentado por Cândido Mendes de Almeida, 13 de junho de 47. Ele tinha os olhos vivos e acolhedores, era um homem aberto. Depois, tornou-se um homem fechado. Arisco. Acompanhei Corção muito de perto, nessa viagem pelo reino do absurdo. Conversei tardes inteiras com ele, no

Centro Dom Vital. Fui várias vezes a sua casa do Cosme Velho, biblioteca boa, ao rés-do-chão, vitrola, aconchego, a luz forte e limitada do abajur, Thomas Morus na parede.

Pensando nele, recordo-me do estudo de Ortega y Gasset sobre Mirabeau: *"Mirabeau el político."* O político é aquele que tem a percepção do possível. Possibilidade é tudo em política. A distinção entre o conceptual e o real. Corção é todo conceptual.

Ortega escreveu quatro ensaios que merecem releitura: *Meditaciones del Quijote, Goethe, Mirabeau, El Espectador*, para não falarmos de *Rebelião das Massas*, de um elitismo insuportável, inadmissível, altamente reacionário.

"La chair est triste, hélas, et j'ai lu tous les livres", cantou Mallarmé...

Impulsividade, ausência de escrupulosidade, identificação com a história, seriam as marcas de Mirabeau e do político. A distinção entre ideal e arquétipo. Mirabeau é um arquétipo.

Ninguém compreendeu melhor do que Albert Béguin o drama político e humano de Getúlio: *"Du suicide comme acte politique"*, admirável artigo em *Esprit*, outubro de 1954. A melhor e mais profunda análise do suicídio de Vargas. Ajudado por seus amigos brasileiros Carlos Pinto Alves e Cândido Mendes de Almeida e Roberto Alvim Correia, fixou o essencial do acontecimento e interpretou-o. Há três mínimos enganos de pormenor que em nada alteram a exatidão perfeita do quadro. Visão: perceber o máximo de tudo, com a máxima clareza... Vargas mereceu o respeito e a admiração de Béguin, fino crítico literário *doublé* de sociólogo e líder espiritual (na sucessão meio forçada de Emmanuel Mounier).

Quando Getúlio se suicidou, eu estava em S. Paulo e a cidade se cobriu de um silêncio extraordinário, velório, sentimento de orfandade, um luto verdadeiro e profundo. A grande cidade chorou o líder que as águas do desespero arrebataram, na manhã cinzenta de agosto.

Saí para a rua. Caminhei o dia todo por aquelas ruas de S. Paulo, à espera de alguma coisa. Houve a solene e silenciosa, imensa passeata de trabalhadores, pela Avenida São João. O povo identificara-se com o seu líder, com o homem que, descendo da sua profissão liberal e do seu destino de filho de fazendeiro que se torna bacharel, lograra identificar-se profundamente com o seu povo, através do exercício do poder. O líder político emergia daquele vasto aglomerado popular, avultava. De noite, ouvi pelo rádio a voz de Jânio Quadros, prefeito de São Paulo. Era a primeira vez que ouvia aquela voz, meio caipira, que me lembrou logo a de Plínio Salgado. Aquela voz, naquele dia, no silêncio soturno daquela noite de orfandade nacional, entrou em mim, ficou em mim, era uma voz diferente, mais poderosa e mais convincente do que eu esperava e é comum. "Morreu o presidente"... Só me lembro disto. Era uma verificação. Era simples registro de um fato, a ocorrência daquele dia pesado e triste, Mas era um destino que ali estava, diante de um trágico destino, que se fechara asperamente, belamente, com a grandeza de um epílogo shakespeariano, ou de um fim pungente de tragédia grega. Vargas deu grandeza ao seu epílogo. Jânio deu grandeza à sua fala noturna, de mera circunstância, ligeira apreciação protocolar de um fato social.

Eu fiquei em silêncio muito tempo, depois que a voz se calou, naquela noite. Era uma estranha voz. Era um líder. Era uma força, um ser marcado para os grandes encontros.

Foi nesses dias que ouvi os primeiros comentários sobre a pessoa de Jânio Quadros.

Vejo *Nunca aos Domingos*: um filme simples, mas quanta força telúrica, nesse filme tão popular, quanta verdade. Vejo-o com embevecimento, possuído, realmente dominado pela sua beleza. A prostituta e o filósofo. O vivo diálogo entre a prostituta e o... humanismo. O problema das relações entre a vida e a cultura. A mulher-fêmea e o homem requintado. A mulher-instinto e o leitor cerebral. Toda a velha problemática — instinto-inteligência.

A música do filme, leve, graciosa, brisa, aragem, continuou cantando dentro de mim, de meu coração tantas vezes cansado do ofício de viver.

Viajo para o cemitério com a copeira portuguesa de Portinari. Ela me pede carona e vamos juntos, nesse acompanhamento enorme, desde o Ministério da Educação até o São João Batista. Que me diz ela? Diz que o patrão era muito nervoso e muito generoso... Era "muitas vezes milionário".

Que pensará essa jovem copeira, levemente esfogueada, do seu patrão pintor, trancado o dia todo no seu *atelier* com suas tintas, seus pincéis, manias, mitos?

Revejo os conferencistas famosos, que um dia ouvi, neste mundo incrível em que nos foi dado viver: Stephen Spender, o poeta; André Malraux, o mais impressionante de todos, desligado da realidade, visionário, força agressiva, ímpeto, violência, imagem da genialidade; Ducatillon, o tribuno; Lebret; Maurois, homem gentil; Riquet, voz monótona, metálica; Sartre, autenticidade cortante e crispada; Desmarais, orador para noivos; Fulton Sheen, o filósofo cordial; John dos Passos, tímido, tão sem jeito na tribuna da Academia, aquela espécie de púlpito de capela; Luc Hommel, soporífero; Nicolás Guillén, o mestiço de cabeleira bonita e voz fogosa; Blanchet, ator de talento; Vitta; Perrin, o cego que foi amigo de Simone Weil; Philipon, que nos deu numa palestra de uma hora toda a Trindade, todo o tratado da Trindade na Suma; Voillaume, sério e profundo, mas antipático; Paul Henry; Cerejeira, o tipo do intelectual fino; Aldous Huxley, impassível, falando de braços cruzados e olhos semicerrados; Montini, mais convencional do que eu esperava...

Ansiedade e curiosidade serão as duas palavras que melhor definem o meu estado de espírito e o meu permanente modo de ser no mundo. Minha reação em face da vida e seus apelos.

Defini uma vez Assis Chateaubriand como um vaqueiro goethiano. A alegria de viver que existe em mim. O desejo de ver mundo. A gula. A gulodice vital. A fome de convívio, ternura, calor humano, essa afetividade que herdei. Vontade de espiar, ver gente, ouvir, falar, saber a vida, saber o que é que os outros pensam disto e daquilo, o que é que fazem. Comparar. Prever. Experimentar o sabor variado da vida. E aquela doçura de que Schmidt dizia, uma tarde: "não perca nunca esta sua doçura"...

Interesse pela vida — enorme. Fome de vida. Frêmito. Desejo de sair, atuar, participar da vida. Curiosidade. O homem é sempre maior do que suas doenças, fragilidades, limitações, misérias. Mas, oh, momento terrível, a maturidade é o encontro com as nossas medidas exatas, as nossas limitações. E a descoberta dos limites me abala. Podemos pouco. Podemos tanto e tão pouco. Penso em Amiel. Que restou dele? Seu Diário. O enorme e estranho Diário, às vezes tão medíocre, às vezes lúcido, às vezes poético, o Diário da sua morbidez, da sua frustração, da sua tristeza, da sua impotência. Da sua desilusão. Pois Amiel desejou mais, quis fazer uma obra ambiciosa. E não pôde. O que resta é um infindável *Journal*. O Diário da sua frustração.

A gravidade disto: a condição humana. O humano singelamente, o puro humano. O humano sem mais nada. A aventura do homem sobre a terra, seu planeta. O só humano, em sua dimensão própria, seu destino terrestre, a construção do reino do homem, agora, já, sobre a base nítida da longa tradição, mas uma tradição viva, dinâmica, despojada de sutilezas e sofismas, que não prenda, nem iniba de livremente ser, descobrir seus caminhos. Os caminhos do futuro humano. Pois o homem é dinamicamente. Não é um ser pronto, definitivo, estável, acabado, feito de essencialidade imóvel, mas — tão ao contrário — historicidade, projeto, construção, vir-a-ser, trajetória da necessidade à liberdade, do *produto*, que supõe o *fatum*, o acaso, as forças de um múltiplo determinismo inegável, a circunstância na sua fixidez e no seu movimento, até à cultura, que é a vasta experiência do homem no sentido da liberdade.

A transcendência é imanência.

Tudo que se acumulou, ao longo de uma história que é toda procura, maturação, busca de um nível condizente conosco, tudo é nosso. Um lento e doloroso itinerário na direção do homem humano, realista, conhecedor de si e do mundo. Não a liberdade-fuga. Ou a liberdade-tema. Ou a liberdade-figura. Ou a liberdade-retórica. A liberdade-presença-no-mundo, presença-na-história, imersão na temporalidade. A condição do homem: ser temporal, ser espacial, ser dinâmico. É noite. Estou só. Aqui estou, comigo, na cela. Sinto que sou incapaz de exprimir o que seria preciso, tudo que seria preciso. Penso em tudo que passou, muita vida já vivida, tanto sofrimento apaziguado, tanta perplexidade, tanta treva.

Bom trecho do meu pedaço de estrada já percorri. Não sei o que me espera. É noite. Está escuro lá fora. Desconheço o porvir. Não posso imaginar, sequer, o que me resta. Desejaria, por exemplo, saber o dia exato da minha morte. Mas, para quê? E não sei. Não sei de nada, absolutamente. Não sei quando e como eu morrerei. Passo, despreocupado, ignorante, pelo dia da semana, pela hora, minha hora. E não sei. Por enquanto não sei. Passo pelo mês, o dia do mês, o dia da semana, a hora exata. O instante. Por enquanto, ignoro tudo. Mas o instante me espreita, com ironia. Quando morrerei?

Eu me apalpo.

Vida minha vazia. Relembro estes anos últimos, seus encontros, suas orografias, seus pontos culminantes, seus jardins sem o *Candide* voltairiano... Encontrei Albert Béguin em casa de Carlos Pinto Alves, naqueles dias de agosto, que antecederam o suicídio de Getúlio. Béguin era todo cansaço e silêncio interrogativo. Prestava atenção à vida. Ouvia, preocupado. Estive com ele até mais de meia-noite, no *atelier* de Moussia, presentes Frei Benevenuto Santa Cruz, o crítico português José Osório de Oliveira, Antônio Cândido, Hernán Vergara, e Béguin pouco falou. Seu olhar era de fadiga. Morreria dois anos e tanto depois, em Roma. Eu estava em San Francisco da Califórnia quando soube. E já em Los Angeles fui a uma universidade para procurar a coleção de *Esprit* e, no silêncio solitário de uma biblioteca vazia, li o artigo fúnebre de Jean Marie Domenach.

"Spiritus vertiginis." Discernimento, desprendimento. Fui criado sob o signo de Marden e Delly. A primeira palavra que disse foi — angu. Usufruição ou serviço? Nosso caminho de todo dia... Horror da rotina. Paixão da aventura. Por que Nabuco usa em abuso reticências? Detesto as reticências. O

problema — ou o mistério — do humano destino. Coletivamente e individualmente. A distinção tomista entre indivíduo e pessoa. Todo o problema da resposta pessoal e coletiva ao desafio do destino. As relações entre *fatum* e liberdade, essa precária liberdade, essa liberdade frágil que, apesar de tudo, existe. E vemos então que não há respostas isoladas: há respostas na comunidade. A vida é coletiva. O destino humano — a vida de cada homem concreto — se resolve em termos de comunidade, união e diálogo com os outros homens. O grupo. A comunidade de trabalho. A comunhão pelo trabalho. A unidade de trabalho. A realização humana pelo trabalho, coletivo.

O problema da criação estética. Controlar demais a própria criação? Parece até o eterno tema da educação dos filhos... Literatura e ímpeto. Há um domínio excessivo, em tantos escritores: um Adonias, um Osman Lins. Há controle da inteligência do autor em detrimento do impulso criador. Há uma absorção. E assim nos colocamos o problema das relações entre a inteligência e a criação. Não haverá uma espécie de burrice criadora?

Lembro-me de uma certa mulher — meio idosa — que apareceu na missa dos quarenta anos de vida literária de Alceu e falou comigo timidamente. Não sabia de nada, ao certo. Ouvira pelo rádio. Não conhecia ninguém ali. Não esqueço esta mulher, obscura. Tornou-se a grande presença...

Releio o poema *Convívio*, de Drummond. (Concepção positivista? A sobrevivência nos homens.)

Vejo uma epígrafe de caminhão e me recordo de A. A. L.: *mantenha distância*. Um ser que não admite intimidades. Mas nele há um secreto desespero. Falsidade. Fuga. Pavor das responsabilidades. Afobação permanente. Medo de si. É uma serpente. Seu abismo.

Se desejei alguma coisa neste mundo, foi ser escritor. Ser escritor como uma forma superior de vida, assim como o monaquismo e o sacerdócio. Ser escritor será, talvez, mais uma posição diante da vida que uma realização exterior, extrínseca ao homem. *Grande Sertão: Veredas* não é um símbolo dessa força e dessa impotência? O romance do felino Guimarães Rosa revela uma impossibilidade criadora que me deixa comovido. Senso lúdico, mas sofrimento.

Um dos sinais da maturidade é precisamente a capacidade de resistência à dispersão, ao espírito diletante, à vagabundagem, ao amador que há em todos. O homem adulto escolhe, opta, resiste, planeja, constrói, sintetiza, ousa. Vida é síntese. Faltou-me essa força catalisadora, o poder de impor ao mundo palpitante uma forma. Espraiamento, distração, dispersão, a volúpia do passeio, quando afinal tudo está em concentrar-se. Mundo vulcânico.

Literatura é uma forma de conhecimento e uma forma de comunicação. Um testemunho, para que a vida e a morte não sejam em vão. Encaro a literatura como uma vitória sobre o tempo e a morte. Quando Gabriela Mistral — Lucilla Godoy Alcayaga — morreu, janeiro de 57, eu, que nunca a vira, não fora seu amigo pessoal, sequer seu conhecido ou seu vizinho, senti a sua morte. Pelo poder da palavra humana, a chilena Gabriela Mistral se tornou minha companheira, minha amiga, viajou comigo para os Estados Unidos, a bordo de um avião da Varig, disfarçada em livro de poemas. Voou comigo. Rio—Nova Iorque, a índia Lucilla, meiga e hierática, em francês, prefaciada por Paul Valéry. Estava morta, viva estava. A pequena, modesta, variável, fragmentária, penosa verdade de cada dia, a humilde experiência do tempo, do sofrimento, das mortes, da solidão, da noite e do amor, da alegria de nós mesmos tais como somos, com os outros homens, a paisagem, a montanha, o mar, as flores e o cão, o pássaro, a gota d'água que pode ser, também, o suor, a lágrima.

O destino do homem na terra: transformar a necessidade em liberdade, possibilitar a concreta expansão plena dos homens, em seu destino geral e em seus destinos próprios, que se resolvem em termos de imanência, humano equilíbrio.

Não recusar o tempo, como no ceticismo. Não se fixar no tempo, como o hedonismo. Incorporar o tempo à sua substância pessoal. Ser livre.

Amar a vida.

O crítico português José Osório de Oliveira foi quem mais falou em casa de Carlos Pinto Alves, naquela noite de agosto, poucos dias antes do suicídio de Vargas. Pôs-se a explicar em francês, por causa de Béguin, uns discos de músicas africanas, que trouxera consigo de suas andanças por África. O francês lhe era familiar, mas assim de improviso, em tom de conferência, a coisa tornou-se meio cômica... Ele gaguejava, pedia *ponto*, auxílio, espanador para a memória. Béguin sorria, distante, aéreo. Parecia neutro diante daquelas africanidades. O batuque, os cantos religiosos, a toada viva ou nostálgica, nada o despertou.

Em maio de 1954, conheci os irmãozinhos de Foucauld. Carlos Pinto Alves me falara de Francisco Pacheco, médico paulista, residente no Rio, que se tornara *petit-frère*. Em maio, fui ver as irmãzinhas, as *petites-soeurs*, instaladas no morro de São Carlos, num barraquinho da favela. Não havia endereço. Fui à igreja da Salette e pedi informações. Um padre velho e solitário prontificou-se a ir comigo, porque de outro modo eu me perderia na subida labiríntica. Fomos. A fraternidade era um barraco, igual aos outros.

Escrevi uma carta a Drummond pedindo-lhe que desse notícia, em sua croniquinha diária, da existência das moças em nossa cidade. O poeta atendeu ao pedido e teve a gentileza de transcrever minhas palavras, textualmente. Levei muitas pessoas à favela, desejoso de comunicar minha descoberta: o Padre Penido, Adriano Pinto, sua irmã freira de Santa Doroteia, com mentalidade tradicional, conservadora, temerosa, palavras de estrito convencionalismo burguês, o Almirante Mário Guaranis, nosso vizinho na Tijuca, Alberto Da Costa e Silva, Renato Rocha, Augusto Frederico Schmidt... Todos eles gostaram das moças.

Creio que foi deveras a primeira vez que um Penido com seu aristocratismo e um Schmidt subiram as veredas dessa estranha Babilônia que é a favela. Eu me tornei amigo íntimo da fraternidade saborosa, lá encontrei, certa manhã, o escritor Gustavo Corção mais sua querida amiga Grácia e os filhos desta, então umas crianças, meninos ricos espantados com a miséria daquilo. Corção, malicioso e provocante, só lhes dizia, em tom de implicância — vocês não são homens?... A cara dos meninos era susto, apenas.

As irmãzinhas trabalhavam para viver e participavam da pobreza concreta, por dentro. Eram simples, mas eu notava que, no fundo, tinham medo da aventura em que se haviam metido.

Que sabia eu da miséria? Que contatos reais tivera eu com a condição proletária ou subproletária? Não sabia coisa nenhuma. Aquilo era duro. Os homens eram postos à prova, sem maiores defesas nem saídas. Percebi que a pobreza, a miséria se assemelhava a um labirinto, como a própria favela;

ninguém saía. Os homens iam tomar sua pinga, bater-papo, discutir futebol, cercar as mulheres, jogar qualquer jogo, desde o futebol improvisado até as cartas, o que fosse, mas eram escravos em Babilônia. Dali, daquela prisão, ninguém, ou quase ninguém saía. A favela era uma realidade kafkiana: *O Castelo, O Processo*. Mas eu me sentia desarmado, em face da favela. Ela era mais forte do que eu. Esmagava-me. Destruía num relance, com menos que um piparote, a minha máscara feita de letras. Toda a minha literatura não era nada, não valia nada, ali, confronto áspero e desfavorável ao beletrista vago, que eu era.

Contudo, andei muito pelos caminhos estreitos da favela. Conheci aqueles becos e aqueles casebres. Percorri com o Padre Carlos, alma evangélica, o reino de lama, caixotes, latas velhas, fedor, fezes, urina, bichos soltos, águas escuras, gente humana, o reino que sobe pelas encostas do morro e parece ao estrangeiro uma cidadela interminável. Canudos seria assim. De Canudos veio o nome — favela. De Canudos o fenômeno se transplantou para os morros de nossa cidade. Eu não sabia nada a respeito da pobreza em sua realidade trágica. A pobreza extrema degrada, mas une.

Eu me divertia com as irmãzinhas? Não direi que não, mas também não posso dizer que sim. Tudo em minha vida sempre foi espetáculo. Tenho natureza teatral. Mas, no íntimo, eu admirava com limpo fervor aquelas jovens mulheres que escolheram simplesmente a pobreza. Recebia no rosto o impacto daquela rude concentração humana, em pleno centro da cidade. Levei lá o poeta português Alberto de Lacerda. Seu cepticismo elegante e algo frívolo, seu hedonismo, sua poesia, tudo que havia nele e que compõe a sinuosa personalidade de um futuro grande poeta — como que prendeu a respiração, ou perdeu, num silêncio fundo de antecâmara de rei. Tudo parecia pequeno, fútil, irrisório, banal, visto dali, daquela altura, daquele pântano suspenso, a poucos passos do relógio gigantesco da Central. O poeta olhou a esquisita paisagem. E apenas disse, ao passar junto aos muros altos da Penitenciária e do Manicômio Judiciário, cujas lúgubres jaulas se vislumbram de longe e de cima: "cadeia é horrível"...

"Tudo vale a pena, se a alma não é pequena", cantou o genial Fernando Pessoa.

Schmidt se pôs a conversar em francês com as "freirinhas", contou histórias de Bernanos, riu alto como não ria desde muito, expandiu-se à vontade, sentado num caixote, pediu água. Foi, depois, à capela e se ajoelhou, num recolhimento de minutos. Voltando ao ar livre, pediu à irmãzinha francesa que rezasse por ele, para que fosse bom. E, naquele fim de tarde, uma jovem freirinha, proletária, prometeu a um homem rico e tocado pelo dom da poesia, ao autor de *Pássaro Cego* e *Navio Perdido*, que rezaria por ele, para que ele fosse bom. Ao descer, já no lusco-fusco da quase noite, o poeta — que estava gordo e cansado — repetia, como quem brada: "Ó morte, onde está a tua vitória?"

"Sair fora de mim para me olhar como puro objeto" esta palavra de Manuel Bandeira sempre constituiu minha aspiração mais secreta.

Fui entrevistar o Père Philipon para o *Diário de Notícias*. Como eu me senti ridículo, nessa longa e cordial entrevista. Como eu percebi que, de fato, os homens não se entendem, são abismos indevassáveis uns para os outros. Os homens têm medo. No fundo, a verificação de Sartre, de que o inferno são os outros, é verdadeira. Como eu me senti ridículo! Como eu achei o rubicundo Philipon ridículo! E nós, ali, a nos suportarmos, a brincar de mutuamente nos levarmos a sério... Que imensa fragilidade por trás das aparências de robustez, dignidade, situação estabelecida, nome, prestígio, até glória internacional. Como tudo é precário. Minha entrevista com Michel Philipon, teólogo dominicano, saiu normalmente, com relevo. A conversa fora ótima, leve, amistosa, até íntima em certos momentos. O velho se abandonou ao repórter e me chamaria, pouco depois, diante de Alceu, "o hipnotizador"... Tudo correu tão bem. Mas eu pressenti, com estranha força, como que arrastado por inesperada torrente, o efêmero de tudo, a transitoriedade, o vasto vazio de todas as ações humanas. Tudo é, afinal, inútil.

Talvez só a digna autenticidade, crispada, não seja inteiramente inútil, pelo menos enquanto existir a fugaz circunstância, ela própria devorada mais adiante, porque nenhum valor escapa. Tudo é tragado.

Seria preciso perder o medo. Não ter nenhum medo da verdade. Ser veraz, de total veracidade. Mas onde está a verdade? Como estabelecer-lhe a nítida configuração, em meio às flutuantes perspectivas do homem?

Ouvi duas conferências de Philipon: a do Centro Dom Vital e a do Ministério da Educação. Uma, teológica; outra, sociológica. Na do centro, improvisada, fez um resumo brilhante do *De Trinitate*, mas muito estereotipado, muito lugar-comum teológico, de alto nível. Na do ministério, noite chuvosa, pouca gente, texto inteiramente lido, pôs-se a dizer banalidades sobre a família. Esta segunda conferência foi tão vulgar que me senti revoltado e nem cumprimentei o velho Philipon, com quem passara toda a manhã, no convento do Leme.

Aliás, a impressão última, que me ficara de seus livros, lidos de ponta a ponta, fora de mediocridade, por certo disfarçada pela riqueza teológica ou intimidade com a erudição escolástica. Simples disfarce. Seus estudos famosos a respeito de Teresa de Lisieux, Isabel da Trindade, os Sacramentos que são afinal a não ser medíocres? Salva-os apenas a condição — do autor — de íntimo da teologia mais finamente elaborada. Diante dos livros, dos ensaios de Thomas Merton, tenho a mesma impressão: mediocridade. No caso de Merton, o disfarce não é a riqueza da erudição teológica, mas certa facilidade redacional, certa força poética, uns resquícios da sua antiga e semi-abandonada condição de escritor. Merton é, formalmente, um poeta. Seus dois livros interessantíssimos, suas obras fundamentais são *The Seven Storey Mountain* e *Sign of Jonas*, quer dizer, os livros mais pessoais, seus livros autobiográficos. O resto, os ensaios de caráter espiritual, que pura mediocridade!

Pensavam que eu queria entrar para os irmãozinhos de Charles de Foucauld. Queria e não queria. Gostava deles, seu nomadismo, sua vocação para a aventura, a largueza de sua vida, o cunho digamos experimental, a falta de compromisso com uma sociedade caduca, velha, gasta e falsa. A novidade dos irmãozinhos atraía-me. *"Une voie toute nouvelle et toute évangélique"*, como escreveu o Pére Philipon de Thérèse de Lisieux. Mas... Eu sabia que meu destino não era aquilo. A vocação religiosa, em mim, sempre esteve ligada à vocação intelectual, a meu destino de escritor ou homem de letras. Nunca separei uma coisa da outra. Nunca dissociei as duas perspectivas, que em mim eram uma só realidade. Penso que optaria pelo mosteiro de Cassiodoro e não pelo de Bento... Contudo, o santo e o patriarca dos monges é Bento, não o erudito Cassiodoro, pai de letrados. Eu bem sei. Mas, na escolha de Bento, quais os motivos realmente preponderantes? Os místicos, apenas? Ou prevalentemente?

Monaquismo e intelectualismo eram uma só exigência de meu ser. Eu queria, antes de tudo, acima de tudo, ser um intelectual. Nada importou tanto para mim, ao longo de minha mocidade, como isto: a condição intelectual. Ser intelectual era tudo para mim. O monge, eu o concebia como intelectual num sentido altíssimo, de invulgaridade total, transcendência, desligamento do mundo material. Minha visão da vida era imaterial. Eu de fato abominava o vulgar, o comum, o prosaico, o não-intelectual. Creio que foi Jules Laforgue, que morreu com vinte e oito anos, quem exclamou: "Ah! Como a vida é cotidiana"...

Esse equívoco está na raiz dos meus dissabores ou das minhas desilusões. Não suportei jamais a vulgaridade. O homem reles, a matéria-prima dos grandes romancistas, um Balzac, as criadas de Proust, como isso me escapava inteiramente...

Eu era tão virginal.

Quando vi a vulgaridade dos monges e frades, sua cotidianidade, horrorizei-me. Aquilo era bárbaro. O aristocratismo natural de minha sensibilidade exigente não podia aceitar o banalismo. Eu sofria... Nos irmãozinhos, o contato com a pobreza, o convívio com as massas — *"au coeur des masses"* — como que desafiava meu intelectualismo, contrariando o que em mim era desejo de refinamento ou requinte. Nunca pude resolver esse estranho impasse.

Vida religiosa mistura-se no meu coração à vida de letrado. O grande sonho de minha vida, a essência dela: ser um letrado... Nunca eu consegui libertar-me disso. O amor das letras é o único amor da minha vida, o grande amor. Nunca perdi essa paixão ingênua.

No fundo, sou um giróvago...

Conhecer os outros homens, como isso é dificílimo. Ler, nos acontecimentos, a linha do futuro. Quando soube, por exemplo, do atentado a Carlos Lacerda, não dei (estava em S. Paulo) a menor importância ao fato. E o fato seria importante... Eu estava na Praça Clóvis Beviláqua, era de manhã, a notícia não provocou no rapaz atento o mínimo sobressalto. Pensei comigo: dentro de um mês ou dois, ninguém se preocupa mais com isto... Como a gente se engana! Os fatos provocam outros fatos, e o que parecia pouco importante, mais escandaloso do que importante, súbito adquire um significado ou um relevo com que não contávamos.

Escrevi artigos. Li literatura brasileira. Li o que posso chamar Weltliteratur, as grandes obras da literatura universal. Nenhum livro, creio eu, prendeu-me como *Guerra e Paz*. Nem Huxley com o seu *Contraponto*, nem Malraux com a sua *Condição Humana*. Viajei por este Brasil, sobretudo as pequenas cidades, mais expressivas do que as grandes e menos estandardizadas. Fui um caixeiro-viajante, sem guia, sem mapa, sem minúcias, sem preconceitos, desejoso apenas de captar a simples realidade.

Vivi? Não vivi. Mas auscultei ou sondei a larga vida, ansiosamente debrucei-me sobre o coração humano, habituei meu ouvido ao seu bater. Conheço o homem. Sei o que existe nele. Sei exatamente quem são as pessoas. Foi tudo o que pude aprender. Foi o melhor que recolhi de minhas muitas viagens, reais ou imaginárias.

Há recantos, que vale a pena viajar de ônibus ou avião para contemplá-los: Parati, a cidadezinha puramente colônia, seus sobradões, a maré entrando pelas ruas em pequenos canais; o Palacete de Thiers Martins Moreira de *O Menino e o Palacete*, numa ruela de Campos; Volta Redonda com suas chaminés e as vilas operárias; a suntuosidade estado-novista da Academia de Resende, onde fiz uma conferência em 1958; as praias de Cabo Frio — convite à nudez; Araruama e sua lagoa; a praia de Itapoã, onde tomei banho uma vez; as igrejas da Bahia, a comida da Maria de São Pedro, o Museu de Arte Sacra da Cidade do Salvador, o Pelourinho, aqueles azulejos, aqueles casarões, a Bahia vista do mar, quando a gente vem de barco lá de Itaparica; Ouro Preto e Brasília; as colinas de San Francisco da Califórnia; a cachoeira de Niágara à noite; o oceano Pacífico visto das praias da Califórnia, Carmel, Monterey; os castelos de Quebec e Ottawa; o Ottawa River contemplado numa viagem de barco; o Central Park em Nova Iorque, coberto de neve, como eu o vi em 1957; a Amazônia, a verde floresta e seu rio, vistos do alto, em conjunto, ao amanhecer; as praias claras e limpas do sul de Paranaguá; a cidadezinha de Joinville com as suas bicicletas; os bosques de eucaliptos de Muri; o oceano Atlântico visto de Florianópolis; Copacabana e o Recreio dos Bandeirantes; a serra de Curitiba a Paranaguá — de trem; Sabará, Mariana, Congonhas, São João del Rei...

Viajei de ônibus de Uberaba a Belo Horizonte, passando por Araxá. A serra de São Gotardo foi o lugar mais ermo e perigoso que deparei neste mundo, a distância mais total, o isolamento mais completo de tudo, o ponto mais afastado a que fui do humano. Nenhum carro, nenhuma pessoa, nenhuma casa. Só as serras, os grotões, os precipícios, a mata — e o estreito caminho de terra, sem veículos. Viajei para Nova Iorque de avião, a cinco mil metros de altitude, vinte e duas horas de vôo: não me senti tão isolado ou ilhado. Aquele fim de mundo das montanhas de Minas, depois de Araxá, é a própria solidão.

As cidades históricas de Minas me envolveram. Sobretudo Ouro Preto e Mariana. São João del Rei é triste, é soturna. Mas Ouro Preto não é triste: é uma cidade viva. Se tivesse de escolher entre elas, para ficar, escolheria Mariana, onde vi o túmulo novo de Alphonsus, inaugurado com um belo discurso difuso de Schmidt, que li em Belo Horizonte num jornal. Mariana com o Ribeirão do Carmo, Ouro Preto, a velha enseada de Botafogo, que lugares lindos. Até me estou lembrando do poema desse bissexto Afonso Arinos: "Nossa Senhora da Boa Viagem, que lindo nome para um barco à vela"...

Eu moraria em várias cidades, depois desta do Rio, naturalmente: Salvador da Bahia, San Francisco, Ouro Preto, Mariana, Brasília (para escrever; não há cidade melhor para escritor e para velhos com automóvel), mas principalmente Mariana pela sua doçura. São todas cidades abertas, cordiais, acolhedoras, femininas. Cidade tem de ser feminina. Cidade masculina não presta, quer dizer, não tem nenhum encanto.

1954 terminou em paz. Meu coração estava inquieto, mas é costume dele viver inquieto... Meu pai começou a construir a casa do sítio em Jacarepaguá, para onde nos mudamos em 1956. A vida corria em seu ritmo suave. Eu pensava na frase de Machado de Assis: "Nem descuido, nem artifício — arte." Conversei muito, nesse tempo, com Manuel Bandeira, que eu ia procurar em seu pequeno apartamento do edifício São Miguel, no Calabouço.

Que me disse o poeta, já sexagenário, nimbado de saber e de glória? Era verdadeiramente um homem simples. Sofrera, não pudera construir uma vida comum, uma felicidade comum, um destino ordinário e cômodo, uma carreira, ser um homem eficiente e respeitável. Vivia só, na sua limpa solidão mais ou menos pobre, austera. Ouço os discos de Manuel a dizer os seus poemas, *Evocação do Recife* etc., e o que percebo é a agressividade dessa voz. Manuel nos corta com sua voz. Já a vozinha de Drummond é um lamento, um gemido, um queixume. Drummond se queixa. Manuel agride. É áspero. Há em Manuel um mecanismo de defesa, infalível. O grande artista sensibilíssimo defende-se, não deixa ferir-se. Tem uma dura máscara e uma voz igual e metálica para o convívio com os homens. E vejo nele um malunguismo, um brando e amistoso molequismo, de caçoísta, que será também defesa de tímido — o tímido que ele é.

A solidão do poeta era quebrada freqüentemente pela campainha do telefone. Sua comunicação com o mundo fazia-se pelo fio. Telefonemas rápidos, secos, práticos, objetivos. Nunca vi derramamento. Salvo com mulher moça, e então o velho poeta se entrega a uma comunicação dengosa, provocante, cantarola, ri, como que dança movendo braços e pernas em estado de excitação nervosa. Toda sua afetividade explode nesses momentos de lírica e ardente — ainda que delicada ou tímida — ternura. Fora disso, há uma infinita polícia, nesse quase engenheiro. Lembro-me muito bem do poema, aliás admirável, perfeito, de Drummond, por ocasião dos cinqüenta anos do poeta Manuel. É o melhor retrato desse pernambucano que viveu entre Rio e Petrópolis.

Manuel me recebia de pijama, ou roupão sobre a pele, chinelos. Homem educadíssimo, refinado moralista, cheio de delicadezas, mas à vontade ao receber seus amigos pessoais, no aconchego de seu apartamento. Quarto e sala, cozinha e banheiro. Livraria ou biblioteca com uma cama... Janelas abertas, cama por fazer, pois o poeta sempre usou a cama para ler e escrever. Serve-se de uma espécie de mesinha portátil, móvel, como de casa de saúde. Muitas pilhas de livros pelas mesas e cadeiras. Confusão relativamente arrumada. Limpeza. Manuel é limpo. Recebia cinco ou seis livros por dia, era a média. Muito jornal. Acompanhava a vida com interesse. Música, Rádio Ministério da Educação. Manuel tinha um modo muito dele de abrir a porta do seu apartamento, brusco, rapidíssimo. Sem hesitação. Sua atitude geral é de quase desafio ao seu interlocutor. Mas que hesitante! Timidez, emotividade, escondida.

Nossa conversa era literatura em geral. Às vezes, nossas vidas em seus aspectos mais imediatos ou concretos, a prima dele carmelita descalça, a história de sua vida passada, amizades, livros dele. Muito do que está hoje em *Itinerário de Pasárgada*, mais de cem páginas, ouvi-o dos lábios do poeta, sentado em sua velha cadeira de balanço, na salinha forrada de livros com dedicatórias. Ainda havia lá o retrato de Manuel por Cândido Portinari, depois entregue à Academia. Um dia, Frei Martinho Burnier me pediu que submetesse os seus versos a Bandeira. Eu achava os poemas ruins. Manuel demorou um pouco e depois de alguns dias me disse, em forma de pergunta: o frade é velho? ou tem menos de trinta anos? Diante da minha resposta: se ele tivesse menos de trinta, diria que continuasse, mas assim não vale a pena, ele tem sensibilidade, que escreva em prosa, é melhor... Eu dei o recado.

O faro de Manuel era certeiro. Tinha vasta experiência da coisa literária, um fino gosto, uma sensibilidade agudíssima e musical. Achava que a literatura estava em mim, mas me fazia falta a escolha definida, clara, de um gênero. Você tem que definir-se... Eu não me definia. Falou-me de Ovalle, meio assim como que achando graça. Schmidt: auto-suficiente. Manuel não suportava auto-suficiência. Perguntou muito minha impressão do último livro de Jorge de Lima, *Invenção de Orfeu*. Ele achava o livro heterogêneo, irregular. Acreditava no catolicismo de Murilo, não acreditava no de Schmidt. Perguntou-me se um certo monge, historiador, tinha fé. Achava Corção parecido, em matéria de gênio, com Bernanos e Sílvio Romero. Não suportava os artigos polêmicos de Bernanos. Gostava da prima carmelita, mulher inteligente. O retrato de Santa Teresinha o acompanhava, da estante. Foi apanhar o retrato, trouxe-o para perto de nós, comentou: não é melíflua, é forte. Manuel era curioso, gostava de saber de tudo, perguntava, perguntava, ironia no sorriso e na voz. Queixou-se comigo dos artiguinhos maçudos de Alceu, coisa repetida, prolixa, pesada. Manuel gostava de Alceu, sua ética, sua cultura ampla, sua velha crítica literária, mas o achava derramado e pesadão. O estilo coloquial, vivo, irrequieto, das crônicas do grande prosador Manuel Bandeira, estava presente na sua conversa íntima. Falou-me de Antônio Boto, o drama do poeta português. Quando eu lhe disse que notava em Gilberto Freire (como em Pontes de Miranda) a mesma crispada vaidade, ou suscetibilidade, contrariou-me. Não, não, em Gilberto há uma total honestidade quanto a dinheiro, já em Boto... A poesia e a pessoa de Drummond agradavam completamente a Manuel: é um cardo, mas é um homem de bem e muito bom. E pôs-se a me contar as ternuras do itabirano pelo poeta português desgraçado.

Recordando nossas várias conversas, nunca poderia dizer que tomou em relação a mim, da idade de seus possíveis filhos, atitude paternal ou professoral, não me quis ensinar nada, não falou como homem célebre ou mestre, não me deu conselhos, sugestões, orientação de espécie nenhuma. Ofereceu-me livros de sua autoria, ou traduções, como *Macbeth* ou *Maria Stuart*. Falou-me da vida de Juana Inés de la Cruz. Evocou Paul Eluard. Atentamente, corrigia os erros tipográficos. E não se incomodava de aprender uma notícia ou outra de mim. Queria mesmo era ser grande músico. E, quando apareceu a edição Aguilar de suas obras completas, depois de me dar a lista de erros, a errata, datilografada ou mimeografada, mostrou-me seus desenhos, que se publicaram num dos volumes. "Disto aqui me orgulho", disse ele com um arzinho maroto, reticente, a malícia inocentinha e sofrida que sabia pôr em certas frases, em algumas palavras, ou no gesto vago, ou na voz a um tempo medrosa e ousada.

Contou-me que, em dúvida sobre a possível malícia do poema *Infância*, consultou a respeito duas pessoas: Murilo Mendes e Serafim Leite. Murilo, enfim, ainda podia ser suspeito... Mas o jesuíta Padre Serafim Leite... Pois achou o poema "inocente".

Leu-me trechos de um artigo de Sousa da Silveira sobre as *Máximas* de Maricá. Manuel lia com extrema seriedade e despreocupação quanto a efeitos. Lia para si mesmo — leitura para dentro e não para fora. Falou-me de Sousa da Silveira com minúcia e aquele discreto carinho, que nada tem de *melado* como observou o próprio Manuel a respeito da poesia lírica de língua inglesa.

Quantas vezes me leu os próprios versos, recentes ou antigos, com a serena isenção da sua voz igual, monótona, levemente tocada pela emoção em certos instantes. Nenhum gesto. Manuel é incapaz de gesticular.

Gosto de ouvi-lo dizer com a calma de sempre — "Mas para que tanto sofrimento"... *Tema e voltas*.

Amo a poesia de Manuel.

Um poema, em que encontro bastante o Manuel íntimo, com seu caçoísmo, seu malunguismo, suas irritações, seus tiques psicológicos, é *Nova Poética*, de maio de 1949. Sinto-me ligado a quase todos os poemas de Manuel.

Aqui deixo um verso dele, que sempre esteve em mim:

"Quero a delícia de poder sentir as coisas mais simples."

Não encontrei no apartamento de Manuel muita visita. Que me lembre, só três vezes: uma descendente de Jorge Isaacs, acompanhada de Bela Josef, sucessora de Manuel na Faculdade; outra vez, o poeta panamenho Homero Icaza Sánchez e, da terceira, um poeta de S. Paulo, moço ainda, cujo nome não fixei.

Eu já conhecia o romance *Maria*, de Jorge Isaacs. Nessa visita, falou-se de José Assunción Silva, cujo *Noturno* (belo poema) o nosso Manuel traduzira.

Ideologia para o poeta não tinha grande importância. Não era o mundo das idéias o seu forte. Todo o interesse dele situava-se no plano das artes — poesia ou literatura em geral, música, desenho, pintura, escultura. Não tinha uma filosofia definida. Nem religião, propriamente. Era batizado na Igreja Católica e se dizia mais ou menos simpatizante do catolicismo. Não se dizia católico. Mas o fenômeno religioso o preocupava. Comigo falou muitas vezes de religião, com seriedade e gosto, perguntando ou expondo suas impressões. Duvidava. Seu estado era mais de dúvida que de negação. Tinha funda simpatia por Teresinha — "Teresa, não, Teresinha", por Elisabeth Leseur, a prima carmelita descalça. Duas outras primas haviam sido religiosas do Sacré-Coeur, mas já eram mortas quando conheci o poeta. Disse-me que achava estranha a sobrevivência do orgulho na pessoa em estado religioso: notara essa permanência em suas primas do Sacré-Coeur, numa delas particularmente, e isso o decepcionara... O estado de religião não vence por completo o orgulho nos seres, observou-me o poeta, com olhinhos vivos.

A base do seu pensamento era o positivismo, haurido de um professor do Pedro II que o impressionara. Acreditava na evolução da humanidade, no poder da ciência. Notei-lhe sempre um cientificismo básico, uma espécie de fé na libertação pela ciência, pelo progresso técnico. O fundo de sua cosmovisão era o positivismo. Muito cepticismo e hedonismo completavam o quadro. E, naturalmente, esteticismo. Tudo nele acabava em estética. Mas também (curioso) em ética. Seu eticismo, sua preocupação com a ética, a dignidade moral das ações, o fundamento e o conteúdo ético, isso era constante. Honesto, honestidade, caráter, no sentido mais amplo — de limpeza moral, dignidade, coerência de atitudes, elegância ou delicadeza de sentimentos, valores que ele prezava extraordinariamente. Sendo um homem de vida mais ou menos boêmia, solto, sozinho, sem a estrutura ou a defesa da família, nunca lhe notei amoralismo ou imoralismo nas definições, posições, afirmações ou na tonalidade geral de sua conversa íntima. Dizia por vezes um palavrão expressivo, como quem agride ou como quem brinca. Era um soco na paisagem delicada de sua conversação, feita de cortesia e capacidade de ouvir. Moral para ele existia, era importante, significava. Já a metafísica, os valores metafísicos, que, numa concepção espiritualista, fundamentam a ética, isso não importava. Brincou mais de uma vez comigo: o bem da verdade, a verdade do bem, os espiritualistas não saem disto, provam a girar em torno das palavras, as mesmas palavras... Era o positivismo com seu horror à metafísica.

No entanto, senso metafísico ele possuía. Tudo que fosse noturnidade, cativava-lhe o interesse. O mistério, no sentido mais largo, era sua vida, sempre fez questão de afirmar-se um poeta de inspiração, ou um possuído pela poesia, uma vítima da possessão poética. Poesia para ele foi sempre a realidade baudelairiana da infância restaurada em nós. Poesia para esse poeta essencialmente lírico era êxtase. O artesanato vinha depois.

Gostava dos (e repetia-os) versos do jovem Keats: *"Truth is beauty, beauty is truth, that is all we know on earth and all we need to know"*... O bem da verdade, a verdade do bem... Sim, mas havia musicalidade, harmonia, proporção, medida, graça nas palavras do inglês lírico.

Mostrou-me uns originais autógrafos de Antônio Nobre. O Anto fora uma fase, um momento de sua vida, quando jovem poeta. O respeito religioso, que tinha, diante dessas coisas ligadas à poesia. Pedi-lhe que traduzisse Thomas Merton. Respondeu: tudo depende da oportunidade, essas coisas só se fazem quando surge o estímulo concreto de uma oportunidade... Não traduziu.

Sobre artesanato em poesia: "o poeta nasce, mas o grande poeta se faz"...

O "florido" Gonçalves Dias era-lhe caro. Manuel evidentemente não pertencia ao grupo dos cástridas, mas ao dos gonçalvinos — a poesia lírica de raízes lusíadas. Embora tenha falado sobre Castro Alves no centenário de 47, recusou-se por telefone ao convite, que lhe fiz, depois de o ter feito a Jorge de Lima (ou foi antes?), para dissertar na universidade católica sobre o poeta dos escravos e também do amor.

Percebi que ele oscilava entre o hedonismo e o desespero. Ouvira Camus na famosa conferência do Ministério da Educação: o desespero existia no poeta, a certeza íntima e vital de que tudo é nada e que isto é inadmissível.

Tinha medo da morte. Mas abrandava isto, dizendo: não tenho medo, tenho medo de ter medo...

Conheci os dois apartamentos do poeta no edifício São Miguel, o do quarto e o do oitavo andar (ao lado de Genolino). O do pátio, calçado por súplica do poeta aos prefeitos. E o com vista para o mar, o aeroporto com suas lições de partir, a baía clara, o Pão de Açúcar. Manuel mostrou-me a vista. Não era mais o beco, nem o pátio: era a amplidão... Os aviões subiam e desciam, no azul. A brisa chegava até nós. A avenida lá embaixo era mínima e vaga.

Imagem física da glória mais alta e mais pura. O poeta a cavaleiro, pairando sobre as águas...

Ora, quero deixar o meu poeta e o poeta não me deixa... Persiste em mim, como fraternal companheiro meu. Lembro-me de uma viagem nossa de ônibus, do centro, ou mais exatamente, da Cinelândia a Botafogo, ao Mourisco, nós em pé no ônibus apinhado. Manuel tão leve e ligeiro e brejeiro nos seus lúcidos setenta abris. Lembro-me de uma leitura de carta da prima carmelita descalça, com que natural gravidade dizia ele em voz alta e velada as palavras que se escreveram no claustro e atravessaram os muros da clausura monacal. "A vida inteira que poderia ter sido e que não foi." "A vida cada vez mais cheia de tudo." O itinerário do vazio ao cheio. "Cada coisa em seu lugar."

Manuel daria um grande ator.

Eu notara que ele sabe representar — apresentar uma forma ou uma feição diferente — ao ouvir-lhe certa conferência na ABI sobre a *Maria Stuart*, de Schiller. Manuel brincou muito com o auditório, que era numeroso, elite, o homenzinho fez o que bem quis. Pura patuscada. Atrapalhando-se, de fato, com as notas manuscritas, intuiu num relance que lhe convinha exagerar o embaraço, ao contrário do comum, que é disfarçar. Saiu-se maravilhosamente da façanha. Exagerou quanto quis, a sala achou graça. Tendo encontrado o ponto que procurava nos seus papeizinhos, fingiu ainda que estava perdido, não achara, continuou a aflita, afetadamente aflita procura. Foi um pequeno espetáculo, para mim surpreendente. Manuel ator, calculista, finório, dono de uma perfeita máscara. O homem divertiu-se.

Ouvi — creio eu — cinco vezes a Manuel Bandeira. Nessa tarde da ABI, sobre a peça de Schiller, na Academia sobre Raimundo Correia, na universidade católica e no colégio Santo Inácio, sobre a sua poesia, e ainda na ABI, mas no pequeno auditório. E saudando Gustavo Corção, quando este completou sessenta anos. Manuel é tímido e não fala com facilidade, ou fluência. Como Claudel, constrói com vagar. Sente-se que não está muito à vontade, hesita, mais — titubeia, repete-se, gagueja. Mas há em sua tímida pessoa uma personalidade forte. É curioso: esse fraco, esse homem doente, esse poeta lírico, esse tímido é forte, tem uma personalidade impressiva.

Desconfiei disso ao fim da primeira representação da *Maria Stuart*, no Ginástico. Manuel apareceu no palco e agradecendo os aplausos da platéia fez uma curvatura tão digna, tão elegante, tão subtil, tão de *grand-seigneur*, tão bonita, que logo senti do meu canto (donde via Drummond e Dona Dolores) a grandeza, a força da personalidade do poeta. Agradecer aplausos assim, para quem afinal não possui muita prática de aparecer em palcos, era uma tarefinha delicada ao extremo. Qualquer gesto excessivo ou arisco, gesto de mais ou de menos, seria inconveniente, grotesco. Alegria muita, não tinha cabimento. Indiferença ou frieza, era orgulho inamistoso. Manuel optou pelo respeito, a curvatura respeitosa, lenta, amável, sem exagero, grata. Respeito e gratidão — eis o que dele transpirava nessa noite de 1955. Delicadeza tão sóbria, elegância austera.

Manuel Bandeira é elegante. Que dignidade valéryana existe nele, quando veste casaca nas sessões solenes da Academia. Nenhuma pose. O mesmo andar, o mesmo jogo do corpo — rapaz, marinheiro, a mesma simplicidade dos outros dias. Mas que fina elegância, quando envolto em casaca. De fardão, nunca o vi, porque não o tem. Creio que tomou posse com o fardão emprestado de Aloísio de Castro. Comentou comigo, uma vez: quando entrei para a Academia em 1941, pensavam que eu ia deixar de carregar embrulho na rua, andar de bonde, até no estribo do bonde... Sou um homem pobre.

Quiseram fazê-lo presidente da Academia. Não quis. Foi, apenas, secretário-geral. Explicou-me: não tenho carro, nem chofer. O presidente faz vida social como presidente, representa a Academia em uma série de reuniões, recepções, jantares, eu teria que fazer vida noturna, e sem automóvel... Cadê a verba pro táxi? Não aceitou a presidência.

Homem de rua, ganhando como professor universitário, fazendo todas as suas compras, pagando suas contas, indo e vindo com modéstia, desembaraço e curiosidade, encontrável em pessoa ou por telefone a qualquer hora, popular no sentido de ser homem do povo, sem elitismos tolinhos, chegou à extrema velhice com juvenilidade, apesar da tosse constante e da fadiga.

Volúpia e austeridade se casam nele. Tem, no fundo de si, um moralista — como Albert Camus. Severo e gentil, duro e meigo, soube constituir — ao longo de muitos livros — um só livro, as poesias coligidas a que nobremente chamou *Estrela da Vida Inteira*.

Bandeira... Neruda houve por bem desenhar uma bandeira em lugar do sobrenome do poeta, na parede de seu apartamento. O próprio Bandeira aproveitou o sestro e, numa dedicatória ao seu pequeno tratado de versificação, que deixou para mim na Agir, fixou sob as espécies de uma bandeira o seu nome de Bandeira. Ele, que ia morrer aos dezoito anos, sem bandeira nenhuma, vazio e frustrado, é hoje — poesia e nome — bandeira, limpa, honrosa.

De Schmidt, tenho algo a referir, além da visita longa às irmãzinhas de Foucauld, na favela, uma tarde de domingo. O poeta, aliás, fixou suas impressões dessa visita numa entrevista à *Manchete*, 1956, abril, a Tiago de Melo.

Schmidt era uma difícil natureza, instável. Mudava de tom, temperatura, fisionomia, com perturbadora facilidade, até revoltante facilidade. Era muito rápido, apesar de gordo e muito lento no andar e, por vezes, no falar e no refletir. Tinha incríveis lentidões de inteligência, como tinha de andar. Era uma espécie de solenidade. Um pouco truque, um pouco natureza. Parecia-me, como ele disse de Jackson, mais natureza do que inteligência. Tinha percepção fulminante, instantânea — de tudo. Era ágil, como um réptil. E vagaroso como um gato mimado. Iludia, driblava, ganhava tempo, envolvia, improvisava argumentos decisivos com uma ligeireza absolutamente impossível de ultrapassar-se. Tinha o dom, esse homem simples e até ingênuo, de tocar os seres no ponto exato.

Falei em ingenuidade. Surpreendia-me que um homem tão vivido e tão vivo, tão sem cerimônia e tão seguro de si, tivesse pequenas reações ou momentos de ingenuidade. Havia nele um quê de caixeiral, um resquício da sua formação ou iniciação árdua, um resíduo da modéstia extrema de seu começo. Aquilo às vezes aparecia, sob a forma de timidez, ingenuidade, reações meio cândidas. Não era fingimento, era real. O caixeiro antigo, pobre e inseguro, emergia no abastado, no vitorioso, no político diante de cuja voz todas as portas se abriam, escancaradamente. Timidez, um não-sei-quê de apalpante, um frêmito de ansiosidade, expectativa, um meninismo delicioso pelo seu caráter inesperado ou despropositado, um quase receio de mocinha. Era um dono da vida, um ser poderoso, uma voz, uma pessoa importante e se detinha a interrogar aflitamente o jovem sobre o seu artigo e esperava mesmo, com impaciência de moço, com ansiedade viva, com a sua inteira e violenta paixão, a resposta, e a ponderava, a depunha exigentemente na balança de precisão, discutia, brigava, exaltava-se todo, por tão pouco...

Precisava dos outros. Como esse homem, que não precisava de ninguém, precisava de todos, carente de elogio, afago, confirmação. Pedia a todos, pedia aos criados, ao desconhecido na rua, ao crápula, a qualquer um, que o confirmasse. Era um ser necessitado, esse homem rico e displicente muitas vezes. A superioridade ou auto-suficiência não seria só truque ou necessidade ou máscara imposta pela vida concreta: seria verdadeira, creio eu. Mas, por baixo dela, quanta meninice, quanta imaturidade não se agitava, respiração difícil, inquietude, procura.

Era um atormentado. Não conheceu nenhuma paz. A felicidade, que aparentemente lhe deu tudo, passou longe desse torturado poeta. Escrevendo sobre Filipe d'Oliveira, cuja *Lanterna Verde* li na casa de Adriano Pinto, enquanto esperava que esse meu amigo chegasse da rua, Schmidt — há trinta anos — negava que o poeta gaúcho fosse feliz. Páginas atrás, ou na frente, Gilberto Amado afirmava a condição de homem feliz em Filipe. Schmidt negava. Era um auto-retrato.

Gosto tanto do que ele escreveu, mocinho, vinte e dois anos, de *Macunaíma* em *A Ordem*. Mário de Andrade menino sabido, porém menino... Menino ou adolescente eterno era Schmidt. Instabilidade, insegurança, petulâncias impossíveis, gestos de incrível delicadeza ou brutalidade, songamonguices, generosidades. O telefone era seu reduto. Gritava, chorava, suplicava, fazia todo um *ballet* psicológico, pendurado ao fio, ao fone, atento a seu interlocutor invisível. As modulações da voz humana não lhe escapavam, e era de fato impressionante a riqueza de tons, a multiplicidade da sua voz, que normalmente se impunha pela beleza, o calor e a majestade.

Deu-me conselhos sucessivos, ao contrário de Bandeira: que só lesse autores estrangeiros, que largasse de vez a leitura dos nacionais; que escrevesse logo a história de minhas leituras; que escrevesse a história de minha alma; que fosse ao Nordeste e compusesse um diário de minha viagem, à maneira de Jean Giono: que escrevesse, de qualquer maneira, não deixasse de escrever; que não me incomodasse de saber se era católico ou não, que ele era e não ia à missa regularmente, ia de vez em quando, não praticava, não tinha vida sacramental, não ia a procissões... Ironizava, como ironizava! Ele via o ridículo de tudo. Ele sentia o efêmero do humano. Ele era lúcido, clarividente.

Declamava com impaciência. Quem ouve seus versos ditos por ele, gravados, voz quente, aliciante, amorosa, tão solene, logo percebe a impaciência que o assalta ao lê-los. Vivia com impaciência. Escrevia com impaciência. Lamentava não ter escrito os livros, que imaginou. Era uma poderosa natureza. Era um *public relations* de alto nível. Sabia fustigar. Sabia sorrir e rir. Era infeliz... Amava, no entanto, a vida.

Falou-se imensamente de Léautaud, o velhinho que gostava de perscrutar o rosto de seus amigos mortos, o esquisitão que odiava o gênero humano, o escritor solitário, puro homem de letras, que vivia com uma macaca, cercado de bichos vários, cães, gatos, numa casa longínqua dos arredores de Paris... Drummond contou-me que Maria Julieta o vira no enterro de Gide, fevereiro de 1951, e ficara impressionada com a esquisitice e o desmazelo do velhote, a postos junto ao esquife. Pois Schmidt conseguiu arrancar Paul Léautaud de seus bichos, de seu tugúrio, Tebaida, e levou-o a passear de automóvel pela cidade de Paris.

Entrevistando-se com Pio XII, sentiu tanto o protocolo, a frieza, a dureza ou a artificialidade ou o formalismo da cena, os dois a sós, que pediu um obséquio ao velho Papa: que fossem os dois conversar na sacada, olhando para fora, para os jardins... Narrou esse episódio a Alceu Amoroso Lima e a este escriba. Que espetáculo: Schmidt a conversar com o Papa — e era Pio XII, o hierático — numa sacada!

Sua última entrevista com Getúlio, na véspera da morte deste, está descrita em *As Florestas*. O capítulo saiu como artigo do *Correio da Manhã* e me recordo de o haver lido em São Paulo, no saguão da sucursal.

Schmidt era flutuante, fugidio, embora agressivo e nítido, em certas ocasiões. Cauteloso ao máximo, perfeito maneirismo, um jeito, um tato, um faro, mas de repente o desabafo ou a explosão irrompia e ele, calculista, cometia *gaffes* inacreditáveis, abria-se em rompantes de quase quixotesco ou de boquirroto ou simples inexperiente. Era emotivo, ser de rompantes. Amava a naturalidade sem reservas. Dizia o que bem entendesse, com um espírito livre de pasmar. Mas, em outras horas, era cuidadoso, olhava, sondava, perquiria com uma quase timidez. Sua sinuosidade espantava-me. Suas reações eram imprevisíveis, de modo geral. Suas explosões de temperamental assustavam. A paixão o possuía.

Nunca ele conheceu o que fosse descanso. Morava em apartamento — de luxo, onde várias vezes o procurei para simplesmente conversar, mero bate-papo inconseqüente e boêmio, conversa mole de café, conversa-fiada de literatos desocupados, e ele me dizia que o que invejava, o que de fato intimamente desejava era ter uma casa com quintal, quintal mesmo, quintal grande, quintal de verdade, numa rua tranqüila, da Tijuca, por exemplo. Morador de apartamento, tinha nostalgia de quintal, suspirava por um quintal com árvores. Daria a qualquer um, nesse tempo, que foram os anos finais de sua vida, a impressão de um triste, um nostálgico, um melancólico, um prisioneiro, um homem atado a uma engrenagem, escravo que não podia libertar-se mais. Manuel Bandeira me disse que Schmidt desejava era ser um mendigo, um vagabundo, um andarilho a caminhar pela praia sem destino certo. Mas não ousava, não tinha coragem de ser o vagabundo que desejaria, ou invejaria no íntimo.

Era inquieto. Não tinha sossego. A contradição instalara-se nele de modo radical e definitivo. Não lia, folheava, ou lia aos pedaços. Não trabalhava: mantinha contato com pessoas. Sei que seus contatos foram os mais diversos e espantosos. Seu ofício era conversar, ouvir, provocar os outros, suscitar nos seres as reações que lhe cumpria, ou se lhe impunha em tal circunstância. Era um homem da circunstância, vivia intensamente a circunstância. Seus artigos, toda a sua obra de prosador, mesmo as melhores páginas mais livres ou mais poéticas de O *Galo Branco*, primeira parte, 1948, eram textos de circunstância, provocados imediatamente pelos acontecimentos, as leituras, os encontros.

Ninguém dependia mais do que ele — poeta libérrimo — da circunstância.

Achava que o escritor precisa do material vindo da vida, informações, estímulos, notícias precisas, apelos de toda espécie, como o corpo precisa diariamente de comida para meramente sobreviver. Concebia o escritor como antena, receptáculo, testemunha de seu tempo, gostava de ler memórias, gostava muito de Saint-Simon, o duquezinho insignificante que prestaria ao Rei Luís XIV o maior dos serviços, o de fixá-lo para a posteridade, o de fazê-lo reviver no tempo como estátua literária, semovente, gostava muito de Michelet.

Trabalhava nos bastidores como uma velha e implacável aranha. Tecia sua longa teia. Era uma grande árvore exposta a todos os ventos. Suas raízes imutáveis, imóveis, fundas eram o catolicismo via Maurras, Jackson, Alceu, a ordem jacksoniana, Plínio Salgado, um biblismo entre escatológico e sinagoga, a esperança à maneira de Péguy (e por causa de seu culto a Péguy se ligou tanto, quadragenário, a um velho como Daniel Halévy, que morreria nonagenário), o amor dos valores litúrgicos e mais densamente e intimamente religiosos, apesar de todo o seu mundanismo, epicurismo, sensualismo fácil, agitações e perturbações de uma vida rica, de hábitos voluptuários.

Exercia influência profunda sobre os homens, pois era um *causeur*, um hábil, ia do estilo ou do ritmo *flatteur* à pura e simples agressão verbal, gritada, estertorante. Movia cordões numerosos, como se os seres fossem marionetes, bonequinhos, e ele fosse, com seu ar de paxá, sultão, potentado oriental, levemente ferido pelo tédio, enfaradinho, o deus, o demiurgo desse teatro de paixões e interesses. Forçava os homens a concordarem com seu ponto de vista inexorável, exposto prolixamente em tom de profecia apocalíptica. Uma das coisas que mais admirei nele, em tantas conversas mais ou menos íntimas, foi a capacidade verbal de, transfigurando lugares-comuns, banalidades totais, noções elementares, afirmar o óbvio com brilho e até num tom de novidade relativa.

Em dois escritores realmente brilhantes, nos seus bons momentos literários, percebi a falta de uma cultura mais universitária ou menos de autodidata: Agripino Grieco e Schmidt. Ambos pularam do primário ou quase ginásio para a cultura literária. Ressentiam-se disso. Perdurava um pouco de uma cultura de ouvido, ou de café, ou de buquinagens apressadas, de tarde ou na hora do almoço... Orelhas de livros... Telefonemas... Sondagens em mestres mais especializados... Aquilo a que Brito Broca chamou biofagia: os biófagos.

Sua poesia é explicativa, repetitiva, redundante, derramada. Torrencialidade, facilidade. Pouco importa. É uma poesia — a sua poesia neo-romântica — marcada pelo sinal da beleza. A palavra, que me ocorre freqüentemente diante de tão grande poesia lírica, elegíaca, Bíblia, Claudel, Péguy, é — exalações... Mário de Andrade seria arlequinal. A obra poética schmidtiana seria exalante. Perfumes, olfatividade.

Estive duas vezes com ele no escritório da Orquima, na Avenida Presidente Vargas. Penumbra. Ausência de papéis. Sofá. Divã. Dir-se-ia um gabinete de psicanalista. O homem gordo, sempre com o drama dos regimes dietéticos, sem paletó, de suspensórios, em contato com o mundo através do telefone, que solidão. Teria amigos? Conhecia toda a gente. Não teria mais de cinco amigos, talvez... Solitário e perscrutador. Não gostava de Gide. Dizia que Mauriac era mau. Amava Bernanos, Alceu, Péguy, Proust, a memória de Jackson. Detestava o moralismo.

A última vez que o vi, foi nos Marimbás, de noite, uma bela noite de autógrafos. Estava cercado, *entouré*. Apenas, e rapidamente, nos falamos. Disse a Barbosa Melo, referindo-se a mim: é meu íntimo amigo. Foi a última palavra dele a meu respeito, o último aceno, a derradeira comunicação entre nós. Estava magro. Sua voz alteava-se na noite, era um desafio. Em que acreditaria, por fim? Qual a síntese da sua longa experiência? Acreditaria em Deus? Acreditaria no homem? Em que acreditaria? Creria no Cristo? Mas em que sentido? Era um homem religioso, mas sem religião. Era um ser noturno. O cepticismo devorava-o.

Esse apelo que vem das estradas, que vem dos caminhos do mundo, das areias do mundo e é maior do que nós, nossas perplexidades, nossos medos, nossas longas angústias, nossas frustrações, nossas fobias, o que há em nós mórbido ou imaturo. Fobias ou folias?

"Isso é aquilo" (Carlos Drummond).

Tareco, Top, Dick, Joly, Pery, cachorros da minha vida... Pery morreu a 10 de janeiro de 1963, atropelado. Nem gemeu. Era um cachorro, mas tinha a graça de um garoto.

Pery-Palina, eis o mais estranho dos eixos. Existe, contudo. A menina Palina, ora em Moscou, divertiu-se um domingo inteiro com Pery, o gracioso. Pery, mito em Palina...

"Teu filho quem sabe se jamais virá?"

(Bueno de Rivera)

Nem fuga, nem entrega: divertida contemplação.

Cada vez acredito mais no instinto, na lucidez da instintividade, na força criadora das forças instintivas. Na animalidade do homem. Cada vez mais acredito no animal, na grandeza da animalidade. O animal é límpido, é nítido, é o que é. Cada vez mais desconfio dos que, e acho graça neles, pretendem espiritualizar ou desanimalizar o homem. É um animal, o homem. Que beleza, na condição animal... Acho nobre a condição animal. O homem, animal um pouco diferente, pode orgulhar-se de ser um animal, ao lado dos outros animais. Não acima. Ao lado. Convivendo, numa tranqüila união, que está para além de toda palavra. Restaurar em nós os direitos, as dimensões, a pureza espontânea da animalidade recalcada. A animalidade não se deixa sufocar. Imperfeitamente reprimida, ou supostamente, sobrevive, triunfa, como que sutilmente se vinga. O homem é radicalmente instinto. E principalmente instinto. Creio nas forças obscuras da irracionalidade. Creio na extrema lucidez do irracional. E desconfio da clareza, da sistematização, da logicidade, que é pobre, da racionalidade ordenadora.

O aparentemente obscuro é rico de significação. A lógica é desfiguradora do real. A filosofia não começa com os gregos.

Apenas o instinto no homem é algo diferente do instinto nos animais. Mas uma diversidade pequena, de grau, não de natureza. Sonhar com natureza específica, que ilusão!...

Terei eu medo de alguma palavra? Terei eu medo de alguma realidade? Não serei capaz de exprimir todas as realidades? ou serei capaz apenas de exprimir certas realidades no escuro? Que significam para mim ódio e amor?

A grande arte não admite pressa. Mas a grande arte exige amor e ódio.

Nolite obdurare corda vestra.

Instantaneidade, eis o traço típico da inteligência humana. O inteligente é instantâneo. Pelo riso e pelos olhos (o brilho especial) conhecemos o gênio.

Qualquer morte me serve. Não prefiro nenhum gênero de morte. Aceito a morte, a minha morte, particular, pessoal, única. Toda morte é solene, como todo futuro é violento. Recordo Mário Faustino, que morreu moço, irrealizado. Era um grande poeta. Era pura inteligência. A última vez que o vi, antes do aéreo desastre, que literalmente o destruiu, eu disse o título de seu livro de poemas: *O Homem e sua Hora.* Um aceno cordial, uma provocação ao poeta. E ele rápido, instantâneo, sorridente: ainda não soou... Ou: ainda não sou... Não se distinguia bem se era ainda não sou, ou ainda não soou. A hora soaria, pouco depois. E o homem seria.

A vida é fortuita. A vida é persistente.

O mistério da permanência de um escritor ou de um poeta, um artista qualquer, depende afinal de mil e uma circunstâncias, obscuras, extra-estéticas, fortuitas, absurdas. Acaso. Os equívocos, de que é feita a glória (como lembrava Rodin a seu secretário, o poeta Rilke). A sorte. A conspiração das pequenas circunstâncias banais. Não sabemos direito. Por que Camões ficou? E outros ficaram menos ou não ficaram? Estamos em pleno círculo do acaso. Ou do enigma.

A vida é casual. Adequação entre o homem, a obra e a hora e casualidades sem conta.

Vida e morte se misturam e vão tecendo, silenciosamente, o fio de nossas horas, o instante fugaz que nos cabe na Terra. Vida e morte. O sentimento, que a morte provoca em mim, é este — de curiosidade. Penso na morte, agora. Amo desde já a minha morte, minha mortezinha pequena e solene. Não tenho mais um grande Medo da morte. Convivo bem com a morte. A morte é simples.

Não quero tapeação. Quero a vida. Quero a vida. Aceito o jogo da vida. Vê-la. Não me canso de bisbilhotar o mundo. Tanta paisagem para ver-se. Tanta conversa a conversar. Tanto ponto de vista contrário a ouvir — e a inteligência não será a capacidade de compreender aquilo que nos é contrário ou antipático? Tanto mundo interior. Tanta vida a ser vivida. Tanto susto, tanta alegria. Tanto risco, tanta afeição funda. Tanta festa para os olhos, o ser todo. Tanta esperança humilde. Tanto amor. Tanto desejo de ser feliz.

Ó vida, como és bela!

Bom é você ser você. Porque não há outro jeito. A gente não muda. A gente é sempre o que é. Ascese é conversa fiada.

Lembro-me de muita coisa. Gente, rosto, voz, sempre fui bom fisionomista e sempre tive bom ouvido. Há filmes e filmes guardados em mim, gestos, frases, bobagens, grandezas, vida muita, irmãos leigos, cardeais, acadêmicos solenes, mães de família, poetas, frágeis pessoas, desajustados, boêmios, gente vária. Eis a vida. Procissão de vozes e rostos, que irá comigo até o fim, minha vida, meu destino, o mundo que eu vi.

Não procure consolo. Não se console. Aceitar o desconsolo. Viver. Esperar e viver desconsoladamente a própria morte.

Ser lúcido.

O homem, seu sexo e sua morte. E basta.

O homem é sexo e morte. A vida é sincera.

Ser um homem clarividente, isto é, sem consolação. A clarividência recusa as consolações. Atos de lucidez, não atos de fé ou de consolação.

Sinceridade é lucidez.

Abandono ao instinto e ao instante. Paixão e lucidez.

A maturidade não será o encontro da paixão com a lucidez?

Gosto mesmo é da vida. Vida é instante, instinto, intensidade.

Vida surpreendente, vida engraçada, vida irônica, vida paradoxal, vida viva. As coisas acontecem. E é só.

Acredito cada vez menos na filosofia. Não resolve nada. E se resolve em história da filosofia.

Socratismo: mais perguntas do que respostas, ou mais problemas do que solução.

A autonegação é uma forma de auto-afirmação. Santidade ou mundanismo? A raiz será a mesma: o ímpeto de escolher o melhor, uma opção marcada pelo signo da mesma pretensão ou do mesmo orgulho humano, normal. O santo, a vedete. A variação do objeto não muda o ritmo interior do sujeito.

Ana Amélia de Queirós Carneiro de Mendonça me dizendo, com tristeza na voz: "meu marido e eu não nos conformamos nada com a velhice, nos sentimos inconsoláveis"... A vida aperta-nos contra a parede. De início, há uma ilimitação. O menino pode ser tudo. É impressionante. Há possibilidades quase infinitas. Depois, as limitações tornam-se mais ou menos evidentes. Os caminhos diminuem, diante de nós. E se estreitam. Por fim, desaparecem. Simplesmente, não há mais possibilidades. Tudo acabou. A vida está encerrada, com ou sem tristeza. A vida fechou-se. O ciclo do homem fechou-se, e para sempre. A morte anuncia-se. Pois a morte é isto: o fechar-se de todas as possibilidades.

A vida do homem em face da morte presente e possível (até que a morte deixe de ser mera possibilidade): uma breve dança sobre o abismo, um estreitamento, uma asfixia lenta, um acuar às vezes ameno, às vezes cruel, um encurralamento, uma brutalidade, mais ou menos disfarçada, um jogo, um brinquedo sem sentido, gratuidade.

O menino não pode ser mais nada.

Vida: composição de contrários.

A esgarçada infância, quase névoa...

Interrogações. problemas, investigações, revisões. "Um tempo vivido em diferentes ritmos de acordo com diferentes espaços", como disse Gilberto Freire em *Aventura e Rotina*, página 369.

Spencer ou Spengler? A vida é inumerável.

Quero viver a vida. Amo a vida, esta vida.

Vida, vidinha, vidoca, vida simplesmente, como és inqualificável!

Eu queria escrever uma peça que se chamasse *Porta e Janela*, e na minha peça caberia a vida, a inteira vida, a vida que não ousamos qualificar.

Ironia: consciência da fragilidade.

Leio no poeta Carlos: "O poeta declina de toda responsabilidade na marcha do mundo capitalista e com suas palavras, intuições, símbolos e outras armas promete ajudar a destruí-lo como uma pedreira, uma floresta, um 'verme'"...

Em Nova Iorque — olho Nova Iorque do alto do Empire State — 102 andares. Gosto da ilha. É uma ilha... Duas freiras, do alto do Empire, contemplam a cidade e trocam impressões. Duas freiras norte-americanas, jovens. Donde terão vindo? Serão da Califórnia? Serão do Sul? Que problema, que interesse as trouxe a esta cidade de Manhattan, a esta ilha? Discretamente, as observo, enquanto juntos olhamos a cidade, trezentos metros abaixo de nós. As freiras olham para esta cidade de Nova Iorque. Que pensarão elas de tudo isto? Que será, de fato, isto?

Diante de nossos olhos perplexos em sua frágil mortalidade — aos nossos pés — está a cidade. Onde estará a freira que eu vi, uma tarde, no *subway*, deitada no cimento da plataforma, quase em agonia? Terá partido? Para onde terá partido? Estava sozinha no chão da plataforma, sozinha, cercada de estranhos. Havia um silêncio grave em volta desse corpo de mulher deitado num subterrâneo. Esquisito cenário para a agonia de uma freira: *"in delicate, opulent silence"* (como está no verso de Pound). O silêncio estranhíssimo dos subterrâneos quando os trens não passam.

Vi o pôr-do-sol, o nascer da noite. A noite nasceu devagarinho, foi envolvendo tudo, a cidade, Long Island, a estátua da Liberdade, o Central Park, nós. As luzes subiam da ilha. As luzes subiam das ilhas distantes — Strang Islands... As luzes confundiam-se com os ruídos. Para que tanta luz? Para que tudo isto? O canto das luzes na vasta noite. A noite dissolve o que há de brutal ou violento na paisagem. Manhattan se reveste de leveza. Tudo fica leve. Lépida ilha, sonora, luminosa, aconchegada. Ficas tão outra, pequena ilha. Como serás daqui, digamos, a mil anos. Mil anos.

As luzes cantam, agora, na noite. *"Music of elements... earth, air, water, fire — singing"*... Foi Dylan Thomas quem nos falou dessa música. O canto dos elementos *"Come, my songs, let us speak of perfection"*, agora não é mais Dylan Thomas, é Ezra Pound. *"Dark is a way and Light is a place"* (agora é Dylan Thomas). Sim, a escuridão, a noite é o caminho. Aqui, estão os elementos: a terra, o ar, a luz, a água, a música, a cidade dos homens, este maluco edifício de cem andares, sua varanda de vidro, que nos defende do vento, estas luzes na noite, o ruído gentil da cidade longe, a vida irrequieta. Agora, a lua paira por sobre a cidade: quietamente. A lua é bonita, sempre. *"The moon has set. Time passes, time passes... It is the middle of the night"*... Não há quase ninguém, no terraço. As duas freiras já se foram para um lugar qualquer, o seu convento. E a outra, a deitada, a do *subway*, já terá partido da terra dos homens? Começo a cantar baixinho. A lua está linda.

A terra é isto, a nossa terra. Aqui, está um rapaz do Brasil, que desejaria explicar-se.

Sigismundo

Sigismundo vai à caça

E, pois, Lelento virou Sigismundo...
"Mundo, mundo, vasto mundo,
mais vasto é meu coração"...
"E agora, José?"...
"Contemplari et contemplata aliis tradere" ...
"Causae ad invicem sunt causae"...
"Ubi est, mors, victoria tua?"

Sigismundo foi caçado no portão. O portão era embaixo. A casa era em cima. Sigismundo estava de calção, camisa esporte, sapatos sem meias, desprevenido. A manhã apenas começava, oito horas. Havia um carro perto do portão. Sigismundo abriu o portão. A chácara: tranqüila; árvores. Sigismundo ajeitou o cadeado. Seriam oito horas. Do automóvel preto, desceram três homens. Acercaram-se de Sigismundo, convidaram Sigismundo a entrar no automóvel, a ir com eles para um desconhecido endereço.

O homem de calção entrou no automóvel. A manhã era clara. As mangueiras ficavam, frondosamente, para lá do portão aberto, os pés de maracujá carregados, dourados, as amendoeiras, as bananeiras nítidas, a relva. Atravessaram a serra. Os dois homens, que iam atrás com Sigismundo, não falavam, mas iam atentos, disciplinados, como quem cumpre remuneradamente uma limpa tarefa. O que dirigia o carro, apenas respondeu com laconismo às perguntas poucas, feitas com doçura, cordialidade, desejo de aproximação, cortesia urbana, a subtil capacidade de adaptação, que nunca faltou a Sigismundo nas horas escuras.

Sigismundo sentia um friozinho invisível, pontiagudo, no mais íntimo do corpo. A faca do destino era cortante, simples. Atravessada a serra, a cidade — velha conhecida — se lhe afigurava impossível e distante. Como era inútil, a cidade. Como era longínqua, a vida. Os homens passavam, a caminho de seus claros endereços, homens destinados, Sigismundo queria gritar-lhes, mas era absurda a hipótese de gritar. Sigismundo não gritou. Socorro não havia.

Abrir a porta, fugir? Sigismundo imaginou um desastre. Seria bom um desastre, um desastre não muito grande, apenas as proporções mínimas, exatas, para que a possibilidade da fuga se configurasse, razoavelmente. Mas o desastre não veio, não explodiu no ar, como uma leve bomba. Ficou no sombrio desvão dos absurdos intensamente desejados — pura imaginação. Forçaria o desastre. Sim, faria algo, um pequeno gesto violento, um golpe, um nada, que num segundo precipitaria... tudo. Mas tudo seria o quê? Em que afinal consistiria tudo? Que consistência ou que viabilidade teria esse tudo, que era apenas desejo de fugir? Gritar, gritar, fugir, não ser mais aquilo, ser outro, a caminho do trabalho, da cidade, da vida, de um endereço tranqüilo, numa cidade justa... Não ser Sigismundo caçado, de calção amarelo, blusa verde, pernas peludas de fora, os óculos quase inúteis. Ser um Sigismundo diferente, puro, preservado daquilo e do resto, que motivara aquilo, as camadas superpostas ao ser, ao ser matinal, virgem, o Sigismundo de dentro, límpido como a ensolarada manhã. Sigismundo tal como se via no espelho imaginário, faceiro, antigo, não um simples ele.

O desastre não veio. As ruas sucediam às ruas, simetricamente. Tudo solar e quieto. Numa esquina, viu um menino — gordo, de óculos, exemplarzinho, confiante, sério. Olhou rapidamente para esse garoto, perdido na esquina havia muitos anos, parado, imobilizado, inútil. Não havia precisão de acenar. O menino não responderia. O menino estava morto, inteiramente. Impossível que o menino o olhasse, o reconhecesse. Ali, era a casa de Terêncio, onde — rapaz — o garoto conversava. Conversava o quê? Conversava ilusões. A vida encarregou-se de não confirmar o fugido contorno, impreciso, das conversas na biblioteca ao rés-do-chão, outrora.

O carro parou. E as manhãs eram sonoras. E as tardes eram calmas. E a vida outrora transcorria apetecível, numa pauta serena. As horas entregavam às horas a notícia. A notícia era boa. A vida ia dar um fruto. Os cachos faiscavam, como um desafio silencioso. Do asfalto das ruas monótonas, levantava-se — outrora... — o desenho vago, que o tempo transformou lentamente, surdamente, numa frágil massa obscura, cinzenta, um tom elegíaco, um quase nada. O ser apalpa-se. O desastre ocorrera, mas outro, imperceptível, na íngreme ladeira da vida ou do tempo.

Levaram Sigismundo para dentro. Havia corredor, parece que só havia corredor. Sigismundo foi entregue ao corredor, comprido e frio. Estava preso. Havia o quarto e o corredor. Limpavam o corredor. A manhã era nítida. A manhã tentava invadir o corredor, o corredor era incorruptível. Sigismundo pousou os olhos no que o circundava e continha: era triste, lúgubre. Uma sombra se derramava, apesar da luz, naquele estranho mundo fechado, fugaz e imóvel. Tudo parecia fugir de tudo, na imobilidade. Sigismundo, de calção, pernas de fora, sentou na beira de sua cama. Estava grave, como o pai que espera o nascimento de seu filho. Não estava triste, mas tenso. Como sair dali? Como escapar da teia, que súbito o destino constrói, sem cerimônia e até com astúcia, em torno de uma vida — e sem aviso? Gritar, seria inútil.

Sigismundo leu uma revista ilustrada. Calção, cama, revista. Um nome, uma exposição de pintura o jogou de chofre no pátio arborizado de uma casa antiga em São Clemente. Manhãs de outrora... Ele ia de ônibus, da Tijuca. A vida era futurosa. O corredor não entrava em seus planos; contudo, agora o corredor existe, avulta no destino de um homem desarmado e só. — O seu mal é a eloqüência. Sigismundo era eloqüente. O pintor vinha de outra vida, outra experiência, outro ritmo, tinha um outro corpo. Sigismundo não contava com o corpo, quando conversou com o pintor, no pátio, numa velha manhã. Seria o corpo ou seria o espírito? Mate a eloqüência. Por que você não pode falar sem ênfase? A eloqüência agora estava morta, talvez aparentemente, ou momentaneamente, na beira da cama, diante da revista ilustrada, o nome do pintor. Os olhos do pintor eram azuis, ele parecia grego, inteligente. Por que você caiu aqui? Você não está vendo que quem caiu aqui não sai facilmente? Eu sei. Mas ninguém falou assim com Sigismundo. Ficou só. Apenas uma voz, estrangeira e sincera, lhe perguntou se tinha pai e mãe. Pai e mãe. Por isso mesmo, estava ali. O rapaz moreno perguntou-lhe se ouvia vozes. E deram-lhe café com leite, pão.

Sim, do armário vinha um cheirinho esquisito, suspeito, indizível — cheiro de roupa suja. Pediu poltrona, coisa inacreditável pedir poltrona ali, sem mais. Pediu poltrona. Não era poltrão. A poltrona veio, limpa, de couro, marrom, elegante, agradável à bunda. Demorou-se nela, entregue ao silêncio soturno, sigiloso, enquanto esperava que a vida prosseguisse a sua marcha variável. Vezes, a vida galopa, quase perdemos o aprumo na cela esguia, exígua, em que nos equilibramos a custo; vezes, trota, irreverentemente, ralando-nos, como que possuída pela volúpia de cansar-nos; vezes, vai a passo, passo miúdo mesmo, coisa reles, insignificância de vida, insipidez. Vida besta. Vida inexorável. Como será o almoço? Haverá almoço? Viverei até o almoço? Sigismundo espera o almoço. A revista jaz inválida, já prestou seu mínimo serviço matinal, agora é apenas uma revista na mesa, esquecidamente. Mas ela falou a Sigismundo, a um Sigismundo só, jogado, no instante em que corredor e Sigismundo ainda não se conheciam.

Da poltrona, através da janela, via — longe — um edifício. O edifício era novo. Não havia ninguém. Edifício desabitado. Mas de repente começou a chegar a mudança, não, ainda não era a mudança, era a preparação, um rapaz ia e vinha, apareceu uma distante moça, arrumavam, arrumavam coisas deles, eu não tinha nada com aquilo tudo, mas espiava, pelo meu buraco na parede. Havia a porta da cozinha, a pequena área, acenderam a luz, quando anoiteceu. De longe e de baixo, Sigismundo olhava os preparativos para a operação mudança, o ir-e-vir, o afã de compor o cenário para a simples vida cotidiana, casa-trabalho, trabalho-casa, a encenação da peça que evidentemente não vale a pena de ser representada, nem de ser vista. Sigismundo via, era sua única visão exterior. Soma, subtração, multiplicação, divisão, soma é multiplicação disfarçada, soma e subtração não existem, o que existe é multiplicação, divisão e inversão. São três e não quatro as operações de fato existentes. Onde é que Sigismundo andou lendo isso? O apartamento deve estar engraçadinho, bonitinho. Para quê? Sigismundo gostaria de saber se eles imaginam que estão sendo vistos, seguidos, pressentidos, acompanhados por um prisioneiro, em sua poltrona. Sigismundo está na sombra. Da varandinha suspensa e clara, ninguém o pode ver, nem os homens livres e pressurosos lhe dariam nenhuma importância, caso o vissem ou suspeitassem. Sigismundo não existe. Existe um caso, no fichário. O rapaz, a moça preparam o ninho, serão casados? Ou irmãos solteirões? Que os espera, afinal, ali, no edifício-virgem, limpo, decente, que espécie de vida viverão, que incríveis surpresas, que ciladas, que aventuras chegarão até eles, no seu andar tão alto? Nem eu, nem Sigismundo, nem eles, ninguém sabe. Que dia? Que hora? O quê?

A centelha da vida é fina. A fuligem penetra-nos. Algazarras. Sigismundo ouve gritos, gritos agudos de mulher. A manhã enche-se de gritos, gritos, gritos. Sigismundo apura o ouvido. Quer ler os gritos, decifrar as máscaras. Espanto, revolta, medo, ruptura interna do ser, objeto caído ao mar, perdido nas águas, submergindo e emergindo, tentativas de emergir. Cada grito era vaga e violenta emersão. O objeto seria encontrado, se encontraria, se transformaria em sujeito? Gritos secos, gritos úmidos, breves, longos, duros, doces, abandono. Mundo de Sigismundo, aventura entre os assombros, vozes transfiguradas em gritos, espanto e rotina. O almoço chegou, vulgaridade. Sigismundo à espera, sem esperança — atento. Quando a vida vacila, que nos resta senão perquirir com redobrada argúcia ou redobrado medo?

O corredor está vazio. Sigismundo, a porta aberta, pode olhar o longo e silente corredor, baço, banal. Sigismundo se anima, sai do quarto, passeia pelo corredor vazio e velho. Vazio. O vazio faz bem, o vácuo nos liberta, a sensação de que ninguém o vê como que recompõe nele o que de manhã ameaçara partir-se ou se partira. Partir, parir. Mas é possível que alguém o esteja vendo, espiando, não sei donde, por um ínfimo e amplificador buraco, um olho, um ponto invisibilíssimo e videntíssimo, a registrar as menores oscilações, os movimentos, até mesmo os interiores, sismógrafo inacreditável. Estarão me vendo? Estarei só, de fato? O homem está só, há instâncias? Ou isto é a última palavra? Eu estou só, no corredor? Não sei se estou só. *"Pray for us, sinners, now and at the hour of our death"*... Alguém ouviu isto? Alguém escreveu isto no livro de registros? Alguém sabe que eu disse isto quase sem dizer nada? Sigismundo passeia no corredor estreito e úmido. O almoço sussurra em suas vísceras.

Apareceu um ser que batia com as mãos e interrogava o ar. O ar não lhe respondia. As mãos se encontravam e desencontravam, aflitamente, num ritmo frenético. O homem estava nu. Seu corpo moreno era magro, era magérrimo, as pernas longas, enxutas, ósseas, tinham manchas escuras. Bunda não havia. O ser interrogava, murmurando. Deitou-se. Contorcia-se. Chorava. Suas lágrimas pareciam as fezes de um cão, inúteis e repetidas, automáticas. Os cabelos brancos ou grisalhos pairavam sobre as lágrimas, as pernas esquálidas e os olhos mortos, porém aflitos, interrogantes, e esses cabelos eram uma leve nota humana e passada nobreza. O resto inexistia, quase. O ser passou, era uma sombra, um murmúrio, oscilava como a vela de um pequeno barco, pálido, lento. Sopro, suspiro, merda. E ei-lo — cabeça branca — a namorar, a ver o que outro lhe mostra, na porta entreaberta do banheiro, a buscar com os olhos tensos a figura desejada ou menos que desejada, meramente perseguida, com ânsia, inocência, obscenidade pura, vaga, vã.

Quando o diálogo se dilui e se faz impossibilidade, ainda resta uma fímbria, uma franja, uma fresta misteriosa. "Quero água, quero água"... Ainda perdura uma réstia, um contato, um ponto mínimo de intersecção, um horizonte ridículo, que mantém acesa a luz, a ligação precária, e suscita em nós ou possibilita a tentação do entendimento. O amor, o sexo — um reflexo? — insinua-se. Já não haverá saída, é provável. Sigismundo contempla a sombra sem azedume nem temor. Acredita cada vez mais que não há diferença nenhuma entre os extremos, mas tudo é igualmente denso, digno e noturno. Um orador que fala suas razoáveis e policiadas palavras, sem agredir nenhuma convenção, será diferente do ser desnudo, quase informe? Ou tudo será igual? Sigismundo de ontem, Sigismundo de hoje. Equivalência.

E as manhãs eram sonoras. E as tardes eram tépidas. E havia outrora o canto dos pássaros. O menino era bom e bobo, sonhador. A vida era sem absurdidade, ao menos que se visse. As mortes eram distantes, normais, tranqüilas, inconseqüentes. O mundo era plano, liso, imóvel, estável, um campo sem fim, não era vagina por onde entra o esperma e sai a criança, que grita e gritará, até que cesse toda possibilidade de grito. O mundo não parecia mover-se, aéreo, dinâmico, sob a faixa de luz velha que vem da estrela absurdamente longínqua. O mundo fixo, parado, seria talvez um jardim, ou mansa hospedaria, o limpo tugúrio de uma raça nobre, altiva e feliz, embora agitada. De repente, Sigismundo percebeu que o mundo era móvel, bola no espaço a mover-se — entre abismos. Fungou. A vida era um duelo entre a física e a matemática. Toda a filosofia talvez não passasse disso. E os homens, oscilantes, seriam apenas os pastores do nada.

E as árvores eram bonitas. Havia o crepúsculo róseo. As nuvens pintadas de sangue. Havia um papagaio. Havia o esquilo. A jaca, a manga, a rosa. As rosas entregues ao vento, umas brancas, outras vermelhas, algumas róseas — rosas róseas, e o vento as provocava, divertia-se com elas, brincava, feria, desafiava nas roseiras do jardinzinho as frágeis rosas, lívidas ou rubras, não a brisa, o vento, o vento que vinha da Barra e envolvia a colina. O vento às vezes desfolhava-as. Vento, assassino de rosas... Mas era belo o espetáculo. As hastes delicadas, tênues, sacudidas pelo sopro, que subindo do mar varria o morro e punha no coração dos homens a semente ou o germe da inquietude. E as noites eram longas, lentas, silentes. Sapos e grilos compunham livremente sua ligeira sinfonia. O coração repousava.

E algumas pétalas pelo chão, esparsas, como à espera do enterro.

O negro encerava o chão. Cantarolante, cheio de seiva. A vida estuava nele, vida excessiva, apesar da miséria. O homem forte, atleta, nobre, corpo de príncipe, ali de quatro, nariz perfeito a espiar o chão. Sigismundo queria dialogar com o negro, único ser ao alcance de sua voz. Seria possível o diálogo? Valeria a pena falar? Que pensaria, de fato, o negro? Pensar: degenerescência, ou não? O Homem será um animal que, pelo exercício da razão, historicamente, se degenerou? Animal atrofiado pela hipertrofia da inteligência? Instinto, inteligência — o negro encerava, cantando. Sigismundo, esse ia e vinha pelo corredor, do outro lado.

Sigismundo sentiu inveja do negro. Tanta vida... Os músculos cantavam no corpo do negro. Que pensaria de mim, o negro? Que intuiria, ao ver o calção, a blusa leve, os óculos, o homem solitário e grave, a passear? A vida é multiplicação de equívocos.

Chamaram Sigismundo a um gabinete para depor. Conversa mole, sinuosa, tema e variações, bobagens ditas com seriedade, interpretações, Sigismundo sereno, à vontade, tão senhor de si, do ambiente, a cavaleiro da angústia, tão capaz de, só, desarmado e incompreendido, enfrentar, ver de frente — num desafio mudo — a morte, a vida. Chegou um velho e era apenas silêncio. Sigismundo no sofá, de calção, não sabia quase nada — de tudo, além do pequeno círculo em que vista e ouvido cumprem a diligente sondagem, todavia exígua. A percepção imediata, de superfície, dizia pouco, só umas ligeiras aparências, rotineirice, um vazio dentro de Sigismundo, um silêncio frio e seco. O coração não batia, ou batia levemente o necessário, bater cotidiano, pacífico. O animal em Sigismundo estava em paz, era apenas pelos olhos que talvez se lhe descobrisse — e ainda assim, tenuemente — o desespero.

Porque desespero havia. Um desespero calmo, duro, feito de lucidez, construído na certeza experiente de que os duelos são inúteis e, no entanto, inevitáveis. Inutilidade, inevitabilidade. A angústia brotava do íntimo, fluía como um líquido espesso e inexorável, possivelmente viscoso. Os olhos inspecionavam a estreita paisagem interna, mansa, doméstica, desnuda, vulgar. Tudo se passava numa outra paisagem, mais interna, menos acessível ou devassável, e havia apenas rápidos indícios, uns sintomas pobres, os sinais da realidade impalpável, mobilíssima, de que olhos, gestos, trejeitos, tonalidades, também certas palavras ofereciam a chave parcial. A totalidade escapa, sempre. Fragmentos, só fragmentos: é tudo que ousamos colher.

A vida movediça prossegue, é seu ofício prosseguir. Cansamo-nos, os mortais, e assim morremos, de puro cansaço ou impossibilidade real, orgânica, de seguir para a frente, no dorso da onda. Seguir, prosseguir, conseguir: tombamos, exaustos, decepados, mas a estranha vida continua. *"Naissance contrarie absence"*...

"Ouçam a longa história de meus males", Sigismundo pensava nesse verso — afinal, simples — de Camões. Até os trapistas nos pedem isso... por escrito. Mas ninguém ouve. Ouvir é muito monótono. Todas as histórias, no fundo, são a mesma história: viver é inútil, senão impossível. A história de todas as vidas é a história de um malogro...

Nadamos para a praia da vida. Mas sabemos que, um dia, mais cedo ou mais tarde, o mar nos tragará de vez, sem desculpa, sem explicação, sem nada.

O homem era magro, tímido, sisudo, autoritário, desconfiado, ambicioso. Não queria estrelas, queria cheques. Em sua cabeça, cheques e fichas compunham um arabesco insinuante, nítido. As perspectivas divergentes, ou só diversas, explicam todos os mal-entendidos, os de hoje como os de ontem, e, é provável, os de amanhã, se ainda houver amanhã. O homem seco e songamonga ponderava o caso, punha lunetas específicas para ler os números meio invisíveis da frágil balança, em que se pesam os destinos, gordos, magros, nem gordos, nem magros, toda a variedade insípida e reles de uma fauna quase inesgotável. Sigismundo seria um nome num fichário. Nome ou número?

Sigismundo teve mesmo vontade de rir. Estava sendo pesado. Seu peso estava sendo lido, com minúcia, precisão, esmero. Sigismundo apalpado, verificado, identificado, decifrado na sua realidade, desnudado por um par de olhos, mineiros. Tudo se tornaria claro. Esclarecer, tão fácil. Os esquemas são simples. É delicioso tomar a vida em mãos e capturá-la num esquema. O que nos surpreenderá, talvez, se tivermos olhos para ler o invisível, os entretons em que costuma estar a imprecisa e fugidia verdade, é que ao procurá-la, à vida, no esquema, já não a encontraremos lá, e é possível que lá nunca tenha estado, nem um minuto sequer, nem um segundo, um décimo de segundo. Tomar a vida entre mãos, prendê-la numa fórmula explicativa e sumária. Os diagramas tornam possível a vida impossível.

Você crê na vida, Sigismundo? Você acredita nesse negócio? Confia na vida? Ama o ato de viver? Espera? Você espera o quê, meu Sigismundo, aí sentado, pernas de fora, nuas, peludas, queimadas, a falar metafísicas e físicas? Quem é você Sigismundo, homem fino, mostre sua carteira de identidade... Identificar-se, meus deuses, que milagre! Quem sou? Quem és? Quem somos? Que raça é esta, a que dizem pertencermos, boa ou má? Que destino me espera? Se creio, se espero? Se amo? Se sou? Se serei? Não sei se respondo sim, ou se respondo não. *Talvez* ou *quase*, às vezes, imprecisamente, seriam melhor resposta.

Descreio cada vez mais e, contudo, creio.

A tarde era clara. As singelas verdades do existir humano convidavam a sairmos do túnel. Luz havia, verdes, e umas flores vermelhas, cujo nome Sigismundo ignorava. Mas para que dar nomes ou cogitar de nomes, se as flores existiam na tarde?

Sigismundo voltou para o quarto, prisioneiro de precária identidade. A fuga. Mas como? Fugir de quê? Fugir de quem? Fugir de onde? Daqui? Mas... para onde, meu filho? Onde encontrar mesa posta, mel, madeixas, músicas de que o pequeno coração humano não se canse logo? Quero a menina de madeixas musicais. Ela passou agora mesmo pela minha janela. É virgem. Quero-a para mim. A casta menina musical. Antes que se transforme em múmia. Venha, musical menina, menina, veja que estou só e sou Sigismundo, nasci, vivo, morrerei. Você quer vir escrever comigo, menina, a história da vida, paixão e morte de Sigismundo? Sigismundo só. Partiríamos daqui, construiríamos um castelo de passarinhos, atravessaríamos a nado um rio de sangue, e ficaríamos como púrpura, rubros, tão rubros, menina, que a morte não ousaria tocar-nos — jamais. A púrpura te conservaria menina. Múmia não serias, nem eu. Vem, pomba, eleita, irmã, amiga fontezinha, e eu te abrirei, *hortus conclusus, fons signatus,* jardim fechado, relva intacta, fonte marcada pelo sinal... de quê?, Madalena, de quê, mais ou menos, sim ou não, tarde ou manhã, fonte intocada. Aurora, noite.

Sigismundo deitou-se. É noite, já. Há vozes estranguladas e cinzentas, estridores. A menina não veio. Sigismundo está só. Não chora, não soluça, não cisma. Está deitado, é apenas um homem deitado em sua cama. Nem isso. A cama não é dele. Mas é uma realmente cama, colchão, lençóis limpos — linho?, colcha, cobertor vermelho, rubro, travesseiro, fronha branca. Na alvura da fronha, a cabeça do homem descansa de pensar, mentar. Tirou o calção, vestiu seu pijama, que chegou de repente e perfeito. Os pés nus, altinhos, nos pés da cama, a espionarem a cabeça, do lado oposto, aninhada. Sigismundo tem medo, não um medo infantil, mas um crispado medo, um cansado e frio medo, um medo sem calor nenhum, um medo mudo e fino, sem papai-noel, sem sala de jantar (nem de visitas), sem barulhinhos, apenas medo, medo-medo, um medo sem água. A gente toma água, a gente se levanta e toma água. E o medo passa. A água lava o Medo. A água é medicinal (a menina é musical). Mas há o medo que a água não lava, o medo álgido e seco, sem umidade, sem alças, medo liso, medo sem porosidade. Medo noturno e lúcido, sem jardim, sem infância, noite.

Deitado. Lá fora, no corredor, os homens falam. Com a noite, os homens chegaram, torturados, inúteis, frenéticos, lívidos. Vieram do jardim murado e o jardim ficou de fora, não veio com eles, o jardim não poderia entrar, é evidente. Sombrios, sibilinos, sujos (sobretudo), os homens se agitam, mordem. Comeram, agora defecam. Atiram, sorrateiramente, a merda mútua, uns sobre os outros, enjaulados e taciturnos. Silêncio não há. É impossível pensar em silêncio pensar em silêncio num lugar como este, feira das melancolias que se exasperaram. Vozes que se mordem, ou interrogam simplesmente a noite.

Paulo conta, sua voz atrai o ouvido de Sigismundo. É uma voz diferente, a daquele que depois seria Paulo, Paulo daqui a pouco, é uma voz parlamentar. Sigismundo ouve, caladamente. Paulo diz à noite quem ele é, conta sua geografia social e política, detém-se com vaidade semi-aposentada nos pontos culminantes dessa pequena orografia, que se mescla à função de um partido. Supremo Tribunal, Ministério da Viação, governo de um estado, o nome de uma cidade minúscula, peripécias, notícias, e o périplo se compõe com tamanha e tão surpreendente clareza que Sigismundo, de seu leito, noturnamente, percebe a verdade total de um destino, obscuro.

Sigismundo ouvirá por algumas noites essa voz, velha, viva, vigorosa, viril. A voz parlamentar, que nenhum parlamento deste mundo escutou, nem escutará. No corredor, sentado em sua cadeira dura, Paulo — de pijama — cego. Verdades que se esvaziaram ao longo de meio século e que ali revivem, polidas, fulgentes, vãs. Paulo, paleontólogo, camadas e camadas revolvidas, segredos, secretarias, secretário liga-se a segredo, *secretum*, geologias que vêm de um século e passam para o outro e pelo outro você subindo através da noite do tempo, que vagarosamente se escreve, para depois apagar-se por completo, e para sempre. Paulo narra, e sua narração enfática encontra no ouvido agudo de Sigismundo, solitário náufrago, uma audiência numerosa, sequiosa, invejosa de tanto relato vivido, respeitosa de tudo, suspensa à palavra perdida e noturna, variada e vaga. Amanhã, conversará com Paulo, baterá em seu ombro, dirá irmão, talvez sem dizer, suscitará nele a frágil alegria permitida momentaneamente ao homem no mundo.

Falarei com Paulo, amanhã, logo cedo. Direi — Doutor Paulo, haverá talvez um estremecimento nele, talvez diga no fundo de seu quintal, sua velha chácara abandonada: voz de meu filho, e então volverá para mim seus olhos gastos e, saudando-me, acrescentará, como quem adivinha: amigo. Gente somos da mesma chácara, possivelmente arruinada. Paulo, aqui estou, amigo inútil. Vim do vale verde, além da serra, e aqui encontro na sua velha voz a minha própria voz. E deixemos de literaturas. Vamos aos fatos.

Paulo, cego, discursa. Eu, deitado, escuto. Recomponho. Restauro em mim uma sombra, que morrera...

Agora, o silêncio nos envolve. Eis a noite. O silêncio é total. Sigismundo, conseguirás dormir? Creio que não há ratos, nem camundongos. Dormirás? O vinho do sono descerá pela tua garganta e penetrará em ti, nos meandros da tua sensibilidade? O sono não virá para ti. Ouvirás, sim, o ressonar próximo e monótono dos homens, palavras articuladas vagamente na noite, gemidos, talvez suspiros, peidos, portas que se abrem e se fecham, passos no corredor, barulhinhos sinistros, água na pia longínqua, água no mictório. A urina rega a noite, noite aquosa.

Os homens urinam. O ruído da água, que sai dos homens, é agudo, uniforme. Os homens devem usar uniformes, porque são uniformes ao urinar. Uniformidade, monotonia, urina quente, amarela, ouro diluído em água, bica a jorrar o que se acumulou no pequeno reservatório em poucas horas e, depois, pressionando os tecidos, quis sair do homem e misturar-se às outras águas, além, até o mar. O sonâmbulo passa, cumpriu o rito noturno da micção, volta.

Sigismundo não dorme. Pressente a morte. A qualquer momento, a morte virá, destruirá Sigismundo, não haverá mais Sigismundo, terão de tirar a ficha do fichário e corrigir o texto: não há mais o que havia. Tudo acabará. A morte acaba o que era sempre começo. O primeiro dia passou. Há sempre um primeiro dia, e passa. O primeiro dia é difícil e belo, sua tensa, misteriosa e leve solenidade nos assusta, nos cativa. Depois, passa. Não há mais.

Havia, não há mais. Isto é impressionante. Sigismundo quer dormir. Um fantasma entra em seu quarto, pela porta, sim, normalmente, pela porta, apenas encostada, e espia debaixo da cama, murmura e sai. Sigismundo deseja boa noite ao fantasma vestido. Seria mais engraçado se fosse um fantasma nu, um fantasma que, por exemplo, tivesse esquecido de vestir-se ou tivesse brigado com sua lavadeira ou não houvesse pago, por absoluta falta de verba, a dita lavadeira. Fantasma nu, por insolvência, esquecimento, ou mesmo brincadeira, ou mesmo calor. Meu fantasma vestia-se, pijama branco.

O calor. Agora, estou suando, sinto que o calor penetra meus tecidos, este corpo, o espaço de minha carne limitada, e pode aumentar, pode subir, subir, devorar-me, assar os homens, transformar o mundo numa fornalha, o mundo, que, lentamente, se vai mudando numa geladeira, um necrotério, os edifícios são as gavetas desse necrotério em que cientificamente se vai convertendo o planeta a esfriar-se... Estou molhado. A geladeira futura é por enquanto apenas fornalha.

Entre o calor e o frio, desdobra-se meu destino, enquanto a noite continua seu caminho banal, a noite que não é nada, apenas falta de luz, a luz que foi passear do outro lado e deixou aviso na porta: volto logo.

Não dormirei.

O moço anda depressa, o velho anda devagar. E quem não é moço nem velho? Ah, esse não anda. Vou urinar. O banheiro está aceso, há um barulhinho de água, leve, ligeiro. Urinar é solene. Defecar é cômico. Urino, inteiramente só, deve ser madrugada. A primeira vez, que vi um homem à privada, sentadinho, evacuando, foi no vestiário de um clube, nem era propriamente um homem, digamos, era um rapaz de seus dezoito anos, mas gordo, e achei deveras a cena engraçada, ou sem graça, mas puramente íntima, e apenas engraçada acidentalmente, porque, sendo íntima, era meio pública, no vestiário, num banheiro coletivo, sem porta. A graça vinha de o privado ser público. O homem fazia força, queria livrar-se das fezes, que na porta do intestino anunciavam seu desejo de sair, ganhar mundo, passear pelos esgotos, ir além, soltou gases, limpou-se. Um homem limpar-se é nitidamente cômico. Mas urinar não é cômico. Será trágico? Eu tinha um amigo que dizia o seguinte, ele nem era meu amigo: falar em público, sentado, é cômico... Pode-se discutir esse ponto, como aliás em princípio todos os pontos, menos um. Na China, hoje, os banheiros coletivos — dos hotéis etc. — são sem portas, abertura completa, ausência de intimidade. É possível que o que parecia cômico, por ser íntimo, deixe com o tempo e o costume novo, que se faz velho, de ser íntimo — e a comicidade cessará. Tudo é possível, nós sabemos. O mundo é um palco de possibilidades incríveis. Urinei. Estou preso e urinei; a noite se esgarça, a lívida aurora — uma aurora schmidtiana — começa a bater à porta, que se entreabre, docemente. Minha urina ficou no vaso, água suja, sórdida, imbebível, nojenta; nunca mais reverei esta água, que de mim saiu, na noite. Perdeu-se para sempre o que era um pouco meu ser e se esvaiu pela bica flácida pendente entre as pernas. Sinto deixar assim, abandonar, relegar, no frio de um banheiro anônimo, a urina que veio de dentro, dos rins meus, que são dois, segundo me disseram, há muito. Peço perdão à minha urina, vocês sabem: eu sou um sentimental. Mas é você, ou é Sigismundo? Eu próprio não sei, duvido brandamente. Vocês sabem: voltei para minha cama um pouco pesaroso de relegar a menina — urina — numa... eu poderia dizer privada, direi latrina. A noite era expulsa da cena, saia, saia sem mais demora, entre o dia. O dia entrou. O dia é o dia.

Lázaro ou João Paulo chegando, abrindo a porta, barulho de chave. Era o dia. O dia que entrava no corredor, Lázaro era velho, João Paulo era moço. O dia entrava de mansinho. O comandante passava nu para o banheiro, barrigudo, mas duro no seu todo roliço, seriedade pétrea. O professor de inglês, confuso, perdia a toalha e pedia nova, cada manhã, João Paulo brigava com ele, ameaças. O gringo fuçava, com um arzinho sinagoga. João Paulo veio me mostrar uns poemas, que andara fazendo. Sigismundo não escapou nem no castelo desse baço destino de revisor, corredor de palavras. Depois, descobri o truque de João Paulo. Ele me deu uma antologia, para que o espírito vazio se ocupasse: encontrei nela os versos, diga-se que esparsamente. Ele reuniu, aproximou, casou o que estava separado pelas páginas. Bom rapaz, poeta em botão, começando por onde todos começam, a cópia, o plágio, a imitação vem depois, e por fim o alimento é tal que dá para fazer-se uma salada própria, relativamente.

Vida igual, Sigismundo. Você não acha? Todas as senhoras gostam de pintar os cabelos. E mesmo alguns homens, se é que os possamos criticar muito por isso, que é pouco. Tintas não fazem mal, a não ser mal físico, talvez, o que não sei se já se provou. Sigismundo vai ao banheiro, seis horas da manhã. A vida é lavável, a água amolece o que o tempo de um dia acumula em nós de turvo, duro ou duvidoso. Vida, manhã, água.

Napoleão — nome dele mesmo, sem prosopopéia — passou pela janela de Sigismundo e se deteve para dois dedos de prosa, honesta, suburbana. Napoleão parecia um cachorro sem rabo. Disse histórias de um pitoresco inverossímil, andanças psíquicas, nomadismo, o desejo e a realidade superpostos, opostos, justapostos ou compostos, a delícia trágica do sonho, e nessas viagens, delírio, alucinação, eu — quieto — olhava.

Sigismundo não foi importunado nem por mosquitos nem por moscas. Refeições decentes, sem vinho, era de lamentar-se, mas Sigismundo não teve prosápia, não reclamou meio milímetro, não saiu a campo para esgrimas tolas, ficou em seu canto, observante, observado, cadeira e corredor, jornais. Deram-lhe quatro jornais por dia, Senhor Sigismundo. Jornal, o que é? Conversa, carta, mas convenhamos que Sigismundo amava as letras, dedicava ao ofício de ler o melhor de sua essência, até os editoriais rebaixava-se de os perquirir, para instrução. Um homem com quatro jornais por dia — se alfabetizado — é ser mediano, feliz; não é matéria para ruidosos rompantes, ou cantorias, mas espanta a desventura, o tédio, o vazio, o nada. Com o nada, afugentamos o nada. Distração leve, sadia, proveitosa um pouco para letrado, que sempre cata umas verdades ou notícias de rendimento não estritamente efêmero.

Renda se faz, em toda parte, e de tudo. O mínimo rende, como o máximo. Sentado ali, na sua poltrona escura, Sigismundo galopava, fugia sem fugir, transpunha a clausura sem levantar-se, a liberdade o tomava pela mão, disfarçada em letras. Sigismundo era livre, sendo o que fosse. Por uma antena, era livre. Que seria exatamente essa antena, essa ponta do ser? O mundo é físico, tudo é física, lugar não há para nada além da física, a ampla acepção de física, a fenomenologia.

Tudo são fenômenos, a caminho do nada.

Um padre passou com seu hissope e duas mulheres. Aspergia. A água latinizada era poderosa. Gotículas fortes, caídas em meia dúzia de pontos, purificadoras, o padre é que sabe, não disse palavra. E surgiram os cogumelos. Cogumelos copiosos, muito solícitos, insinuantes. Os cogumelos se multiplicavam, a azáfama era geral, havia cogumelos e cogumelos, nosso nariz deparava cogumelos em todas as direções. Cogumelos. Sigismundo, assustado, olhou para a porta do banheiro: cogumelos. No teto, branco, havia dezenas de cogumelos. Cogulas, melros. Melros de cogula, como velhos monges medievos. A capa do cogumelo parecia uma cogula de cisterciense, branca. Cogula, casula, o melro canta, e seu canto sibilino é, todavia, doce, puro. Cogumelos à farta, faceiros, fecundos, fáceis, não sei se felizes. Sigismundo contempla os cogumelos. Há cogumelos para todos os gostos, cores interessantíssimas, feitos inefáveis, a diversidade mais impensável ou puramente inimaginável — e, no entanto, eram todos cogumelos, cogumelos no teto, nas paredes claras, no chão, no armário laqueado, no banheiro e, sobretudo, no coração dos homens, cogumelos cardíacos, miúdos, quase imperceptíveis, mas ativíssimos como formiguinhas. Os soturnos cogumelos de repente começaram a cantar, todos juntos, a um só tempo, cantavam muito baixo, com delicadeza, mesurinhas na voz, eram cogumelos musicalmente educados, estava-se vendo, ou — melhor — ouvindo... Cantavam uma triste e suave melopéia, azul, inteiramente azul, o canto azul dos cogumelos subia, subia, subia, subia, nós — humanos — imperceptivelmente adormecemos.

Baratas gordas. Escuras. Bonitas baratas, boquiabertas, bobas. Gostam naturalmente do armário fedorento — roupa suja, imaginam nas suas imaginações de inocentes baratas que são bolos, bolos — doces, são apenas bolos de roupas, bolor, bolores, coisa burguesa. Sigismundo imagina a cópula das baratas, beijocas, bundas que se tocam, o amor das baratas, apaixonadas baratas, incapazes de amarem um avestruz. Sigismundo abre os olhos de dentro e olha. As baratas se amam, como os ratos, e as ligeiras lagartixas, que dão gritinhos claramente histéricos, chiliques de amor, corridinhas, bocas grudadas a bocas, no silêncio das noites. A gravidez das baratas, das lagartixas, Sigismundo imagina, pondera, apalpa o invisível, e viajando assim, por entre estrelas, chega ao seio do absurdo, onde encontra nada menos que uma velha freira, enrugada e cínica, olhos de prostituta aposentada.

A freira não acredita no amor das baratas e das lagartixas, e passa logo um carão em Sigismundo por acreditar em tolices, dar ouvidos a histórias em quadrinhos, perder tempo — um tempo deveras precioso — com inúteis contemplações, patuscadas. Sigismundo tenta defender-se. Sonhava, senhora freira, apenas sonhava. A freira puxou um revólver. Na ponta do revólver havia um cogumelo, que cresceu, cresceu, e começou a falar em francês. Com muito esforço, o Sigismundo — lívido — identificou no discurso do cogumelo uma página de Simone de Beuavoir, já antiga e provavelmente desamada pela referida senhora sua autora. A freira empunhava o revólver, como se fosse abrir uma porta. Esta aí, pensou o Sigismundo, esta senhora freira daria uma porteira, uma casta recepcionista, de bordel. A cara dela é de porteira de bordel, astuta, blandiciosa. Vou dizer-lhe isto, e então a freira desmaiou, estrondo.

O revólver, inutilidade, mais seu cogumelo francês ou literário, parecia no chão a chave de uma porta imensa, de um prostíbulo, que bem podia ser o paraíso, onde os seres amam perdidamente o divino, em cópula mística e eterna...

Apareceu um senhor e quis impingir uma vida de santa a Sigismundo. Sigismundo cheirou, era horrível. Se fosse uma vida decente, Sigismundo lia, mas aquilo era uma bobagem. Sigismundo não podia ler. Estava ocupado com uma antologia literária, troço fino. O senhor tornou a aparecer, não entendeu nada. Olhava para Sigismundo com paciência, espanto, pena.

Sigismundo, você outrora quis ser santo... E ainda quero, caramba. Me dê a fórmula, a forma, não me venha com vidinhas bestas, estilo casa Sucena, Saint-Sulpice, conversa fiada, mediocridade com xarope. Quero truculências, brutalidades muitas, duelos terríveis com o nada, palavras simples e verazes, quero a limpa tragédia dos seres que um dia partiram à caça de um absoluto quiçá inexistente e se lhe deram com a trevosa obstinação, a perseverança alada e miudinha, a paixão maluca, de que se fazem os santos, os músicos, os colecionadores taradíssimos, os destinos que se fixam num ponto, como se outros pontos não houvesse, ou fossem impossíveis, proibidos, feios, interdição total. Sigismundo, você ama todos os pontos, eles te atraem loucamente e simultaneamente, és frágil e difuso, pobre Sigismundo, Sigismundão, como eras bom quando menino, a vida — ao depois — ambiciosa te estragou um bocado, rapaz, agora pairas no teu porão, como um cosmonauta, e deveras não sabes voltar à terra batida, banal, onde a vulgaridade te espera, homem. Os santos são obstinados, são duros, fixam num ponto a ambição inteira e se agarram àquilo com tudo que existe neles, não enxergam mais nada. Sigismundo, pousa os teus olhos míopes na enluarada paisagem, tem paz, filhinho, aceita, descansa tua cabeça fatigada no travesseiro limpo, não chores, meu pequeno.

Aceita. Reflete sobre a inutilidade de tudo, até dos santos. Vosmecê é um homem, Sigismundo.

Sigismundo anárquico, sem autarquia, vítima da monarquia, do poder pessoal, o auto-suficiente poder, que — amando-o — o esmigalhava. Agora, é pasta cinzenta, gelatinosa, anarquia, o sem poder, sentado no escuro, à espera das baratas, sem fé e sem amor, obscuro, obscuro, asas cortadas — sem vôo, nenhum vôo. Sigismundo tem asas, ou não tem asas? Não sabe. Ele próprio não sabe, nem soube. Seu saber, limitado e terrestre, não calado, não chegou a tanto. Tem asas? Ou não? Ou lhe terão cortado as asas, ao nascer? Ou lhe terão dado asas assim, atrofiadas, fingidas, falsas, pífias? Quem saberá a vera história das asas de Sigismundo, seu poder ou não poder, seu pecado ou sua virtude? Quem contará a versão exata e pura, fulgurante e singela? Quem, meu deus, entre os anjos e os homens, os cães e as donzelas suspirosas, suspeitará o perfil, o contorno, a matéria nítida, evidente, casta, e, sem exagero nem avareza, a escreverá no livro definitivamente, com letras de amor? O livro é voraz. A vida é rápida.

Sigismundo apalpa as asas. Tergiversa. O caminho era aquele, bem sabia. Haverá caminho ainda, na sombra, opaca, tensa?... Caminho, ou caminhos, pouco importa, nada importa, salvo ser-sendo, com altivez íntegra e jubilosa, mesmo entre baratas, fedores, mesmo entre ratos, mesmo entre deuses, nas catacumbas aéreas, que levarão o homem pelo espaço entreaberto, longa rosa. A vida é ponte. E ponte, ou fonte, fulgura na breve noite — e a vida é maior do que todos os suspiros.

Sigismundo, vosmecê medita. As baratas não são avestruzes, mas é certo que têm alguma coisa do avestruz, as asas, outros pontos. Quem sabe se um dia as baratas foram avestruzes? E galoparam nervosamente no deserto, soltando ao vento os albornozes tão leves... Adivinhemos.

O segredo é fixar. Fixação impõe-se. Fixar o objeto, nele fixar-se o sujeito, fixidez. Fixidez e fluidez opõem-se. Você é fluido, é difuso. É preciso que o rígido membro se fixe na abertura — e, então a vida ousa desdobrar-se, como num sonho, dureza e fixidez, e o líquido fluirá com ímpeto de anjo, penetrará fecundante as cavernas ocultas. Sem fixação, não há vida, sorriso de criança, a pétala da primeira palavra que, um dia, o filho deixará cair, dizendo-a. Orvalho das manhãs do amor, sinfonias doidas, repetidas, o impulso das coxas que se visitam, sérias, sagazes. Sigismundo, és aéreo, sobrevoante, mas baixamente, eras para voar alto como a águia, acabaste voando baixo como tico-tico, ou não voando quase, no galinheiro tímido das tuas misantropias cacarejantes, rasas.

Sigismundo digere a comida comum, sua mente desocupada palpita longe, entregue ao tédio de si e do mundo, barco perdido, pássaro engaioladinho, montanha de saberes inúteis, aplicação duvidosa. Gostarias de ser profeta. Fundarias um partido político, que começaria por não ser um partido político. Ou fundarias uma religião, que seria sem deus, possivelmente. Escreverias o tratado da eterna repetição de tudo, em vinte e dois tomos, sendo o último um simples e minucioso índice... Não fundarás nada, Sigismundo, nem partido, nem religião; não comporás o tratado, que de resto ninguém leria, nem mesmo o editor, se houvesse. O que de fato, e por algum tempo, comporás é o modesto livro do teu destino, besouro. Como todos os besouros, baterás de encontro ao vidro, na ilusão de que o poderás romper, caminho da vida, lá fora, e acabarás exausto e cadente, besouro desiludido, velho, vulgar. O vidro é duro, dir-se-ia inquebrável, os besouros não se fizeram para atravessá-lo, como as mariposas se fizeram para serem queimadas pela pequena luz, que as cega.

O judeu vai à privada de cinco em cinco minutos. Não evacua, evidentemente, mas quer evacuar. Só tem um desejo na vida: que as fezes saiam, rompam a barreira do ânus, ganhem o ar livre. Sigismundo conversa com o judeu, que é velhinho e tem olhos de cão escorraçado. Agora, Sigismundo diz ao judeu que ele, daqui a pouquinho, defecará, ele vai ver, sim... O judeu sorri, de modo breve e feliz. Sussurra: muito obrigado. A vida humana é precisamente assim.

Fezes, fezes, montão de fezes, soltas no espaço, no tempo pedestres, ou aladas, humana viagem para o absurdo, merda dos homens, espiada por um telescópio do alto de uma estrela, muito distante, distante demais.

Queremos férias das fezes.

Agora? Sigismundo vai à janela e espia ternamente. Vê o pátio. Senhores transitam, gravibundos. As árvores são as mesmas de sempre. Agora, Sigismundo vê um menino que passeia montado numa bicicleta, um meninozinho gordo, de óculos, desprevenido, desarmado, calças curtas, calças, não calções, tão inocente de tudo. Esse menino vai morrer. Cães esfomeados vão devorá-lo sob os olhos de sua mãe, desesperada e só. Vede a cena em Dostoievski, e Ivã, exatamente Ivã, o profundo, o trágico, dirá, por causa de tal cena, que não há resgate para um sofrimento assim, e — porque não há resgate para um sofrimento como este, de um menino devorado por cães famintos, diante da mãe, Deus é impossível. Impossível, porque impassível, se o resgate não resgata.

O menino bom passeia de bicicleta diante dos olhos de Sigismundo, que da janela o fita fixamente, quase feliz. Ser menino será o resgate?

Sigismundo não crê em faina, fauna, é giróvago.

Passeia.

Agora, a mulher fala. Ela sabe as coisas, mas percebo — pela sua voz, mais do que por aquilo que diz (não a vejo) —

que ela não sabe morrer. Ela sabe o acidental, sabe ajustar peças, mas não sabe a morte. A morte se aprende, como a vida. A mulher, mais do que o homem, é capaz de aprender a morte. Receptáculo. Mas esta, que fala e no silêncio da noite eu escuto, ainda não sabe a morte. Não teve tempo, talvez, de ouvir a morte. Supõe que sabe a vida. Quem não sabe a morte, não sabe a vida. Pois é pela morte que a vida se explica e simplifica.

A mulher fala. É noite. Uma parede me separa dessa lúcida mulher que fala, e sabe tantas coisas, um equilíbrio, uma decência, o trabalho, a ordem singela, exterior, nítida. Gosto de ouvi-la, agora, no instante noturno em que sua voz se transforma sem querer — para mim — numa pacificadora presença, gosto de ouvi-la. Não sei como ela é. Imagino. Mas falta a essa mulher a morte. O conhecimento da morte. E sem o conhecimento da morte — amadurecido, não há nenhum conhecimento. Dias depois, numa sala, ouço de novo a mesma voz — e então, sim, vejo a face, a figura dessa voz. O rosto é simples, como as palavras que a boca dizia, na noite. O rosto corresponde à voz.

Esses olhos ainda não viram a morte. Esses ouvidos ainda não ouviram a morte. E a vida sem a morte não vale nada. Detenho-me diante da mulher que falava na noite. É uma vivida mulher, cheia de informações precisas e boas. Ela sabe, é útil. Ela vive. Falta-lhe a morte. O nada.

Sinto saudades da caverna, uma caverna simples, que abrisse as portas e derramasse vinho sobre a torre gloriosa. Contento-me com a só torre, sem caverna em que inserir-se. Eis o farol, eis a torre, tudo rápido e violento. Olho a torre, assim erguida, bela, solitária, punhal dentro da noite a exibir seu inútil poder. Toco de leve com a mão essa ágil torre ágil, elástica e ela estremece por dentro ao contato da mão fragílima, beleza, glória, altura, ponte por onde passa a vida, canal da graça, o imperecível sacramento de tudo, porque tudo está aqui — aqui é o começo. A noite é bela, por causa da força dessas paredes, distendidas. Ei-las que, dilatadas ao sopro de uma estranha brisa, clamam como leões famintos, uivantes no silêncio brônzeo da noite. A torre não é áspera. É delicada, há um frêmito nela, uma procura, saudade das cavernas atapetadas em que rios de leite se misturam a murmurosos regatos de mel, a colina resplandecente, sua relva e sua fenda. A torre agora silencia, repousa. E, enquanto as cavernas distantes não saciam o rubro farol, este se aquieta e encontra na horizontalidade provisória o sossego das virgens definitivas...

Sigismundo vai ao espelho. Seu rosto é puro e inacabado. Faltou material, talvez, para concluí-lo exatamente. Como está, parece velho e menino. As rugas não surgiram, mas estão por trás de um véu, apenas se lhes pressente a sombra, que lividamente se anuncia, sombra da sombra, e a profundez dos olhos, fixos, trespassantes, sugere intimidade com a noite. Algas eu vejo nesses olhos antigos, ansiosos e parados, que silenciosamente, aflitamente, buscam nos olhos do espelho a comunicação impossível, a correspondência, o segredo, as auroras que todo homem sepulta em si, desde menino.

O espelho é treva.

Um cavalheiro aos gritos conduziram na escuridão da noite a uma fortaleza que, dentro do castelo, era o tabernáculo, *sancta sanctorum*, espécie de enigma: lá, silenciou o cavalheiro, ou, com matérias subtis, raras, o calaram, sem que se percebesse o motivo de seu ruído e de seu pranto. Valdir vinha informar-me de tudo, mas não dizia nada, só trivialidades, ou futricas, pedia cigarros inexistentes. O gigante chegou, todo de branco, seus olhos eram brejeiros, desproporcionais ao resto, que era velho, os olhos não eram. O gigante falou umas palavras vagas, feitas de astúcia reles, ternura que sobrara, interesses diversos, muito circunscritos. Eu, delicadinho, bondoso, aceitando apenas o mínimo e o teórico, agradecia, com reduzidas sentenças, o discurso um pouco longo e redundante do homem de cabelos brancos, que logo ordenou com espalhafato (todavia, nobre) que trocassem meu colchão, não sei por quê. Alegrou-se o gigante com isso, formulando para si mesmo, em voz alta, justificações extemporâneas, gentis, meio absurdas, meio repetidas. O gigante era simples, afável. Puxou conversa comigo, mas sem rodeios. Queria saber da minha interioridade, mas logo vi, ou previ, que seu interesse afinal seria mais afetado que presente e, assim, com lucidez, me exími — sem mais — de explicar-lhe o difícil itinerário da bobice. Nem ele queria mais saber de nada, já se levantava, preocupado e pesadão, despedindo-se. Com os olhos me dirigiu uma saudação esquisita: aliança, desconfiança, desprezo? Quem saberá jamais o verdadeiro sentido de tudo? Quem poderá exprimir, com tranqüilidade, o nome exato e completo de todas as cotidianas verdades, que, como peixes num aquário, pequeno, iluminado, mas sombrio, se agitam interminavelmente, entre areia, água, vidro, luz, modestas plan tas? Quem perscrutou o exaustivo mapa? Quem desceu ao fundo da caverna? Quem viu a vida?

Quem poderá gabar-se, entre os mortais, de conhecer o sexo dos homens, antes da hora em que o sexo se mostra? Quem sabe o recôndito, o mínimo? Quem sabe o número das estrelas e sua história precisa, o outro lado da Lua, da mera Lua, tão próxima, quem já pesou o sonho?

Este menino, imaginariamente paralítico, mas de fato, aqui e agora paralítico, belo, juventude fremente, uns olhinhos de rato, luminosos e bons, perdidamente paralítico, sem ser, estirado para sempre, confuso, abandonado, cortês, eu o toco de leve com uma ponta de tímido carinho e ele me beija a mão. Quem ousará contar este minuto, este encontro de seres humanos, a alegria tênue e a confiança?

Ah! ter visto o vazio!... Ter contemplado, ainda que mal, ainda que grosseiramente, ainda que com olhos de pressa e de fadiga, a massa das misérias. Quem não parou assim, de noite e só, na estrada longa, erma, escura, e nela não se sentiu perdido, saberá a vida? É preciso que o motor pare, que a *débâcle* agite em nós as águas outrora silentes, neutras, para que a verdade do existir se aguce em nosso peito, como farpa, como lâmina, como um horizonte que de repente se desvenda, incomensuravelmente simples, inexprimível, inesgotável. A baça comodidade súbito se retira, a segurança aparente se dilui, o que brota da noturnidade do caminho é a revelação de que somos frágeis e descontínuos, absurdos. Lógica não há, nenhuma. O único horizonte possível, real, é o abismo trevoso.

Detenho-me. Não adianta cantar o enigma. Vou tomar banho. Quero que a água, clarinha, leve, escorregue pelo meu corpo, se misture ao sabão, limpe, é ofício dela. Vou sentir o frescor da água, o canto que nos banheiros é simples rotina dos homens e num jardim, numa fonte suspensa, entre árvores gordas, seria a pura imagem da paz.

Eu, nu, no pequeno banheiro, me esfrego e penso que sou uma tartaruga. A tartaruga não é tártara. Nem ruga eu vejo nela, por enquanto. A tartaruga é o que sobrou dos bichinhos gigantescos de outrora. Tem sobre mim apenas a vantagem de ser lenta. Meu mal incurável é a pressa. Tartaruga sou, sobrante, soçobrante, fragmento, sombra, diluição. A água me envolve. O segredo da água é ser rápida, os segredos variam e se opõem. O corpo como que recomeça ao contato da água, tudo é novo outra vez, a vida se propõe começar outra vez a mesma história, que poderá ser monótona e triste, mas é nossa.

A água na pedra, surgindo como se fosse a pomba de um mágico. E a água, depois, no açude, represada, calma, água unida à água. Então, as coisas tão simples se complicam e o mundo escuro dos canos comprime a água à maneira de um mestre-de-noviços, constrange-a. Agora, é o chuveiro, o encontro comigo, o meu corpo nu, refocilado. Mas o ralo está ali, no canto do banheiro. Haverá, depois, novos canos, manilhas, que sei eu? Para onde vai a água, que passa por meu corpo, se encarrega de limpá-lo e segue adiante, como nós seguimos?

Os velhos estão chegando, sorumbáticos, misteriosos, obscuros. Quem são esses velhos, que vejo nesta manhã de chuva, uns iguais aos outros? De onde vieram? São tristes e magros. Assisto à procissão dos velhos. Não ouso falar-lhes. "El Frangor" os maltratou, parece, ao longo das rotas deste mundo, não estão sujos, mas é como se estivessem, a melancolia — como poeira dos caminhos — pousou neles e brilha nos seus rostos, como pode brilhar a melancolia — quase sem brilho. Cinzentos e recolhidos, os velhos caminham na manhã flácida, úmida. Pareceu-me que surgiram da própria chuva, como fantasmas molhados. O destino não lhes deu nenhum guarda-chuva, é visível, a não ser este arremedo de guarda-chuva, em que, encolhidos, se abrigam.

Um homem pergunta a Sigismundo onde é a saída. A saída... Não há saída. Aqui, somos homens sem saída. Creio mesmo, ou desconfio, mera suspeita rala, que a saída poderá configurar-se, fulgir, ser, precisamente na proporção em que não a buscarmos. Será, simplesmente. Saída acontece, como tudo acontece, como bolha de sabão, sexo de criança, encontro de amigos brasileiros numa rua de Nova Iorque. Se a buscarmos, ela não vem, a despistadora. Poderá vir, talvez, se distraidamente convivermos com a impossibilidade dela, sem medo. A saída. No fundo, saída não existe mesmo. Nunca. Mas nunca. Fingimos sair, de fato não saímos. Em fingimento e bailes bons, patuscamente nos entretemos sem maldade excessiva, antes velada ou tímida. Fazemos nossos honrados piqueniques. Somos uns bons sujeitos, tomamos remédios variados, não queremos ser anêmicos. A saída? Tome cafiaspirina ou gardenal, suco de laranja ou pequena hóstia, uísque, o que quiser, menos maconha. A saída são as mulheres, compreensivelmente, civilizadas, limpas, freqüentadoras de bidês, roupinha de náilon, mulheres nelson-rodriguesmente onde as encontrar, a qualquer hora do dia, que é dia e noite.

Estou perguntando pela saída aqui, deste corredor infindável, chato, e o senhor vem com estas filosofices escarninhas... Logo se vê que o senhor é vadio e vago. Quero saber a saída, coisa prática e rasa. O senhor sabe onde é a saída? Não, meu caro senhor, eu não sei onde é a saída. Ou, por outra, eu sei onde é a saída, é por aquelas duas portas, simultaneamente, à sua escolha, estou seguro, ou quase, de que ambas servem. Mas apenas lamento informar-lhe que ambas as duas estão fechadas à chave. E a chave nelas não se encontra, mãos ágeis de há muito retiraram todas as chaves. O senhor me entende? Ou me acha confuso, contumaz?

O corredor é infinito.

"Como são bonitos os teus pés nas sandálias,
    filha de príncipes.
A curva dos teus quadris é um colar,
    trabalho de mãos de artista.
Teu umbigo é um vaso precioso,
a que nunca falta o vinho.
Teu ventre é um monte de trigo,
rodeado de lírios.
Teus seios são como os filhotes de uma gazela.
Teu pescoço é uma torre de marfim;
teus olhos são como piscinas.
Teu nariz é como a torre.
Tua cabeça é uma colina"...

E a cadência árabe do *Cântico dos Cânticos* povoava Sigismundo.

E Sigismundo viu os trens passarem, abarrotados de gente suburbana. Pingentes, gentes, pingos de gentes, os trens passantes, como raios. Sigismundo quis agarrar esses homens, arrancá-los dali, ler poemas para eles, depois de lhes servir um jantar Saps. Vida eterna, mundo, alma, espírito, os trens abarrotados, o rebanho. Seria possível pregar ainda o sermão da montanha?

O arcebispo subiu ao púlpito e pregou um sermão:

"Diletos. Aproxima-se a nossa morte e cogitamos de honestas bagatelas, reparai. A desproporção entre tudo e tudo é grande, excessiva. Os homens, hoje como ontem, são descuidados, passeiam ou trabalham, mas o essencial da vida parece escapar-lhes quase sempre. Ponderai, diletos, e vede a grandeza no escondido e mínimo, senti — para além das disparidades — que somos paralíticos e nos movemos como sombras diluídas.

> *"Qui enim voluerit animam suam salvam facere, perdet illam; nam qui perdiderit animam suam propter me, salvam faciet illam"...*

> (*Secundum Lucam*, 9, 24)

E ainda:

> *"Qui invenit animam suam, perdet illam, et qui perdiderit animam suam propter me, inveniet eam"...*

> (*Secundum Matthaeum*, 10,39)

> *"Qui amat animam suam, perder eam; et qui odit animam suam, in hoc mundo, in vitam aeternam custodit eam"...*

> (*Secundum Joannem*, 12,25)

Amor e ódio. Mundo, vida eterna.

E o corredor, vazio. Sigismundo passeava. Cadeira de couro, corredor. Sigismundo, se você cantasse por dentro? O segredo ou o ideal é cantar por dentro, sem cantar por fora. O canto exterior, vocal, está sujeito a posturas, horários, melodias, escolas, pautas, toda uma escala de caducos e mutáveis cromatismos, perecíveis. Tonalidades e atonalismos entre si discutem, o cantochão monótono e velhinho os espia de suas catacumbas reduzidas. Cantar por dentro é sempre válido, simples a qualquer hora do dia ou da noite, sob as estrelas ou os anúncios delas — as da Terra — na Broadway, que, como todas as ruas direitas, não é direita, é torta.

"A história humana é história sagrada."

E, do fundo, alguém aparteou: "O problema é dinheiro, é comida. O problema do mundo é a fome."

Mas que fome? Fome de quê? Porque há fomes, no plural. E um tumulto eclodiu. Vozes. Narizes. Mãos. O arcebispo queria pregar. Mas o próprio arcebispo não sabia mais o que pregar, se a fome, se a morte. Então, Sigismundo viu dois irmãos, sentados no corredor, em humildes cadeiras comuns. Conversavam, com enleio. Um era vago, outro era preciso. Um queria converter o outro a uma visão determinada desta vida, mas não articulava completamente as palavras necessárias, aludia, contornando. Os dois, no corredor, tão sem graça, tímidos, perturbados, à procura de um epílogo decente, que não só os apaziguasse um com o outro, mas em si mesmos, muito mais do que os unindo — unificando-os. A procura parecia vã, como toda procura. Despediram-se. Insatisfeitos, caminharam, ainda buscando. E os dois, afinal, queriam a mesma coisa, sem relevo nem complexidade, a mera vida, honestamente construída.

Construível? A pergunta nos rostos se notava. Em todos os rostos, há perguntas sem respostas, maiores, desesperadas ou mansas, fulminantes ou insinuantes, mas perguntas, às vezes trágicas. As respostas são parciais, imprecisas, demoradas. Aos pouquinhos, o homem induz, deduz, e — conduzido — sobretudo e sempre desiste. Na desistência, tudo se resolve. A paz é uma desistência.

Não há pulgas, aqui. Sigismundo almoça. E lhe anunciam que vai sair, daqui a pouco. O negro lhe diz isto, calmamente.

Sigismundo vai sair. Terá chegado, enfim, a hora de rever a rua, qualquer rua? Sigismundo almoça em silêncio, no seu quarto. A comida é mansa e meiga, não resiste. Sigismundo espera. A vida inteira, esperamos, compassivos, sem que se dê resposta cabal a tanta espera. Não importa. Vou sair. Agora, vou sair. Levarei comigo a brilhantina.

Que aprendeste da vida, garoto? As odaliscas dançavam. E suas coreografias eram tristes. Bailavam para comerem, verdade simples. Fui vê-las, estavam nuas, os refletores projetavam em seus corpos a aurora, a beleza da aurora. Nuas; luas. Ruas! Vi os rapazes conversando através da janela. Vi o homem sair de manhã — e voltar à noite sem ter achado o caminho; perdera-se no dédalo das ruas, nuas. Vi o cão. Vi o velho carregar o moço, imóvel e alheio, o velho muito vermelho, tenso, quase triunfal — e apenas atravessou o corredor, que mais parecia uma trincheira. Vi o diálogo dos cegos, que eram dois e não tinham mais nada a esperar. As odaliscas dançavam.

O rapaz deixou a mala numa rua ali perto e queria que alguém buscasse a mala e ninguém a foi buscar. O rapaz falou metade da noite por causa da mala, com um par de sapatos novos. Perderia os sapatos, se o homem não fosse buscar a mala. E o homem não quis. E a mala não sei se foi perdida. E o negro, baixo, de calção, dizia gentilezas a Sigismundo, um sorriso nítido. Homens passavam, mastigando angústias. Um grupo jogava cartas, na saleta, como se estivesse num velório, longo e inadiável, nosso, tão nosso, um velório que cumpria driblar, suavizando-o. Sigismundo lera os jornais e pedira *A Pele*, de Cúrzio Malaparte, mas *A Pele* não chegou. Agora, é a pele de Sigismundo que vai sair da sombra. Fizeram greve na cidade. A cidade está parada. Tudo se tornou denso de repente, as horas se arrastam, na obscuridade das crises fundas, que se temem afinal mais do que merecem.

Sigismundo arruma, com sua velha calma, a pequenina mala. Almoçou, vai sair. Não sabe o que o espera, além, no caminho da mata. Mas é melhor partir do que ficar. Sente-se bem, está vivo, aguarda um futuro qualquer, se não de paz, ao menos de honrada procura — e de poesia. Agarrou a mala, a porta misteriosa abriu-se diante dele.

Despedidas são sempre despedidas, mãos se estendem, há uma expectativa qualquer, que balança no ar, o aceno foi breve. Longe ficou a saleta, seu contorno fugaz, a mesa das cartas, os rapazes, as pontas dos cigarros nos cinzeiros, o jardim vulgar, mais vulgar que uma sacristia. Agora, o gigante está dizendo uma palavra meiga, quer estabelecer uma ponte, um vínculo, que perdure talvez e seja um bem. João Paulo diz adeus a Sigismundo. Fim é começo.

A rua. Não mudou, naturalmente, é a velha rua, a mesma, mais velha uns dias. Há que atravessá-la, galgar um degrau, seguir de carro para uma outra casa, que — ao longe — o espera, na montanha. A cidade parou. Meio-dia — mas um meio-dia cinzento, crepuscular. O ministro da Justiça passa, de automóvel. Será preso daqui a pouco, pois o governo cairá, antes da noite. Sigismundo compra um jornal e o folheia. Revê as ruas quietas, que têm um sabor de infância. Vai tão só, tão ele, todavia. Mais do que nunca é apenas Sigismundo.

O carro sobe a ladeira e pára num jardim com árvores. É aqui. Sigismundo sobe de elevador e se vê numa salinha, onde a figura pequena e grave o acolhe com desconfiança, indiferença. É aqui. Chegamos. Papéis o identificam: é um nome, como os outros nomes, que não dizem nada. Perdão, a vida é como é, sem excessividades. Agora dão-lhe uma cama numa sala. Está de novo só, no morro, no frio meio-dia, todo sombra, melancolia, crepuscularidade. O governo cairá daqui a pouco. A vida parou, à espera dessa queda? Ninguém se anima a fazer nada, antes que venha a notícia mais ou menos esperadinha, desejada ou temida, os corações fazem perguntas ao vento. Sigismundo, tranqüilo, foi ao banheiro.

Num jardim, um homem de trinta anos passeia. É uma tarde realmente sombria. O homem vai e vem, mas há calma no seu modo de andar, nenhuma crispação, nenhum desespero. Não é livre. Caminha no pátio, como um prisioneiro qualquer. Senta-se num banco e lê o jornal. Vai, depois, à capela — vazia, fria. O jantar o convoca. Ainda há luz, quando volta ao jardim amplo, para recomeçar o passeio apenas interrompido. A tarde vai cair, breve; a noite será a única realidade. Sigismundo prossegue o seu itinerário de espantos, paciência, calma, afetada ou verdadeira.

Sigismundo, aqui, neste vale verde, você foi menino. Exatamente aqui, você passeou antigamente, sem medo, tardes e manhãs. Você era tão diferente, meu velho. A vida mudou mais do que costuma, em anos reduzidos. Você está maduro, contemple as casas ao longe, pelo morro, tudo mudou. A vida é principalmente instável. Rola, rolamos com ela. Sigismundo. Você fez mal de ter vindo aqui. Pois aqui é triste. Saia, Sigismundo, construa hoje sua liberdade provisória. Ei-la, a porta aberta, por onde você poderá sair, Sigismundo, saia, siga seu destino. Sigismundo — tão mansinho — foi de mansinho — foi saindo, dir-se-ia às apalpadelas. Galgou o corredor de outro prédio, desceu um lance de escadas, não encontrou ninguém. Quarta-feira inesquecível. Ter medo, não tinha, propriamente. Tinha raiva, uma raiva tensa. No banheiro, que topou, refez-se um pouco e se olhou ao espelho, estava bem. Ao fechar-se no banheiro, teve pela primeira vez depois de tantos dias a consciência de que estava livre. Sentiu que vencera.

Restava descer outro lance de escada e chegar à rua, atravessar a porta. Sigismundo foi indo, chegou à portaria, quieta, venceu a distância, que a separava da rua serena e larga. Estava sério, Sigismundo. Sabia que o momento era um momento de sua vida. Ninguém lhe impediu a passagem. Ninguém o importunou. Saiu. A rua estava embaixo, à sua espera, a rua da infância, a rua antiga, a rua banal.

Sentiu-se feliz.

E caminhou. Quarteirões muitos, até que numa rua muito sua, de outrora, sossegada e retilínea, o rádio, o barulho, alguém na porta de uma farmácia, lhe anunciou a queda do governo. Sigismundo olhava. Fugira, mas o presidente fugira também. Ambos fugiam ainda, na tarde. Sigismundo ficou quieto ali, assistindo à queda de um governo, na rua amena de bairro...

Caminhou. Pediu carona, um caminhão lhe deu um lugarzinho até quase o Rio Comprido. Chovia. Condução nenhuma, na cidade parada. Desceu até Riachuelo, quase triunfante: estava de chinelos. E foi indo, um automóvel até a Lapa, outro até Copacabana. Viu um edifício em chamas no Flamengo, a multidão não rugia, mas ali se agitava mansamente, sob a chuva. Em Copacabana, desceu. De uma esquina qualquer, assistiu à passagem de uma passeata, coisa estranha, ardente. Sob o toldo, via o entusiasmo das gentes, que lhe recordavam o episódio da casa comercial de *Esaú e Jacó*, em Machado. Breve, tudo se extinguiria. A república não é nunca a república de nossos sonhos. Entre o desejo e a realidade, interpõe-se o nada, que é devorador. O povo lá ia, não o povo talvez, mas certa classe dele, uma camada, que exultava, com foguetes, bandeiras, vivas e buzinas. Outros estariam sofrendo. O ministro, que passara em seu carro, já não era ministro, estava preso. Breve, passaria o júbilo e os mesmos, que aclamavam, chorariam a vitória de hoje, que então já se transformara em derrota, ao menos íntima.

Sigismundo caminha pelas ruas de Copacabana, está chovendo, mas pouco lhe importa a chuva, entre chuva e chuvisco, o que ele quer é caminhar, ver a vida. Das janelas acesas, caem papéis picados — sinal de euforia, festa, não há é o povo, é uma classe do povo. Sigismundo, para onde vai você? O mar está longe, estando perto. Sigismundo não vê o mar. O povo agita bandeiras, das janelas de rápidos automóveis poderosos. Não é o povo, é só uma classe.

Se você fizesse um discurso? VOCÊ ainda fará um discurso, numa esquina, Sigismundo, e o povo, sim, o povo, o carregará, entre flores. O líder caminha pela noite, anônimo, desconhecido, cansado, ansioso, é um líder, perdido no meio de seu povo. Assim, pensa o frágil Sigismundo: meu povo, eis o meu povo. E ainda não era o povo, era uma camada. O povo nas ruas, celebrando. Sigismundo avança. A noite é triste. Quando falarei ao meu povo, de um palanque ou janela, de cima de um carro, ou de uma barricada, na esquina de todas as ruas da minha cidade? O povo é meu. E eu sou do povo. Preciso, num gesto de amor físico, num transe de volúpia, num ímpeto de loucura, preciso falar ao povo. E o povo,

ou uma classe dele, passava, indiferente a Sigismundo, que —
entregue ao sonho da vitória — ia para outra rua, sempre
outra, buscando invisível tribuna.

O líder, ninguém o vê. Só ele se vê, reconhece, escravo de
sua loucura. Caminhante noturno, detém-se agora junto à
vitrina de uma livraria. Amou tanto as livrarias. Agora, sem
dinheiro, sem nada, não poderá comprar nenhum livro, vale-
rá a pena espiar? Sigismundo espia, demora os olhos aflitos
nos volumes que a luz farta valoriza, transformando o sangue
das horas em mercadoria. Ali está o letrado Sigismundo —
daqui a pouco, um finado — diante de uma vitrina, com livros expostos à curiosidade da noite.

A liderança é uma abstração, um fluido que passa. E que
se encontra com alguns interesses concretos, momentâneos.
O líder passa, o líder é assassinado pelos interesses a que ingenuamente — sempre ingenuamente — servia, ainda que
pensando servir-se. O líder ama o poder, quer apenas o poder. O poder para nada, para se olhar nele, como num espelho monstruoso. O poder é o nada. O líder quer o nada — e,
para isso, é capaz de tudo, de vender seus filhos, vender o
céu, o teto de estrelas e de nuvens, a própria vida.

O fluido pesa. O líder olha os livros leves e quietos. A
livraria foi um longo momento de sua vida. Na livraria, amou,
copulou, viveu talvez o melhor, o mais fantástico. Agora, é
noite. O povo, ou uma camada dele, já se vai recolhendo a
suas casas. É hora de encerrar toda procura, divagação ou
passeio. A noite cerca-nos. Os homens se retiram. As ruas
estão ficando calmas, outra vez. Sigismundo continua a caminhar, caminhará muito, muito, antes que chegue a sua
aurora.

Sigismundo, você é um fantasma, um peido. Por que você não se atirou ao mar, menino? Por que você não se suicidou? Você nunca pensou em suicidar-se, é pena. O gigante perguntou-lhe isto, no castelo, era de manhã: você não tentou suicidar-se? E você achou uma graça naquilo, na pergunta, na cara do gigante, você tem um apego danado à vida, é doido por comida gostosa, coisas finas, embromações variadas, você — *gourmet, gourmand, bon-vivant,* virgem Sigismundo, apesar de tudo, amante da vida, você está instalado no sonho, cadeira cativa, você quer apenas continuar. Você agora é um peido, no silêncio pesado da noite, úmida. Beba, embriague-se, deite-se na calçada, ronque, Sigismundo. Mundo imundo, mundo mudo. Beber, hem? Não serei bobo. Vou para casa de meu amigo e falaremos até de madrugada.

O líder é um peido. Está de chinelos, está molhado, porque a chuva agora é mais chuva. Sigismundo atravessa Copacabana. As ruas, revestidas de água, quase vazias. Sigismundo poderia caminhar até o convento, em cuja biblioteca aguardaria que as águas cessassem. Ou poderia ir até a casa do poeta. Ou à casa das fêmeas, suas parentas. Poderia, poderia. Mas é um peido. Se fosse diretor da Mannesmann e leitor de Gabriel Marcel, então a polícia o procuraria e ele fugiria. Mas não é. A polícia está em seu encalço, mas só teoricamente, a distância. Ele foge da polícia, com tranqüilidade absoluta, porque sabe que a polícia não tem nenhum interesse em captura. A longínqua polícia...

Cumprimenta as profissionais da cama, pouquinhas, encolhidas, severas. Catam o incauto, distraem-se no trabalho, Sigismundo lhes diz: colegas! E, enquanto as saúda com prestimosa obsequiosidade, prossegue. Não parar no portão das putas, ir adiante, à mansão dos anjos, onde a ceia é serena, sadia e séria, suculenta, onde os beijos são amoras e todos bebem champanha. Gostaste sempre de champanha, Sigismundo. Como gostarias, neste minuto ou, ao mais tardar, no próximo, de estar sentado numa sala, tépida e semi-iluminada, entre leitores de Marcel e Merleau, no sofá, bebendo champanha e exprimindo as idéias que só ao som de champanha se exprimem, as grandes idéias, severíssimas ou apenas safadas, o eterno e o não eterno, todas as dengosidades que o homem diz nos intervalos. O importante são os intervalos. O resto é basófia.

A noite é sólida, agora percebeste. Caminhas, noturno caminhante, namorado da aurora, ser impalpável, inocente, sonhador, bobinho. Tudo afinal darias para encontrar o cardeal saindo aqui de uma boate. Bobagem. Dirias — boa noite, Eminência — e mais não dirias, nem haveria em verdade que dizer.

Um cardeal é um cardeal, em qualquer país do mundo, em qualquer lugar, em qualquer hora, ou subúrbio, entre prostitutas ou entre cônegos pouco ensaboados. Tens um cardeal dentro de ti, Sigismundo, ou dois, um vero e um fictício, o problema teu foi outrora saber com precisão qual o fictício e o verdadeiro, pois, embora diferentes, de fato se confundiam. Agora, creio que tudo vai ficando claro, mais decente, não confundes mais couve-flor com coelho, já é um mínimo progresso. Admite, compadre velho, que um cardeal saindo de boate seria grande, sobretudo nesta noite. Merecia ele que o beijasse, não no anel (o que tão vulgar seria), mas no rosto, nesta face perecível, que se tornará mais roxa do que o roxo eclesial, das meias dos monsenhores. Aliás, as meias dos monsenhores puxam um pouco para o vermelho. Todo roxo dos prelados tende ao vermelho, cor dos cardeais e do martírio, cor dos comunas, que são cândidos. Um cardeal poderia assomar à porta da boate, visto de dentro — na sua púrpura — seria belo, dionisíaco. A dama do *strip-tease* pararia onde estivesse e — pondo as mãos aos seios — sorriria. Sorriso raro, autêntico sorriso. Os espectadores se ergueriam. Todos juntos, numa só voz, fremente e firme, cantariam ou o Credo simples, das missas comuns, ou talvez um *Te Deum*, no tom comum, gregoriano, possivelmente os dois, um depois do outro. O cardeal tomaria uma Coca-Cola bem gelada, que lhe seria oferecida, sem cobrança, e depois de abençoar com respeito os presentes, num gesto coletivo, geral, largo e breve, se retiraria, pela mesma porta por que entrara, aliás única, no exato instante em que o escriba vadio e viscoso por ali passasse, ignorante absolutamente que entre ele e um tal prelado houvesse apenas a reles espessura de uma parede como as demais.

E então podia ser que o cardeal, num súbito lampejo, fulgurante intuir, violenta inspiração interior, gratuita, dissesse ao leigo Sigismundo, ali na molhada calçada, vazia — eia, amigo reles, solene, vou despojar-me de tudo, das vestes rubras e das negras, do anel, da cruz peitoral, da cruz *tout court*, dos anelos velhos, já compridos ou simplesmente cumpridos até hoje, vou aposentar-me de tudo, amolações, apoquentações, bobagens, dispo-me já e aqui, tal como a jovenzinha lá de dentro, num breve *strip-tease* de calçada, sem muita maviosidade ou técnica felina, uma coisa simples, entre homens positivos, e te invisto de tudo, de pesos e contrapesos, o anel, meu filho, que está carregado de beijos, e a cruz, com o judeu pregado nela, tão pequenino aqui, menor que um camundongo, o solidéu naturalmente, que, como o nome diz, só tirarás a Deus, num rapapé razoável, todas as insígnias que fazem de um mortal qualquer um cardeal preciso, tu te transformas em mim, amado filho, que odiei outrora, porque eras um bocado besta, entre nós o digo, sem vanglória, e hoje transfiguro na minha figura mesma, assim de súbito, num abrir e fechar d'olhos, na singela calçada, onde os transeuntes já se justapõem aos transeuntes, formando igreja, derredor de nós.

Sigismundo sondou o ambiente com modéstia. Sabia disfarçar, o menino. Aquilo era nobre, deveras. Um cardeal se despia do que nele era acessório e tola bugiganga, balangandãs de nobrezas decaídas, resquícios, rotinas, e o cingia com aquilo tudo, ouropel maravilhoso, guardanapo da fama ou até da glória, Sigismundo sentiu-se bem. Nasceu para tal cena. Santo estava, não havia a menor dúvida. Pôs, com recato, o que Sua Eminência em seu casto *strip-tease* fora deixando cair, ou lhe entregara, coisas reluzentes, jóias, sedas, uns sapatos com fivelas de prata, ou parecidas com matéria argêntea, e então a plebe, que numerosa ali já se reunia, perplexa, desconfiada, tímida, sem que ninguém lho ordenasse ou sugerisse, ou dissesse palavra em qualquer língua, se pôs de joelhos, diante do velho e do moço, em estranho diálogo noturno na calçada. A chuva era fina. A noite era dengosa. O novo cardeal abençoou os fiéis, assim de joelhos em torno dele, como que piedosos. O velho já ia tomando o carro, tocaria não sei bem pra onde. O rapaz, de cardeal fantasiado, sem dinheiro, sem carro, pois o chofer do outro logo pusera o veículo em movimento normal e até célere, medroso talvez, não sabia de fato o que fazer, depois da insólita cerimônia, que ao menos fora popular, ao rés-do-chão, sem subterfúgios nem misteriosidades. Entrar na boate? Seguir para a frente? Tomar um bonde? Depor o Papa? Esta última hipótese, iracunda, lhe pareceu, no momento em que a formulou, a mais digna ou exata. E se dispunha já a ir até Roma, de qualquer maneira, depor o Papa, assumir sem mais o governo universal das almas e seus bens, quando o estômago deu horas e Sigismundo resolveu ir normalmente a pé até a casa de seu amigo, pouco adiante. Lá, resolveria o problema. Saiu, pois, da porta da boate, já transformada em cenário de comício e foi indo, com elegância e humildade. A multidão, porém, não o deixou, arrastada pelo que no jovem pressentia, de essencial. Lá foi Sigismundo, era noite alta, pelas ruas de Copacabana, arrastando a púrpura com seu peso e aquela inesperada multidão, de turvos romeiros, que para seu vulto fixamente olhavam, com um toque de esperança...

Bonde não havia, na avenida. Seguiram a pé. Sigismundo era o líder, o rei, o condutor, o pai daquilo, que, se movendo, prosseguia. Ninguém perguntava nada. Era só caminhar, furando o silêncio da noite. A chuva aumentou, chuva forte. Sigismundo se pôs a andar mais depressa, instintivamente. E, quando olhou para trás, não havia mais ninguém. Os homens se tinham diluído na chuva. Molhado e só, chegou à casa de seu amigo. Multidão não existia. Tocou a campainha. Havia luz.

A empregada veio abrir, atarantadinha. Sigismundo sentou-se a ver televisão, na sala boa, do apartamento. As insígnias tinham caído pelo caminho, não sobrara nenhuma. Só Sigismundo sobrara. O amigo não estava, mas não demoraria. Sigismundo ficou ali, de mãos lassas, entregue ao trabalho de ver imagens em preto e branco, numa tela pequena, cercado pela moça e duas meninas. As meninas o olhavam, com espanto. Sigismundo parecia um náufrago, estava molhado, e de chinelos, os cabelos molhados, as roupas molhadas, até as idéias, que no caminho noturno se molharam, tudo era água. O amigo chegou. Abraços. Sigismundo mudou de roupa, comeu, e se entregou ao futuro. Dormindo, não parecia mais um náufrago. Parecia apenas um menino, cansado talvez.

O texto deste livro foi composto em Sabon,
desenho tipográfico de Jan Tschichold de 1964
baseado nos estudos de Claude Garamond e
Jacques Sabon no século XVI, em corpo 11/15.
Para títulos e destaques, foi utilizada a tipografia
Frutiger, desenhada por Adrian Frutiger em 1975.

A impressão se deu sobre papel off-white 80g/m²
pelo Sistema Cameron da Divisão Gráfica
da Distribuidora Record.